FANTASY

Die Welt der DRACHENLANZE bei Blanvalet

Die Chronik der DRACHENLANZE
1. Drachenzwielicht (24510) • 2. Drachenjäger (24511) • 3. Drachenwinter (24512) • 4. Drachenzauber (24513) • 5. Drachenkrieg (24516) • 6. Drachendämmerung (24517)

Die Legenden der DRACHENLANZE
1. Die Brüder (24527) • 2. Die Stadt der Göttin (24528) • 3. Der Krieg der Brüder (24530) • 4. Die Königin der Finsternis (24531) • 5. Der Hammer der Götter (24533) • 6. Caramons Rückkehr (24534)

Die Raistlin-Chroniken
1. Die Zauberprüfung (24907) • 2. Der Zorn des Drachen (24930)

Die Geschichte der DRACHENLANZE
1. Die Zitadelle des Magus (24538) • 2. Der Magische Turm (24539) • 3. Die Jagd des Todes (24540) • 4. Der Zauber des Palin (24541) • 5. Der edle Ritter (24542) • 6. Raistlings Tochter (24543)

Die Krieger der DRACHENLANZE
1. Der Dieb der Zauberkraft (24816) • 2. Die Ritter der Krone (24817) • 3. Verhängnisvolle Fahrt (24845) • 4. Tödliche Beute (24846) • 5. Die Ehre des Minotaurus (24847) • 6. Die Ritter des Schwerts (24887) • 7. Theros Eisenfeld (24888) • 8. Der Lanzenschmied (24889) • 9. Diebesglück (24890) • 10. Die Ritter der Rose (24891)

Drachenauge – Stories aus der Welt der Drachenlanze (24908)

Drachenlanze – Die Neue Generation (24621)

Die Erben der DRACHENLANZE
1. Drachensommer (24708) • 2. Drachenfeuer (24718) • 3. Drachennest (24782) • 4. Die Grube der Feuerdrachen (24783) • 5. Der letzte Getreue (24938) • 6. Der Marionettenkönig (24939) • 7. Die blinde Priesterin (24967)

Die Nacht der DRACHENLANZE
1. Die silbernen Stufen (24143) • 2. Auf roten Schwingen (24144) • 3. Die schwarzen Ritter (24167) • 4. Der Sturz der Götter (24186) • 5. Der Tag des Sturms (24187) • 6. Die List der Drachen (24188) • 7. Sturz ins Ungewisse (24228) • 8. Der Dorn des Drachen (24229)

Die Kinder der DRACHENLANZE
1. Drachensturm (24971) • 2. Die Drachenkönigin (24972) • 3. Krieg der Seelen (24171) • 4. Der verlorene Stern (24172)

Weitere Bände sind in Vorbereitung.

JEAN RABE

Die Nacht der Drachenlanze 8

Der Dorn des Drachen

Aus dem Amerikanischen
von Imke Brodersen

BLANVALET

Das Buch erschien im Original unter dem Titel »DRAGONLANCE®,
The Dhamon Saga, vol. 2, Betrayal«
bei Wizards of the Coast, Inc., Renton, U.S.A.

Umwelthinweis:
Alle bedruckten Materialien dieses Taschenbuches
sind chlorfrei und umweltschonend.

Deutsche Erstveröffentlichung 3/2003

U. S., CANADA,
ASIA, PACIFIC &
LATIN AMERICA
Wizards of the Coast, Inc.
P.O. Box 707
Renton, WA 98057-0707
+ 1-800-324-6496

EUROPEAN HEADQUARTERS
Wizards of the Coast,
Belgium
P.B. 2031
2600 Berchem
Belgium
+32-70-23-32-77

Visit our website at http://www.wizards.com

Published in the Federal Republic of Germany by
Goldmann Verlag, München
Blanvalet Taschenbücher erscheinen im Goldmann Verlag,
einem Unternehmen der Verlagsgruppe Random House GmbH.
Deutschsprachige Rechte beim Wilhelm Goldmann Verlag, München,
in der Verlagsgruppe Random House GmbH
Umschlaggestaltung: Design Team München
Umschlagillustration: Wizards of the Coast, Inc.
Satz: deutsch-türkischer fotosatz, Berlin
Druck: Elsnerdruck, Berlin
Titelnummer: 24229
Redaktion: Cornelia Köhler
V. B. · Herstellung: Peter Papenbrok
Printed in Germany
ISBN 3-442-24229-0

1 3 5 7 9 10 8 6 4 2

Widmung

Den Genießern des Sommers in Milwaukee

Kevin und Keith, die alles in Gang setzten,
Dave, der fröhlich mitspazierte,
Rick, der prompt die Führung übernahm,
und Steve, der seine Liebe für die zweite Reihe entdeckte.

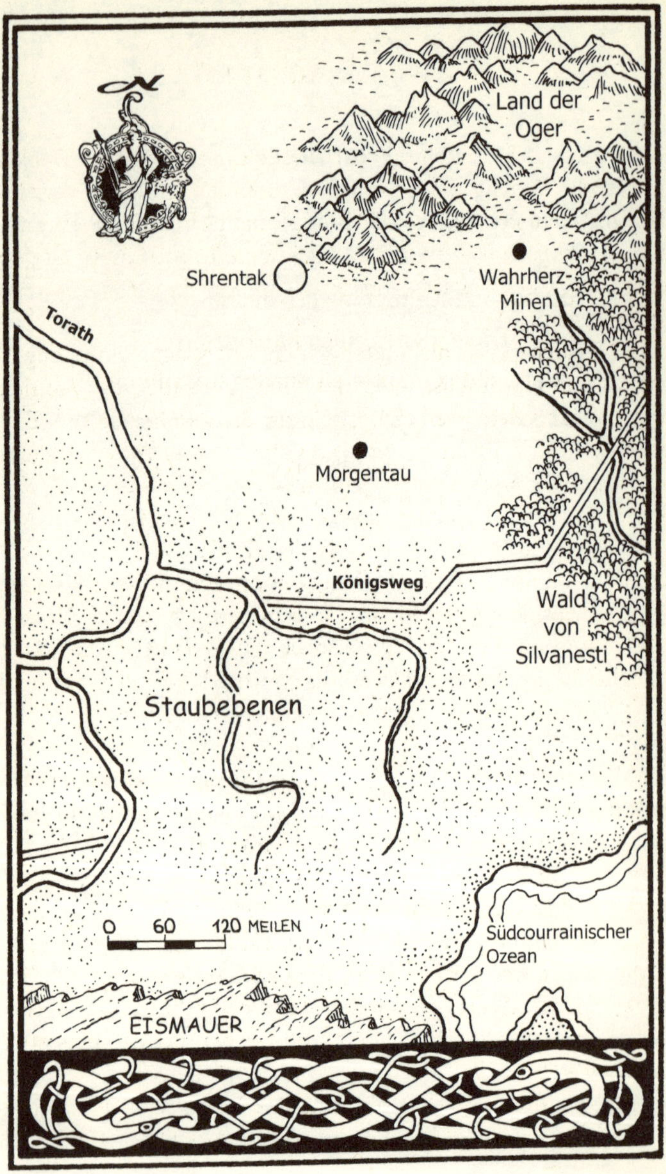
Land der Oger
Shrentak
Wahrherz-Minen
Torath
Morgentau
Königsweg
Wald von Silvanesti
Staubebenen
0 60 120 MEILEN
Südcourrainischer Ozean
EISMAUER

1 Nuras Entscheidung

Die Finsternis in der Höhle war eine undurchdringliche Decke, welche das Wesen, das darin ruhte, umhüllte. Nur sein rasselndes, ungleichmäßiges Atmen, das unheimlich von den Steinwänden zurückgeworfen wurde und wie eine leichte Brise an den kupferroten Locken des Kindes vorn am Eingang zupfte, verriet seine Gegenwart.

Das Mädchen war nicht älter als fünf oder sechs Jahre, engelhaft und in ein durchscheinendes Kleid gewandet, das auf den ersten Blick aus blassen Blütenblättern zu bestehen schien. Erst bei näherem Hinsehen schien es zu schimmern, als bestünde es aus Magie. Die Finger der linken Hand umklammerten den Schaft einer Zwergischen Urgosch, einer Stangenwaffe mit Axtklinge, mehr als doppelt so lang wie das Kind und allem Anschein nach viel zu unhandlich. Die Finger ihrer rechten Hand spielten mit den riesigen Farnwedeln, die dazu beitrugen, den Eingang zur Höhle zu verstecken. Das Grün des Farns leuchtete durch die rötliche Sonne des Spätnachmittags noch stärker als sonst, und die Wedel glänzten vor Nässe. Kleine Wasserperlen glitzerten wie Diamanten.

»Mumummmmm-ummm«, sang die Kleine, als sie eine pelzige Raupe entdeckte, die sich mit ihren orangefarbenen und goldbraunen Streifen auffällig von dem funkelnden Farnwedel abhob. Eine ganze Weile starrte sie das Tierchen an, ehe sie es sanft hochhob und vor ihre großen blauen Augen hielt. »Weich«, äußerte sie. »Sehr hübsch.« Als die Raupe sich langsam wand, lachte die Kleine mit einer Stimme, die ganz und gar nicht kindlich klang. Sie steckte das Tier in den Mund und schluckte es herunter, während sie in die Höhle trat und selbst von der Finsternis verschluckt wurde.

»Meister?«, flüsterte sie, als sie instinktiv vorwärts tappte. Das Geräusch ihrer bloßen Füße auf dem Gestein war deutlich zu hören. Es war eine gewaltige Höhle, deren Tiefe sie nicht hätte ermessen können, selbst wenn Dutzende von Fackeln sie freundlich erhellt hätten. Es war eine von mehreren Höhlen, die das Wesen in diesem Teil von Krynn besaß. Sie alle waren durch unterirdische Tunnel miteinander verbunden, die das Kind gelegentlich durchwandern durfte. Die jetzige Höhle kannte sie am besten.

Trotz des gut vor der Sonne geschützten Inneren war es hier drinnen zum Ersticken, denn die Luft war verbraucht und feucht und von starkem, süßsaurem Verwesungsgeruch geschwängert. Das Kind atmete tief ein, hielt den Atem an, um den Duft zu genießen, ehe es die Luft dann fast widerstrebend wieder herausließ.

»Meister?«

Es folgte eine Pause, nach der sie das Wort erneut wiederholte. Diesmal war es keine Frage, denn gleichzeitig warf sie die Urgosch mühelos auf den Boden, sodass die Klinge den Stein zum Hallen brachte. Daraufhin tauchten mitten in der Schwärze zwei dumpfgelbe Kugeln auf. Es waren Augen, größer als Wagenräder, die von düsteren, katzenartigen Pupillen durchschnitten wurden. Obwohl ein zäher Film über ihnen lag, ging ein schwaches, unheimliches Licht von ihnen aus, das gerade ausreichte, um das dicke Maul des Wesens und das Kind zu beleuchten, das daneben geradezu zwergenhaft wirkte. Das Mädchen stellte sich auf die Zehenspitzen und streckte ehrfürchtig eine Hand aus, um das Wesen seitlich am Maul zu streicheln.

»Du hast mich gerufen, Uralter?« Ihre Stimme klang jetzt rauchig und etwas schnippisch wie die einer schmollenden Frau.

Der fauchende Atem des Wesens wurde von grollenden Worten unterbrochen, die so volltönend und laut klangen, dass sie wie ein Erdbeben den Boden zum Schwingen brachten. »Nura Bint-Drax«, sagte es. Jede Silbe war quälend lang gezogen und kehrte als Echo wieder. »Nura. Meine sehr junge Dienerin.«

»Deine Auserwählte.« Das Kind lächelte und wippte, die Arme ausgebreitet, auf den Fußballen. Es drehte den Kopf nach links und rechts, damit der faulige Atem des Wesens es wie eine heiße Brise ganz berühren konnte. »Deine treueste Dienerin.«

Mehr Worte wurden nicht gewechselt. Schweigend betrachtete das Wesen das Kind, und dieses schwelgte in der Gegenwart seines Meisters. Dann blinzelten die großen Augen, und das Kind trat zögernd zurück, legte die Arme an die Seiten, straffte die Schultern, richtete das makellose Gesicht geradeaus und stand schließlich wie ein Soldat da, der Haltung angenommen hat.

Das Grollen hob wieder an. Die Worte kamen so langsam und gewaltig, dass das Kind sich konzentrieren musste, um sie zu verstehen.

»Ja, Meister. Ich habe eine Wahl getroffen, eine wirklich geeignete Wahl. Du wirst sehr erfreut sein.«

Die nächste Frage fühlte die Kleine ebenso, wie sie die Worte hörte, denn die Beben brachten den Steinboden zum Erzittern und kitzelten ihre Fußsohlen.

»Sein Name ist Dhamon Grimmwolf, Meister. Ein Mensch.«

Wieder folgte scheinbar endloses Schweigen, bis Nuras Arme und Beine vom langen regungslosen Stehen zu prickeln begannen. Sie atmete flach und brachte es irgendwie fertig, nicht zu blinzeln. Schließlich atmete das Wesen schneller, hob den Kopf, legte die Schnauze an seinen Hals und bog diesen vor, um das Kind mit einem scharfen Blick zu bedenken. Seine Augen waren missbilligend zusammengekniffen.

»Ein Mensch«, wiederholte das Wesen. Es stieß diese beiden Worte mit solcher Verachtung und solchem Nachdruck aus, dass Nura bei dem diesmal entstehenden Beben Mühe hatte, das Gleichgewicht zu halten.

Tapfer reckte das Mädchen das Kinn vor. »Ja, Meister. Dhamon ist ein Mensch, aber ich glaube, er ist derjenige.«

Als das Wesen knurrte, rieselten Staub und Steinchen von oben herab, als würde es zu regnen beginnen. »Bist du ganz sicher, Nura Bint-Drax? Ohne jeden Zweifel?«

»Er ist derjenige. «Sie senkte den Kopf und zog langsam einen Mundwinkel hoch. »Ich habe ihn geprüft, Uralter.«

»Ich weiß.« Diesmal vibrierte der Boden nur leicht, als würde das Wesen schnurren. Es klappte die Augen wieder weit auf und beleuchtete damit das Innere der Höhle. »Erzähle mir von diesem …«

»Dhamon Grimmwolf.« Nura legte den Kopf so weit wie möglich in den Nacken, damit ihre großen Kinderaugen das große Wesen anstarren konnten. »Er war ein Ritter der Takhisis, Meister, ein Anführer. Einst ist er auf einem großen blauen Drachen in die Schlacht geritten, aber er hat sich von den Schwarzen Rittern abgewendet, nachdem ihn ein alter Solamnier mit seiner großen Güte eingewickelt hat. Danach wurde er von Goldmond berührt, die ihn zu ihrem Helden erhob. Das beweist, dass er beeinflussbar ist.«

Nura hielt inne, um auf das lang gezogene Knurren zu lauschen, das ihren Worten folgte. »Ja, Meister. Das war Dhamon Grimmwolf, der Mann, der eine Gruppe Sterblicher zum Sternenfenster geführt hat, um die fünf Oberdrachen anzugreifen. Er hat an jenem Tag gesiegt, obwohl kein einziger Drache umkam. Er hat gesiegt, weil er sich erhoben hat und am Leben blieb. Zu schade, dass ihm nicht klar ist, was er damit erreicht hat.«

Das Knurren wurde lauter. Nura musste sich sehr anstrengen, um stehen zu bleiben und die Worte zu verstehen. Als sich der Boden wieder beruhigte, wedelte sie mit den Händen vor dem Gesicht herum und schüttelte den Kopf. »Nein, Uralter, jetzt ist er nicht mehr Goldmonds Held. Er kämpft nicht mehr gegen die Oberdrachen. Jetzt interessiert er sich nur noch für sein eigenes Wohl. Er hat kaum noch Freunde.«

»Ein gefallener Held«, stellte das Wesen fest.

»Ja, Meister.«

»Ein kleiner Dieb.« Sie hörte ein fast schmerzhaft schrilles Geräusch, als etwas Scharfes über den Stein scharrte. Dann forderte ein kehliges Grollen sie zum Weitersprechen auf.

»Meister, ich glaube, Dhamon Grimmwolf hat seinen Kampfgeist und seine Ehre verloren, als er zu dem Schluss kam, dass die Oberdrachen nicht aufzuhalten sind. Sein Glaube an eine bessere Welt und die Überzeugung, dass er dazu beitragen kann, sind tief in seinem Herzen begraben. Er hat keine Hoffnung mehr.«

Das Wesen neigte den Kopf und nickte.

»Das Leben hat Dhamon übel mitgespielt … oder eher der Tod, der ihn gezielt zu verfolgen scheint, aber stattdessen immer wieder das Leben enger Freunde oder Schützlinge fordert. Wer Dhamon Grimmwolf nahe steht, scheint Tod und Verderben herauszufordern.«

Als das Wesen den schweren Kopf senkte, kam sie etwas näher, um an den Haaren zu zupfen, die aus seinem Kinn wuchsen. »Im Wald von Qualinesti hat ein junger grüner Drache seine Männer umgebracht«, fügte Nura hinzu. »Dann tötete Dhamon während einer Schlägerei in einer Taverne in Notwehr seinen eigenen Stellvertreter. In seinem Leben ist viel schief gegangen, aber ich glaube, diese Tat hat ihm den letzten Schlag versetzt. Er hat jedes Vertrauen in sich und zu Krynn verloren. Ja, er ist ein gefallener Held, Meister. Aber er ist derjenige.«

Das Wesen schloss die Augen, worauf die Höhle wieder in Finsternis versank. Starke nachhallende Wellen brachten den Stein zum Schwingen. Das Kind schlug die Hände über die Ohren und trat zurück. Das Wesen legte den Kopf auf den Boden. Schließlich wurden die Schwingungen langsamer, hörten ganz auf und wurden vom rasselnden, ungleichmäßigen Geräusch seines Atems ersetzt. Als es Stunden später erwachte, saß das Kind geduldig neben ihm. Das unheimliche Licht aus den Augen der Kreatur zeigte, dass Nuras eigene Augen voller Eifer glänzten.

»Mehr«, forderte das Wesen.

»Über Dhamon Grimmwolf?«

»Ja. Mehr. Du musst mehr tun, damit ich ganz sicher sein kann.«

Nura ließ diese Worte auf sich einwirken, bis sie ihre Bedeutung verstanden hatte. »Ich soll ihn genauer prüfen, Meister?«

Das knirschende, raue Geräusch deutete das Kind als Zustimmung.

»Selbstverständlich prüfe ich ihn genauer«, versicherte Nura voller Aufregung. »Ich werde ihn bis an seine Grenzen gehen lassen. Wenn er stirbt, habe ich mich geirrt und werde jemand anderen suchen. Wenn er überlebt und nachhaltig gebrochen werden kann, damit wir ihn auf unsere Seite locken und benutzen können …« Sie ließ die Worte in der übel riechenden Luft hängen. »Wenn dieser Dhamon Grimmwolf meine Prüfungen überlebt …«

»… dann ist er wirklich derjenige«, endete das Wesen. Es drehte den Kopf und blickte an Nura vorbei zu einer Nebelwand, die sich vor dem Ausgang der Höhle bildete.

Das Kind fuhr herum, um zu sehen, was das Wesen in seiner magischen Vision wahrnahm. Auf dem Nebel bildeten sich Bäume, Farn und leise schwingende Lianen, wie es sie nur fern von dieser Höhle gab. In dem Bild herrschte Nacht, doch man sah ein Licht flackern.

»Das muss eine Fackel sein«, äußerte das Kind. Kurz darauf erkannten seine scharfen Augen, wer die Fackel trug, und es lachte leise. »Die Menschenfrau mit den roten Haaren«, sagte es. »Und der schwarze Mann, der ihr folgt. Die sind unerheblich für uns.«

Das Wesen fauchte kaum hörbar.

»Wie du wünschst, Uralter. Ich werde mich um sie kümmern. Ich lebe nur, um dir zu dienen.«

2 Fionas Zorn

»Zur Hölle mit Dhamon Grimmwolf! In den Abgrund mit ihm!«, fluchte Fiona, während die Ritterin von Solamnia tiefer in den Sumpf vordrang. »Hätte ich nicht ihm und seinem Ogerfreund vertraut, läge dieser schauerliche Ort längst hinter uns. Wir müssen Meilen von Shrentak entfernt sein. In den Abgrund mit ihm!«

Sie bahnte sich einen Weg durch ein Rankengewirr und versuchte dabei, einen von Moos erstickten Tümpel zu umrunden. Die unruhig brennende Fackel, die sie hielt, schickte jagende Schatten über die Bäume. Zirpende Insekten umschwärmten sie. Vergebens zog sie die Fackel näher an ihr Gesicht, um sie zu verjagen – ihr wurde nur noch wärmer. Obwohl es bereits deutlich nach Sonnenuntergang war, dampfte der Sumpf noch immer die drückende Hitze eines ungewöhnlich heißen Sommers aus. Die Hitze war zum Ersticken und hatte sie dazu veranlasst, ihren kostbaren Plattenpanzer zurückzulassen. Der Schweiß ließ die langen roten Haare an ihrem Gesicht und die zerfetzten Beinkleider und den Wappenrock an ihrem Körper festkleben. Sie warf die zerlumpten Überreste ihres Mantels weg, doch nicht einmal dadurch wurde ihr kühler. Ihre Füße in den Lederstiefeln waren so verschwitzt, dass sie bei jedem Schritt darin herumrutschte. Schon entwickelten sich schmerzhafte Blasen.

Sie atmete tief durch, um ihre Lungen zu befreien. Stattdessen jedoch drangen Hitze und Feuchtigkeit noch tiefer in sie ein und krallten sich in ihrer Brust fest, bis sich Mund und Kehle klebrig anfühlten. Ihr Kopf dröhnte.

»Fiona, warte!«

Sie nahm die Worte kaum wahr und hatte nicht bemerkt, dass Rig Mer-Krel schon dreimal ihren Namen gerufen hatte. Diesmal blieb sie jedoch stehen, damit er sie einholen konnte.

»Das ist Wahnsinn, Fiona! Wir sollten nicht bei Nacht durch den Sumpf ziehen. Diese Fackel lockt alles an, was da draußen hungrig auf uns lauert. Wir könnten auch gleich die Essensglocke schlagen – heute frischer Seebarbar und knusprige Ritterin, jung und mager, sehr schmackhaft!«

Verärgert drehte sie sich nach ihrem Begleiter um. Rigs dunkle Haut glänzte vor Schweiß. Sein Hemd und seine Hosen waren so nass, dass es aussah, als wären sie auf seine Haut aufgemalt. Aber sein Gesicht blieb nicht lange streng. Als seine Augen ihren Blick auffingen, wurde seine Miene freundlicher.

»Fiona, wir –«

»Nachts ist es kühler«, erklärte sie störrisch. »Ich will weitergehen.«

Er klappte den Mund auf, um ihr erneut zu widersprechen, sah dann jedoch davon ab. Dem entschlossenen Zug um ihren Mund entnahm er, dass er sich seine Worte sparen konnte.

»Außerdem«, fuhr sie fort, »bin ich nicht müde. Jedenfalls nicht besonders. Ich möchte mich nur zügig nach Shrentak durchschlagen.«

Bei diesem Namen lief dem Seemann ein kalter Schauer über den Rücken. Die Ruinenstadt Shrentak war der Sitz von Zobel, der riesigen schwarzen Drachenkönigin, die diesen einst gemäßigten Landstrich in einen stinkenden Sumpf verwandelt hatte, den sie mitsamt all seinen Bewohnern als ihr Eigentum beanspruchte.

»Solange noch Ritter von Solamnia in Zobels Kerker festsitzen, will ich keine Zeit verlieren«, fügte Fiona hinzu. Stirnrunzelnd strich sie kleine Mücken weg, die auf ihrem Gesicht gelandet und sofort durch den Schweiß dort kleben geblieben waren. »Vielleicht ist mein Bruder auch dort, in Shrentak. Lebend oder tot, wie du ihn in deiner Vision sahst.«

»Ich will sie doch genauso befreien wie du, Fiona. Die Ritter rauszuholen – und alle Übrigen, die dort gefangen sitzen – war doch genauso meine Idee.«

»Zur Hölle mit Dhamon Grimmwolf.«

Er schob ihr mit einem Finger eine feuchte Locke aus den Augen und stellte fest, dass sie mit den Tränen kämpfte.

»Ich habe ihm geglaubt, Rig. Ihm vertraut. Ihm und Maldred, diesem … diesem …«

»Oger. Ich weiß«, tröstete er sie. Mit dem Daumen fuhr er ihre Unterlippe nach. »Ich glaube, ein Teil von mir hat ihnen auch geglaubt. Oder wollte es zumindest.«

Vor ein paar Wochen hatte Fiona Dhamon Grimmwolf aufgesucht, obwohl sie wusste, dass der ehedem ehrenwerte Held sich mit Dieben und Schlimmerem eingelassen hatte. Sie hatte Geld gebraucht, um ihren Bruder aus den Klauen von Zobel freizukaufen, und Dhamon war ihr als Mittel zum Zweck erschienen. Schließlich hatte der Rat von Solamnia jede weitere Unterstützung verweigert. Dhamon hatte ihr zu einem Auftrag für Donnag verholfen, den Ogerhäuptling von Blöde. Für diesen Auftrag, bei dem sie Trolle in den Bergen töten mussten, hatte sie eine Kiste voller Stahl und Edelsteine für das Lösegeld erhalten.

Dhamon, sein Freund Maldred und vierzig Ogerwachen wurden ihr als Eskorte zugeteilt. Jedenfalls hatten sie das behauptet. In Wahrheit zogen Dhamon und seine Freunde zu Zobels Silberminen, wo viele von Donnags Ogern als Sklaven zu Tode geschunden wurden. Die Schatztruhe war nur eine List gewesen, um sie und Rig mitzulocken. Der Ogerhäuptling war von den Fähigkeiten der Ritterin und des Seemanns beeindruckt gewesen und hatte sich für diese Mission ihrer Kampfkünste versichern wollen. Erst bei Erreichen der Lichtung vor den Silberminen hatte sie begriffen, dass man sie hereingelegt hatte.

»Reingelegt«, zischte sie jetzt Rig an, weil ihr alles wieder so klar vor Augen stand.

Sie hätte Dhamon und die anderen am liebsten augenblicklich stehen gelassen, um noch in dieser Nacht nach Shrentak zu stürmen. Aber weil sie Sklaverei verabscheute, hatte sie eingewilligt, zuvor den Ogern zu helfen.

»Ich wurde von Dhamon belogen, von Leuten, denen ich vertraut hatte.«

Sie hatten gegen Drachenbrut und Drakonier gekämpft, um die Oger sowie ein paar Menschen und Zwerge zu befreien, die ebenfalls als Sklaven gehalten wurden. Im Anschluss an den Kampf war ein merkwürdiges Kind mit kupferfarbenem Haar aufgetaucht. Sein Zauberspruch hatte sie und Rig festgenagelt und sich dann um Maldred geschlungen, um ihn zu verwandeln. »Ihn entlarven«, hatte der Wildfang mit unheimlicher Stimme gesagt. »Den Zauber vertreiben, der euch einen attraktiven Menschenmann anstelle seines hässlichen Ogerleibs vorgaukelt. Den Sohn von Donnag von Blöde entlarven – den Feind meiner Herrin!«

Sobald die Verwandlung vollzogen war, ragte Maldred über

neun Fuß auf, schrecklicher und beeindruckender als alle seine Begleiter. Die Kleider, die seinen Menschenkörper bedeckt hatten, rissen auf, bis sie seinen massigen Ogerkörper kaum noch bedeckten. Fiona hatte ihn angestarrt. Maldred – der Maldred in Menschengestalt – hatte Gefühle in ihr erweckt, hatte sich ihr Vertrauen erschlichen und sie an ihrer Liebe zu Rig zweifeln lassen.

»Lüge«, wiederholte sie nun bitter. »Alles war Lüge. Das Lösegeld war nie für mich gedacht. Maldred war nie ein Mensch. Dhamon war nie vertrauenswürdig. Lüge. Lüge. Alles ...«

Nachdem das Kind sein grausames Werk beendet hatte, war es mit dem Nebel über dem Sumpf verschmolzen und hatte Rigs magische Urgosch mitgenommen. Dhamon und Maldred hatten erklärt, sie würden die befreiten Sklaven zurück zu Donnag begleiten. Sie hatten Fiona und Rig eingeladen, sie zu begleiten, um in Sicherheit zu sein. Stattdessen war die Solamnierin in den Sumpf gestürmt, und Rig war ihr gefolgt. Maldred und Dhamon hatten noch eine Weile nach ihnen gerufen, doch mit der Zeit waren ihre Stimmen leiser geworden, bis die Tierstimmen und das Summen der Insekten sie übertönt hatten.

»In den Abgrund mit Dhamon Grimmwolf!« Fiona wandte sich brüsk um und marschierte weiter. »Und Maldred außerdem. In den Abgrund mit der ganzen verlogenen Bande.«

»Ich habe Dhamon nie gemocht«, murmelte Rig, als er ihr folgte. Nach ein paar Schritten fügte er leise hinzu: »Ich will meine Urgosch wiederhaben.«

Der Boden war sumpfig, von dickem Matsch und faulenden Pflanzen überzogen. Bei jedem Schritt saugte er an ihren Stiefeln. Das Gehen war anstrengend, aber die Widrigkeiten verstärkten nur Fionas Entschlossenheit.

Ein plötzlicher Windstoß aus dem Nichts löschte ihre Fackel. Die undurchdringliche Schwärze von Zobels Sumpf umschloss sie von allen Seiten. Dann wurde die Luft wieder still. Das Blätterdach hoch über ihnen war so dicht, dass kein Strahl Sternenlicht hindurchdrang. Alles war pechschwarz.

»Fiona?«

»Schsch.«

»Fiona, ich kann nichts mehr sehen.«

»Ich weiß.«

»Ich höre auch nichts mehr.«

»Ich weiß. Das ist das eigentliche Problem.«

Das Sirren der Insekten hatte aufgehört. Die Stille war unheimlich. Die Stille, die Hitze, die Dunkelheit und die Feuchtigkeit ihrer Umgebung. Der Solamnierin lief ein Schauer über den Rücken. Es kam ihr so vor, als würde jemand oder etwas sie beobachten. Etwas, das in dieser höhlenartigen Finsternis sehr gut sehen konnte.

Rig hatte sich nie für einen Menschen gehalten, der leicht einzuschüchtern war. Vor den Drachen und vor kräftigen Stürmen auf See hatte er eine gesunde Portion Angst. Anderes fürchtete er kaum. Jetzt aber verspürte er eine entsetzliche Angst, die ihm die Kehle zuschnürte. Am liebsten hätte er nach Fiona gegriffen und sich mit ihr zurückgezogen. Er fragte sich, ob sie wohl überhaupt noch zu der Lichtung mit der Silbermine zurückfinden konnten.

Er war sich auch nicht sicher, ob Dhamon und Maldred noch einzuholen waren. Rig wusste, dass auch Fiona erschrocken war. Er hasste die Vorstellung, sich erneut Maldred und Dhamon anzuschließen, aber eigentlich wäre dies ein Gebot der Vorsicht. Es war Selbstmord, hilflos im Dunkeln hier herumzustehen.

Die Insekten nahmen ihr fortwährendes Summen wieder auf, und dieses lästige Geräusch ließ beide etwas aufatmen.

»Ich kann überhaupt nichts sehen, Fiona«, grollte Rig. »Nicht einmal die Hand vor Augen. Vielleicht sollten wir zur Lichtung zurückkehren. Fackeln holen. Vielleicht gibt es in der Mine ja auch Laternen. Oder Proviant. Wir sind so überstürzt aufgebrochen, dass wir nicht einmal etwas zu essen eingesteckt haben.«

»Nein. Nein. Nein.«

»Na gut.« Rig atmete tief durch und ließ die Luft hörbar durch die zusammengepressten Zähne entweichen.

»Irgendwo wird schon eine Lichtung kommen, wo wir wieder etwas erkennen können.« Sie warf die nutzlose Fackel weg und tastete mit der Hand herum, bis sie Rig gefunden hatte und ihre Finger um seine schließen konnte.

Wie Blinde arbeiteten sie sich weiter vor, stießen gegen den dicken Stamm eines Hickorynussbaums, platschten durch das brackige Wasser eines Tümpels und zuckten zusammen, als Dornenbüsche ihnen die Beine zerkratzten. Irgendwann kamen sie durch ein riesiges Spinnennetz und mussten minutenlang stehen bleiben, um die klebrige Masse zu entfernen.

»Nur noch ein Stückchen weiter«, flüsterte Fiona, die fest entschlossen war, so viele Meilen wie möglich zwischen sich und die Silberminen zu bringen. »Weiter ... weg von Dhamon und Maldred.«

In der Ferne fauchte eine Raubkatze. Näher bei ihnen zischte etwas. Direkt über ihnen raschelte ein Zweig, obwohl kein Windhauch durch den Sumpf strich. Gestank lag in der Luft, vielleicht von einem großen Kadaver, der ganz in der Nähe verrottete. Der starke, stechende Geruch toter Pflanzen, die in dem lehmigen Boden vor sich hin moderten, kam hinzu. Die heiße Luft und der überwältigende Dunst dieses gewaltigen Sumpfgebiets brachten Fiona beinahe zum Würgen.

»Noch ein Stückchen weiter, Rig. Nur ein Stückchen ...«

»So heiß«, gab er zurück. Der Seefahrer lauschte einem Vogel mit einem fremdartigen, kehligen Ruf, dem lärmenden Quaken der Frösche und etwas, das regelmäßig eine Art Schnalzlaut von sich gab. Er sehnte sich nach einem Lufthauch, einem zweiten Windstoß, irgendeiner Luftbewegung.

Fiona wurde langsamer, denn ihr Körper gab der Müdigkeit nach, gegen die ihr Kopf noch rebellierte. Sie stolperten über Baumstümpfe und heruntergefallene Schlingpflanzen, tasteten sich blind durch dicht zusammenstehende Hängebirken. Ein Loch im Blätterdach tauchte ihre Welt in verschiedene Grautöne.

Das war kein Sternenlicht, stellte Rig fest, denn das Stück Himmel wurde heller, weil es bald dämmern würde. Immerhin war es eine willkommene, wenn auch kurze Veränderung. Hinter dieser Stelle tauchten sie wieder in undurchdringliche Finsternis ein. Plötzlich erstarrte der Seemann. Warnend drückte er Fiona die Hand.

»Was ist?«, fragte sie.

»Ich höre etwas.«

»Maldred? Dhamon?«

Er schüttelte den Kopf, ehe ihm klar wurde, dass sie das gar nicht sehen konnte.

»Ich glaube nicht. Klingt nicht nach Stiefeln. Hörst du?« Seine Stimme war so leise, dass sie sich anstrengen musste, um ihn zu verstehen. »Ich glaube …«

Er ließ ihre Hand los, entfernte sich einige Schritte von ihr, zog sein Schwert und schwang es in hohem Bogen. Die Klinge pfiff durch die Luft und prallte von etwas ab. Holz? Ein Baum? Wie sehr er es vermisste, etwas sehen zu können!

Es raschelte wieder, diesmal seitlich von ihm. Gleich darauf ertönte ein Fauchen, das mit einem lauten Zischen endete. Rig fuhr herum und schlug wieder zu. Diesmal traf er etwas Weicheres. Sein unsichtbarer Gegner heulte auf. Raschelnde Pflanzen deuteten darauf hin, dass der Angreifer versuchte, hinter sie zu gelangen. Womit hatten sie es zu tun?

»Fiona! Bleib, wo du bist!«, rief er. »Ich will nicht aus Versehen dich treffen.«

Rig hörte ein Klirren: Auch die Ritterin hatte ihr Schwert gezogen. Er konzentrierte sich auf die leisen Geräusche vor ihm, wo die Blätter zur Seite geschoben wurden. Auf den Zehenspitzen drehte er sich einmal um sich selbst, folgte dem Geräusch und stieß nach vorn. Nichts. Er zog das Schwert zurück und probierte es weiter rechts. Wieder ein Aufheulen. Diesmal erkannte Rig, dass er seinen Gegner ernstlich verwundet hatte, denn ihm sprühte säurehaltiges Blut entgegen, das die Blätter zischen ließ und seinen Arm verätzte.

»Aua!«, schrie Rig auf. »Fiona! Das ist ein verdammter Drakonier! Bleib, wo du bist!«

Fiona hörte Geräusche aus einer anderen Richtung, trat von einem Fuß auf den anderen und lauschte aufmerksam. »Zwei Drakonier, Rig«, korrigierte sie ihn. »Bleib du auch, wo du bist.«

»Keine Drakonier«, zischte eine Stimme rechts von ihr. »Wir sssind Brut.«

»Drakonier oder Brut, ist doch egal!«, fluchte Rig. »Ihr seid Monster.«

Fiona wirbelte herum, stolperte über eine frei liegende Wurzel und flog der Länge nach auf den Boden. Immerhin hielt sie dabei das ausgestreckte Schwert fest und streifte irgendwie das Fleisch der Brut. Dann vernahm sie noch mehr patschende Schritte und eine Reihe zischender Laute. Es waren mehr als zwei, begriff sie sofort.

Wie viele?

Sie kam wieder auf die Füße und holte weit aus, um die Wesen zurückzutreiben oder – noch besser – zu verwunden. Wieder streifte sie etwas. Das wütende Fauchen verriet ihr, dass es eine Brut war, nicht ihr Partner. Gleichzeitig fühlte sie, wie sich scharfe Krallen in ihren Rücken gruben. Fiona biss sich auf die Lippen, um einen Aufschrei zu unterdrücken.

»Frau ist tollpatschig«, keckerte eine Brut.

»Mann auch tollpatschig«, ergänzte eine andere.

»Wenigstens bin ich nicht hässlich«, hielt Rig dagegen. Er wollte, dass Fiona seine Stimme hörte, damit sie wusste, wo er war. »Und ihr seid hässlich wie die Nacht.«

Obwohl er sie nicht sehen konnte, wusste er, wie sie aussahen: Breitschultrige zweibeinige Wesen mit Klauen und Flügeln, die mit glänzend schwarzen Schuppen überzogen waren.

Jetzt bemerkte er unmittelbar vor sich eine Bewegung. Als er vorsprang, fühlte er, wie sein Schwert tief in das muskulöse Fleisch einsank. Er rammte die Waffe bis zum Schaft hinein und wurde daraufhin von beißender Säure überzogen. Er wusste, dass schwarze Brut zu Säure zerbarst, wenn sie starb. Ob die brennende Säure wohl Narben hinterlassen würde?

Wie viele sind es, fragte er sich verzweifelt.

Wieder hörte er direkt vor sich ein Geräusch und stieß das Schwert vor. Offenbar hatte er eine Brut in die Brust getroffen. Auch sie zerbarst zu Säure. Gleichzeitig näherte sich eine andere Brut von hinten, biss ihn fest in die Schulter, krallte nach seinen Armen und versuchte, ihn festzuhalten. Eine dritte versuchte, ihm das Schwert wegzuschlagen.

»Brut tötet Mann. Nicht Mann tötet Brut«, zischte das Wesen hinter ihm. »Mann soll nicht meine Schwestern töten.« Wieder biss es zu. Diesmal senkte es die Fänge in seine Schulter und ließ nicht mehr locker.

Rig konnte nach vorn stoßen und in der Dunkelheit irgendwie eine weitere Brut treffen. Sein Schwert blieb in dem Wesen stecken, sodass er auf die Knie fallen musste, um gleichzeitig das Schwert frei zu bekommen und den Angreifer hinter seinem Rücken abzuschütteln. Nachdem er mühsam hochgekommen war, schwang er das Schwert in einem Bogen vor seinem Körper und wurde wieder mit einem Heulen und einem schmerzhaften Säureregen belohnt. Hinter sich hörte er ein Wesen durch das Unterholz davonlaufen.

Rig schlug um sich. Keine Brut, keine Bäume, nur Schlingpflanzen, die ihn behinderten. Er drehte sich wieder um und konnte gerade noch vermeiden, über einen abgebrochenen Ast zu stolpern. Mit vor dem Körper ausgestrecktem Schwert stieg er über den Ast und durchdrang einen Haufen Zweige und Matsch.

»Rig? Rig!« Fiona keuchte vor Anstrengung und vor Schmerzen von der Säure, die von der Brut stammte, die sie erschlagen hatte. »Sie sind weg. Tot oder weg.« Fiona steckte ihr Schwert ein und tastete umher, bis sie einen Baum fand, an den sie sich anlehnen konnte. »Rig?«

»Ich bin hier«, kam die erschöpfte Erwiderung. »Wo auch immer das ist. Sprich weiter, damit ich dich finden kann.«

Es dauerte ein paar Minuten, ehe sie sich am Stamm desselben Baumes trafen. Rig half Fiona hoch, denn dort oben war es gewiss sicherer als auf dem Boden. Wegen ihrer Wunden und der ohnehin überanstrengten Muskeln war das Klettern eine reine Qual.

Irgendwie schafften sie es auf dicke untere Äste, wo sie rittlings sitzen blieben und sich mit dem Rücken an den Stamm lehnten. Einen Wasserschlauch leerten sie, um die Säure abzuwaschen. Das restliche Wasser teilten sie sich fast vollständig zum Trinken.

»Du weißt, dass es auf diesem Baum Schlangen geben kann – oder Schlimmeres«, warnte Fiona.

»Das Einzige, was schlimmer ist als eine Schlange, ist Dhamon Grimmwolf«, erwiderte Rig heiser.

»Das stimmt. Zum Abgrund mit ihm. Wenn ich ihm nicht vertraut und gehofft hätte, dass er mir helfen kann …«

»Fiona, mit etwas Glück sehen wir ihn nie wieder.«

»Ja, aber vielleicht hätten wir uns doch nicht so abrupt verabschieden sollen«, meinte Fiona. Ihre Stimme war nur noch ein abgehacktes Flüstern. »Ich hätte mich nicht von meinem Zorn leiten lassen sollen. Vielleicht hätten wir erst etwas zu essen einpacken sollen. Und zusätzliche Wasserschläuche. Vielleicht … Ach, was weiß ich.«

Rig wusste, dass sie sein Achselzucken nicht sehen konnte. Er beließ eine Hand am Schwertknauf. Den anderen Arm schlang er sicherheitshalber um einen Ast, ehe er die Augen schloss. Trotz der Schmerzen, besonders von der Bisswunde an seiner Schulter, war er im Nu fest eingeschlafen.

»Du hattest Recht, Rig. Wir hätten nicht gehen dürfen, ohne wenigstens ein paar Fackeln einzustecken«, fügte Fiona nach einer Weile hinzu. »Ich hätte Dhamon nie trauen dürfen.« Sie brach ab, als sie den Seemann leise schnarchen hörte. »Und ich hätte nie an dir zweifeln dürfen«, ergänzte sie leise. »Ich liebe dich wirklich, Rig.«

Erst am späten Morgen erwachten sie. Noch immer tat ihnen von dem Kampf alles weh, und ihre Wunden eiterten. Fiona bestand darauf, aufzubrechen, bevor Rig auch nur daran denken konnte, etwas zum Frühstück zu suchen. Also beschloss der Seemann, dass er mit dem Essen noch einige Stunden warten konnte. Ehe er es richtig merkte, war der Tag auch schon vorüber. Sobald das Licht nachließ, suchten sie sich wieder einen Baum für die Nacht. Fiona betrachtete gerade einen halb abgestorbenen Hickorynussbaum mit ausladenden Ästen, als Rig durch eine Lücke im Schleier der Weidenblätter deutete.

»Da drüben sehe ich ein Licht. Tief unten und so groß, dass es ein Lagerfeuer sein könnte. Riecht auch, als würde dort jemand kochen. Das sollten wir uns näher ansehen.« Sein Magen knurrte. Er hatte seit mindestens zwei Tagen nichts mehr gegessen.

»Ich hoffe, wir sind im Dunkeln nicht wieder umgekehrt«, gab Fiona zu bedenken. »Bei Solamnus, wir könnten uns leicht verlaufen haben. Hoffentlich ist das nicht das Lagerfeuer von Dhamon und Maldred.« Ein bisschen allerdings erhoffte sie sich genau das. Innerlich war sie schon mehrmals die Schimpftirade durchgegangen, die über die beiden hereinbrechen sollte.

Sie holte tief Luft, schob die Blätter beiseite und ging ein paar Schritte auf das Feuer zu.

3 Glitzernde Versprechungen

Das Feuer im Kamin knisterte leise hinter Dhamon Grimmwolf. Es verbreitete den scharfen, rauchigen Geruch von zu feuchtem Birkenholz und den angenehmeren Duft von langsam geröstetem Schweinebraten. Beide Gerüche waren willkommener als das, was einem in dem Gasthaus ansonsten in die Nase stieg: Ogerschweiß und ein undefinierbarer Mief von Essensresten und verschütteten Getränken, die nie jemand weggeputzt hatte.

»Heute ist es doch viel zu heiß für so ein Feuer, Dhamon.« Diese Beschwerde kam von Maldred, einem wahren Hünen mit einem sonnengebleichten Haarschopf, der ihm bis über die Brauen wogte. Seine gebräunte Haut war von Schweißperlen überzogen. Seufzend schüttelte er den Kopf und schob den Stuhl ein paar Zoll näher an den Tisch – und damit ein paar Zoll weiter weg von den Flammen. »Heiß«, wiederholte er. Es klang wie ein

Fluch. »Ich sollte den Wirt auffordern, das Feuer auszumachen. Es ist einfach viel zu heiß.«

»Stimmt, mein Freund. Dieser Sommer will einfach nicht weichen. Aber ich freue mich schon auf ein Stück von diesem Schweinebraten, darum nehme ich die zusätzliche Hitze in Kauf. Außerdem können wir den Feuerschein durchaus brauchen.« Dhamon wies auf die Karte, die davon beleuchtet wurde. Das Pergament war auf einer abgenutzten Tischplatte ausgebreitet. Vier leere Krüge hielten die Ecken fest, damit es sich nicht wieder einrollte. »Du hast doch gesagt, wir bräuchten einen Platz, wo wir diese angebliche Schatzkarte ausbreiten und näher ansehen könnten. Du hast dieses Loch ausgesucht. Und diesen Tisch.«

Maldred knurrte eine unverständliche Erwiderung. Kurz darauf ergänzte er: »Aber du warst derjenige, der sich ausruhen musste – nach dem Anfall wegen deiner Schuppe heute Nachmittag.«

Dhamons Augen waren auf das Pergament gerichtet. »Den Piratenschatz zu finden, zu dem diese Karte angeblich führt, wird mir die Taschen füllen. Aber das Problem mit der Schuppe an meinem Bein löst es noch nicht.« Dhamons Worte waren kaum zu vernehmen, denn sie waren mehr an ihn selbst als an seinen Kameraden gerichtet. »Ich habe keine Hoffnung mehr, je geheilt zu werden.«

Sein großer Begleiter antwortete dennoch, allerdings so leise, dass andere Gäste ihn nicht hören konnten. »Ich glaube, da irrst du dich, mein Freund. Wenn mein Gedächtnis mich nicht täuscht, wird der Schatz, zu dem diese Karte führt, alles in Ordnung bringen.«

Dhamon zog die Augenbrauen hoch. Dann musterte er ihre Umgebung.

Sie befanden sich in der hinteren Ecke einer verkommenen Spelunke, eine lange Tagesreise von Bloten entfernt, der Hauptstadt des Ogerlands. Hier waren sie möglichst weit weg von dem dreckverkrusteten Fenster, durch das vorbeischlendernde Oger blinzelten. Auch in der Taverne hielten sich Oger auf, vier davon ein paar Tische weiter. Alle tranken, spielten und warfen Dhamon und Maldred gelegentlich feindselige Blicke zu. Dhamon wusste, dass mit Sonnenuntergang in einer guten Stunde mehr Oger eintreffen würden, denn das war für jeden Bewohner von Krynn die übliche Zeit zum geselligen Trinken.

»Wir passen hier nicht her«, warnte Maldred. »Ich habe nicht einen Menschen draußen vorbeigehen sehen. Ich wette, es gibt in der ganzen Stadt keine Menschen. Da waren in Bloten ja noch mehr von uns.«

»Wir passen hier nicht her?«, lachte Dhamon auf. »Nein, mein Freund. *Ich* passe hier nicht her. Das ist dein Volk – auch wenn sie es dir äußerlich nicht ansehen. Sie können nicht hinter die magische Hülle blicken, die du ihnen präsentierst. Was soll's, wir werden dieses Loch und die Stadt schon früh genug hinter uns lassen. Noch ein paar Tage, dann sind wir aus dem Ogerland raus. Für immer.« Er stach mit einem Finger auf die Karte. »Aber jetzt zu dem Schatz. Die Karte sieht anders aus als damals bei deinem Vater. Findest du nicht auch?«

Maldred beugte sich über das Pergament und nickte. »Anders. Aber sie hat so etwas an sich …«

Die Karte war alt und die Tinte stellenweise so stark ausgeblichen, dass viele Worte nicht mehr zu entziffern waren. Selbst die Zeichnungen, die das Licht des Feuers erfasste, waren so altersschwach, dass Maldred und Dhamon nur raten konnten, ob die Flecken nun Wälder oder Seen bedeuteten.

Maldreds Finger schwebte über einem Punkt, der wie getrocknetes Blut aussah. »Das Tal«, flüsterte er. »Ich hatte das Tal vergessen.« Als er den Kopf schüttelte, landeten Schweißtropfen auf der Karte. »Man nennt es das ›Tal der Kreischer‹. Es ist eines der wenigen Dinge in dieser Gegend, die sich nach der Umwälzung nicht verändert haben.«

Dhamons Gesichtsausdruck forderte ihn zum Weitersprechen auf.

»Du wirst es noch früh genug zu sehen bekommen, mein Freund, wenn wir tief in den Staubebenen stecken. Ich war noch nie in diesem Tal, aber ich kenne jemanden, der diesen Ort betreten hat. Er sagte, er hätte nicht den ganzen Weg geschafft, denn es hätte ihn verrückt gemacht.«

»Aber wir werden es schaffen – wenn das der direkte Weg zu diesem Schatz ist. Außerdem halte ich wenig von Ogergeschichten. Oder sonstigen Märchen.« In Dhamons Worten lag besonnene Kraft. »Ich glaube, es würde zu lange dauern, das Tal zu umgehen, wenn der Schatz wirklich hier unten liegt, wie du vermutest.« Er deutete auf einen Punkt am Fluss. »Wir nehmen den direkten Weg. Denn ganz gleich, welchen Weg wir einschlagen, das Land wird anders aussehen als auf dieser alten Karte. Ich bin nie in den Staubebenen gewesen, aber ich weiß, dass sie sich verändert haben, seit diese Karte gezeichnet wurde – wie jeder Ort auf Krynn. Die Umwälzung. Der Chaoskrieg. Selbst dieses Tal der Kreischer, von dem du gesprochen hast, muss sich verändert haben.«

»Möglich.«

Dhamon warf einen Blick auf seinen Freund, dessen Augen den Mittelpunkt der Karte fixierten. »Du warst doch schon mal in den Ebenen, oder, Mal? Vor ein paar Jahren? Du hast mir doch mal von heulenden Türmen und so erzählt …«

Anstelle einer Antwort hob Maldred einen Finger, um Dhamon zum Schweigen zu bringen. Dann senkte er ihn auf die Karte. Gleich darauf glitten seine Fingerspitzen über die Oberfläche des Pergaments. Seine Augen musterten es von einem Rand zum anderen und blieben schließlich an einem Fluss hängen, der im Süden in ein Meer mündete. Seine Haut prickelte leicht, als sein Zeigefinger über feine Markierungen und Flecken fuhr, die vielleicht einmal Städte oder wichtige Orientierungspunkte dargestellt hatten.

»Da steckt Magie drin«, stellte Maldred schließlich fest, nachdem mehrere Minuten verstrichen waren.

»Klar, du hast …«

Der große Mann schüttelte den Kopf. »Nein. Diese Magie hat nichts mit dem zu tun, was ich mit dem Pergament gemacht habe.

Sie scheint der Karte selbst innezuwohnen. Ganz alte Magie. Und stark. Ich habe einen Hinweis auf die Zauberkunst der Roten Roben gefunden.« Die Hitze des Sommers wie des Feuers war praktisch vergessen. Maldred beschäftigte sich noch eine Weile mit der alten Karte und drehte den Körper so, dass er keinen Schatten warf. Der matte Schein der paar Laternen, die an der Decke hingen, reichte nicht aus, um die Karte ordentlich auszuleuchten.

Dhamon räusperte sich, um seinen Freund auf zwei Oger aufmerksam zu machen, die das Wirtshaus betreten hatten und sich nur wenige Schritte entfernt niederließen.

»Ich glaube, ich finde einen Zugang zu der Magie dieser Karte«, sagte Maldred, ohne die neuen Gäste zu beachten.

»Vielleicht solltest du das anderswo tun«, schlug Dhamon vor. Die beiden Oger beobachteten ihn naserümpfend und mit zusammengekniffenen Augen, um zu zeigen, wie sehr sie Menschen verachteten.

»Nein.« Maldred hatte keinen Blick für die Oger, sondern war von den Versprechungen der Karte fasziniert. »Ich will sehen, was das zu bedeuten hat. Ich wette, mein Vater wusste nicht, dass er nicht einfach eine Schatzkarte besaß, sondern auch eine ziemlich magische.« Er legte die Handfläche auf ein Symbol am unteren Rand, das als Kompass diente. Es war verblichen wie alles andere, aber die Pfeile nach Nord und Süd waren das Deutlichste auf der ganzen Karte.

Dhamon befürchtete, die schweißnasse Hand seines Freundes könnte das wenige verwischen, was noch zu lesen war. Er blickte zu den zwei Ogern hinüber, die sich zunehmend für Maldreds Tun interessierten. »Meinst du nicht ...?«

Maldred tat Dhamons Worte mit einer Handbewegung ab. Er schloss die Augen. Seine Lippen formten leise Worte, die seinen Zauber unterstützten. »Der Schlüssel«, murmelte er leise zwischen einem Strom von Zauberworten. »Wo liegt der Schlüssel zu dieser wundersamen Karte? Der Schlüssel ... da.«

Plötzlich strahlte die Karte ein eigenes blasses, goldgelbes Licht aus, das sofort die Aufmerksamkeit von Dhamon und den beiden Ogern auf sich zog. Die Oger lehnten sich weiter hinüber, blieben aber sitzen.

»Der Schlüssel«, wiederholte Maldred jetzt lauter. »Zeig uns den uralten Piratenhafen, den Hafen aus der Zeit vor der Umwälzung, aus der Zeit, als die Staubebenen von Freibeutern und glitzernden Versprechungen nur so wimmelten, als … aha!«

Auf und über der Karte entstand ein Bild – durchscheinend, aber voller unglaublicher Einzelheiten. Die Tischplatte glich einem Meer, hellblau und wogend. Die Maserung des Holzes wurde zu schäumenden Wellen. Die Bierkrüge begannen zu schimmern. Sie sahen jetzt aus wie Schiffe, eines ein Dreimaster mit geblähten, gespenstisch weißen Segeln, die in einem Wind flatterten, der sich um den Tisch erhob und die Hitze von Feuer und Sommer zu bannen schienen. Man hörte den leisen, schrillen Schrei einer Möwe, worauf die Zeichen auf der Karte noch schärfer und klarer hervortraten. Überall tauchten plötzlich Namen auf, Städte und Wälder, Wege und Flüsse, die mit flüssiger Schrift eingetragen waren. Die Farben wurden intensiver, bis Dhamon und Maldred wie hypnotisiert davon gefangen waren.

»Der Piratenhafen. Der Ort, wo sie ihre Beute aufbewahrten«, verkündete Maldred lächelnd, als ein Fleck auf der Karte noch heller aufleuchtete. Es war ein Zeichen in Form einer Muschel wenige Zoll oberhalb der Stelle, wo der Fluss ins Meer mündete. »Der Piratenhafen, wie er damals war«, verlangte er, »und seine ungefähre heutige Position. Der Hafen, wo er sich in diesem Moment befindet.«

Das Pergament glitzerte, und die Wellen verschwanden. Sofort wurde der Wind durch die Hitze in der Herberge ersetzt, und das Prasseln des Feuers löste das Knattern der Segel ab. Die Karte war immer noch deutlich, aber anders als zuvor. Das Meer am Südrand der Karte war verschwunden, statt seiner befand sich dort ein Gletscher. Auch die Staubebenen hatten sich verändert. Den Fluss gab es nicht mehr, doch das Muschelzeichen zeigte an, dass der Piratenhafen noch am selben Ort lag. Es sah aus, als läge er inmitten eines trockenen Landstrichs.

»Er liegt in der Erde«, stellte Maldred fest. »Die Zeit und die Erde haben den Hafen zugedeckt. Schwer zu sagen, wie tief der Schatz verborgen liegt. Egal. Wir werden ihn finden. Dort muss es einen Schatz geben.«

Wie zur Antwort funkelte die Luft wie ein blitzender Diamant über dem muschelförmigen Zeichen.

»Eindeutig ein Schatz.« Er strich mit der freien Hand über die Oberfläche, um das Bild verschwinden zu lassen. »Jetzt zeig uns die Wahrsagerin, Karte. Die Wahrsagerin aus der Ebene.«

Dhamon wollte noch »Was?« fragen, aber vor Staunen über die Magie war seine Kehle wie zugeschnürt.

Ein glänzend schwarzer Kreis, der von innen leuchtete, strahlte einige Meilen nordwestlich von Maldreds Piratenhafen auf. Der Kreis blinkte und wuchs zu einem Turm aus schwarzen Steinen, der unsichtbare Sterne widerspiegelte.

»Der Turm der Wahrsagerin aus der Ebene«, hob Maldred voller Ehrfurcht an. »Meine Erinnerung an die alten Sagen hat mich nicht getrogen. Grim Kedar, mein alter Ogerfreund, hat mir von einer Menschenfrau erzählt, die angeblich jedes Leiden heilen konnte und für jedes Problem eine Lösung fand. Eine Heilerin. Grim wollte sie immer kennen lernen. Das werden wir für ihn übernehmen.«

Dhamon schnaubte. »Jedes Leiden heilen. Jedes Problem lösen.«

»Deine Schuppe ist sowohl ein Leiden als auch ein wirkliches Problem, Dhamon. Sie kann dich mal das Leben kosten. Ich frage mich, ob diese Frau die Antwort wäre.«

Dhamon schüttelte den Kopf. »Diese Karte hier ist viele hundert Jahre alt, Mal. So lange leben Menschen nicht. Das weißt du. Auch wenn ich deine Geste zu schätzen weiß und obwohl ich das Ding sehr gern los wäre, glaube ich … was ist denn das?«

»Die Wahrsagerin aus der Ebene, wo sie heute lebt.«

Die Karte veränderte sich, als Maldred erneut mit der Hand darüber strich. Sie zeigte das Land aus heutiger Sicht – kein Meer, sondern wieder ein Gletscher am Südrand, der Fluss, auf dem die Piraten gesegelt waren, verschwunden. Das Bild von dem Turm war geblieben, doch es glänzte nicht mehr, und auch die Sterne schimmerten nicht mehr an seinen Rändern.

Maldred legte seine Hand wie eine Schale neben das Bild, worauf eine Gestalt auf seiner Handfläche zu schweben schien. Es war eine Frau in schwarzen Gewändern, deren Gesicht jedoch so klein war, dass es wenig über sie verriet.

»Die Wahrsagerin aus der Ebene«, verkündete er.

Das Bild nickte ihm zu und verschwand. Die Karte schimmerte. Schweigend starrten die beiden sie an.

Schließlich erhob Dhamon die Stimme. »Also könnte diese Wahrsagerin, die deiner Meinung nach Krankheiten heilen kann und möglicherweise nach all diesen Jahren noch lebt – meinst du, sie könnte …«, er suchte nach Worten, »mich heilen?« Gleich darauf presste er die Lippen zusammen und fixierte das noch immer wabernde Bild des Turms. »Nein. So jemanden gibt es nicht. Weder damals noch heute. Und es ist falsch, mir diese Hoffnung vorzugaukeln.«

Auch Maldreds Blick ruhte noch immer auf dem Pergament. »Einst hat es sie gegeben. Grim Kedars Sagen sind wahr. Es gibt sie auch heute noch. Ich weiß es. Darum habe ich die Karte von den Staubebenen gewählt, Dhamon. Obwohl ich wirklich nicht wusste, dass sie magisch war. Ich dachte nur an Grims Geschichten. Ich dachte an diese Wahrsagerin. Und ich dachte an die Sagen von dem Piratenhafen mit dem Schatz.«

»Der Piratenschatz«, grinste Dhamon. »Den willst du. Ich auch.«

Maldred nickte, doch Dhamon achtete nicht darauf. »Wir brauchen ihn. Grim zufolge konnte die Wahrsagerin aus der Ebene Wunder wirken, aber jedes ihrer Wunder war teuer – sie konnte ein halbes Königreich für ihre Magie verlangen. In diesem Piratennest müsste es genug geben, um sie zufrieden zu stellen.«

»Wenn sie noch am Leben ist«, flüsterte Dhamon. »Falls es sie je gegeben hat.« Er ließ eine Hand an seinen Oberschenkel gleiten, wo er durch den Stoff seiner Hose die Drachenschuppe fühlte.

»Einen Versuch ist es wert«, redete Maldred ihm zu. »Für so alte Schätze sollte sie dich heilen. Vielleicht sind magische Dinge darunter.«

»Ja, das ist es wert«, bestätigte Dhamon. »Und wenn diese Frau bloß eine alte Ogerlegende ist, haben wir immer noch den Piratenschatz.«

»Schatz.« Das Wort wurde in der Sprache der Menschen gesprochen, kam jedoch von einem Oger, der leise aufgestanden war und sich nun über die Karte beugte. »Will Schatz. Will Karte.« Er grinste, wobei eine Reihe abgebrochener gelber Zähne zum Vorschein kam. Ein zweiter Oger schloss sich ihm an.

»Karte«, erklärte sein Kumpan. »Will Karte.« Dann verfiel er in Ogerisch, als Maldred aufstand, die Karte zusammenrollte und ihn auf Ogerisch anwies zurückzutreten.

Dhamon zog sein Schwert, um Maldred Zeit zu verschaffen, damit dieser die Karte verstauen und in eine tiefe Tasche versenken konnte.

»Die Karte gehört uns«, wehrte sich Dhamon.

Maldred unterstrich seine Bemerkung, indem er dem vordersten Oger einen Kinnhaken verpasste. Dann flüchteten die beiden Menschen aus dem Wirtshaus.

»So viel zu deinem Schweinebraten«, bedauerte Maldred, als sie die ungepflasterte Gasse entlangrannten.

Dhamon zuckte mit den Schultern. »So hungrig war ich gar nicht. Außerdem lege ich wenig Wert auf diesen Ort. Es kommt bestimmt noch ein anderer auf dem Weg aus diesem verdammten Land. Wo es ein paar Menschen gibt. Vorzugsweise die weibliche Variante.«

4 Verborgene Schätze

»Wie wäre es, wenn wir zwei ein Feuer entfachten, Süßer? Eins, das diesen heißen Sommertag wie die tiefste Winternacht erscheinen lässt.«

Dhamon Grimmwolf antwortete nicht, sondern starrte der Frau mit seinen dunklen Augen in ihre wässrig blauen und hielt ihren Blick fest. Feine Fältchen zogen sich um ihre Augen. Die Wimpern waren dick mit Kajal bemalt, die Lider tiefviolett eingefärbt. Das erinnerte ihn ein wenig an Rikali, die Halbelfe, mit der er umhergezogen war. Allerdings hatte sie ihr deutlich jüngeres Gesicht viel geschickter – und greller – bemalt. Schließlich wendete er den Blick ab. Die Frau blinzelte und schüttelte den Kopf, als wolle sie aus einem schlechten Traum erwachen.

»Du bist schon komisch. Weißt du, Schätzchen, du könntest ruhig ein wenig freundlicher sein. Na komm, schenk Elsbeth ein nettes Lächeln, damit sie deine Zähne sehen kann. Ich mag Männer, die noch alle Zähne haben.«

Die Frau beugte sich vor, um Dhamon einen zärtlichen Kuss auf die Nasenspitze zu verpassen. Die rote Paste, die sie auf ihre Lippen aufgetragen hatte, hinterließ einen Abdruck. Als sein stoischer Gesichtsausdruck sich nicht veränderte, zog sie einen Schmollmund.

»Du verziehst aber auch keinen Mundwinkel, Süßer. Nur ein kleines Lächeln«, gurrte sie. »Sonst muss ich noch befürchten, ich hätte jeden Reiz verloren. Jeder, der sich mit Elsbeth vergnügt, lächelt.«

Dhamon blieb ungerührt.

Da gab sie einen leisen, ergebenen Laut von sich, sog über die Unterlippe die Luft ein und warf die Locken nach hinten, die ihr über die Stirn fielen. »Ach was, dann bin ich eben lustig für uns beide. Moment mal! Ich weiß, was wir brauchen. Ein Tröpfchen Lustöl aus Palanthas. Das bringt dein Blut in Wallung.« Sie schwang die breiten Hüften, als sie zu dem Tablett spazierte, das auf einem Schränkchen stand. Dort entkorkte sie ein kristallblaues Fläschchen, um dann großzügig parfümiertes Öl auf dem Hals und hinter den Ohren aufzutragen. Ein wenig ließ sie auch in den spitzen Ausschnitt ihres Kleides rinnen, ehe sie sich wieder nach Dhamon Grimmwolf umdrehte.

Dhamon hockte auf der Kante eines durchhängenden Bettes, das nach Schimmel und abgestandenem Bier stank. Das ganze Zimmer roch nach altem Holz, Schweiß und billigen Parfüms, einschließlich nun auch des schweren, moschushaltigen »Passion von Palanthas«. All diese Gerüche rangen um seine Aufmerksamkeit, und von dem gewürzten Rum, den er getrunken hatte, war ihm schon schwindelig. Auf einem kleinen Tisch stand eine Waschschüssel. Einen Augenblick lang dachte er daran, sein Gesicht hineinzutauchen, um wieder zu sich zu kommen – es war so heiß heute. Aber dazu müsste er sich vom Bett erheben, und der Rum hatte seine Beine gelähmt und den Körper schwer wie Blei gemacht.

Über der Schüssel hing ein großer, gelblich angelaufener Spiegel an der Wand. In dem gesprungenen Glas konnte er sich selbst erkennen. Seine hohen Wangenknochen und die hohlen Wangen darunter verliehen seinem Gesicht ein ausgehungertes Aussehen. Die dunklen Augen waren von Ringen umrahmt, und dicht unter seinem rechten Auge begann eine feine halbmondförmige Narbe, die in dem schlecht gestutzten Bart verschwand. Der Bart und die wirren Haare, die ihm über die breiten Schultern fielen, waren nachtschwarz. Trotz seines verwahrlosten Äußeren sah er jung und beeindruckend aus. Durch die Öffnung seiner schwarzen Ledertunika war seine muskulöse, sonnengebräunte Brust zu sehen.

»Na komm, mein Kleiner. Lächle für die hübsche Elsbeth.«

Dhamon seufzte. Um sie zum Schweigen zu bringen, verzog er den Mund zu einem einseitigen, aufgesetzten Grinsen. Giggelnd schälte sie sich aus ihren Kleidern und zwinkerte ihm zu, ehe sie sich wie eine Tänzerin einmal um sich selbst drehte, damit er ihre langen blonden Haare bewundern konnte, die im Licht der untergehenden Sonne glänzten, welches durch das Fenster im Obergeschoss hereinfiel. Nach dieser Vorstellung machte sie eine große Schau daraus, sich wie eine Katze an ihn heranzupirschen, bis sie die Hände auf seine Schultern legte, ihn auf den Rücken stieß, nach seinen Beinen griff und sie herumschwang, damit er ausgestreckt auf dem Bett lag. Als sie ihm die Stiefel auszog, rümpfte sie die Nase und wedelte mit der Hand, um einen Geruch zu verscheuchen, der bestimmt nicht annähernd so aufdringlich war wie die übrigen überwältigenden Düfte in dem zu engen Raum.

»Du solltest ins Badehaus gehen und dir anschließend neue Stiefel zulegen«, mahnte sie mit erhobenem Zeigefinger. »Diese Stiefel haben mehr Löcher als Karthayer Käse.« Verspielt ließ sie ihre langen Fingernägel über seine Fußsohlen gleiten und runzelte die Stirn, als er nicht reagierte. »Du musst dich entspannen, Süßer, sonst wirst du keinen Spaß haben.« Dann legte sie sich neben ihn und spielte an den Bändern seiner Tunika herum.

»Elsbeth, ich glaube, so wird das nichts.« Diese Bemerkung kam von einer gertenschlanken, langbeinigen Schönheit, die auf der anderen Seite neben Dhamon lag. Ihre schwarzen Haare waren so kurz geschnitten, dass sie wie eine Kappe wirkten. Sie war dunkelhäutig, dem Dialekt nach aus Ergod, und ihre zarten Finger zeichneten unsichtbare Muster auf Dhamons Wange. »Ich fürchte, du bist ein paar Jährchen zu alt für ihn, Elsie. Bestimmt bevorzugt er jüngere Frauen mit weniger Speck auf den Rippen.«

Elsbeth gab einen beleidigten Laut von sich. Mit einem Seufzer, der von ihren verletzten Gefühlen künden sollte, warf sie die blonden Haare zurück. »Satin, an mir gibt's noch mehr Liebenswertes. Und du weißt, dass ich gerade erst zwanzig geworden bin.«

Das langbeinige Mädchen lachte. Es war ein melodisches Geräusch wie ein gläsernes Windspiel. »Zwanzig? Wem willst du das weismachen, Elsie? Vielleicht zwanzig in Hundejahren. Du hast dich doch schon vor etlichen Monaten von den Dreißigern verabschiedet.«

Spielerisch schlugen die beiden Frauen über Dhamons Brust nacheinander, lachten und balgten sich um seine Tunika. Schließlich gelang es ihnen, ihm das Kleidungsstück abzustreifen und auf den Boden zu werfen.

»Schöne Muskeln«, sagte Satin anerkennend. Ihre Finger fuhren eine zackige Narbe auf Dhamons Bauch nach. »Du willst Männer, die noch alle Zähne haben, Elsie. Aber ich bevorzuge Männer mit Muskeln. Auch wenn der hier ein bisschen knochig ist.« Sie schmiegte sich an Dhamon und flüsterte ihm etwas ins Ohr. Diesmal lächelte er wirklich, wenn auch nur kurz. Dann wurde sein Gesicht wieder zu einer undurchdringlichen Maske.

Elsbeth musterte die Narbe auf Dhamons Wange. »Wie war noch dein Name, Schätzchen? Ich kann mir Namen nie merken.«

»Das ist das Alter«, neckte Satin. »Da lässt das Gedächtnis nach.«

»Dhamon Grimmwolf«, ertönte eine tiefe Stimme von der anderen Seite des Zimmers. »Sein Name, meine Schönen, ist Dhamon Evran Grimmwolf. Drachenkämpfer, Brutjäger, Schatzsucher der Extraklasse. Einen schöneren Schurken findet ihr auf ganz Krynn nicht mehr. Abgesehen natürlich von mir.«

Die Stimme gehörte einem Mann, der noch kräftiger erschien als Dhamon. Er hatte seine knapp sieben Fuß Körperlänge auf dem anderen, größeren Bett ausgestreckt, das unter seinem beträchtlichen Gewicht – und dem der drei spärlich bekleideten Frauen, die ihn umgaben – zusammenzubrechen drohte. Ihre bleiche Haut hob sich deutlich von seinem verschwitzten, gebraunten Leib ab. Zwei von ihnen winkten Dhamon zu, der den Kopf gehoben hatte, um in das andere Bett zu blicken. Die dritte Frau war damit beschäftigt, dem großen Kerl die rotbraunen Haare zu zausen und sein kantiges Gesicht mit Küssen zu bedecken.

»Und Ihr, mein werter Herr?«, erkundigte sich Elsbeth, die Dhamons Blick durch den Raum folgte. »Ich glaube nicht, dass ich Euren Namen mitbekommen habe.«

»Das ist Maldred«, erklärte Dhamon endlich. Seine Stimme war belegt, und die Zunge fühlte sich pelzig an. »Maldred, der Kronprinz von Bloten. Sieht kein bisschen besser aus als ich. In Wirklichkeit ist er nämlich blau und …«

»Heda«, wehrte sich Maldred, der nun das Gesicht unter den Leintüchern hervorstreckte. »Pass auf, was du sagst, mein Freund. Dhamon, hast du nichts Besseres zu tun als zu reden? Hierher zu kommen war schließlich deine Idee.«

Alle Frauen kicherten.

»Mir macht es nichts aus, wenn er redet, o Kronprinz von Bloten«, gurrte Elsbeth mit seidenweicher Stimme, während ihre Finger über die Knoten in Dhamons Haaren strichen. »Ihr zwei könnt tun, was immer euch beliebt. Reden oder ...«

Der Kronprinz hörte ihr nicht zu. Er war wieder verschwunden, um sich ganz in den Armen seiner drei Begleiterinnen zu verlieren. Das Laken wogte und blähte sich auf wie ein pralles Segel.

Elsbeth widmete sich wieder Dhamon. Als sie sah, dass Satin ihn umschlungen hielt und Dhamons Finger langsam ihren weichen Körper hinunterglitten, machte sie ein grimmiges Gesicht.

»Ich kenne jemanden aus Ergod«, verriet Dhamon dem Mädchen. »Er war früher mal Pirat.« Er hickste und verzog die Nase, weil er seinen eigenen säuerlichen Atem wahrnahm. »Heißt Rig Mer-Krel. Schon mal gehört?«

»Nein.« Satin legte den Kopf schief, zupfte an seinem kurzen Bart und versuchte vergeblich, sich noch enger an ihn zu kuscheln. »Ergod ist ein großes Land, o mächtiger Drachentöter.«

»Nur Brut«, stellte Dhamon richtig. »Einen Drachen habe ich nie getötet.« Na ja, vielleicht den Seedrachen Brynn, dachte er, aber dabei hatte er auch reichlich Hilfe gehabt.

»Von deinem Rig Mer-Krel habe ich nie gehört«, fuhr sie fort.

»Gut«, meinte Dhamon. »Hättest ihn sowieso nicht gemocht. Ein dummer Prahlhans. Habe nie viel von ihm gehalten.«

»Ich mag dich«, gab sie zurück. Sie hatte es geschafft, eine Hand unter seinen Hals zu schieben. »Wir wär's, wenn du jetzt die hier ausziehst?« Mit der anderen Hand zupfte sie an seiner Hose.

Er schüttelte den Kopf und hickste wieder.

Elsbeth bedachte Satin mit einem viel sagenden Blick und beugte sich über Dhamon. »Vielleicht ziehst du sie ja für mich aus, Süßer? Bestimmt weißt du eine ältere Frau zu schätzen, die nicht so knochig ist. Erfahrung zählt mehr als Jugend, weißt du. Wie guter Wein werde ich mit den Jahren immer besser.«

»Bis du zu saurem Essig wirst«, flüsterte Satin so leise, dass nur Dhamon es hören konnte.

»Nein.« Dhamon schüttelte störrisch den Kopf und machte Anstalten, sich zu erheben. Elsbeth drückte ihn nach unten. »Ich glaube, ich behalte meine Hosen lieber an, vielen Dank.«

Elsbeth gab einen kehligen Laut von sich, und Satin machte es ihr nach.

»Du bist aber merkwürdig«, hauchte Satin. »Halt ihn fest«, forderte sie Elsbeth auf, »ich hole unserem Brutjäger etwas, damit er seine Hemmungen verliert. Er mochte diesen gewürzten Rum, nicht wahr? Vielleicht möchten der Kronprinz und unsere Schwestern da drüben auch noch etwas trinken.«

Die liebeshungrige Schönheit kroch aus dem Bett, griff nach Dhamons Tunika und zog sie über. Sie warf noch einen Blick auf das andere Bett und zwinkerte Elsbeth zu, ehe sie durch die Tür verschwand.

Elsbeth wischte an der roten Paste herum, die an Dhamons Nase klebte. »Du wärst ein richtiger Blickfang, mein lieber Dhamon Evran Grimmwolf, wenn du ein bisschen sauberer wärst. So schmuck mit deinem schönen Schwert ...« Sie drehte sich nach dem Schwert in der Scheide um, das am Bettpfosten baumelte. Die Parierstange war gekrümmt wie der Schnabel eines Raubvogels. »Ich wette, das ist eine Menge wert.«

Sie streckte einen Arm nach dem Beutel aus, der ein Stück unter das Bett geschoben war. »Genau wie das da. Ich hab's klirren hören, als du ihn hingestellt hast. Als ob eine Menge Münzen drin sind.«

»Keine Münzen«, befand Dhamon schlicht. »Edelsteine. Ein ganzer Haufen.«

»Wir haben hier auch einen Edelstein«, meldete eine hohe Stimme von der anderen Seite her. Die Sprecherin steckte unter dem Betttuch. »Den Kronprinzen – und was er bei sich hat. Der hat einen fetten Diamanten am Hals.«

»Das Leid von Lahue«, flüsterte Dhamon, denn er erinnerte sich daran, dass der kostbare Stein aus den Wäldern von Lahue in Lorrinar stammte. Vor knapp drei Monaten hatte er ihn dem Ogerhäuptling Donnag abgenommen und Maldred zugeworfen.

Elsbeth setzte sich auf, ohne die Hände von seiner Brust zu lösen. »Da bist du aber wirklich ein mächtiger Schatzsucher, Dhamon Grimmwolf. Und dein Freund ebenso. Verborgene Schätze unter meinem Bett. Und Edelsteine am Hals.«

Dhamons Schulterzucken kam so unerwartet, dass es Elsbeth aus dem Bett katapultierte.

»Bei allen lausigen ...« Sie unterbrach sich und lächelte. Dann hüpfte sie wieder ins Bett, legte ein Bein über ihn und setzte sich auf seine Brust, damit er nicht entkommen konnte. »Ich habe auch so meine Schätze, o mächtiger Brutjäger. Wie wäre es mit einem kleinen Tauschgeschäft?«

Dhamon starrte zu der Frau hoch. »Vielleicht geben wir euch Mädels ein paar Klunker, bevor wir gehen.« Leiser fügte er hinzu: »Vielleicht kann man damit dieses gottverdammte Land verlassen.«

»Ihr schenkt uns Steine?«

»Ja. Wir schenken euch ein paar Steine.« Aber nicht die besten, fügte er bei sich hinzu. So sehr hatte der Rum ihm nun doch wieder nicht die Sinne vernebelt. »Das verdammte Schwert kannst du von mir aus auch haben. Verpfände es irgendwo, und kauf dir besseres Parfüm. Mir hat die Klinge kein Glück gebracht.«

Entzückt küsste sie Dhamons Stirn und Wangen ab, wodurch sie wieder ihre rote Lippenpaste verteilte. »Jemand wie dich und deinen Kronprinzen da drüben sehen wir hier selten, Süßer. Pelzjäger, Räuber, meistens Oger oder Halboger. Die haben nie mehr als ein paar Münzen in der Tasche. Und so viele schöne Edelsteine schon gar nicht.« Sie wippte zurück und fixierte einen Fleck an seinem Kinn, ehe ihr Blick zu einer dicken Goldkette glitt, die er um den Hals trug. »Und was führt dich und den Kronprinzen nach –«

»Wir wollen aus Blöde verschwinden«, erklärte Dhamon. »Wir

haben vom Ogerland die Nase voll. Wir sind Räuber, liebe Elsbeth, genau wie praktisch jeder, der hier durchkommt. Aber ich will lieber nicht gleich alle Geschäftsgeheimnisse preisgeben.« Er lachte kurz auf, dann legte er eine Hand auf die Stirn. Er hatte Kopfschmerzen, denn ihm fehlte ein frischer Schluck Rum. Der Sommertag war drückend heiß. Zusammen mit der Hitze von Elsbeths Körper, den sie an ihm rieb, ging ihm langsam die Luft aus. Er wollte noch etwas trinken.

»Erfolgreiche Räuber.« Sie spielte mit einem dünnen goldenen Reifen, den er am Ohr trug, grinste breit und schmiegte sich noch fester an ihn. »Und nun zu den Hosen.«

»Nein.« Dhamons Antwort war knapp und klar. Er starrte ihr in die Augen, bis er sicher war, dass sie sich ziemlich unwohl fühlte. »Wenn es dunkel ist«, fügte er nach kurzem Schweigen hinzu. »Dann lege ich die Hosen ab.«

»Ein Dieb und ein wahrer Herr«, gurrte sie. Wieder wanderte ihr Blick zu der goldenen Kette an seinem Hals. »Wem habt ihr denn all diese Edelsteine entwendet, Süßer?«

Dhamon lachte. »Die habe ich ehrlich verdient«, teilte er ihr mit.

»Verdient? Willst du mir nicht mehr verraten?«

Dhamon schüttelte den Kopf.

»Wir wär's dann, wenn du uns etwas erzählst, und wir geben dir dafür zu trinken?« Satin stand über den beiden, in jeder Hand einen Keramikkrug mit langem Hals. »Gewürzter Rum, stimmt's?« Sie war so leise ans Bett getreten, dass Dhamon sie nicht gehört hatte.

Er setzte sich auf und griff nach dem größeren der beiden Krüge, schnippte den Korken ab und ließ den schweren Alkohol gierig durch seine Kehle rinnen. Er brannte kurz, dann verwandelte er sich in angenehme Wärme, die in seinen Kopf zog und alle Schmerzen verjagte. Nach einem weiteren langen Schluck bot er Elsbeth den Krug an.

»Oh, nein, Süßer«, lehnte diese viel sagend ab. »Ich trinke lieber später.«

»Dann ist vielleicht nichts mehr übrig«, gab Dhamon zurück. Er nahm einen dritten tiefen Zug und hielt sich den Krug unter die Nase.

Satin warf den zweiten Krug in Richtung des zweiten Bettes. Maldreds Arm schoss unter dem Leintuch hervor, um danach zu greifen. Er murmelte ein »Danke«, als er ihn herunterzog.

»Ja, später, Herr Grimmwolf«, schnurrte Elsbeth. »Ich trinke mit, sobald du uns die Geschichte von diesen Edelsteinen erzählt hast. Sobald es dunkel ist.« Erneut zupfte sie an seinen Hosen herum.

Satin gesellte sich zu ihnen, stieg über Dhamon und glitt auf seine andere Seite. »Wenn deine Geschichte gut ist, mein Lieber, hole ich uns noch einen Krug Rum. Oder zwei.«

Dhamons dunkle Augen blitzten auf. Er war weder ein Angeber noch ein begnadeter Erzähler, aber draußen war es noch hell, und er hatte viel Zeit. Mit dem Daumen fuhr er über den Ausgießer, leerte den Krug mit einem neuen tiefen Schluck fast zur Hälfte und begann.

»Mal und ich haben dem Herrscher von Blöde, dem abgrundtief hässlichen Oger Donnag, einen Dienst erwiesen. Wir sollten für den Fürsten Sklaven aus einer Silbermine befreien und anschließend nach Bloten zurückbringen. Reizender Ort, dieses Bloten.«

»Es war die Silbermine des schwarzen Drachen Zobel«, ergänzte Maldred unter seinem Tuch hervor. »Die Mine wurde von Brut bewacht.« Er machte eine Pause. »Aber wie ich schon sagte, Dhamon hat schon mehr Brut erschlagen. Nur mit den Leuten aus Bloten kommt er nicht so gut zurecht. Na los, Dhamon. Erzähl ihnen von unserer Reise in die Ogerstadt.«

5 Erinnerung an Bloten

Dhamon, Maldred und die befreiten Sklaven aus den Silberminen standen vor einer brüchigen Mauer, die stellenweise fünfzig Fuß hoch aufragte. Die höheren Bereiche waren am besten erhalten. An manchen Stellen war die Mauer komplett eingestürzt. Die Löcher hatte man abwechselnd mit hoch aufgetürmten, vermörtelten Felsblöcken und mit Balken repariert, die tief in den Felsboden getrieben worden waren und von verrosteten Eisenbeschlägen und Tauen zusammengehalten wurden. Ganz oben auf der Mauer ragten Speere in allen erdenklichen Winkeln heraus, um Eindringlinge abzuschrecken.

Auf einem besonders verwitterten Vorwerk standen drei Oger in voller Rüstung. Sie hatten hängende Schultern, und ihre graue Haut war mit Blasen, Warzen und Schrunden überzogen. Dem größten ragte ein abgebrochener Zahn schief aus dem Unterkiefer nach oben. Er knurrte etwas und schlug mit einer Stachelkeule gegen seinen Schild. Dann knurrte er wieder und deutete auf Dhamon und Maldred. Drohend erhob er die Keule und spuckte aus. Der Wächter war misstrauisch. Er kannte Maldred, aber in seiner menschlichen Gestalt war ihm der blauhäutige Ogerzauberer fremd.

Maldred antwortete dem Wächter in derselben kehligen Sprache. Fast schreiend griff er nach seinem Schwert. Die andere Hand glitt zu einem Beutel Münzen, den er nach kurzem Zögern von seinem Gürtel löste und dem Wächter zuwarf. Der Oger kniff die schmalen Augen zusammen, legte die Keule weg und schob einen teigigen Finger in die Börse, um deren Inhalt zu durchwühlen. Nachdem ihn dieser Zoll – oder die Bestechung – zufrieden gestellt hatte, bellte er seinen Kameraden etwas zu, die daraufhin das Tor öffneten.

Dahinter war die Hauptstraße voller Oger. Sie waren neun bis elf Fuß groß und sahen ganz unterschiedlich aus. Die meisten hatten breite Gesichter mit großen, dicken Nasen, teilweise mit

Reifen aus Silber oder Stahl und Tierknochen geschmückt. Ihre Haut wies Schattierungen zwischen blassbraun und sattem Mahagoni auf. Einige waren von kränklich wirkender grüngrauer Färbung, und zwei, die Arm in Arm über die Straße flanierten, waren aschgrau.

»Vielleicht ist Rikali noch hier«, sagte Maldred beim Betreten der Stadt zu Dhamon. »Immerhin hast du gemeint, du würdest sie hinterher abholen. Der Heiler Grim Kedar wird wissen, ob sie noch da ist. Sein Haus liegt ganz in der Nähe.« Der große Räuber zeigte auf das Südostviertel der Ogerstadt.

Dhamon schüttelte den Kopf. »Mal, wenn Riki schlau ist, hat sie nicht auf mich gewartet. Wenn sie doch gewartet hat …«

Er massierte seinen steifen Nacken. »Nun, dann ist sie nicht besonders schlau, und es ist ihr eigenes verdammtes Pech, dass sie nicht weitergezogen ist. Ich hoffe, sie ist hier glücklich. Ich werde jedenfalls verschwinden. Wir wollen doch schon in wenigen Stunden wieder los, stimmt's?«

In einer Nebenstraße bemerkte Dhamon ein Dutzend Oger, die schwere Säcke auf einen Wagen verluden. Die Arbeiter trugen zerlumpte Kleider und löcherige Tierhäute. An den Füßen hatten sie Sandalen, oder sie liefen barfuß. Jeder Einzelne sah genauso verdreckt aus wie die befreiten Sklaven, die immer noch hinter ihm und Maldred herschlurften.

»Hier will ich nicht hin«, flüsterte einer der befreiten Menschen verängstigt. Dhamons scharfe Ohren hörten die Bemerkung, und insgeheim stimmte er dem Mann zu.

»Besser als die Minen«, gab der Zwerg neben ihm zurück. »Alles ist besser als dieses Höllenloch. Hier sehe ich niemanden in Ketten.« Mensch und Zwerg setzten ihre gedämpfte Unterhaltung fort. Der Boden, über den sie trotteten, war feucht, als hätte es hier vor kurzem ausgiebig geregnet, was für dieses eigentlich trockene Bergland ungewöhnlich war. Der Himmel war dicht bewölkt, als drohe weiterer Regen. Der ohnehin düstere Ort erschien dadurch noch bedrückender.

»Eine reizende Stadt«, meinte Dhamon trocken.

»Stimmt«, bestätigte Maldred, aber er meinte es ernst.

Schon nach einer Stunde – einschließlich eines kurzen Halts, bei dem sie einige Krüge des schweren Ogerbiers erworben hatten, das Dhamon inzwischen zu schätzen wusste – saßen sie an dem breiten Tisch im Speisesaal von Donnags Palast. Die befreiten Sklaven waren von Donnags Wachen weggeführt worden. Man hatte Maldred versichert, dass gut für sie gesorgt werden würde.

»Wir sind erfreut, dass Ihr die Rückkehr unserer Untertanen unterstützt habt, Dhamon Grimmwolf. Hoch erfreut.« Der Ogerhäuptling saß auf einem Stuhl, der als Thron hätte durchgehen können, auch wenn die gepolsterten Armlehnen abgegriffen und besonders dort zerfasert waren, wo seine langen Krallen sich in den Stoff bohrten. »Wir sind Euch zu großem Dank verpflichtet.«

Maldred warf seinem Vater einen Blick zu. Dann widmete er sich wieder ganz der köstlichen Nachspeise, die vor ihm stand. Dhamon hingegen achtete sehr genau auf Donnag, denn er hatte in dem Ogerpalast keinen rechten Appetit. Er war froh, dass der Herrscher seine Wachen weggeschickt hatte, um mit Dhamon und seinem Sohn Maldred offen reden zu können.

»Ihr schuldet mir sogar eine ganze Menge, Ihr aufgeblasener –«

»Das ist ein Affront!« Donnag schoss in die Höhe. Sein feistes Gesicht lief dunkel an, und er erhob die Stimme. »Unser Dank –«

»Reicht nicht aus!« Auch Dhamon war aufgestanden. Aus dem Augenwinkel nahm er wahr, dass Maldred die Gabel weggelegt hatte und von einem zum anderen blickte.

Der Häuptling knurrte. Auf sein Händeklatschen hin brachte ein Menschenmädchen, das in einer Nische gewartet hatte, einen großen Lederbeutel. Er war leer. Dhamon kniff die Augen zusammen.

»Wir haben bereits damit gerechnet, dass der Freund meines Sohnes etwas Greifbares wünschen würde«, erklärte Donnag mit säuerlicher Miene. »Ich werde meine Wachen rufen, damit sie Euch in die Schatzkammer eskortieren. Dort könnt Ihr diesen

Beutel mit allem füllen, was Euch beliebt. Dann dürft Ihr gehen, Dhamon.«

Dhamon schüttelte den Kopf. »Den Beutel, den ich mit Euren besten Edelsteinen füllen werde, nehme ich zum Lohn für die Befreiung der Sklaven. Aber Ihr schuldet mir mehr.« Mit weißen Knöcheln umklammerten seine Finger die Tischkante.

Maldred versuchte, den Blick seines Freundes aufzufangen, aber Dhamons Augen hingen an Donnag.

»Das verstehe ich nicht«, fauchte der Häuptling wütend. Er wandte sich an die Dienstmagd. »Wachen! Hol die Wachen.« Leiser fügte er hinzu: »Ich hatte gehofft, diesmal könnten wir drei uns zivilisiert unterhalten.«

»Nein«, unterbrach ihn Dhamon. »Keine Wachen.« Er bedachte das Mädchen mit einem eisigen Blick. »Du bleibst erst mal hier.«

Das Mädchen erstarrte. »Unverschämter Flegel«, fluchte Donnag. »Obwohl Ihr nur ein Mensch seid, waren wir bereits mehr als großzügig. Wir haben Euch besser behandelt als jeden anderen Eurer Art. Dieses Schwert, das Ihr tragt …«

»Drachenfluch. Erlöser«, zischte Dhamon.

»… das Schwert, das einst Tanis dem Halbelfen gehörte. Das haben wir Euch geschenkt.«

»Verkauft«, stellte Dhamon richtig. »Gegen ein wahres Vermögen.«

Donnags Augen wurden zu Schlitzen. »Ein besonders wertvolles Schwert, Mensch.«

»Es ist wertlos. Ich wette, es hat Tanis nie gehört. Er hat es weder berührt noch gesehen noch gewusst, dass das verdammte Ding existiert. Ihr habt mich betrogen.«

Bevor Donnag etwas anderes sagen konnte, sprang Dhamon vom Tisch zurück, warf dabei seinen Stuhl um, zog Drachenfluch und schnellte damit auf den Ogerhäuptling zu.

»Wach–«, konnte Donnag nur noch stammeln, ehe Dhamon ihm die Faust in den Bauch rammte und den Oger damit in seinen Thron zurücksacken ließ.

»Es ist nicht wertlos«, keuchte Donnag, der vergeblich aufzustehen suchte. »Glaubt mir, das ist es nicht. Es ist sogar –«

»Es ist Mist«, fauchte Dhamon. »Mist wie Ihr selbst. Die Magie funktioniert nicht, Donnag.«

Traurig schüttelte der Oger den Kopf und setzte sich würdevoller hin. Er hielt Ausschau nach seinem Sohn, konnte jedoch nicht an Dhamon vorbeiblicken. Maldred sah der Auseinandersetzung ohne Regung zu. Er verriet nichts von seinen Gefühlen.

»Die Magie funktioniert heute nicht mehr so wie zu der Zeit, als das Schwert geschmiedet wurde. Vielleicht –«

»Ich glaube, Ihr wusstet längst, dass das Ding unnütz ist.«

Der Häuptling hob zitternd die Hand zum Widerspruch, worauf ihm Dhamon ein Knie in den Unterleib stieß und das Schwert an seine Kehle hob. Hinter den beiden stand Maldred langsam auf und zog sich vorsichtig vom Tisch zurück.

»Dhamon«, warnte der große Mann.

»Unnütz! Aber vermutlich taugt es wenigstens dazu, Euer armseliges Leben zu beenden.«

Dhamon warf einen Blick auf die Elfenrunen auf der Klinge, die jetzt aufblitzten, als ob das Schwert wüsste, dass es Gegenstand der Auseinandersetzung war. Sie leuchteten bläulich, doch er konnte sie nicht lesen. Was scherte ihn auch, was dort stand? Er wusste nur, dass Drachenfluch, das echte Schwert von Tanis dem Halbelfen, von Elfen geschmiedet worden war. Über die Jahre sollte es viele Besitzer und viele Namen gehabt haben. Angeblich war es der Zwilling von Drachenjäger, dem Schwert, das der Elfenheld Kith-Kanan im Zweiten Drachenkrieg geführt hatte.

Der Legende nach hatten die Waffenschmiede der Silvanesti das Schwert dem Zwergenreich Thorbardin vermacht. Von dort aus gelangte es nach Ergod, wo es Tanis dem Halbelfen in die Hände geriet. Angeblich war es mit den großen Helden der Lanze beigesetzt worden. Donnag behauptete, er sei durch einen Grabräuber dazu gekommen.

»Ich sollte Euch wirklich den Garaus machen«, hielt Dhamon fest. »Dem Land würde ich damit einen Gefallen tun.«

»Maldred, Sohn«, japste Donnag. »Halt ihn auf.«

Dhamon spannte sich, denn er erwartete, dass sein Freund dem Vater zu Hilfe eilen würde.

Maldred sah aber nur wie versteinert zu.

»Geh«, befahl Dhamon dem Dienstmädchen, das wie eine Salzsäule an der Wand lehnte. »Und zu niemandem ein Wort, verstanden?« Seine Augen waren so kalt, dass das Mädchen eilig davonrannte und dabei ein Tablett mit Weingläsern fallen ließ. Dhamon lauschte wartend ihren eiligen Schritten, um sicherzugehen, dass niemand kam.

»Ihr seid ein Nichtsnutz, Donnag«, fuhr er grimmig fort. »So wie dieses Schwert zu nichts nütze ist. Der einzige Unterschied ist, dass es nicht atmet und damit denen, die das Leben mehr verdient haben als Ihr, nicht die Luft zum Atmen raubt. Das Schwert von Tanis dem Halbelfen? Ha! Das bezweifle ich doch sehr. Man sollte das Ding einschmelzen und Euch in den Rachen stoßen.« Dhamons Gesicht war rot angelaufen und zeigte, wie wütend er war. Die Augen waren so weit und dunkel, dass sie Donnag wie bodenlose Löcher erschienen.

Der Ogerhäuptling versuchte, etwas zu sagen, aber Dhamons freie Hand schoss vor und packte ihn am Hals. Der Oger erbleichte. Sein normalerweise rötliches Gesicht war kreideweiß.

»Ich gestehe Euch zu, dass dieses Schwert mich vor dem Odem der Brut beschützt hat – ihre Säure konnte mich nicht verätzen. Das gestehe ich Euch zu.«

»Dhamon …«, warnte Maldred, der etwas näher kam.

»Aber Tanis' Schwert sollte in der Lage sein, für seinen Besitzer Dinge zu finden. Schätze und magische Gegenstände. Das wäre doch wirklich etwas Wertvolles.«

Donnag starrte ihn flehentlich an. Dhamons Finger gruben sich tiefer in seine Kehle, und sein Knie drückte fester zu. »Ich gestehe Euch sogar zu, dass das Schwert offenbar unter all dem Tand in Eurer Schatzkammer das Leid von Lahue ausfindig machte, als ich es um etwas Lohnendes bat.«

»Dhamon …« Maldred stand jetzt direkt hinter ihm.

»Es hat nicht das gefunden, was ich wirklich wollte – ein Heilmittel gegen die verdammte Schuppe auf meinem Bein. Visionen vom Sumpf hat es mir vorgegaukelt. Seltsame Visionen voller Schatten. Es hat mich gequält. An der Nase herumgeführt wie ein grausames Irrlicht. Wertlos!«

Maldred trat neben Donnags Stuhl und warf einen kurzen Blick auf seinen Vater, ehe er Dhamons wutsprühenden Blick auffing. »Er ist mein Vater, Dhamon«, erinnerte der Oger in Menschengestalt Dhamon leise. »Ich empfinde wenig Liebe für ihn, sonst würde ich hier leben, anstatt mit dir herumzuziehen. Aber wenn du ihn umbringst, muss ich dieses Land regieren. Davor würde ich mich nicht drücken, aber mir wäre es lieber, wenn es noch lange nicht so weit wäre.«

Dhamons Kiefer arbeitete, während er seine Hand ein wenig von Donnags Kehle löste. »Ich sollte diesen nichtsnutzigen Fürsten mit diesem nichtsnutzigen Schwert durchbohren.« Da nahm er einen Geruch wahr, der ein grausames Lächeln auf seine Lippen zauberte. Der Ogerhäuptling hatte sich in die königlichen Gewänder gemacht.

»Ich würde das verfluchte Ding hier lassen, aber dann würdet Ihr nur einen anderen Trottel finden, dem Ihr es andrehen könnt. Ich will nicht, dass Ihr ein zweites Mal davon profitiert.«

Donnag schnappte nach Luft. »W-w-was wollt Ihr …«

»Was ich will?« Dhamon ließ die Hand sinken. Der Oger schnappte nach Luft. Dhamon wartete ab. »Ich will … ich will …? Ich will Euch nie wieder sehen!«, schimpfte er. »Diese reizende Stadt nie wieder betreten. Keinen Fuß mehr in dieses unglückselige Land setzen. Und …« Jetzt trat ein echtes Lächeln auf seine Lippen, denn er bemerkte den leeren Beutel. »Und ich will zwei Beutel mit Euren besten Edelsteinen. Einen für mich und einen für Euren Sohn. Zudem werde ich mir die Taschen füllen. Und Ketten und Armbänder um meine Handgelenke und Arme legen. Aber das ist noch nicht alles. Ich will noch etwas.«

»W-w-was denn noch?«

Dhamon zuckte mit den Schultern. Er musste erst nachdenken. Donnag warf seinem Sohn einen hilflosen Blick zu, doch der tat, als wäre ihm das Pech seines Vaters gleichgültig.

»Eine Wagenladung Schätze. Zwei Wagenladungen, Donnag. Zehn! Ich will zehnmal so viel, wie ich für dieses verdammte Schwert bezahlt habe!«

Donnag keuchte auf und rieb sich den Hals. »Ich kann Euch geben, was Ihr wollt, aber es wird Euch alles gestohlen werden, noch ehe Ihr diese Berge verlassen habt. Ihr und mein Sohn seid nicht die einzigen Räuber in diesem Land. Ihr zwei seid vortreffliche Kämpfer, aber sie werden in der Überzahl sein.«

»Die Banditen oder seine Mordgesellen«, flüsterte Maldred.

Dhamon schlug mit der Faust so wuchtig auf die Armlehne von Donnags Stuhl, dass das Holz splitterte. »Ich will –«

»Wir können Euch etwas Besseres anbieten.«

»Ha! Noch eins von Tanis' Schwertern? Ha, ha!«

»Wir haben Schatzkarten«, erklärte Donnag eilig. »Ich denke da an ein paar ganz spezielle. Ein Stück Pergament lässt sich leicht verstecken. Wenn Ihr ausgeraubt werdet – bitte sehr. Gebt ihnen die Juwelen. Ihr habt dann immer noch seltene Karten, die Euch zu größeren Schätzen führen können, ohne dass jemand dies weiß. Lasst mich beweisen, wie dankbar ich wirklich bin. Ich werde Euch Juwelen und Wagen geben, aber vor allem gebe ich Euch seltene Schatzkarten.«

»Jede Eurer Karten wird so wertlos sein wie dieses Schwert.« Dhamon schwenkte die Spitze vor Donnags Augen.

Der Oger schüttelte abwehrend den Kopf, sodass die Ringe an seiner Unterlippe klirrten. »Nein, nein, wir –«

»Zeig uns deine Karten.« Das kam von Maldred. »Ich kann erkennen, ob sie echt sind, Dhamon«, versicherte er seinem Freund. »Er hat vor Jahren schon mit seiner Sammlung alter Schatzkarten geprahlt. Vielleicht ist doch etwas Wahres dran.«

»Ja«, nickte Donnag. »Ich will sie Euch zeigen.« Seine Augen waren glanzlos, als hätte Dhamon alles Feuer und alle Würde daraus vertrieben. »Sie sind unten. In unserer Schatzkammer bei den Juwelen und dem anderen Zeug. Ich rufe –«

»Niemanden!«, brach es aus Dhamon hervor. »Ihr begleitet uns höchstpersönlich in die Schatzkammern. Ich will keine Wachen. Keine Dienstmädchen. Keine Träger. Nur Euch. Und ich werde Euch keinen Moment aus den Augen lassen. Keine Tricks.«

Donnag legte ihnen drei Karten vor, allesamt so alt und brüchig, dass die Ränder zerbröckelt waren und auch der Rest zu Staub zu zerfallen drohte.

»Diese hier zeigt die Chaoszähne, die Inseln im Norden von Estwilde und Nordmaar. So weit will ich nicht fort«, bemerkte Maldred missbilligend. »Zudem ist unklar, was wir dort finden können.«

Dhamon nickte zustimmend. »Aber die hier, die ist von der Elischen Wildnis, der Insel im Osten des Landes von Malystryx. Auch weit weg, aber nicht ganz so sehr, und hier will ich nicht bleiben. Es gibt Andeutungen, die auf Gegenstände hinweisen. Die sind heutzutage viel wert.«

Maldred prüfte bereits die dritte Karte, eine kleinere, die noch älter war als die anderen zwei. Die Tinte war so verblichen, dass sie kaum noch zu erkennen war. »Das hier liegt nicht so weit weg. Wir bräuchten nicht einmal ein Schiff, das uns aufnimmt. Und die Karte sieht wirklich echt aus.«

Dhamon stellte sich zu ihm und blickte ihm über die Schulter. Gleichzeitig behielt er Donnag im Auge, der nervös auf der Treppe wartete. »Stimmt, die sieht wirklich interessant aus, mein großer Freund.«

»Das Land hat sich verändert, aber das dürften die Staubebenen sein«, meinte Maldred. »Gleich südlich von hier. Hinter dem Sumpf der Schwarzen. Puh, die Karte ist am Zerfallen. Wollen wir sie mal ein wenig haltbarer machen.« Er begann einen magischen Spruch, eine kehlige Melodie über verschiedene Tonlagen hinweg, zu der seine Finger über die Karte tanzten. Seine Augen leuchteten blassgrün. Dann wurde die Farbe kräftiger, bis sie seine Arme entlang über die Finger auf die Karte überging.

»Sohn! Was machst du …«

»Ich mache nur das Pergament wieder halbwegs heil, Vater. Dazu brauche ich nicht viel Kraft, das bisschen kann ich verschmerzen.«

Das Leuchten verging, während Maldreds Schultern sich rundeten. Er schüttelte den Kopf. »Magie ist so schwer«, keuchte er. »Jetzt kommt sie mir viel schwieriger vor als vor ein paar Monaten. Gut, dass ich meine Maske gründlich beherrsche. Menschengestalt anzunehmen fällt mir noch immer leicht.«

Einen Augenblick später schien er wieder er selbst zu sein. Entschlossen rollte er das Pergament zusammen und steckte es in eine kleine Knochenröhre, die er in einer tiefen Hosentasche verstaute.

»Dhamon, wir beide sehen uns die Karte gründlich an, wenn wir weit weg sind. Dann schauen wir mal, ob wir die Schrift entziffern können.« Er nickte seinem Vater zu. »Die anderen beiden Karten lassen wir hier. Verkaufe sie ja nicht weiter. Vielleicht wollen Dhamon und ich sie später noch haben. Wenn sich diese hier als wertlos erweist, kommen wir zurück.«

»Ich will trotzdem meine zwei Beutel Edelsteine«, beharrte Dhamon. Er füllte bereits seine Taschen bis zum Platzen, legte eine dicke goldene Kette um den Hals und ein Armband ums Handgelenk.

Donnag funkelte ihn grimmig an. »Gewährt«, sagte er.

»Ferner«, fuhr Dhamon fort, »wünsche ich, dass Ihr uns aus der Stadt geleitet. Ich will Euch keinen Moment Zeit lassen, Eure Generäle oder Mordbuben zu rufen. Ihr solltet uns auch lieber nicht von Euren Handlangern verfolgen lassen. Habt Ihr das verstanden?«

Verstimmtes Nicken.

Dhamon gewährte dem Häuptling nicht einmal die Zeit, sich umzuziehen.

Natürlich verschwieg er den Frauen, dass Maldred ein Ogermagier war, der sich dank eines Dauerzaubers als Mensch ausgab.

Auch, dass Maldred Donnags Sohn war, erfuhren sie nicht. Das Ziel auf der Schatzkarte erwähnte er ebenso wenig wie die Schuppe an seinem Bein. Dhamon sagte nur, das Schwert habe nicht so gewirkt wie versprochen. Er hätte die zwei Beutel Juwelen und die Schatzkarte für seine Mühen und für die Befreiung der Sklaven erhalten.

»Deshalb sind wir mit Bloten fertig«, endete Maldred. »Jedenfalls vorläufig.« Der große Mann hatte sein Leintuch zurückgeworfen. Sein Körper glänzte vor Schweiß, und seine Bewegungen waren vom Alkohol ungeschickt. Seine drei Gefährtinnen umschwirrten ihn immer noch. Eine von ihnen nahm einen guten Schluck von dem gewürzten Rum, küsste Maldred und ließ dabei das Getränk in seinen Mund fließen. Er forderte sie fröhlich zu einem weiteren Schluck auf. »Da wären wir im Moment ohnehin nicht sicher.« Er lachte laut.

»Genau!« Auch Dhamon lachte und drehte seinen Krug um. Er musste sich an das wackelige Kopfende des Bettes lehnen, um aufrecht zu bleiben. Dann gab er den leeren Krug an Elsbeth weiter. »Ich habe dich gewarnt. Jetzt ist nichts mehr da.«

»Du bist betrunken.«

»Jawohl, edle Dame.«

Nach kurzem Stirnrunzeln hellte sich ihr Gesicht wieder auf. »Draußen wird es dunkel. Ich hole noch eine Flasche. Vielleicht möchtest du ja dann doch noch …« Sie ließ ihren Satz unvollendet, rutschte von ihm herunter und küsste ihn flüchtig auf die Wange, ehe sie durch die Tür verschwand.

»Deshalb habt ihr es so eilig, aus Blöde zu verschwinden«, stellte Satin fest. »Weil ihr dem Ogerhäuptling nach dem Leben getrachtet habt.«

»Jawohl«, bestätigte Dhamon erneut. »Es ist ein Kopfgeld auf mich ausgesetzt, inzwischen bestimmt in diesem ganzen verdammten Land. Von Donnag wie von Rittern der Stahllegion, die wir auch schon verärgert haben. Es muss zwar jeder irgendwann sterben, aber in diesem Drecksland mag ich das nicht. Besonders nicht durch Donnags Männer. Außerdem hasse ich diese Berge.

Wird Zeit für eine bessere Gegend.« Seine Stimme klang schleppend.

»Du bist merkwürdig, aber tapfer.« Satin schmiegte sich enger an ihn.

»So warm«, bemerkte er. Er ließ einen Finger über ihren Arm gleiten und fand, ihre Haut gliche ihrem Namen – glatt und seidig. »Warm«, wiederholte er.

»Das ist der Rum, der macht heiß. Der Sommer ist gar nicht so schlimm. Ehrlich«, gurrte sie. »Wir haben schon Schlimmeres erlebt. Ich kann dir noch mehr einheizen, und ich wette, dass du nichts davon missen möchtest.«

Ihre Finger glitten an seine Hose. Als er sie wegschlug, runzelte sie wieder die Stirn.

»Hey, es ist noch nicht dunkel«, wehrte er ab. »Es ist nicht ...« Er sah Elsbeth mit zwei neuen Krügen zurückkehren. Maldred stieg aus dem Bett, um einen zu nehmen, kehrte aber schnell zu seinen Frauen zurück.

»Bier«, klärte Elsbeth sie auf, als sie Maldreds Verstimmung bemerkte. »Gewürzter Rum ist alle. Ihr habt den Rest getrunken. Tut mir Leid.«

Dhamon akzeptierte seinen Krug kommentarlos und nahm einen tiefen Schluck. Wie das Parfüm der Frauen war das Bier billig und hatte einen unangenehmen Geruch, aber es war ausreichend stark. Sein Blickfeld war mittlerweile so unscharf, dass die Krähenfüße um Elsbeths Augen verschwunden waren. Sie sah auch weniger füllig aus, sondern weicher und hübscher. Dhamon nahm noch einen tiefen Zug, ehe er die Flasche an Satin weitergab. Dann griff er nach Elsbeths Haaren, zog ihr Gesicht zu sich heran und küsste sie. Nicht einmal die Passion von Palanthas störte mehr, sondern schien zu dem zu passen, was Satin trug.

Die Mädchen murmelten ihm Koseworte zu, lösten seine Hosen und zogen daran. Ihm war bewusst, dass es noch nicht dunkel genug war. Durch das Fenster drang schwaches Licht herein, und jemand – vermutlich eine von Maldreds Gespielinnen – hatte eine Kerze angezündet. Es müsste dunkel sein, sagte er sich, aber der Alkohol und das Parfüm stiegen ihm zu Kopf. Seine Zunge war zu schwer, als dass er Einwände hätte erheben können, und seine Finger steckten viel zu tief in den Haaren der Frauen.

Er hörte auf Maldreds Seite einen lauten Rums und ein Stöhnen. Leintücher raschelten. Offenbar war der große Mann aus dem Bett gefallen. Dhamon schlug die Augen auf, drehte den Kopf und sah durch eine Lücke in Elsbeths Locken Maldred bäuchlings auf dem Boden liegen. Der Bierkrug war seinen schlaffen Fingern entglitten.

Dhamon hätte gelacht, wenn Satin und Elsbeth ihm nicht abwechselnd mit ihren Lippen den Mund verschlossen hätten. Dann öffnete sich sein Mund für einen weiteren großen Schluck billigen Bieres. Er hätte sogar in die Hände geklatscht, wenn ihm nicht aufgefallen wäre, dass die drei Frauen Maldred mühsam ins Bett zerrten, wo sie ihn mit dem Gesicht nach unten liegen ließen. Eine fesselte seine Hände an den Bettpfosten.

»He!« Dhamon reckte den Hals. Sie banden auch Maldreds Füße fest. Jetzt zogen die drei Frauen sich wieder an.

»Da stimmt doch was nicht.« Dhamon wollte noch mehr sagen, aber die Worte gingen irgendwo zwischen seinem Kopf und der Zunge verloren. Er versuchte, Elsbeth abzuwerfen, doch sie fühlte sich furchtbar schwer an. Seine Finger waren schwerfällig und lösten sich kaum aus ihren Haaren. Er kam sich vor wie ein Stein, denn er konnte sich nicht rühren, weil die füllige Blonde ihn festnagelte.

»Bleib schön liegen, Süßer«, flötete Elsbeth.

»Trink noch was«, forderte Satin ihn auf. Sie legte seinen Kopf nach hinten und kippte ihm noch mehr Bier in den Hals. Das Bier war stark – zu stark. Je mehr er trank, desto mehr fiel ihm auf, dass irgendetwas nicht stimmte.

»N-nein«, wehrte sich Dhamon. Er versuchte, es auszuspucken.

»Süßer, du hättest schon längst einschlafen müssen. Wir haben genug Pulver in diese Krüge getan, um eine kleine Armee außer

Gefecht zu setzen. Ein Krug von diesem gewürzten Rum hätte für euch beide reichen sollen. Ihr seid zäh wie Elefantenbullen. Satin …«

Die schlanke Schönheit aus Ergod drehte den Krug um, aber es gelang Dhamon, die Zähne zusammenzubeißen, sodass das meiste Bier seitlich aus seinem Mund lief. Sein Kopf fühlte sich abwechselnd schwer und leicht an. Wieder versuchte er, Elsbeth und Satin wegzustoßen, diesmal mit mehr Erfolg. Er rollte zusammen mit Elsbeth herum, fiel aus dem Bett und begrub sie unter sich, verhedderte sich dabei aber im Leintuch und den eigenen Hosen. Er wollte aufstehen, aber seine Arme und Beine fühlten sich taub an.

Elsbeth schaffte es, unter ihm hervorzukriechen und ihn auf den Rücken zu rollen. Satin spähte über den Bettrand.

»Sieh mal, sein Bein, Satin! Da ist eine …«

»Ich sehe es, Elsie. Eine sehr seltsame Narbe ist das. Die sehen wir uns später näher an. Hier, nimm den Krug. Mach schon!«

Dhamon konzentrierte sich mit geschlossenen Augen. Beweg dich, befahl er sich. Beweg dich, du lahme Krücke von Mann! Schließlich schaffte er es, sich aus dem Leintuch zu winden und die Hosen hochzuziehen, wobei er sich von Elsbeth wegrollte. Der Alkohol mit dem Schlafmittel hatte seine Sinne jedoch so vernebelt, dass er die drei Mädchen auf der anderen Seite vergessen hatte. Sofort griffen drei Paar Hände zu und hielten ihn unten. Gleich darauf hörte er jemanden auf sich zukommen. Mit erheblicher Anstrengung legte er den Kopf schief und blinzelte zu Elsbeth hoch, die mit dem leeren Krug in der Hand über ihm aufragte. Der Krug kam schnell und hart herunter, traf ihn mit Wucht auf die Stirn und katapultierte ihn damit ins Reich des Vergessens.

Minuten später erwachte er. Jedenfalls glaubte er, dass nur Minuten vergangen waren. Es konnte nicht viel Zeit verstrichen sein, denn der Raum kam ihm kaum dunkler vor als zuvor. Die Stelle, wo Elsbeth seinen Kopf getroffen hatte, tat furchtbar weh. Satin trug seine Tunika, die sie mit der Vorhangschnur zusammengebunden hatte, damit sie ihr nicht vom schlanken Leib rutschte. Auch Elsbeth war bekleidet. Sie sah gerade seinen Beutel durch und bestaunte lautstark die Juwelen und Edelsteine. Die anderen drei Frauen hatten Maldreds Sachen bereits aufgesammelt. Jede trug ein langes Messer am Bauch.

Satin kam herüber und nahm Dhamons Schwert vom Bettpfosten weg. »Wertlos, ja?« Sie zog es aus der Scheide, ließ den Daumen über die Schneide gleiten, zuckte zurück, als sie sich dabei schnitt, und schob den Daumen in den Mund, um daran zu saugen. »Vielleicht für dich, aber ich bekomme dafür bestimmt irgendwo ein schönes Stück Stahl. Wir wollen Blöde nämlich ebenfalls gerade verlassen – nachdem wir jetzt die nötigen Mittel dazu haben. Dank euch.«

Elsbeth hatte ihren Rucksack aufgesetzt und beugte sich über Dhamon. Auch sie hatte ein langes Messer am Bauch hängen. Die Messer sahen alle gleich aus. Die Griffe waren mit brauner Schlangenhaut umwickelt, und ein aufgesticktes Symbol wies sie als Mitglieder einer Diebesgilde aus.

»Ihr seid nicht die einzigen Diebe in dieser jämmerlichen Stadt«, erklärte Elsbeth. »Aber wir sind offenbar erheblich erfolgreicher als ihr.« Sie drehte das Messer um und stieß ihm den Griff auf das Brustbein. Nach mehrmaligem Zuschlagen zog sie ihm die Klinge über den Bauch, bis eine dünne rote Linie entstand. »Da dich das Schlafmittel nicht völlig überwältigt hat«, sagte sie, »kannst du das bestimmt fühlen. Jedenfalls hoffe ich das.« Sie verpasste ihm eine Ohrfeige, trat einen Schritt zurück, um ihr Werk zu bewundern, und schlug ihm dann wiederholt ins Gesicht.

Dhamon kämpfte gegen die Stricke an, die ihn ans Bett fesselten, aber er konnte seine Arme kaum bewegen. Die Stricke saßen fest und waren mit perfekten Seemannsknoten vertäut. Wenn er ganz bei sich gewesen wäre, hätte er sich bestimmt befreien können, aber der Alkohol mit dem Schlafmittel hatte ihm sowohl seine Kraft als auch den klaren Verstand geraubt. Er ließ den Kopf auf die Seite rollen und sah zu, wie Satin zu Maldred hinüberging, der regungslos auf dem Rücken lag.

Sie schaute zu Dhamon zurück. »Als du erwähnt hast, dass ihr gesucht werdet, habe ich überlegt, ob ich mir das hole, aber ich bin keine Kopfgeldjägerin, sondern Diebin.«

»Und was machen wir jetzt mit ihnen?«, erkundigte sich eine der anderen Frauen.

»Keine Zeugen, Mädels«, erinnerte Satin. »Ihr wisst doch, wir lassen keine Zeugen zurück.«

Elsbeth schnalzte abfällig mit der Zunge. »So ein Pech, Herr Dhamon Evran Grimmwolf. Du hast mir eigentlich gefallen. Ich hätte gern noch länger mit dir gespielt. Aber Satin hat Recht. Es ist ungesund, Zeugen zu hinterlassen.« Sie griff hinter Dhamons Hals, löste seine goldene Kette und hängte sie sich selbst um den Hals. Dasselbe tat sie mit seinem goldenen Armreifen. »Wir können es uns einfach nicht leisten, dass jemand von unseren Taten erzählt. Das verstehst du doch?«

Zwei der Frauen hatten Dhamons und Maldreds Gepäck geschultert und stiegen bereits damit aus dem Fenster.

Eine dritte hielt Maldreds Schwert in den Händen, überlegte jedoch noch, wie sie es am besten tragen sollte.

Satin trug das Leid von Lahue und hatte sich absichtlich so gedreht, dass Dhamon sehen konnte, wie es knapp über ihrem Bauchnabel baumelte. Die Platinkette funkelte im Kerzenschein wie winzige Sterne. Sie schob den rosafarbenen Diamanten unter ihre Tunika und lächelte boshaft.

»Der Große hier ... Maldred, nanntest du ihn. Der gehört mir«, sagte Satin. Sie hielt Drachenfluch hoch über Maldreds Rücken und zielte – immer noch mit Blick auf Dhamon – mit der Spitze auf die Mitte seiner Wirbelsäule. »Ich töte ihn mit deinem wertlosen Schwert. Geht ganz schnell. Vielleicht spürt er es nicht einmal.«

»Dann bleibst du wohl mir überlassen, Dhamon Grimmwolf.« Elsbeth zog ihr langes Messer und kam näher.

Dhamon konnte keine der beiden Frauen mehr sehen. Sein Blickfeld verschwamm. Inzwischen nahm er nur noch wogendes Grau und Schwarz wahr. Der einzige Lichtfleck stammte vermutlich von der brennenden Kerze, alles andere waren graue Schwaden.

»Ich muss allerdings zugeben, Süßer, dass ich zu gern die Nacht mit dir verbracht hätte. Dann hättest du wenigstens noch etwas dafür bekommen, dass du uns so viele Schätze überlassen hast.«

»Ich zuerst, Elsie«, gurrte Satin.

Die schlanke Frau aus Ergod zwinkerte ihrer Gefährtin zu, hob die Klinge hoch über Maldreds Rücken und – fuhr erschrocken vom Bett zurück, weil die Tür aufgetreten wurde. Die Tür schlug so hart gegen die Wand, dass der Spiegel herunterfiel und auf dem Boden zerbrach.

»Was zum …« Elsbeth drehte sich um, hielt das Messer vor sich und musterte mit zusammengekniffenen Augen die Frau, die in dem gesplitterten Türrahmen stand.

Das Laternenlicht, das durch den Gang hereinfiel, zeigte eine zartgliedrige Halbelfe in einem weiten meergrünen Kleid. Ihr Gesicht war von einer wilden Mähne aus silberweißem Haar umrahmt. In jeder Hand hielt sie einen Dolch mit Wellenschliff. Ihre rosafarbenen Lippen waren höhnisch verzogen.

»Nicht ›was zum …‹«, stellte die Halbelfe richtig. »Wer. Wer zum. Ich bin Rikali Lockwood, und es stört mich nicht weiter, wenn ihr diese beiden Maden umbringt, die ihr da eingewickelt habt. Ihr tut der Welt einen großen Gefallen, wenn ihr sie von ihnen befreit. Von mir aus könnt ihr's schön langsam und schmerzhaft machen. Aber in der Zwischenzeit hole ich mir einen Anteil von eurer Beute. Das ist nur gerecht. Ich möchte bei euch einsteigen.«

6 Familie

Die drei Diebinnen starrten die Halbelfe an.

»Ihr habt mich gehört. Ich will bei eurer kleinen Bande einsteigen«, fuhr Rikali fort, deren Augen zwischen Elsbeth, Satin und der Dritten, die sich nun nicht mehr mit Maldreds Schwert abmühte, hin und her wanderten. Mit lautem Klirren warf sie es hin und griff nach dem langen Messer an ihrem Gürtel.

»Pfui Spinne, wer wird denn gleich so unfreundlich sein? Ich will doch nur einen Handel mit euch abschließen, meine Damen.« Dieses letzte Wort dehnte sie aus und spuckte dann auf den Boden. »Ich sehe schon, ihr betreibt hier ein florierendes Geschäft. Die Männer kommen hoch, weil sie ihren Spaß suchen, und vielleicht gebt ihr ihnen sogar, was sie suchen. Dann raubt ihr sie aus bis aufs Hemd und bringt sie um. Ich habe den Wirt unten bestochen, und der hat mir verraten, dass ihr heute alle Zimmer hier oben gemietet habt, damit keiner reinplatzt, der euch stören würde. Damit sich keiner einmischt. Außer mir natürlich.«

Satin warf einen Blick über die Schulter. Maldred war noch immer bewusstlos. »Hör zu, Elfe ...«

»Halbelfe.« Rikali warf die Haare zurück, damit man die leicht gerundeten Ohrspitzen sehen konnte.

»Egal. Ich weiß nicht, wo du herkommst, Weib, aber ...«

»Ich komme aus Bloten. Eine wirklich zauberhafte Stadt.« Ihre Stimme triefte vor Sarkasmus. »Dhamon Grimmwolf hat mich dort sitzen lassen. Er sagte, er würde mich später holen.« Sie hielt inne, schnaubte und starrte Dhamon an. »Hätte mir denken können, dass er das nicht tut.«

Dhamon versuchte, seine Fesseln zu sprengen, aber seine Arme wollten ihm nicht gehorchen. Seine Finger waren nur zu einem leisen Zucken in der Lage. Er konnte Rikali nicht sehen, aber dennoch vermochte er es kaum zu fassen, dass sie behauptete, sie wolle sich diesen Frauen anschließen. Hatte sie eben wirklich gesagt, sie sollten ihn und Mal ruhig umbringen? Er wollte ihr etwas zurufen, doch aus seinem Mund lief nur Speichel.

»Ich habe ihn vor ein, zwei Wochen in Bloten gesehen, zusammen mit Mal. Mit einer Reihe zerlumpter Oger marschierten sie einfach so die Hauptstraße entlang, direkt zu Donnags Palast. Und dann auf dem kürzesten Weg aus der Stadt hinaus. Sie haben sich nicht einmal nach mir umgesehen, dabei bin ich eine Nebenstraße hochgehetzt, um sie einzuholen.«

Satin lächelte. »Also bist du ihnen hierher gefolgt«, stellte sie fest.

»Aber ja doch! Aber nur, weil sie mir noch was schuldig sind, eine ganze Menge sogar! Und nur damit ich es einfordern und ihnen gehörig die Meinung geigen kann. In den Abgrund mit allen beiden!« Wieder spuckte Rikali aus, diesmal in Dhamons Richtung. »Ich würde sie sogar für euch umbringen – wenn ihr euch nicht die Hände schmutzig machen wollt und mich dafür in eure kleine Bande aufnehmt. Gegen einen gerechten Anteil natürlich. Von den Münzen, die sie bei sich hatten, gehört sowieso ein Teil mir. Wie schon gesagt, sie schulden mir noch etwas.«

»Tut mir Leid.« Elsbeth schüttelte den Kopf. »Unsere Familie ist komplett, Elfe.«

»Halbelfe«, stellte Rikali erneut richtig.

»Wir brauchen keine Sechste in der Familie. Die Anteile sind so schon zu gering.«

Die Halbelfe zählte rasch durch. »Ich sehe nur drei.«

Elsbeth grinste. »Cat und Keesha sind vor ein paar Minuten verschwunden – mit den Münzen, an denen du so interessiert bist.«

»Ich will nur, was mir zusteht!« Rikali wurde lauter und fasste ihre Dolche fester. »Ich bin doch nicht den ganzen Weg umsonst gekommen!«

»Alles klar, du bekommst, was dir zusteht«, lenkte Elsbeth ein. »Ich gebe dir das hier!« Sie schnellte vor, schwang dabei ihr langes Messer und kreischte auf, als ihre bloßen Füße in die Spiegelscherben traten.

Die Halbelfe hatte keine derartigen Probleme, denn sie trug Stiefel. Als sie mit ihren Dolchen auf Elsbeth losging, tauchte plötzlich hinter ihr ein junger Mann in der Tür auf, der im Gang gewartet hatte. Er war in grün gefärbtes Leder gekleidet und schwang einen Eichenstab. Satin trat ihm entgegen.

»Pfui Spinne!«, fuhr die Halbelfe Elsbeth an. »Ich dachte immer, Frauen seien schlauer als Männer, aber du tappst einfach in

Glasscherben rein! Eine fette alte Schachtel bist du. Anscheinend hat Dhamon jeden Geschmack verloren, als er mich aufgeben musste.«

Als Elsbeth wegsprang, traf die Halbelfe die überraschte Diebin mit dem linken Dolch in die Seite.

»Satin!«, rief Elsbeth. »Ich bin getroffen! Ich blute! Hilf mir!«

»Hilf dir selbst!«, gab die Frau aus Ergod zurück. »Ich habe eigene Probleme.« Graziös wie eine Tänzerin hatte sie sich unter einem Stockhieb weggeduckt. »Du bist also schnell, Kleiner«, murmelte sie, »aber nicht so schnell wie ich.« Sie stieß das Messer nach vorn. Er wich zurück, zog dabei den Stab nach unten und schlug ihr das Messer aus der Hand. »Verdammt!«, fluchte sie, als sie auf den Boden fiel und auf Maldreds Bett zurollte. Ihre Hand tastete nach dem Messer.

Die dritte Frau hatte wieder Maldreds Schwert ergriffen, das sie wie eine Lanze vor sich ausstreckte, um den jungen Mann auf Abstand zu halten.

»Du hast kein Recht, dich hier einzumischen«, zischte sie ihm zu. »Kein Recht!«

Satin tastete unter dem Bett herum. Sie suchte noch immer ihr Messer. »Ich komm nicht dran!« Sie gab es auf, sprang hoch, war in drei Sätzen am Fenster und kletterte hinaus. »Elsbeth! Lass sie stehen! Gerti! Schmeiß das große Schwert weg und lauf! Wir haben mehr Beute, als wir dachten! Verschwinden wir!«, rief sie. »Elsbeth!« Schon war sie nicht mehr zu sehen.

»Satin? Satin! Nein!« Jetzt machte Elsbeth ein besorgtes Gesicht, denn sie wehrte noch immer Rikali ab.

»Zwei gegen zwei«, höhnte die Halbelfe. »Varek und ich sind jedenfalls die besseren zwei, deshalb solltest du und deine Freundin Gerti da drüben lieber die Waffen fallen lassen. Gebt auf, solange ihr noch könnt.«

Elsbeth schüttelte entschlossen den Kopf, trat aber einen Schritt zurück in Richtung Fenster. »Wir haben alle Chancen auf unserer Seite, Halbelfe«, stellte sie klar.

»Denk lieber noch einmal nach. Sag nicht, ich hätte dir nicht die Gelegenheit gelassen, deinen runzligen Hals zu retten.« Rikali schnellte vor.

»Ich steche dich ab!«, gab Elsbeth zurück. Die ältere Frau ging in die Hocke, parierte ohne jede Anstrengung Rikis Angriffe und zwang die Halbelfe ein paar Schritte zurück. Während Riki die Augen auf das Messer gerichtet hielt, griff Elsbeth in ihre Haare, aus denen sie eine gefährlich lange Haarnadel hervorzog. Sie hielt die Nadel in der hohlen Hand, bis Riki näher kam, dann streckte sie den Arm aus, als wolle sie einen Hieb abwehren, stach aber stattdessen mit der Haarnadel zu. Die lange Nadel drang der Halbelfe in den Unterarm.

»Schweinerei!«, schrie Riki nach einem Blick auf ihren Arm, in dem die Nadel steckte, die eine blutende Wunde geschlagen hatte. »Verdammt, Weib, das tut doch weh! Mein Kleid. Das ist ein neues Kleid. Neu! Jetzt ist der Ärmel total versaut!« Sie schwang ziellos ihre Dolche, erwischte Elsbeths Kleider, aber nicht das Fleisch darunter.

»Riki …« Dhamon hatte seine Stimme wieder gefunden, doch er war kaum zu verstehen.

Die Halbelfe blickte zum Bett hinüber, von wo aus Dhamon sie mit glasigem Blick anstarrte. Verächtlich zog sie die Oberlippe hoch, doch diese Reaktion konnte er nicht sehen. Die Ablenkung kam sie teuer zu stehen. Elsbeth näherte sich ein weiteres Mal. Dieses Mal stürmte sie mit gesenktem Kopf vor und rammte Rikis Gesicht. Die Halbelfe war wie betäubt. Gleichzeitig stieß die Diebin ihr Messer in Rikalis Hemd und streifte ihre Hüfte.

»Verdammte Schweinerei! Mein Kleid!«, gellte Riki. »Du Miststück! Du bist tot, hörst du? Tot! Tot! Tot!«

Dhamon schüttelte den Kopf, denn er litt noch immer unter den Nachwirkungen des Schlaftrunks. Hinter seinen Augen schmerzte ihm der Kopf. »Riki.« Blinzelnd stellte er fest, dass sein Blickfeld immer noch verschwommen war, er aber immerhin ein paar Umrisse und Farben erkennen konnte. Auch Elsbeths Parfüm war noch wahrnehmbar. »Riki.« Jetzt war das Wort lauter.

Er konzentrierte sich auf seine Armmuskeln und zerrte an seinen Fesseln. Der Hanf grub sich schmerzhaft in seine Handgelenke. Dennoch mühte er sich weiter ab, während Rikali und Elsbeth ihren Zweikampf fortsetzten. Die Stricke waren schlüpfrig von seinem Blut. Er wusste, dass die Halbelfe mit ihren Messern gut war, darum überlegte er kurz, ob er lieber abwarten sollte, bis sie gewann und ihn befreite. Aber als ihm einfiel, wie sie gesagt hatte, die Frauen sollten ihn und Maldred ruhig umbringen, beschloss er, dass Warten keine kluge Idee war.

Er zog fester und bemerkte, wie das Gefühl in seinen Beinen zurückkehrte. Jetzt versuchte er, die Knie anzuziehen, um die Stricke an seinen Knöcheln zu erreichen. Die Bettpfosten knarrten protestierend. Er spürte, dass eher das Holz nachgeben würde als das Seil.

Auf der anderen Seite des Raums schwang Gerti ohne jede Mühe Maldreds Breitschwert. Sie rückte damit vor, duckte sich unter den Stahlhieben des jungen Mannes weg und zwang ihn zurück, bis er rücklings an der Wand stand.

»Wer bist du?«, fauchte sie. »Wie kommst du dazu, dich hier einzumischen? Du hast kein Recht dazu, du unverschämter Jungspund!« Sie sprang vor und stieß mit dem Schwert zu. Ihr Gegner bewegte sich, war aber nicht schnell genug. Die Spitze des Schwerts ritzte seine Seite, schnitt tief in seine Tunika ein und drang bis in die Gipswand, an der sie ihn festnagelte wie einen aufgespießten Käfer.

»Du bist stark!«, platzte der junge Mann heraus. »Stärker, als du aussiehst!« Er warf einen Blick auf das Schwert, das so tief in der Wand steckte, dass es wahrscheinlich auf der anderen Seite ein Stück in den Gang hinausragte.

»Stark?« Sie ließ den Schwertgriff los und grinste boshaft angesichts seiner prekären Lage. »Du weißt ja gar nicht, was das ist.«

Sie tänzelte vor ihm vor und zurück, wich seinen Schlägen geschickt aus und beobachtete belustigt, wie er sich zu befreien suchte. Er konnte es nicht wagen, den Stab fallen zu lassen, um mit beiden Händen das Schwert herauszuziehen, und seine Ledertunika wollte einfach nicht nachgeben.

»Du trägst aber gute Kleider, mein Junge«, höhnte Gerti. »Wirst eine schöne Leiche sein.« Sie huschte zu Dhamons Bett, hob ihr Messer und hielt es über seine Kehle. »Bevor du stirbst, Junge, kannst du noch zusehen, wie deine Kollegen den Abgang machen. Ihr könnt beide zuschauen.«

»Nein!« Das kam von Maldred. Die Augen des Hünen standen offen. Er bemühte sich, die Wirkung der Droge abzuschütteln, und hatte den Kopf Dhamon zugewandt. Mit geballten Fäusten zerrte er an seinen Fesseln, aber seine Bemühungen reichten nicht aus. »Lass ihn in Ruhe!«

»Genau, Gerti, lass ihn in Ruhe!«, rief Elsbeth, die gerade wieder nach Rikali schlug. »Der da gehört mir!«

»Pech«, erwiderte Gerti lächelnd. »Jetzt gehört er mir.«

»Nein! Bitte!« Das kam von Riki, der es gelungen war, der abgelenkten Elsbeth zu entwischen. Im Nu war sie bei Dhamon. Die Halbelfe holte mit dem Messer aus, brach Gertis Klinge am Griff ab und ließ sie durch die Luft fliegen, gerade als die Spitze Dhamons Kehle erreicht hatte. An Dhamons Hals war nur eine dünne Blutspur zu sehen. Klirrend fiel die Klinge ein paar Fuß weiter auf den Boden.

»Ihr werdet Dhamon nicht umbringen!«, fauchte Rikali. Wieder holte die Halbelfe in weitem Bogen aus. Gerti sprang lachend zurück.

»Ich dachte, er schuldet dir noch was, Halbelfe«, zwitscherte Gerti, als sie sich nach einer neuen Waffe in erreichbarer Nähe umsah. »Ich dachte, er schuldet dir was und es wäre dir egal, ob er tot ist.«

»Das stimmt, er schuldet mir was!«, fluchte die Halbelfe. Sie passte wieder auf Elsbeth auf und entging knapp einem Stich von deren Messer. »Und wenn ich jetzt sein erbärmliches Leben rette, schuldet er mir noch mehr!«

»Bleib, wo du bist!«, fuhr Elsbeth die Halbelfe an. Sie stampfte vor Wut so heftig auf, dass ihr Absatz den Holzboden bersten ließ. »Du bleibst, wo du bist, damit ich dich töten kann und endlich hier fertig bin! Das dauert mir alles schon viel zu lange!«

Rikis Blick wanderte zu der zerbrochenen Diele. Dann sah sie Elsbeth in die Augen, die nun nicht mehr blau, sondern dunkel wie die Nacht schimmerten. »Was bist du?«, flüsterte die Halbelfe.

»Dein Tod«, erwiderte Elsbeth. Sie stach in dem Moment zu, als Riki zurücksprang.

Gerti war an Maldreds Bettende getreten. Mit einer Hand zerrte sie den Pfosten vom Bett, sodass eine Ecke des Betts auf den Boden krachte und der immer noch benommene Maldred aufstöhnte. Sie schwang den Pfosten wie eine Keule, während sie sich dem jungen Mann näherte, der immer noch an die Wand genagelt war. »Elsbeth findet, wir sollten zum Ende kommen, Kleiner. Ich schätze, da hat sie Recht.«

»Wer bist du?«, brüllte Rikali erneut. »Ihr zwei seid keine –«

Ein lautes Krachen schnitt ihr das Wort ab. Maldred hatte endlich die Wirkung des Schlafmittels überwunden und so heftig an seinen Fesseln gezerrt, dass er damit den Rest des Betts zerbrochen hatte. Jetzt bemühte er sich hektisch, die Seile abzustreifen.

Gerti warf einen finsteren Blick über die Schulter. »Elsbeth! Schluss mit der Spielerei. Folgen wir Satin.« Sie holte mit dem Pfosten aus, duckte sich unter dem Hieb des festgenagelten Mannes weg und traf ihn mit dumpfem Aufschlag auf die Brust. Der alte Bettpfosten zerbrach unter der Wucht ihres Schlages. Fluchend warf sie ihn weg.

»Dich zu Tode zu prügeln dauert einfach zu lange«, fluchte Gerti. Sie hob die leeren Hände. Als der Junge wieder den Stab herunterzog, fing sie ihn mit bloßen Händen ab. »Verflixt!«, schrie sie überrascht auf, während ihre Finger sich um das Holz schlossen. »Das tut doch weh! Du bist ganz schön stark, Kerlchen!«

Einen Augenblick rangen sie um den Stab. Schließlich riss sie den Mann von der Wand, denn die Tunika war zerrissen. Er landete auf ihr. Noch immer lag der Stab zwischen den beiden. Einen Augenblick kämpften sie weiter darum, dann rollte sie herum und nagelte ihn am Boden fest.

»Lass das Zappeln, Kleiner! Ich mach's schnell! Ehrlich! Du bist ein Mensch, also schlecht verkäuflich.«

»Wie kannst du so stark sein?«, japste der junge Mann.

Neben ihm war es Maldred gelungen, seine Hände und Füße zu befreien, und er versuchte, sich aufzusetzen. »Das … ist … völlig … verkehrt.« Er wollte aufstehen, aber seine Beine waren zu schwer, und sie gehorchten ihm nicht. Immerhin konnte er seine Arme heben.

»Etwas ist verkehrt?«, äffte ihn die Halbelfe von der anderen Seite des Zimmers her nach. »Wie kommst du denn darauf, Mal? Die durchstechen Gipswände mit ihren Schwertern, brechen Bettpfosten ab, sind stark wie ein Stier! Da stimmt allerdings was nicht! Mal, ich sollte – aua!«

Elsbeth hatte die Halbelfe erneut getroffen, und nun war Rikali gezwungen, sich mit aller Konzentration gegen Elsbeths Angriffe zu verteidigen.

»Dhamon! Dhamon!«, rief Maldred seinem Freund zu. »Beweg dich!«

Dhamon fummelte ungeschickt an seinen Fesseln herum und beobachtete dabei den Zweikampf zwischen Rikali und Elsbeth. Die ältere Frau hatte die Halbelfe an die Wand gezwungen und schlug jetzt mit der Faust zu. Rikali wich gerade noch aus, sodass Elsbeth anstelle ihres Kopfes die dicke Gipswand traf. Sie schlug ein Loch hinein.

Fassungslos sah die Halbelfe zu, wie ihre Gegnerin ohne Mühe den Arm zurückzog und den Staub wegpustete, der ihre Knöchel überzog.

»Ich … ich … ich weiß nicht, was du bist«, stammelte Rikali, »aber jedenfalls nicht einfach eine Diebin.«

»Allerdings«, gab Elsbeth zurück, während ihr Messer einen Ärmel durchstach und der Halbelfe tief in den Oberarm drang. »Vielleicht hat Gerti Recht. Vielleicht sollte ich nicht länger mit dir herumspielen und diese Farce endlich beenden! Aber ich will dich nicht zu schwer verletzen. Du bist kein Mensch, darum könntest du gutes Geld wert sein.«

»Pfui Spinne! Zur Hölle mit dir!« Rikalis Arm wurde gefühllos. Sie fluchte erneut, als ihr der Dolch aus den Fingern glitt. Ihr Ärmel war dunkel vom Blut. »Diesmal hast du mich wirklich erwischt, du lausiges … lausiges … was auch immer!« Die Halbelfe sprang nach links, dann vor und nach rechts. Diese Finte überraschte Elsbeth. Sie wich zurück.

Rikali eilte zum Ende von Dhamons Bett, drehte sich um und befreite mit drei schnellen Schnitten einen von Dhamons Knöcheln. Dann hackte sie auf der anderen Seite auf den Strick ein, der seinen anderen Knöchel festhielt. Hier lagen Scherben von dem zerbrochenen Spiegel herum, aber Elsbeth hatte keine Scheu mehr, ihr zu folgen.

Die große Frau stürmte durch das Zimmer und schrie auf, als ihr das Glas in die Fußsohlen schnitt. Rikali drehte sich gerade noch rechtzeitig um, um Elsbeths Messer mit ihrem Dolch abzuwehren.

Elsbeth kam näher, stach nach ihr, schwang herum und zwang sie zum Fenster hinüber.

Dhamon riss sich endlich vom Bett los, indem er das Kopfende zerschmetterte. Er brauchte drei Anläufe, bis er sich aufsetzen konnte. Das Zimmer drehte sich um ihn, aber er konnte dennoch einen genaueren Blick auf die Halbelfe werfen.

Dabei bemerkte er, wie anders sie aussah. Früher hatte sie hautenge Kleider getragen, jetzt hingegen steckte sie in einem weiten, knöchellangen Kleid. Damals hatte sie sich auch stark geschminkt – Lippen, Augen und Wangen, dazu schwarz getönte Wimpern –, was einen auffälligen Kontrast zu ihrer hellen Haut dargestellt hatte. Jetzt hingegen trug sie keinerlei Schminke. Ihr Gesicht wirkte zerbrechlich wie das einer Porzellanpuppe. Ihre Haare waren wie früher, eine Woge silberweißer, wallender Locken, aber sie reichten ihr nur noch bis zu den Schultern.

»Komm schon«, spornte er sich an. »Steh auf.« Plötzlich standen seine Füße auf dem Boden. Die dunklen Schemen wurden schärfer. Er konnte das Fenster und einen Lichtschimmer erkennen, der von einer Kerze stammte. Durch die offene Tür fiel Laternenlicht herein.

Dhamon hörte eine Frau aufkeuchen. Rikali?

»Ich könnte hier Hilfe brauchen, Dhamon, Mal!«, kam eine Antwort. »Ich wusste gar nicht, dass Menschenfrauen so gut kämpfen können.«

Ich auch nicht, dachte Dhamon. Obwohl ihm immer noch der Kopf brummte, sah er, dass Elsbeths Kampf mit Rikali weiterging. Gerti rang auf dem Boden mit dem jungen Mann. Maldred hockte auf den Knien und zog die Finger durch die Luft. Er zauberte, begriff Dhamon.

Dhamon griff hinter sich an den zersplitterten Pfosten, wo er Drachenfluch abgelegt hatte, doch er fand es nicht. Irgendwo im Hinterkopf erinnerte er sich daran, dass die Frau aus Ergod, Satin, das Schwert genommen hatte. Sie war nicht mehr da. Leise fluchend riss er ein Brett ab, um es als Waffe zu verwenden.

Dhamon rückte vor und hob das Brett. Mit aller Kraft, die er aufbringen konnte, ließ er es auf Elsbeths Schulter niedersausen. Die Hure drängte Rikali ungerührt weiter zum Fenster hin.

»Hilf Varek!«, rief Riki. »Die Hexe will ihn umbringen! Dhamon!«

»Varek?« Dhamon schaute nach unten. Gerti hatte dem jungen Mann die Hände um den Hals gelegt. Sein Gesicht war rot, die Augen traten bereits hervor. Dhamon kam ins Schwanken, als er auf die beiden zugehen wollte. Er hob wieder das Brett und bemerkte, wie sich der Raum um ihn drehte.

Mehrere Fuß weiter setzte Maldred seinen Zauber fort. Wegen seiner Benommenheit fiel ihm das Zaubern schwer, aber er wollte nicht aufgeben. Er konzentrierte sich auf seine Finger, die langsam wärmer wurden – erst angenehm warm, dann fast schmerzhaft heiß.

»Ich will dir nicht wehtun, Weib«, sagte Maldred, um Gertis Aufmerksamkeit auf sich zu lenken, »aber ich kann nicht zulassen, dass du diesen jungen Mann umbringst.«

Sie beachtete ihn nicht.

»Ich warne dich …«, fuhr Maldred fort. Er zielte mit den Fingern auf die Frau.

Die grub ihre Nägel nur noch tiefer in die Kehle des Mannes.

»Na gut.« Maldred ließ seinen Spruch los. Feuerstrahlen sausten auf sie zu und trafen sie in Brust und Bauch.

Sie reagierte nicht, deshalb schickte er eine zweite Salve. Diesmal bemerkte sie ihn doch, ließ los, kam taumelnd hoch und ging auf Maldred los. Ihre spärlichen Kleider rauchten, und die Haut darunter war von dem magischen Angriff angesengt.

»An deiner Stelle würde ich aufgeben«, sagte Maldred. Der junge Mann, den sie gewürgt hatte, schnappte nach Luft und rieb sich den Hals. »Bleib, wo du bist. Hörst du nicht, Frau?«

Kopfschüttelnd breitete er die Arme weit aus und stieß einen Wortschwall auf Ogerisch aus. Eine Flammendecke schoss ihm aus den Händen. Sie traf die Diebin in Hüfthöhe und hatte sie im Nu umschlossen. Sie wand sich und schrie mit einer tiefen, rauen Stimme, die Maldred Schauer über den Rücken laufen ließ.

Maldred zwang sich gerade noch rechtzeitig hoch, ehe sie zappelnd auf sein zerbrochenes Bett fiel, wo das Feuer auf die Leintücher übersprang. Nach wenigen Schritten stand Maldred neben Varek, streckte ihm die Hand hin und half ihm auf die Füße. Gleichzeitig stützte er Dhamon.

»Das Zimmer brennt«, stellte Maldred fest.

»Mhm. Wir verschwinden besser.« Dhamons Worte kamen etwas schleppend, denn seine Zunge war noch schwer, aber sein Kopf wurde bereits klarer. Als er ihn schüttelte, war er froh, dass der Raum sich nicht mehr drehte.

»Riki?« Die Stimme des jungen Mannes klang noch brüchig. »Wo ist Riki?«

Dhamon und Maldred sahen sich um. Von der Halbelfe war nichts zu sehen. Auch Elsbeth war verschwunden.

»Die ist bestimmt schon weg«, vermutete Dhamon. »Sie weiß, wann man Fersengeld geben muss.«

Maldred schüttelte den Kopf. »Das glaube ich nicht.« Er zeigte auf das Fenster. Die Ränder der flatternden Vorhänge waren blutbespritzt. Auf dem Fensterbrett war noch mehr Blut zu sehen. »Ich habe sie am Fenster gesehen.« Ohne auf die sich ausbreitenden Flammen zu achten, sammelte der Hüne seine Hose auf und zwängte sich hinein, während er auf das Fenster zustolperte und den Kopf hinausstreckte.

»Nichts«, meinte er kurz darauf. »Keine Spur von ihnen.«

»Diese Miststücke haben das genau geplant«, sagte Dhamon. »Sie haben uns ein Schlafmittel gegeben und uns ausgeraubt, und dann wollten sie uns umbringen.«

»Riki hat euch gerettet.« Das kam von dem jungen Mann. »Ihr wärt beide tot, wenn sie nicht gekommen wäre. Wir müssen sie suchen.«

Dhamon warf einen Blick auf den Fremden, antwortete jedoch nicht. Varek sah aus wie ein Waldläufer. Er trug eine grüne Ledertunika und lange Stiefel, dazu etwas dunklere Beinkleider. Seine feinen blonden Haare endeten in Kinnhöhe, und seine Augen waren von einer merkwürdigen Farbe, aschgrau.

»Wir müssen hier weg«, erklärte Maldred, der sich vom Fenster abstieß und die beiden anderen zur Tür schob. Das Feuer hatte die Reste des Bettgestells erfasst und leckte nun die Wand hoch. »Wir müssen sofort raus. Danach können wir über Riki nachdenken.« Mit einer Hand schnappte er seine Stiefel und seine Tunika, mit der anderen zerrte er sein Schwert aus der Wand.

»Riki«, beharrte der junge Mann. »Wir müssen meine Frau finden.« Er drängte sich an den beiden überraschten Männern vorbei und eilte die Treppe hinunter.

»Deine Frau?«, fragte Dhamon den Rücken des Fremden. Er erhielt keine Antwort, deshalb stellte er den Gedanken vorläufig zurück. »Vielleicht ist sie der Großen nach«, schlug er vor. »Aus dem Fenster, eher aber durch die Tür. Diese Frauen … irgendetwas an ihnen hat nicht gestimmt.«

»Riki wäre in ihrem Zustand nicht aus dem Fenster gestiegen«, gab der junge Mann über die Schulter zurück, »und sie wäre auch keiner dieser Frauen nachgejagt.«

»Sie war verwundet«, pflichtete Maldred bei. »Ich glaube nicht, dass sie auf eigene Faust irgendwohin wollte.« Er hustete, denn im Zimmer entwickelte sich immer mehr Rauch. Dann schob er sich an Dhamon vorbei und sprang immer zwei Stufen auf einmal hinunter. »Wir finden sie.«

Die Treppe führte in einen großen Gastraum, in dem ein Dutzend Oger hockte. Sie tranken aus schweren Humpen und spielten an zwei großen runden Tischen mit bunt bemalten Muscheln und Steinen. Alle sahen auf, als die drei Verwundeten die Treppe herunterkamen. Murmelnd zeigte man zur Treppe, wo der Rauch nach unten kroch.

Am Schanktisch stand ein dürrer Mann mittleren Alters mit fettigem, grau meliertem Haar, das ihm über ein Auge fiel. Er polierte mit einem schmutzigen Tuch ein Glas und bemühte sich sehr, nicht in Richtung Treppe zu blicken. Den Rauch hatte er noch gar nicht bemerkt.

»Ist hier eine Halbelfe vorbeigekommen?«, fragte ihn Varek. Als der Mann nicht antwortete, lehnte sich der junge Mann über den Schanktisch und legte seinen Stab darauf. »Ich habe gefragt, ob hier eine Halbelfe vorbeigekommen ist?«

Der Mann polierte schneller und sah den Fremden fragend an. »Halbelfe?«

»Oder eine fette alte Wachtel? Eins von den Weibern, die Euch dafür bezahlt haben, nicht nachzusehen, was sie da oben anstellen.«

Der Mann zuckte mit den Schultern und warf sich das Tuch über die Schulter. »Keine Ahnung, wovon Ihr redet. Ich hab niemanden gesehen.«

Varek packte den Mann am Kinn, sodass der vor Schreck das Glas fallen ließ. Dhamon fuhr herum, um die Oger im Auge zu behalten. Die Hälfte war sitzen geblieben und betrachtete die Auseinandersetzung eher als unterhaltsame Einlage.

Varek zog den Kopf des kleinen Kerls nach vorn und verdrehte ihm das Kinn, bis es zur Treppe zeigte. Dort sammelte sich oben bereits dunkelgrauer Rauch, der in dicken Schwaden nach unten kroch. Der Geruch von brennendem Holz begann die anderen Ausdünstungen im Raum – Schmutz, Schweiß und verschüttetes Bier – zu überlagern.

»Feuer!«, schrie der Mann auf. »Mein Haus steht in Flammen!«

Varek hielt ihn fest. »Ihr werdet mit dem Haus verbrennen, wenn Ihr mir nichts über die Halbelfe sagt.«

»Ich habe nichts gesehen!« In den Augen des Mannes stand Angst, aber auch Ehrlichkeit. Varek drückte ihm noch einmal fest das Kinn, ehe er ihn losließ und hinausrannte.

Der Wirt duckte sich hinter den Schanktisch, um in Windeseile ein paar Wertsachen und ein Kästchen mit Münzen zusammenzuraffen.

»Der Schuppen wird schnell herunterbrennen«, stellte Dhamon fest. Hustend machte er sich auf den Weg zur Tür. Als er sah, dass Maldred sich nicht rührte, blieb er stehen.

Sein großer Freund hatte das Schwert gezogen und starrte dem größten Oger ins Gesicht. Die meisten anderen Oger liefen bereits zur Tür, schnappten sich ihre Muscheln und Münzen, teilweise nahmen sie auch ihre Bierkrüge mit. Alle fluchten.

»Die Menschenfrauen«, sagte Maldred auf Ogerisch. Er hielt das Schwert ausgestreckt vor sich. »Hast du sie gesehen? Hast du eine Halbelfe gesehen?«

Der Oger schüttelte den Kopf und machte einen Schritt in Richtung Tür. Maldred vertrat ihm den Weg.

Jetzt hing der Rauch bereits wie eine Wolke unter der Decke des großen Raums. Hier und da waren orangefarbene Punkte zu sehen, die darauf hindeuteten, dass das Feuer sich über den Boden ausgebreitet hatte. Drüben an der Treppe ächzte eine Planke in der Decke, wurde schwarz und fiel herunter.

»Die Frauen«, wiederholte Maldred.

Der Oger trat knurrend vor, ließ die Muscheln fallen und streckte seine Pranken aus.

»Mal …«, meldete sich Dhamon zu Wort. »Mal, verschwinden wir von hier. Riki ist unverwüstlich.«

Maldred ignorierte seinen Freund und löste eine Hand vom Schwertgriff. Diesmal zeigte er mit einem Finger auf den großen Oger und murmelte ein paar Worte, welche Ogerisch enthielten. Es war wie ein Singsang, und als er fertig war, schrie der Oger überrascht auf. Gleich über Maldreds Finger war ein Feuerball aufgetaucht, der knisternd und wabernd seinen Gesten folgte und sich langsam auf den Oger zubewegte.

Die Rauchwolke wurde dichter. Dhamon wich zur Tür zurück und rief seinen Freund zu sich. Rundherum knarrten bereits die Balken. Die Flammen knisterten und prasselten immer lauter. Oben hörte man schon das Krachen einstürzender Dachsparren. Draußen wurde »Feuer!« gerufen. »Das Wirtshaus brennt!« – »Riki!« Dieser letzte Ruf wurde verzweifelt wiederholt.

»Mal …«, drängte Dhamon.

Der Rauch trieb Maldred Tränen in die Augen. Hustend ließ er den Feuerball anwachsen.

»Die Frauen.« Diesmal waren seine Worte von einem Fauchen begleitet. »Du musst etwas wissen.« Der Oger sagte noch immer nichts. Maldred zeigte auf den Boden. Der Feuerball sank hinunter und zerbrach wie eine Kugel voller Wasser. Die Flammen breiteten sich auf einer Linie zwischen Maldred und dem Oger aus.

Der Oger heulte auf. Dhamon fluchte. »Mal! Das verdammte Haus wird gleich über uns zusammenbrechen.«

»Die Halbelfe!«, überbrüllte Maldred das wütende Knattern der Flammen.

»Sie wollen sie verkaufen!«, schrie der Oger. »Im Dorf der Brut. Das machen sie mit Elfen so. Sie verkaufen sie in Polagnar.«

Maldred fuhr herum und folgte Dhamon zur Tür hinaus. Der große Oger folgte ihnen auf dem Fuß, übersprang das Feuer und eilte ihnen hinterher.

Da Vollmond herrschte, konnten sie sich in dem heruntergekommenen Dorf am Fuß der Berge leicht orientieren. Es gab gut zwei Dutzend Häuser, alle aus Holz, und alle wirkten einsturzgefährdet. Ein paar Geschäfte waren darunter – ein Stall, eine Art Lebensmittelladen, eine Schneiderei und eine Schusterei, eine geschlossene Schmiede. Am Ende der staubigen Straße befand sich eine zweite Schänke. Das Wirtshaus, das sie gerade verlassen hatten, loderte in hellen Flammen. Die übrigen Gebäude waren entweder Wohnhäuser oder billige Absteigen, oder sie standen leer.

Unter lautem Stöhnen fiel das rundum brennende Gebäude in sich zusammen. Die Oger schrien auf, als die Flammen auf die daneben gelegene Schusterei übersprangen. Der Wirt stachelte seine Gäste an, Maldred nachzulaufen. Varek schrie immer noch nach Riki.

»Er war's!«, gellte der Wirt und zeigte auf Maldred. »Er hat es angesteckt! Tötet ihn!«

»Ich habe keine Waffe«, teilte Dhamon Maldred mit. »Es sind einfach zu viele.«

Maldred grunzte. »Dieses Dorf wird brennen wie Zunder. Wir brauchen keine Waffen.« Er zeigte auf den Laden gegenüber von dem brennenden Gasthaus. Schon leckten Flammen die Säulen hoch, die ein schindelbedecktes Vordach stützten. Auf eine weitere Geste von Maldred hin griff das Feuer auch auf das Dach des Stalls über.

»Er brennt die ganze Stadt nieder!«, geiferte der Wirt. Keuchend wedelte er mit den Armen. »Tötet ihn! Tötet ihn und seine Freunde!«

»Tötet die Menschen!«, brüllte ein vierschrötiger Oger.

»Kümmert ihr euch um eure Stadt«, gab Maldred lautstark zurück, »sonst brenne ich sie völlig nieder!«

Er wich zurück. Dhamon hielt sich dicht in seiner Nähe. Varek, der immer noch nach Riki rief, schloss sich ihnen an.

»Meine Frau«, sagte der junge Mann. Seine Augen sprühten vor Zorn. »Ich muss sie finden. Sie ist –«

»Nicht hier«, unterbrach ihn Maldred. »Aber ich weiß, wo sie ist. Kommt!«

Sie eilten davon und wurden erst langsamer, als das Knistern der Flammen und die Rufe der Oger nur noch Erinnerung waren.

»Wo steckt sie?«, fuhr Varek Maldred an, als er atemlos stehen blieb. »Wo ist meine Riki?«

»Meine Riki? Wer bist du überhaupt?«, warf Dhamon ein.

Mit rotem Gesicht plusterte der junge Mann sich auf. »Varek. Varek Lockwood. Riki ist meine Frau, und ich werde sie wieder finden. Sie wollte unbedingt hierher kommen und euch suchen, und –«

»Sie ist an einem Ort, der sich Polagnar nennt«, teilte Maldred ihm mit. Er griff in die Hosentasche und zog daraus eine beinerne Röhre hervor. »Beziehungsweise auf dem Weg dorthin.«

Dhamon atmete erleichtert auf, als er die Röhre mit der Karte sah. »Die Diebinnen haben unsere Edelsteine, aber sie haben nicht alles erwischt.«

Maldred grinste. »Nein. Unsere Karte haben sie nicht.« Er entrollte das Pergament und sprach: »Polagnar.« Ein Teil der Karte leuchtete auf. Ein grüner Fleck wurde heller. Bilder von Bäumen und Papageien umwirbelten den Punkt und wurden dann von einer Brut mit abgebrochenen Zähnen und glänzend schwarzen Augen ersetzt. Maldred begutachtete die Lage und zeichnete eine unsichtbare Linie von ihrem Standort bis dorthin.

»Rikali wird in dieses Dorf gebracht, nach Polagnar. Wenn wir uns sputen, holen wir sie und Elsbeth vielleicht unterwegs noch ein.« Maldred steckte die Karte wieder ein und verstaute die Röhre in seiner Tasche.

»Na gut.« Dhamon schüttelte den Kopf. »Dann soll doch Varek seiner Frau nachjagen. Das liegt weitab von unserem Weg. Denk an das Tal der Kreischer, Mal. Und die Wahrsagerin, die ich aufsuchen muss.« Dhamons Augen waren starr, sein Gesicht hart. »Wir werden Riki nicht in den Sumpf nachgehen. Sie versteht das schon.«

Varek warf Dhamon einen vernichtenden Blick zu und umklammerte seinen Stab fester. »Undankbar«, schnaubte er. Damit eilte er im Laufschritt in Richtung Polagnar davon. Das Mondlicht beleuchtete seinen Weg.

»Seine Frau«, murmelte Dhamon sarkastisch. »Mann und Frau, wer's glaubt! So ein Träumer! Riki würde einen solchen Knaben genauso wenig heiraten wie –«

»Wir begleiten ihn, Dhamon«, warf Maldred ein. »Nach Polagnar. Wir müssen Riki finden. Vielleicht ist sie seine Frau, vielleicht auch nicht. Aber sie gehört zur Familie.«

»Nein. Das tun wir nicht. Wir ziehen geradewegs nach Süden.« Dhamon schüttelte wieder den Kopf. »Mal, ich –«

Grollend fuhr der große Mann herum, packte Dhamon an den Haaren und zog ihn an sich.

»Was denkst du dir eigentlich dabei?« Seine Worte klangen giftig und wütend. »Riki nicht suchen? Sie hat uns das Leben gerettet, indem sie sich in diese Ogerstadt gewagt hat. Dein Leben gerettet, als dieses Miststück dir die Gurgel durchschneiden wollte. Du stehst in ihrer Schuld. Wir stehen beide in ihrer Schuld.«

Dhamon mahlte mit den Zähnen und ballte die Hände zu Fäusten, sagte aber nichts.

»Wir werden durch das Tal der Kreischer zu unserem Schatz gelangen. Danach suchen wir die Wahrsagerin«, fuhr Maldred fort. »Aber zuerst müssen wir Riki finden.« Er ließ Dhamon los und trabte Varek nach, ohne sich noch einmal nach seinem Freund umzusehen.

7 Schuppen

Der matschige Boden saugte an Dhamons Absätzen, als dieser durch einen dichten Zypressenhain stapfte. Varek und Maldred gingen einige Schritte vorweg. Sie unterhielten sich. Die Stimme des jungen Mannes klang drängend. Hin und wieder drehte Maldred sich um und sagte etwas zu Dhamon, der jedoch nicht antwortete. Er achtete weniger auf die Worte seines Gefährten als auf das anhaltende leise Zirpen der Insektenwolke, die ihn umschwirrte. In Gedanken war Dhamon bei der geheimnisvollen Heilerin, zu der die verzauberte Karte ihn führen konnte.

»Erst der Piratenschatz«, sagte er sich, »wenn es ihn gibt.« Davon würde er so viel wie möglich – notfalls alles – verwenden, um sich bei der Wahrsagerin ein Heilmittel zu kaufen. »Wenn es sie gibt«, fügte er hinzu, obwohl er dies gar nicht laut hatte sagen wollen.

»Was hast du gesagt, Dhamon?« Das kam von Maldred, der am Rand einer sumpfigen Lichtung Halt gemacht hatte.

»Ich sagte, ich übernehme die erste Wache«, erwiderte Dhamon. »Die Sonne geht schon unter. Ich habe keine Lust, im Dunkeln durch diesen Sumpf zu tappen. Besonders, da wir keine Fackeln haben.«

Bis Varek und Maldred schliefen, tauchten schon die ersten Sterne auf. Dhamon saß mit dem Rücken an einen dürren Hickorynussbaum gelehnt. Er konnte Maldred schnarchen hören. Dazu erklang ein Zikadenkonzert, und auf einer hohen, stark bemoosten Pappel schimpfte leise ein Papagei, weil sie in sein Territorium eingedrungen waren.

Einen winzigen Moment lang überlegte Dhamon, ob er seinem Freund die verzauberte Karte stehlen und auf eigene Faust versuchen sollte, den Schatz und die Zauberin zu finden. Vielleicht waren beide nur dessen Fantasie entsprungen. »Sollen Maldred und Varek doch Riki suchen«, überlegte er leise. »Dazu brauchen sie meine Hilfe nicht. Ich habe keine Zeit zu verschwenden – bei allen verschwundenen Göttern, bitte nicht jetzt!«

Sein rechtes Bein hatte zu schmerzen begonnen, erst nur wenig, doch nun wurde es immer schlimmer. Sein Körper war wie im Fieber. Zitternd stand er auf und taumelte von der sumpfigen Lichtung weg. Fast eine Meile weit folgte er einem kleinen Bach im Osten, bis seine Brust so eng und seine Beine so gefühllos wurden, dass er nicht mehr weitergehen konnte. Er stolperte einen kleinen Hügel hinunter in das nächtlich kühle Wasser, konnte sich aber zurück an das schlammige Ufer ziehen. Er drückte die Hände auf den Oberschenkel, wo er durch die abgewetzten Hosen hindurch die stahlharte Schuppe fühlte.

»Verdammtes Ding!«, fluchte er leise. »Ich bin verdammt!« Jetzt strahlten eisige Wellen von der Schuppe aus, als wäre Dhamon in ein Eismeer gefallen. Seine Zähne klapperten, und er rollte sich zusammen, doch auch das konnte ihn nicht wärmen.

Das Gefühl schwoll weiter an, bis er glaubte, es nicht mehr ertragen zu können. Als er kurz davor stand, das Bewusstsein zu verlieren, ließ es langsam nach. Nach endlosen Momenten wurde ihm wieder warm. Er sog die Luft des Spätsommers in seine Lungen und richtete sich mühsam wieder auf. Der rutschige Schlamm erschwerte das Hochkommen. Seine suchenden Finger fanden eine Ranke, an der er sich emporziehen konnte.

Einen Augenblick überlegte er, ob er nicht zu Maldred und Varek zurückkehren sollte, doch er hasste den Gedanken, dass sie ihn so hilflos sehen würden. Plötzlich wurde ihm noch wärmer. Hitzestiche malträtierten das Bein dort, wo die Schuppe saß – ein regelmäßiges Pulsieren wie das irritierende Pochen eines fremden Herzens. Die Hitze wurde stärker, und er ballte die Fäuste. Sein Fingernägel gruben sich tief in seine Handflächen, um die Qual abzuwenden. Er fühlte Blut an den Händen, aber keine Schmerzen. Die Wunden, die er sich selbst zufügte, waren unbedeutend im Vergleich zu dem, was die Schuppe ihm antat.

»Nein«, ächzte er. »Aufhören.« Mit diesen Worten taumelte er weiter den Bach entlang, sagte sie sich vor, als könnten sie den Schmerz vertreiben. Einige Schritte weiter sank er zusammen, rutschte auf einem schmierigen Flecken Gras aus und fiel auf den Rücken. Er rutschte kopfüber die Böschung hinunter, bis sein Knöchel sich an einer Wurzel verfing. Seine Haare hingen ins Wasser.

Wieder wuchs die Hitze an, und das Pochen beschleunigte sich, bis er nach Luft schnappte. Seine Glieder zitterten. Schließlich konnte er sie nicht mehr beherrschen und zuckte mit den Armen, während er um eine Ohnmacht, den Tod oder etwas anderes betete, das den Schmerz lindern würde. Er rollte sich auf den Bauch, bis sein Gesicht ins Wasser tauchte, würgte und erbrach das wenige Essen, das er heute zu sich genommen hatte. Dann nahm er seine letzten Kräfte zusammen, hob den Kopf und rammte ihn gegen einen Stein. Der Schmerz der Platzwunde kam zu seinen anderen Qualen hinzu. Wieder hob er den Kopf, da gab die Wurzel nach, und er rutschte ganz nach unten, bis er rücklings im Bach lag.

An dieser Stelle war der Wasserlauf flach. Das Wasser spülte nur über seine Schultern hinweg und reichte ihm knapp bis zum Gesicht. Ein Teil von ihm registrierte, dass es nun angenehm kühl war, aber gegen die verzehrende Hitze in ihm half auch das nicht. Inzwischen zitterte Dhamon am ganzen Leib. Er verfluchte sich, die Kontrolle über die Schmerzen verloren zu haben, verfluchte den Schwarzen Ritter und den Drachen, die ihn in diese hilflose Lage gebracht, ihm diese Qualen zugefügt hatten.

Seine Gedanken versetzten ihn wieder in das Wäldchen in Solamnia. Er kniete neben einem Schwarzen Ritter, den er tödlich verwundet hatte, hielt dem Mann die Hand und versuchte, ihm in den letzten Augenblicken seines Lebens ein wenig Trost zu spenden. Der Mann winkte ihn heran, löste die Rüstung von seiner Brust und zeigte Dhamon eine große blutrote Schuppe, die in seinem Fleisch ruhte. Hektisch riss der Ritter sich die Schuppe vom Körper, und ehe Dhamon begriff, was sich hier abspielte, hatte der Ritter sie ihm auf den Schenkel gedrückt.

Wie ein glühendes Brandmal verschmolz die Schuppe mit der ungeschützten Haut seines Beins. Es war der furchtbarste Schmerz, den Dhamon in seinem jungen Leben gespürt hatte. Schlimmer als der Schmerz war jedoch der Ehrverlust, denn Malys, die rote Drachenherrscherin, von der die Schuppe stammte, konnte nun von ihm Besitz ergreifen und ihn dirigieren. Monate vergingen, bis ein geheimnisvoller Schattendrache zusammen mit dem Silberdrachen Silvara mit Hilfe alter Magie die Herrschaft des Oberdrachen brechen konnte. Dabei färbte sich die Schuppe schwarz, und bald darauf hatte sie begonnen, hin und wieder zu schmerzen.

Anfangs kam der Schmerz nur gelegentlich, blieb flüchtig und erträglich. Jedenfalls war er besser, als von einem Drachen gesteuert zu werden. Mit der Zeit jedoch wurden die Krämpfe schlimmer und dauerten länger an. Er hatte schon zahlreiche

Mystiker und Weise um Hilfe gebeten, sogar alte Kräuterweiber, die Flaschen mit den verschiedensten stinkenden Tränken verkauften. Er hatte sich Tanis' Schwert beschafft, weil es angeblich für seinen Besitzer seltene oder verschollene Dinge finden konnte. Dhamon hatte ihm aufgetragen, ein Heilmittel zu finden, doch stattdessen hatte es ihn mit unverständlichen Visionen gequält.

»Ich sollte mich umbringen«, zischte Dhamon durch die Zähne. »Meinem Leben endlich ein Ende setzen. Anstatt närrischerweise zu hoffen, dass Mals Heilerin wirklich existiert.« Er hatte schon mehrfach an Selbstmord gedacht, aber entweder fand er nicht den Mut dazu, oder er sah wieder einen Hoffnungsschimmer, an den er sich klammern konnte – wie jetzt Mals geheimnisvolle Heilerin aus den Staubebenen.

»Wenn es sie gibt.«

Er hatte sogar schon behauptet, die Krämpfe endlich überwunden zu haben. Seit dem letzten Anfall waren fast vier Wochen verstrichen. Ein Teil von ihm wusste es jedoch besser, und der heutige war zugleich der bisher schlimmste gewesen. Früher hatte der Schmerz so lange angehalten, bis er ohnmächtig geworden war. Diesmal schien ihm nicht einmal diese Gnade vergönnt zu sein.

Im Geist sah er Bilder von der großen Roten, Malys, dem Schattendrachen und der silbernen Silvara. Auch andere Bilder stiegen in ihm auf, bronzene und blaue Schuppen und Flügel. Er fragte sich, ob er sich das alles einbildete oder ob Drachen dieser Farben gerade über ihn hinwegstrichen. Die Schuppe verlieh ihm die Gabe, zu spüren, ob Drachen in der Nähe waren.

Fast eine Stunde lang lag er gemartert im Bach. Tränen liefen aus seinen Augen, und er saugte die faulige Luft dieses Ortes in sich ein, während Bilder von bronzefarbenen, blauen und schwarzen Drachen seine Gedanken heimsuchten. Als die Wellen aus Feuer und Eis endlich unregelmäßig und schwächer wurden, kroch er aus dem Bach und das Ufer hinauf, wo er eine ebene, höher gelegene Stelle entdeckte. Dort warf er sich auf den Rücken und starrte zu den Myriaden von Sternen hinauf, die er durch das Loch zwischen den Blättern erkennen konnte. Er bemühte sich, das Dröhnen in seinem Kopf zu verdrängen. Als die warme Luft ihn getrocknet hatte, kam er hoch und löste mit bebenden Fingern die Schnallen seiner Hose.

Dhamon zog die Hose herunter und beugte sich vor, um sein Bein zu untersuchen. Die große schwarze Schuppe am rechten Schenkel reflektierte sanft das Sternenlicht und beleuchtete mehrere Schuppen, groß wie Stahlstücke, die am Rand der großen gewachsen waren. Er zählte elf – zwei mehr als vor wenigen Wochen.

»Was geschieht mit mir?«, flüsterte er. Mal wusste von der einen großen Schuppe, die einst der roten Drachenkönigin gehört hatte. Auch Palin Majere, Feril und einige andere wussten davon. Von der wachsenden Zahl kleiner Schuppen hingegen wusste niemand. Diese bestürzende Entdeckung hatte er für sich behalten.

Er überlegte, ob er ins Lager zurückkehren und Maldred das Messer entwenden sollte. Dhamon war ein geschickter Dieb; Rikali hatte ihn gut unterrichtet. Er könnte Maldred und Varek zurücklassen, davonschlüpfen und seinem Elend mit einem Messerstoß ein Ende setzen.

»Das sollte ich«, sagte er sich. Er legte den schmerzenden Kopf erneut zurück, um die Sterne zu betrachten. Die Konstellationen kannte er nicht. Zwischen diesem Anfall und dem letzten lagen Wochen, erinnerte er sich, Wochen der Freiheit, in denen er und Maldred sich in verschiedenen Ogerstädten vergnügt hatten. Er hatte die Zeit mit seinem Freund wirklich genossen.

»Das sollte ich«, wiederholte er.

Aber dann hätte die Schuppe gewonnen. Er war nie jemand gewesen, der sich völlig aufgibt. Krynn? Ja. Die Welt hatte er vor Monaten schon aufgegeben, als er zu der Einsicht gelangt war, dass die Oberdrachen unbesiegbar waren. Seine Freunde? Die meisten derer, die nicht in seiner Gesellschaft umgekommen waren, hatte er aufgegeben. Palin Majere konnte nichts gegen die Schuppe tun. Feril hatte ihn verlassen. Fiona und Rig – der Mann, der immer gegen ihn zu sein schien – hatten ihn aufgegeben und er sie. Er hatte fast jeden aufgegeben, außer Maldred.

»Ich sollte – aber noch nicht jetzt. Noch nicht.« Immerhin wies die Karte auf eine Heilerin hin. Sie war seine letzte Hoffnung. Und vorher kam der Piratenschatz. »Dann die Heilerin.«

Oh, und sie mussten die Halbelfe retten. Dhamon hatte keine große Lust, jemanden zu retten, abgesehen von sich selbst. Wenn sie nicht in ein oder zwei Tagen in Polagnar ankamen, würde er versuchen, Maldred dazu zu überreden, Riki aufzugeben und lieber dem Schatz nachzujagen. Sollte Varek sich doch um seine Frau kümmern. Dhamon musste sich um seine Schuppe kümmern. Er wusste, dass er einzig für sich selbst lebte, aber zur Hölle mit den Folgen und mit jedem, der ihm in die Quere kam.

»Zur Holle mit mir«, sagte er.

Erschöpft von seiner Tortur kehrte er zu dem dürren Baum zurück. Niemand war aufgewacht. Niemand hatte bemerkt, dass er fort gewesen war. Er griff nach einer Flasche Bier. Am Himmel zeichnete sich ein schwach rosafarbenes Licht ab, ein Zeichen dafür, dass in einer guten Stunde die Dämmerung anbrechen würde. Er lehnte sich an den Baum und nahm einen langen Zug aus der Flasche. Das Bier half gegen das Pochen in seinem Kopf, das nach jedem Anfall einige Stunden anhielt. Dhamon trank die Flasche fast leer, ehe er sie wieder verkorkte und wartete, bis seine Gefährten erwachten.

8 Mangrovendornen

Maldred untersuchte eine wahre Wand aus dicht stehenden Büschen, Bäumen und blühenden Ranken, die sich, so weit sie sehen konnten, nach Norden und Süden erstreckte. Sie erhob sich über hundert Fuß in den Himmel.

Seine Zauberkarte hatte ihn auf seine Frage nach Polagnar hin hierher geführt. Er hatte den kürzesten Weg gewählt, doch jetzt fragte er sich, ob das ein Fehler gewesen war.

»Kann deine Karte dir sagen, wie weit es um diese ... diese ...« Varek fand kein passendes Wort für die Barriere, die das Pflanzendickicht darstellte. »Gibt es einen anderen Weg nach Polagnar?« Als Maldred nicht antwortete, sah der junge Mann Dhamon an. »Sie haben meine Riki schon vor drei Tagen geschnappt. Gibt es keinen schnelleren Weg?«

Dhamon atmete tief ein. Die Düfte hier waren intensiv und durchaus angenehm, ganz anders als der faulige Gestank der modernden Pflanzen und brackigen Tümpel, den er in letzter Zeit zumeist erlebt hatte. Das Licht, das herunterdrang, ließ Wasser glitzern, das sich von den Wurzeln der Wand aus ausbreitete. Vorsichtig machte er einen Schritt nach vorn und stellte fest, dass der Boden am Rand des Wassers abrupt abfiel. Dort reichte ihm das Wasser bis über die Knie. Er zupfte an den dicht verwobenen Zweigen vor sich.

»Eine Mangrove«, stellte Maldred fest. Auch er atmete tief durch.

»Mhm. Das ist allerdings eine Mangrove, mein Freund. Aber ziemlich unheimlich, wenn du mich fragst. Vielleicht ist es an der Zeit, Riki aufzugeben und –«

Maldred warf Dhamon einen vernichtenden Blick zu.

»Was ist eine Mangrove?« Varek starrte das Wasser an.

»Etwas Unangenehmes«, erwiderte Maldred.

»Damit weiß ich immer noch nicht, was –«, fuhr Varek fort.

»Eine Mangrove ist das da«, unterbrach ihn Dhamon ungehalten. Er deutete auf die Pflanzen und das Wasser. »Das Ganze hier. Und es ist ein schlechtes Zeichen, auf eine Mangrove zu stoßen, ein Zeichen, dass wir nicht hier sein sollten.«

Varek blickte nach Süden. »Dann sollten wir diese Mangrove einfach umgehen, damit wir meine Riki finden, und dann –«

»Ich bin sicher«, warf Maldred ein, »dass diese Diebinnen sich nicht die Mühe gemacht haben, Riki um die Mangrove herumzuführen. Das hätte viel zu viel Zeit gekostet. Ich bin ebenso sicher, dass auch Dhamon viel zu ungeduldig ist, um den längeren Weg zu nehmen.«

Er konsultierte die Zauberkarte, um die Lage des Brutdorfs zu überprüfen. Dann steckte er die Karte sorgfältig wieder in die Knochenröhre und schob sie in seinen Gürtel, ehe er zu Dhamon trat. Indem er an den dünnsten Zweigen zog, erzwang er mit großer Anstrengung einen Zugang und schlüpfte hinter die lebende grüne Wand.

»Wunderbar«, bemerkte Dhamon sarkastisch, während er seinem großen Freund nachging. Varek folgte dichtauf.

Sie zwängten sich zwischen dürren Stämmen hindurch und schlossen die Augen, wenn ihnen die Zweige wie Finger das Gesicht zerkratzten. Als sie auf weite Abschnitte voller spitzer Dornen stießen, drängte Dhamon sich an Maldred vorbei und zog seinem Freund dabei das Messer aus dem Gürtel, mit dem er ein paar Zweige wegschnitt. Unter seinen Augen wuchs das Dickicht sofort wieder nach und wurde hinter ihnen sogar noch dichter.

»Mal, du hast doch immer einen Spruch parat«, schlug Dhamon vor. »Wäre das jetzt nicht passend, damit wir leichter vorwärts kommen?«

Sein Kamerad schnaubte nur. »Ich hab's mehr mit den Elementen Erde und Feuer, Dhamon. Hier ist alles viel zu nass, das brennt nicht.«

Zeitweise schoben sie sich durch Wasser, das ihnen bis zu den Achseln reichte. Maldred hielt die Karte über den Kopf, damit sie nicht nass wurde. Durch das Astgewirr drang gerade ausreichend Sonnenlicht, um silbrige Fische aufglitzern zu lassen, die sie neugierig umschwärmten. Einmal flitzten die Fische davon, weil etwas Größeres durch das Wasser glitt, eine dicke grüne Schlange, die dicht am Schwanz zwei Paar kurze Beine hatte.

»Habt ihr das gesehen?«, flüsterte Varek.

»Ja«, antwortete Dhamon.

»Schlangen haben keine –«

»Dier hier offenbar schon.«

Einmal mussten sie umkehren, denn die Äste, die ihnen den

Weg versperrten, waren unbezwingbar wie ein Zwergenbauwerk. Kein Blatt, kein Zweig gab nach. Schließlich arbeiteten sie sich zu einem Bereich mit jüngeren Bäumen vor, deren Stämme Dhamon und Maldred zur Seite bogen, damit sie ihren Weg fortsetzen konnten. Hier war das Wasser so tief, dass es Varek bis zum Kinn reichte. Über eine Stunde kämpften sie sich weiter. Jeder fiel mindestens einmal hin, weil er über verborgene Steine oder Baumstümpfe stolperte oder mit den Füßen an Wurzeln hängen blieb. Hier bemerkte Dhamon auch immer mehr Fische, Sie waren größer als zu Beginn, und die größeren fraßen die fingerlangen silbernen. Maldred bestand darauf, dass sie weitergingen, denn sie kämen voran.

Noch mehrere Stunden lang bahnten sie sich einen Weg durch die dichte Vegetation. Es wurde schon Nachmittag, als die Bäume endlich weniger dicht standen und das Schlimmste hinter ihnen lag. Vor ihnen dehnte sich eine immense sonnenbeschienene Wasserfläche von mehreren Meilen Durchmesser aus, die von den Pflanzen umgeben war.

Dhamon stöhnte bei der Vorstellung, sich auf der anderen Seite durch ähnlich dichten Bewuchs kämpfen zu müssen.

»Unter anderen Umständen könnte mir das gefallen«, meinte Maldred. Er drehte sich auf einer offenen Stelle, wo ihm das Wasser nur knapp bis zu den Knien reichte, langsam um. »Hier weht ein leichter Wind, und ich rieche die Mangrovenblüten. Sie duften einfach betörend.«

Die beiden sahen ihn an, als wäre er verrückt geworden. Grinsend deutete Maldred auf zwei Bäume, deren Wurzeln bereits hoch am Stamm ansetzten. Sie sahen beinahe aus wie Zweige, die sich ins Wasser bogen. An den höchsten Ästen hingen wahre Schleier aus dunkelroten Blumen, die in Kaskaden herabwehten und die Luft mit einem unbekannten, überwältigend süßen Duft erfüllten.

»Ich bin weder an komischen Bäumen noch an Blumen interessiert«, wehrte Varek ab. »Ich will Riki finden.«

»Genau«, stimmte Dhamon zu. Je eher sie die Halbelfe hatten, desto eher konnten er und Maldred den Piratenschatz suchen. Er sah Maldred an. »Erst Riki«, mahnte Maldred, der seine Gedanken erriet. »Wir sind bald da. Dann deine Heilerin.«

»Also los.« Varek lief voraus, direkt nach Westen, umging dabei jedoch achtsam eine tiefere Stelle, wo dicht an der Oberfläche größere Fische schwammen. Er drehte sich um und winkte Dhamon und Maldred zu sich. »Dieses ganze Salzwasser«, bemerkte er und deutete mit den Fingern auf die Oberfläche. Das Sonnenlicht zauberte golden schimmernde Flecken auf die Oberfläche und beleuchtete die unzähligen Fische, die überall schwammen. »Seltsam, nicht wahr? Meiner Schätzung nach sind wir viel zu weit südlich von der Küste, als dass hier Salzwasser sein dürfte.«

»Meiner Schätzung nach«, fluchte Dhamon, »sind wir mitten in Zobels Reich. Und ich bin davon überzeugt, dass die Schwarze Brackwasser erschaffen kann, wo immer sie will.«

»Das ist ein Fischteich«, erklärte Maldred so leise, dass sie ihn kaum hören konnten. Er patschte unaufhaltsam durch das Wasser. »An solchen Orten geht ihre Brut für sie fischen. Die Brut mag Fisch, und Zobel auch.«

Varek legte den Kopf schief. »Woher weißt du das?«

»Ich weiß eine ganze Menge«, erwiderte Maldred schlicht. Er betrachtete die Bäume, die diesen Ort umgaben. »Ich weiß, dass es hier auch Tiere geben müsste. Vögel oder so. Nicht nur diese Fische. Bisher wimmelte es nur so vor Schlangen. Und in der Mangrove gab es massenweise Echsen. Hier sehe ich gar nichts. Eigenartig.«

»Stimmt«, pflichtete Dhamon ihm bei. »Hier müssten Tiere sein. Vielleicht hat irgendetwas sie verscheucht.«

»Irgendetwas.« Maldred spähte genauer zu dem Wald auf der anderen Seite hinüber. Zwischen den raschelnden Blättern hatte er etwas Knochenweißes bemerkt. Es lag im Südwesten, halb verdeckt hinter Baumwollzweigen und Weidenblättern, und es hatte seine Neugier geweckt. Er ging weiter, um es sich genauer anzusehen.

»Ich glaube, da drüben steht eine Statue. Eine große. Die will ich mir näher ansehen. Liegt genau auf unserem Weg.«

Er deutete in die Richtung, und Dhamon machte sich auf den Weg.

Als Maldred und Dhamon durch einen Vorhang aus Weidenblättern drangen, wurde das Wasser hüfthoch. Ein paar Schritte und einen weiteren Blattvorhang später reichte es ihnen wieder bis über die Taille.

»Dhamon ... das ist keine Statue.«

»Ich sehe es, Mal. Das sind Drachenschädel. Und nicht wenige.« Dhamons Finger schlossen sich um den Griff seines Messers, als er sich dem Ding näherte. Dabei wurde die Schuppe an seinem Bein warm. Im Geist sah er ein Bild, gelbe Augen, die von Schwärze umgeben waren. Ein Drache. Er bekam Kopfschmerzen. Die Schwärze des Drachenkopfes wurde deutlicher. Die Schuppen glänzten wie Perlen, und funkelnd wie tintenschwarze Sterne wurden die Pupillen schärfer. Die großen Augen blinzelten.

»Ein Drache kommt, Mal. Ein Schwarzer«, flüsterte er so leise, dass Maldred ihn nicht hörte.

»Dhamon, Maldred, was ist das? Was ist denn hier drüben?« Varek tauchte hinter ihnen auf, schob den Weidenvorhang beiseite und schnappte hörbar nach Luft, als er die Schädel zu Gesicht bekam.

Alle drei bestaunten die aufgehäuften Drachenschädel, die zu einem pyramidenförmigen Turm gestapelt waren. Ganz unten war das Bauwerk breiter; dort lagen die größten Schädel. Es erhob sich fast fünfzig Fuß in die Luft, kalkweiß, aber stellenweise von grünem oder grauem Moos bewachsen, was den unheimlichen Eindruck noch verstärkte. Die Augenhöhlen leuchteten leicht, als ob darin Kerzen brennen würden, und ihre Farben deuteten darauf hin, welchen Drachen die Schädel zu Lebzeiten angehört hatten: Rot, Blau, Schwarz, Grün, Weiß, Kupfer, Bronze, Silber, Messing, sogar Gold. Die meisten Schädel hatten intakte Hörner, und an dem allerobersten klebten noch ein paar silberne Schuppen. Aus dem Maul eines Schädels an der Spitze schälte sich eine Boa, die langsam das Monument herunterglitt.

Mühsam verdrängte Dhamon das Bild des schwarzen Drachen aus seinem Kopf und näherte sich dem Turm.

»Nicht, Dhamon«, warnte Maldred.

»Verschwinden wir von hier«, schlug Varek vor. »Das hat nichts mit der Suche nach meiner Frau zu tun.«

»Ja, wir sollten von hier verschwinden«, stimmte Dhamon zu. »Es ist ein Drache in der Nähe. Aber erst will ich mir dieses Ding genauer ansehen. Nicht viele Sterbliche bekommen eine solche Gelegenheit.«

Die untersten Schädel waren schwer und breit. Sie mussten von Drachen stammen, die zu Lebzeiten weit über hundert Fuß gemessen hatten. Vorsichtig tastete Dhamon sich mit dem Fuß voran, bis er unter der Wasseroberfläche einen weiteren Schädelring fühlte, der in den Schlamm eingebettet lag. Das Totem musste mindestens drei Dutzend dieser schweren Schädel umfassen. Er beugte sich vor, um in einen hineinzuspähen, dann in zwei weitere. Er bewegte sich wie hypnotisiert.

»Hirn«, flüsterte er ehrfürchtig. »Die Gehirne in den Schädeln sind unversehrt. Ich glaube, in jedem steckt noch ein Gehirn.«

»Das ist ein Drachentotem, so viel steht fest«, konstatierte Maldred. Auch in seiner Stimme klang Ehrfurcht mit. »Niemand hat jemals eines gesehen und davon noch berichten können. Grim Kedar erzählte mir von ihnen. Das hier muss Zobel gehören. Andenken an die Drachen, die sie während der Drachenlese getötet hat. In dieser Sammlung steckt viel magische Kraft. Ich brauche sie nicht einmal zu berühren, um das zu spüren. Es ist, als würden Insekten über meine Haut krabbeln.« Er hielt inne. »Ich möchte nicht versuchen herauszufinden, was es vermag.«

Varek räusperte sich. »Gut. Dann verschwinden wir jetzt von hier. Dhamon sagt, es sei ein Drache in der Nähe, auch wenn ich nicht weiß …«

Dhamon hatte sich vom Totem abgewandt und deutete auf ein paar schimmernde Funken in der Luft. Sie flogen so geschickt, dass sie im ersten Augenblick an Möwen erinnerten. Innerhalb von Sekunden wurden sie größer. Als er erkannte, was sie waren, verzog er grimmig das Gesicht. »Sivaks. Drei Stück.«

Aber ein Drache muss auch noch hier sein, schärfte er sich ein. Noch immer geisterte das Bild des schwarzen Drachen durch seine Gedanken, und die Schuppe an seinem Bein wurde wärmer.

Die drei Gefährten spannten sich an, als die Drakonier mit ausgefahrenen Klauen pfeilschnell auf sie herabstießen. Dhamon watete fast begierig vor, um sich dem vordersten zu stellen. Blut und Silberschuppen spritzten durch die Luft, als er wieder und wieder sein Messer schwang und es dem Drakonier tief ins Bein trieb. Sein Gegner zog sich nach oben zurück.

Jetzt drangen die zwei anderen Drakonier mit gefletschten Zähnen auf Dhamon ein. Ihre Krallen glänzten in der Sonne wie polierter Stahl. Der erste duckte sich unter Dhamons Hieb hindurch, zog knapp über das Wasser hinweg und krallte dabei nach Dhamons Seite. Seine kräftigen Flügelschläge ließen das Wasser aufspritzen, als er auf Maldred zueilte.

Maldred empfing den Drakonier mit seinem Breitschwert und hackte ihm den linken Arm ab. In hohem Bogen sprudelte das Blut aus dem Stumpf, biss ihm ins Gesicht und blendete ihn kurzfristig. Ohne etwas zu sehen, setzte er seinen Schlag fort, drehte sich dabei und landete erstaunlicherweise einen zweiten Treffer, der das Wesen tötete. In aller Eile wischte Maldred sich mit dem Ärmel das Gesicht sauber und blinzelte, um klarer sehen zu können.

Der andere Drakonier krallte nach Dhamon. »Ich brauche ein Schwert!«, rief Dhamon, während er versuchte, sein Messer besser zu packen. »Dieser verdammte Zahnstocher ist nutzlos.«

»Meiner reicht!«, versicherte Maldred, der nun vorstürmte. Im nächsten Augenblick duckte sich Dhamon unter den Klauen seines Gegners weg, während Maldred ausholte, traf und dem Drakonier ein Stück vom Flügel abschlug. Er trudelte ins Wasser. Varek schulterte seinen Stab und hielt auf das treibende Wesen zu.

»Dhamon, da kommt einer!«

Der Letzte jagte jetzt mit ausgestreckten Krallen auf sie zu. Die Flügel hatte er eng an den Körper gelegt.

»Das dumme Ding sollte von hier verschwinden, solange es noch lebt. Das dumme Ding sollte ... jetzt zusammen!«

Dhamon und Maldred schlugen gleichzeitig zu. Das Schwert senkte sich tief in den Schenkel des Drakoniers. Dhamon rammte dem Sivak sein Messer in die Brust und riss es zurück. Er sah zu, wie der Drakonier nach hinten kippte und ein Schwall Wasser und Blut aufspritzte.

Ehe Dhamon richtig Luft holen konnte, schwoll das Bild des schwarzen Drachen in seinem Kopf an und schien ihn zu lähmen. Er spürte, dass der Drache ganz nah war. Er tauchte wie ein schwarzer Blitz durch das saftige Grün des Sumpfes. Dhamon wich zum nächstgelegenen Rand der Vegetation zurück, blickte nach oben und suchte den Himmel ab, denn er erwartete, dass der Drache sich von dort aus niedersenken würde.

»Nichts«, flüsterte er. »Wo ist der Drache?« Plötzlich fühlte er, wie etwas sein Bein streifte. Er blickte nach unten und glaubte, seinen eigenen Leichnam rücklings im flachen Wasser treiben zu sehen. In Bauch und Schenkel waren klaffende Wunden zu erkennen. Ungläubig starrte er hin, ehe er begriff, was das war – der Sivak, den er getötet hatte. Auch Maldreds und Vareks Leichen dümpelten herum – im Tod nahmen die Drakonier die Gestalt derer an, die sie erschlagen hatten.

»Dhamon! Bei meiner Seele, sieh nur! Sieh nur!«

Dhamon fuhr herum und nahm Varek wahr. Der Mund des jungen Mannes stand weit offen, und sein Gesicht war bleich wie Pergament. Mit zitternden Fingern griff er nach seinem Stab. »Beim heiligen Andenken an Stahl Feuerklinge, seht euch das an!«

Dhamon hatte damit gerechnet, dass der schwarze Drache über die Lichtung streichen würde, dass sein Schatten die Sonne verdüstern würde, dass er vielleicht eine ganze Schar Sivaks mitbringen würde. Stattdessen jedoch erhob sich das Ungeheuer langsam und majestätisch aus dem tiefen Bereich des Sumpfes.

Der Drache war Grauen erregend, aber auch schön. Seine nassen Schuppen glitzerten wie ein Himmel voller Sterne, und seine strahlend gelben Augen leuchteten wie zwei Sonnen. Sein Kopf ähnelte dem eines Pferdes, hatte überall abwechselnd scharfe und sanfte Winkel, dazu einen gezackten Kamm, der zwischen den Augen ansetzte und bis zur Spitze der breiten Nüstern verlief. Als er das Maul öffnete, zeigten sich strahlend weiße Zähne von einer Perfektion, als hätte sie ein Bildhauer gemeißelt. Eine unbeschreibliche Woge fauliger Luft drang heraus.

Die drei Männer waren vor Entsetzen wie gelähmt.

Eine lange schwarze Zunge schnellte vor, um die Zotten zu befühlen, die am Unterkiefer des Drachen hingen, ehe sie sich wieder in die Tiefen dieses höhlenartigen Mauls zurückzog. Der Schlangenhals durchstieß die Oberfläche des Wassers. Als der Drache den Kopf schüttelte, spritzte das Wasser nach allen Seiten. Dann tauchten seine schweren Fledermausflügel aus dem Wasser, schlugen auf den Sumpf und dann durch die Luft, bis der Drache knapp über der Oberfläche schwebte. Der Körper wirkte im Gegensatz zu seinen Gliedern und dem Kopf sehr dünn, die Beine irgendwie zu lang und dick für seine Gestalt. Die baumelnden Krallen streiften das Wasser; der Schwanz zuckte hin und her und wühlte das Wasser auf. Der Drache holte tief Luft.

»Zobel!«, schrie Varek. »Wir sind tot. Wir alle.«

»Runter!«, gellten Dhamon und Maldred fast einstimmig. Alle drei tauchten in dem Moment unter, als das Ungeheuer ausatmete. Ein fächerförmiger Säurestoß jagte auf sie zu. Mit der Säure ging ein starker Schwefelgestank einher, der aus dem heißen Bauch des Monstrums entsprungen war.

»Das ist nicht Zobel«, japste Dhamon, als er nach langen Augenblicken wieder hochkam und auf die Pflanzenwand zuhalten wollte. »Er ist groß, aber nicht annähernd groß genug für einen Oberdrachen. Los, Mal! Varek!«

Von der Nase bis zur Schwanzspitze maß der Drache hundert Fuß. Ein ziemlich junges Ding, aber dennoch beeindruckend groß und anscheinend ein Weibchen. Seine pechschwarzen Krallen klackten drohend gegeneinander, als sein Kopf herumschwang und sein Blick dem von Dhamon begegnete. Er sah, wie der Drache die Augen zu nadelfeinen Schlitzen zusammenkniff.

»Ausfächern!«, schrie er. »Ausfächern!«

Das waren die gleichen Worte, die vor Monaten sein Freund und Stellvertreter Gauderic gerufen hatte. Dhamon und Gauderic hatten einen Trupp Elfen und Menschen tief in den Wald von Qualinesti geführt, um einen grausamen jungen grünen Drachen ausfindig zu machen. Sie fanden einen Grünen – wenn auch ein ganzes Stück größer als der, den sie gesucht hatten. Dhamon erinnerte sich nur zu deutlich an den Vorfall. Die Männer waren in Panik geraten. Gauderic hatte sie dazu aufgefordert, um ihr Leben zu laufen. »Ausfächern!«, hatte Gauderic gerufen.

Dhamon hatte den Befehl rückgängig gemacht. Als Anführer hatte er ihnen stattdessen befohlen, vorzustürmen und sich gemeinsam dem Drachen zu stellen, alle zusammen. Dhamon selbst jedoch war, von Drachenangst überwältigt, vom Feld geflohen, weil die Schuppe an seinem Bein loderte und seine Gedanken von schrecklichen Bildern von grünen Drachen beherrscht wurden. Die vielen Gefühle hatten ihn überwältigt und unfähig gemacht, etwas zu tun.

Er und Gauderic waren die einzigen Überlebenden jenes Tages. Dhamon war geflohen, und Gauderic hatte der Drache verschont, damit jemand von diesem Tag berichten konnte – bis Dhamon den Elfen bei einem Gefecht in einer Schänke getötet hatte.

»Ausfächern!«, wiederholte Dhamon nun, als der Drache sich plötzlich Varek zuwandte.

Dhamon drehte wieder um und hielt auf den Turm mit den Drachenschädeln zu. Aus dem Augenwinkel sah er Varek die Bäume erreichen, wo er anhielt und nach Dhamon Ausschau hielt.

»Lauf! Varek, lauf!«

Auf dem Gesicht des jungen Mannes stand das schiere Entsetzen, denn nun wurde er von der machtvollen Aura der Furcht erfasst, die der Drache ausstrahlte. Seine Füße waren wie angewurzelt.

Maldred war nirgends zu sehen.

Der Drache drehte sich um und bedrohte Dhamon mit seinen Flügelschlägen, die Wasser und Wind auf ihn zutrieben. Der Krieger rang um sein Gleichgewicht und hetzte bis zu dem Schädelturm zurück, um sich Halt suchend dagegen zu lehnen. Er hörte den Drachen erneut Luft holen. In diesem Augenblick stach er mit dem Messer in eine der Augenhöhlen und erwischte das darin liegende Gehirn.

Der Drache brüllte vor Empörung so laut, dass den Menschen beinahe das Trommelfell platzte. Als das Geräusch erstarb, brüllte der Drache noch lauter auf.

»Nein?«, fragte sich Dhamon. Hatte der Drache das Wort Nein gebrüllt?

Das Ungeheuer brüllte erneut, erzeugte einen wahren Sturm, der die kleinen Bäume umbog, und überzog alles mit Wasser. Wieder und wieder brüllte es.

Dhamon schlang einen Arm um ein knochiges Horn und rammte sein Messer in die nächste Augenhöhle.

»Dhamon!« Auf einmal stapfte Maldred auf ihn zu, das Schwert erhoben und nervös um sich schauend.

»Drache!«, gellte Dhamon, obwohl seine Stimme im Knattern der Drachenflügel fast unterging. »Verschwinde, oder ich zerstöre noch mehr!«

Ein lautes, bedrohliches Platschen war zu hören, und das Wasser wogte auf, als der Drache wie eine Katze näher schlich. Seine Augen waren weit aufgerissen.

»Keinen Schritt näher!« Dhamon hielt die Klinge vor die nächste Augenhöhle.

»Was tust du?«, wollte Maldred flüsternd wissen.

»Du hast gesagt, dieser Turm wäre magisch«, gab Dhamon zurück. »Ich wette, der Drache will nicht, dass er zerstört wird – ob durch mein Messer oder durch seinen Säureodem.« Zum Drachen gewandt wiederholte er: »Keinen Schritt näher!«

Erstaunlicherweise blieb der Drache stehen. Seine Lippen verzogen sich zu einem boshaften Grinsen, und die Säure triefte zischend in das Brackwasser, wo sie eine Dampfwolke erzeugte.

»Ich höre, Mensch«, erklärte der Drache nach langem Schweigen. Seine Stimme klang schroff und schneidend, die Worte waren lang gezogen.

Diesmal deutete Maldred mit seinem Schwert auf eine Augenhöhle. »Wir wollen freien Abzug von hier, Drache«, verlangte er. »Wenn du das versprichst ...«

Die Schwarze kniff die Augen zusammen.

»Ungehinderten Abzug«, wiederholte Maldred. »Aus dieser Salzmarsch und darüber hinaus.« Er führte die Schwertspitze näher heran.

»Gewährt«, antwortete der Drache.

»Trau keinem Drachen«, warnte Dhamon.

»Wir haben keine große Wahl, oder?«

Der Drache gab ein Geräusch von sich, das an ein Keckern erinnerte, doch es war so laut und beunruhigend, dass es ihnen Schauer über den Rücken laufen ließ.

»Zobel hat noch andere Totems«, erwiderte der Drache. »Auch wenn ihr dieses hier zerstört, wird ihre Kraft nicht abnehmen.«

»Nun, dann ...« Dhamon räusperte sich und stieß die Klinge tief in ein Auge. Der blassblaue Glanz, der von dem Schädel ausgegangen war, erstarb, als er das Gehirn durchbohrte. »Freien Abzug«, verlangte er streng. »Oder ich wette, dass ich noch eine ganze Menge dieser Lichter zum Erlöschen bringe, ehe du mich umbringen kannst.«

»Einverstanden.«

Dhamon starrte den schwarzen Drachen an, der sich nun umdrehte, aus dem Wasser aufstieg, mit den Flügeln schlug und über den Sumpf davonflog. Schließlich stieg er am westlichen Waldrand hoch und schwebte über die Pflanzenwand.

»Jetzt aber weg hier«, mahnte Maldred, der rücklings vom Totem zurückwich, immer auf die Stelle zu, wo Varek wartete. »Ehe sie zurückkommt. Lasst uns Riki finden und schleunigst aus diesem verdammten Sumpf verschwinden.«

Dhamon harrte noch einen Moment aus, denn er fühlte innerlich, wie der Drache sich entfernte. Er spürte, wie die Wärme der Schuppe an seinem Bein nachließ, merkte aber auch, dass der Drache in der Nähe blieb. Vielleicht wollte er seinen Teil des Handels einhalten und wartete ab, ob sie tatsächlich den Turm in Ruhe ließen. War das Totem der Drachenkönigin derart wichtig?

»Dhamon ... kommst du?« Maldred wartete ungeduldig an der Mangrovenwand.

Dhamon folgte seinen Begleitern durch die dichte Wand aus Bäumen, die diesen Salzwassersee umgab.

9 Die Tränen von Kiri-Jolith

Der Boden bestand aus schlüpfrigem Schlamm, und die Baumstämme wiesen alle Schattierungen von Holzkohle auf. Selbst der Himmel über ihnen trug zu der trüben Atmosphäre bei, denn er war düster, drückend und regenschwanger. Unwillkürlich lief Dhamon ein Schauer über den Rücken, als er stehen blieb, um sich alles genau anzusehen.

»Mal ...« Dhamon deutete auf etwas, das der Form nach wohl einst eine Hängebirke gewesen war.

Sie war nicht mit normaler Rinde bedeckt, sondern vollständig mit glatten Schuppen überzogen, die sich geschmeidig wie Schlangenhaut um den Stamm schlossen. Dhamon streckte die Hand aus, um den Baum vorsichtig zu berühren. Es fühlte sich wirklich an wie Schuppen und war trotz der drückenden Hitze kühl, denn eine feine Schicht Feuchtigkeit lag darauf. Sogar die Zweige waren von Schlangenhaut überzogen, und auch die wenigen Blätter waren schuppenförmig und schwarz wie der Nachthimmel. Die dunklen Wurzeln, die hier und dort aus dem Schlamm ragten, wirkten verstörend rechteckig und starr.

»Knochen«, flüsterte Dhamon. Was er von den Wurzeln erkennen konnte, ähnelte erschreckend verkohlten Menschenarmen und Beinknochen. Die dünnsten Zweige stießen in der leichten Brise aneinander. Von einigen Bäumen hingen Schlingpflanzen herab, die wegen ihrer zwiebelförmigen Köpfe, welche den Boden streiften, an Schlangen erinnerten. Andere Bäume waren mit den Fetzen abgeworfener Schlangenhäute überzogen.

Er entdeckte keine Vögel in den Bäumen. Nur ein paar große Papageien, die in diesem Grauschwarz seltsam bunt wirkten, flogen in großer Höhe herum. Es gab auch keine Spur von anderen Tieren, abgesehen von ein paar unnatürlich großen schwarzen Wasserschlangen, die sich am Rand eines Tümpels zusammengerollt hatten.

Nur wenige blattlose Büsche standen herum. Sie sahen aus, als wären sie aus geschwärzten Fingerknochen zusammengesetzt. Zwei kalkweiße Skelette, die an einem Baumstumpf lehnten, hoben sich krass von ihrer Umgebung ab.

»Hier läuft es mir kalt den Rücken runter«, bemerkte Dhamon. Er atmete so flach wie möglich, denn es stank Ekel erregend. Der Wind trug Schwefeldünste heran, die stärker wurden, je weiter sie nach Osten kamen. Die beißende Säure drang Dhamon tief in die Lunge, aber als er hustete, sammelte sich dort nur noch mehr von dem Zeug. Er warf einen Blick auf seine Gefährten. Varek sah nicht gut aus, und Maldred hatte eine Hand über Mund und Nase gelegt.

»Ja, das ist ein zauberhafter Ort«, sann Maldred.

»Das war deine Idee«, knurrte Dhamon. »Riki nachlaufen. Meine einzige Waffe ist ein Messer, und Varek hat im Sumpf seinen Stab verloren. Es war deine Idee, und zwar eine ganz schlechte, mein Freund.« Dhamon reckte den Hals, damit er um einen dicken, schuppigen Baum schauen konnte, und presste die Lippen aufeinander. »Stimmt, ein wirklich zauberhafter Ort, den wir hier entdeckt haben«, fügte er hinzu.

Eine dunkle Wasserlandschaft erstreckte sich um eine sumpfige, von noch mehr dieser Schlangenbäume bestandenen Insel. Der Himmel war bewölkt, und es sah aus, als würde es in der Ferne regnen. Dhamons scharfer Blick konnte die Düsternis durchdringen. Er konnte gerade genug erkennen, um zu wissen, dass auf der Insel Gebäude standen.

»Ich glaube, wir haben das Dorf der Brut gefunden«, bemerkte Dhamon, während er das Wasser betrachtete. »Bei den verschwundenen Göttern, diese Brühe stinkt wie ein Kanal in Palanthas.« Er pfiff leise. »Überprüfe mal deine magische Karte, damit wir ganz sicher sind.«

Er arbeitete sich auf das Ufer zu, schlidderte das letzte Stück der schlammigen Böschung hinab und umging ein paar schuppenüberzogene Bäume. Kurz vor dem Ufer blieb Dhamon stehen, denn er hatte eine Ansammlung fetter Krokodile und Alligatoren bemerkt, die so schlammverkrustet waren, als hätten sie sich gezielt getarnt.

»Das ist Riki nicht wert«, flüsterte er. »Niemand ist das wert.«

Maldred warf einen Blick auf seine Karte, um sicher zu sein, dass sie am richtigen Ort waren. Anschließend wanderten sie eine halbe Meile am geschwungenen Ufer entlang, bis sie im Südosten der Insel einen alten, bemoosten Steg fanden, der ziemlich windschief ins Wasser hineinragte. Gegenüber sah man einen zweiten Steg, an den zwei große Ruderboote gebunden waren.

»Ist ja wirklich wunderbar«, stellte Dhamon mit einem Blick auf ein langes gelbbraunes Krokodil fest. »Hat jemand eine Idee?«

»Allerdings«, gab Maldred zurück. Er kniete am Ufer im Matsch, von wo aus er die Krokodile im Auge behielt, die zunehmend Interesse an den dreien zeigten. Maldred schob die Finger in die Erde und murmelte etwas in Ogersprache.

»Was macht er denn da?« Varek trat ganz in der Nähe nervös von einem Fuß auf den anderen.

»Magie«, teilte Dhamon ihm mit. »Er zaubert.«

Varek deutete auf die Insel. »Glaubst du, Riki ist tatsächlich dort drüben?«

Dhamon zuckte mit den Schultern. »Mals Karte zufolge ist das Polagnar. Angeblich haben die Diebinnen sie dorthin gebracht. Also gehe ich davon aus, dass sie dort ist.«

Varek erschauerte und blickte auf seine Stiefelspitzen nieder.

Dhamons Aufmerksamkeit galt teils der wachsenden Anzahl Krokodile, teils Maldred. Im Schlamm entstanden Wellen, die sich von Maldreds Fingern aus ausbreiteten und eine grünliche Farbe annahmen. Mit einem leise klatschenden Geräusch rasten sie über das Wasser hinweg. Zugleich wichen die Krokodile immer weiter vor den dreien und der Magie zurück.

»Ich baue eine Brücke«, erklärte Maldred. Er stöhnte. Der Boden stöhnte mit ihm, doch sein Gebilde wurde dicker und fester, bis es in der Morgensonne vor Nässe glänzte. »Ich ziehe einen Teil des Schlammes vom Grund herauf und verfestige ihn, damit wir nicht schwimmen müssen.«

Er stieß mehr Ogerworte aus. Rasch verliefen die Wellen aus Wasser und Matsch zu einem dunklen Schatten, und die grünliche Farbe gab den Blick auf einen fußbreiten Weg aus Erde frei, der von ihrem Ufer bis dicht neben die Ruderboote auf der anderen Seite reichte.

»Ich würde vorschlagen, dass wir uns sputen«, meinte Maldred, der zu einem besonders großen Krokodil hinnickte, das mit dem Maul gegen die Brücke stieß. Auch andere Schemen schwammen herum. Manche ähnelten Drachen, andere hatten sechs Beine oder zwei Schwänze. Es konnten missgebildete Alligatoren oder Abkömmlinge von Wasserechsen sein.

»Meine Brücke wird nicht lange halten«, mahnte Maldred, »und sie wird unsere geschuppten Freunde auch nicht zurückhalten. Also los.«

Dhamon rannte so zügig über die magische Brücke, dass der Schlamm hinter ihm aufspritzte. Varek und Maldred folgten ihm. Kurz bevor die Brücke aus Schlamm sich wieder auflöste, erreichten alle drei das Dickicht auf der anderen Seite.

»Wie hast du …?«

Maldred legte Varek einen Finger auf die Lippen. »Ich bin ein ziemlich begabter Magier«, teilte er ihm leise mit, »aber jetzt habe ich keine Zeit, dir Einzelheiten zu erklären.«

Vor ihnen lag ein Pfad, den weitere Schuppenbäume säumten.

Die Schlangen zwischen den Lianen, welche die Luft mit lautem Zischen erfüllten, waren nicht mehr zu zählen. Blätter und Blüten waren schwarz; das Riedgras hatte die Farbe kalter Asche. Hier gab es nichts Grünes. Durch eine Lücke zwischen den riesigen mitternachtsfarbenen Blättern erhaschte Dhamon einen Blick auf etwas Eckiges, nämlich das Gebäude, das er von der anderen Seite aus gesehen hatte. Noch näher hing ein halb von Ranken verdecktes, moosbewachsenes Holzschild an einem Hickorynussbaum. Er kratzte das Moos weg und las: Polagnar, ~~282~~ 50 Einwohner. Dahinter konnte er durch zwei Zypressenstämme hindurch eine weitere Hütte sehen.

Dhamons Stimme war kaum mehr als ein Flüstern. »Ich gehe näher ran. Wartet hier.«

Varek schüttelte den Kopf und zeigte auf zwei Fußspuren. Sie waren größer als die eines Menschen, und an einem Ende waren die Abdrücke von Klauen. »Diese Spuren sind hier überall.«

»Brut«, befand Dhamon. »Ich bin bald wieder da. Mal, klärst du unseren jungen Freund über Brut auf, ja?« Dhamon huschte vom Pfad und verschwand im Dickicht.

Als er sich dem Dorf näherte, lief er langsamer, um nicht auf die Schlangen zu treten, die sich überall wanden. Jenseits der Bäume, die Polagnar umstanden, erspähte er eine von einem Schlangenteppich überzogene Lichtung – eine wogende Masse, die sich von einem Ende zum anderen erstreckte und jedes Fleckchen Erde bedeckte.

Es gab Spuren von Feuer – die schwarzen, geborstenen Überreste von Häusern und Geschäften, Überreste des einstigen Polagnar. Zwischen den Ruinen waren primitive Hütten errichtet worden, die teils mit Stroh, teils auch mit dicken Stücken Schlangenhaut gedeckt waren. Große Echsen sonnten sich auf den Dächern. Gegenüber der kleinsten Hütte befanden sich ein Ring aus bearbeiteten Steinen und ein verkohlter Balken, vermutlich ein ehemaliger Brunnen. Eine dicke Boa hatte sich darum geschlungen.

Als er hinter der größten Hütte vorbeihuschte, entdeckte er einen Pferch, in dem mindestens drei Dutzend Elfen, Halbelfen und Zwerge eingesperrt waren. Dazu kam noch eine Hand voll Oger. Alle wirkten antriebslos und ausgehungert. Ein paar schlurften umher, die meisten aber saßen am Zaun und hoben nicht einmal die Hand, um die Insektenschwärme zu verjagen, welche die Luft erfüllten. Einige unterhielten sich, doch Dhamon war zu weit weg, um sie zu verstehen.

Mehrere Minuten lang beobachtete er die Gefangenen und bemerkte dabei, dass es sich bei den beiden Wachen um Brut handelte. Er hatte gerade beschlossen, näher heranzuschleichen, um die Eingesperrten besser sehen zu können, als er am anderen Ende des Dorfes ein paar Menschen bemerkte. Sie waren einfach gekleidet und trugen auf großen Tabletts Essen von Hütte zu Hütte. Unterwegs stießen sie mit den Füßen die Schlangen weg. Dhamon beobachtete eine junge Frau, die einen Schild voll Brot, Obst und rohem Fleisch schleppte, mit dem sie in einer der hintersten Hütten verschwand. In dem Licht, das durch den Eingang fiel, konnte Dhamon erkennen, dass sie das Essen einer Brut übergab. Als sie wieder heraustrat, war der Schild leer. Er war zerdellt und trug das solamnische Symbol des Ordens der Rose.

Die Brut und die allgegenwärtigen Schlangen erzeugten ein Zischen, das von hundert dampfenden Kesseln zu stammen schien. Die Menschen sammelten sich um zwei große, moosbehangene Unterstände, vermutlich ihre Unterkünfte. Zwölf Hütten mit Dächern aus Schlangenhaut, achtzehn Drachenbruten, soweit er sehen konnte. Schlechte Karten.

Wunderbar, dachte Dhamon. Meine einzige Waffe ist ein kleines Messer. Er schlug einen Bogen, damit er den Pferch besser sehen konnte. Die Brut, die durch das Dorf wanderte, schien die Gefangenen auf regelmäßigen Runden im Auge zu behalten.

»Wunderbar«, wiederholte Dhamon laut, als er jenseits des Pferchs etwas entdeckte. »Ein Drakonier. Ein Sivak.« Er kam näher und riss erstaunt den Mund auf.

Der Drakonier war gut zehn Fuß groß und hatte breitere Schultern als ein Oger. Matte Silberschuppen bedeckten seinen

Leib und seine Arme, bis sie am Schwanz zu einer ledrigen Haut wurden. Der Kopf war breit mit pechschwarzen Augen, die von einem zahnartigen Kamm getrennt wurden, der über die lange Schnauze verlief. Entlang des Unterkiefers spross spinnwebfeines weißes Haar in der gleichen Farbe wie die kurzen Hörner, die sich seitlich von seinem Kopf wegbogen. Ein Horn war in der Mitte gespalten.

Um seinen Bauch war eine dicke Kette gewickelt, um den Hals eine zweite. Beide Ketten verliefen um eine Zypresse und gestatteten dem Drakonier nur ein paar Fuß Bewegungsfreiheit in jede Richtung. Er hatte keine Flügel, aber auf dem Rücken zeigten dicke Narben, wo diese gesessen hatten.

Dhamon hatte auf dem Schlachtfeld genug Verletzungen gesehen, um zu wissen, dass man ihm die Flügel amputiert hatte. Von allen Drakoniern konnten nur die Sivaks fliegen, und doch hatte man diesen hier seiner besonderen Fähigkeit beraubt. Warum nur, fragte sich Dhamon. Und warum hielt man den Sivak gefangen?

Man hatte ihm auch die Krallen geschnitten, sodass er nur über stumpfe, menschenähnliche Finger verfügte. Dhamon fragte sich, ob das auch für die Füße galt. Seine Zähne hatte er noch, aber im Bereich der Kehle stimmte etwas nicht. Dort war eine dicke Narbe zu sehen, daneben eine frische Wunde, die nicht so aussah, als stamme sie von der Kette. Man hatte versucht, sie zu verbinden, aber das Tuch hing in der Kette fest und schien nur zum Eitern der Wunde beizutragen. Am schweren Körper des Wesens waren weitere Narben zu erkennen, besonders an den Armen.

Unter Dhamons Augen tauchte die junge Menschenfrau mit dem Schild aus Solamnia wieder auf. Diesmal brachte sie Fleischstreifen, die wohl von einer großen Echse stammten. Der Sivak wich an die Zypresse zurück, worauf sie das Fleisch ganz am Rand seiner Reichweite auf den Boden kippte. Der Drakonier wartete, bis sie gegangen war, ehe er vorlief und über das Essen herfiel.

Als er damit fertig war, blickte er auf, witterte und zog die vernarbte Lippe hoch. Dann sah er sich um und bemerkte Dhamon. Minutenlang musterte der Sivak Dhamon, ohne zu blinzeln. Seine Nase bebte. Schließlich wandte er scheinbar desinteressiert den Blick ab und kehrte zu seinem Essen zurück. Vielleicht hatte er ja einen Bissen übersehen.

»Sie halten ihn wie einen Hund«, flüsterte Dhamon. »Aber warum? Und wo steckt Riki?« Er wollte die Halbelfe schnell finden und dann verschwinden. »Da ist sie ja.«

Jetzt sah er sie zwischen einem Elfen und einem Oger lehnen. Sie wirkte halb tot. Ihre Kleider waren verschmutzt und zerfetzt, Haare und Gesicht voller Schlammspuren. Sie sah erschöpft aus, und ihre eingefallenen Wangen wiesen darauf hin, dass sie nicht gegessen hatte. Ihre offenen Augen starrten ins Leere. Obwohl sie Dhamon direkt gegenüberstand, nahm sie ihn nicht wahr.

»Wir holen dich da raus«, flüsterte er. Dann zog er sich zurück, umrundete den Rest des Dorfes und kehrte zu der Stelle zurück, wo er Maldred und Varek zurückgelassen hatte. Er berichtete ihnen, was er gesehen hatte.

»Wir könnten reinstürmen«, schlug Varek vor. »Wir könnten –«

Dhamons strenger Blick hielt ihn auf.

»Es sind mindestens achtzehn Bruten da, und wir sind nur zu dritt. Dazu kommt ein Sivak, der zum Glück keine Bedrohung darstellen wird. Du hast keine Waffe, ich habe nur ein Messer. Ich schatze, es ist das Beste, bei Nacht hinzuschleichen und uns dem Pferch von hinten zu nähern.«

Varek räusperte sich und straffte die Schultern. »Wie wäre es hiermit: Wir drei greifen das Dorf von verschiedenen Seiten an. Auf mein Signal hin stürmt alles vor, so können wir sie überraschen. Wir stiften Verwirrung, trennen die Brut voneinander, putzen notfalls ein paar Gegner weg, bringen es zu Ende, holen Riki und ...«

»... sind allesamt tot«, beendete Dhamon den Satz. Er atmete tief durch und stützte die Stirn mit einer Hand. »Wie wär's, wenn ich vorher dafür sorge, dass die Chancen nicht ganz so ungleich verteilt sind? Ich könnte einen Teil der Brut umbringen, bevor ihr vorstürmt.« Rasch erläuterte Dhamon seinen Plan und flitzte dann zum Dorf der Brut.

Dhamon näherte sich den Hütten. Geduckt verharrte er hinter einem Schatten spendenden Busch, bis zwei Bruten vorbeigelaufen waren. Er huschte über ein Stückchen freies Gelände hinter die nächstgelegene Hütte, wo er ein Ohr an die schuppenüberzogene Strohwand legte und aufmerksam lauschte. Außer dem allgegenwärtigen Zischeln der Schlangen konnte er nichts hören.

Mit dem Messer schnitt er ein Loch in die Wand, wobei er bemerkte, dass die Schlangenhaut dick, fleischig und durchblutet war. Dennoch fuhr er fort, bis er das dahinter liegende Stroh durchtrennte, eine Klappe schuf und hindurchschlüpfen konnte. Der Gestank nach Schweiß, Abfall und Dingen, die er lieber nicht genauer bestimmen wollte, reizte zum Würgen. Seine Augen brauchten einen Moment, bis sie sich an die Dunkelheit in der Hütte gewöhnt hatten. Er brauchte etwas länger, bis er einen Weg durch das Durcheinander fand.

Weder Brut noch Menschen waren in der Hütte, aber sie war mit allen möglichen Sachen voll gestopft. Eine dicke Matte aus Pelzen und Umhängen diente als Bett. Der oberste Umhang war mit dem solamnischen Symbol des Ordens der Rose bestickt. Dicht dabei lehnte ein Schild mit einer Rose darauf.

Überall lagen Rucksäcke und Beutel herum, die meisten zerfetzt und leer. Aus einigen waren Dinge herausgerieselt. Dhamon hob ein Medaillon auf. Ob es aus Silber oder aus Platin war, konnte man bei diesem Licht nicht feststellen, aber es war so schwer, dass es wertvoll sein musste. Dhamon steckte es ein und schlich zur Tür, wozu er über die Reste eines Wildschweins steigen musste, das wohl einer Brut vorgesetzt worden war. Auch andere Reste von verdorbenem Fleisch und verfaulten Früchten lagen achtlos herum.

Neben dem Eingang waren Kisten aufgestapelt, die teils in Elfensprache, teils in der Gemeinsamen Sprache beschriftet waren, welche Dhamon lesen konnte. Offenbar hatten sie ursprünglich Brombeerwein aus Sithelnost enthalten, das östlich im Wald der Silvanesti lag. Dhamon rüttelte vorsichtig an den Kisten und stellte überrascht fest, dass sie fast voll waren.

Er schaute auf den Boden und überlegte, ob er das Gepäck durchsehen sollte, aber als Geräusche von draußen hereindrangen, duckte er sich lieber hinter die Kisten.

Er hörte ein Zischen. Zwei oder drei Bruten redeten miteinander. Mehrmals tauchte das Wort »Elfe« auf, nur einmal »Mensch«. Dann entfernten sich die lispelnden Stimmen. Dhamon merkte, dass seine Beine sich verkrampften, und wollte sich schon bewegen, als es wieder zischte und eine Brut die Hütte betrat. Sie gähnte und streckte sich wie ein Mensch, sah zum Bett hin und ging darauf zu. Dann aber blieb sie stehen und witterte. Sie wollte sich gerade umdrehen, als Dhamon mit gezücktem Messer hinter den Kisten hervorsprang und auf eine Stelle zwischen ihren Flügeln zielte. Die Klinge drang ungehindert bis ins Herz der Brut. Ehe diese überhaupt sehen konnte, wer ihr den Todesstoß beigebracht hatte, explodierte sie in einem Säureschwall, der Dhamon überzog. Beißend und knisternd lief die Säure über seine Haut und brannte kleine Löcher in seine Hosen.

Dhamon hockte sich wieder hinter die Kisten. Er hoffte inständig, dass die anderen Bruten nicht mitbekommen hatten, dass ihr Artgenosse gerade umgekommen war. Minutenlang harrte Dhamon lautlos aus. Er hörte nur sein eigenes Atmen und das Geräusch eines sanften Windes, der das Strohdach rascheln ließ. Nachdem er zufrieden festgestellt hatte, dass der Tod der Brut niemanden alarmiert hatte, pulte er mit seinem Messer an einer Kiste herum und grinste breit: Sie enthielt tatsächlich Brombeerwein. In diesem Augenblick wünschte Dhamon sich nichts sehnlicher, als den Alkohol in sich hineinzukippen, aber vorerst konnte er nur einen leeren Rucksack nehmen und drei Flaschen darin verstauen, die er mit einem solamnischen Wappenrock abpolsterte. Er setzte den Rucksack auf und hielt auf den Schlitz in der Rückwand der Hütte zu.

Als er dort das Stroh aufklappte und hinausschlüpfen wollte, hörte er hinter sich am Eingang einen leisen Schritt.

»Ein Mensch?«

Dhamon ließ die Wand los und fuhr herum. Hinter ihm stand eine weitere Brut gebückt im Eingang. Als sie hereinkam, packte Dhamon eilig den solamnischen Schild.

»Mensch neu in Dorf. Neuer Mensch sssollte keine Waffe haben.« Die Brut streckte eine Klauenhand aus. »Mensch gibt Waffe und lässst Schild fallen. Mensch benimmt sssich.«

»Heute nicht«, flüsterte Dhamon. Er hielt den Schild vor sich und stach nach oben. Am Hals der Brut war eine blutige Schmarre zu sehen. Ihre Klauen schossen zum Hals, und als Dhamon sich hinter den Schild duckte, gab sie ein gurgelndes Geräusch von sich. Nach einer weiteren Säureexplosion war Dhamon wieder allein.

Eilig kehrte er zu den Kisten zurück, wo er ein paar Minuten wartete. Nachdem keine Brut mehr in die Hütte kam, schlüpfte er zu der Lagerstatt hinüber und brachte sie wieder in Ordnung, damit die säurezerfressenen Kleider nicht zu sehen waren. Er wollte nicht, dass nach seinem Verschwinden jemand hereinkam und Kampfspuren bemerkte. Wenigstens blieb beim Tod einer Brut kein Kadaver zurück.

Er verschwand eilig durch die Rückwand und rannte zu den Bäumen, die rund sechs lange Schritte entfernt waren. Dort verstaute er den Rucksack mit dem Wein hinter einem Busch und suchte wieder das Dorf ab. Als er sicher war, dass man ihn nicht bemerken würde, hetzte er zur nächsten Hütte. Den Schild aus Solamnia nahm er mit.

In dieser Hütte waren viele zischende Stimmen zu vernehmen, darum lief Dhamon weiter zur nächsten, die leer zu sein schien. Er schuf einen Zugang durch die Schuppen und Halme und schlüpfte hinein.

Hier stank es genauso schlimm wie in der anderen Hütte, und

es sah auch so ähnlich aus. Überall waren Beutestücke verteilt: Mäntel mit solamnischen Symbolen von den Rittern des Schwerts und den Rittern der Rose, Beutel, Eimer, Essensreste, Knochen und eine angebissene tote Schlange.

Neben einer Art Bett steckten drei Schwerter im Boden. Am Knauf des mittleren hing an einer Kette ein handtellergroßes Symbol aus Silber. Es war ein Bisonkopf, dessen Hörner aus Splittern einer schwarzen Perle sein mussten.

»Kiri-Jolith«, flüsterte Dhamon, als er eilig nach der Kette griff. Das Symbol stand für das Schwert der Gerechtigkeit, Krynns Gott der Ehre und des Krieges, der einst Schutzherr des solamnischen Ordens des Schwerts gewesen war. Kiri-Jolith war vor Jahren mit allen anderen Göttern von Krynn abgezogen, und die Ritter von Solamnia, die vermutlich in diesem Dorf umgekommen waren, hatten niemanden mehr gehabt, der ihre Gebete erhört hätte. Jetzt besaß Dhamon eine Antiquität, die trotz ihrer Beschädigung einen guten Preis erzielen würde. Er rieb an dem getrockneten Blut am Rand herum und steckte das Symbol in die Tasche.

Dann schob er sein Messer in den Gürtel und begutachtete die drei Schwerter. Er wählte das mittlere, das die schärfste Schneide hatte. »Endlich eine anständige Waffe«, flüsterte er.

Nicht weit von dem Lager fand er eine umgedrehte Kiste, auf der ein großer, verschlossener Keramiktopf und ein kleines Silberkästchen standen. In dem Topf befand sich eine sorgfältig getrocknete Kräutermischung, doch der Topf war im Augenblick zu unhandlich, um ihn mitzunehmen. Mit dem silbernen Kästchen stand es anders. Es passte leicht in eine Hand. Stirnrunzelnd stellte er fest, dass es trotz seiner geringen Größe verschlossen war. »Später«, flüsterte er, als er es in die Tasche stopfte, wo es leise gegen das Symbol von Kiri-Jolith schlug.

Es lagen noch viele voll gestopfte Beutel und Säcke herum. Eine flüchtige Untersuchung ergab, dass die meisten Kleider enthielten, ein paar auch Wurzeln und Pulver. Dhamon vermutete, dass unter den Rittern ein Feldscher gewesen war.

Nachdem er seine schnelle Sichtung beendet hatte, hockte er sich auf eine Seite des Eingangs, wo er abwartend lauschte. Hier gab es keine Kisten, hinter denen er sich verbergen konnte, aber die Schatten waren dunkel genug.

Zischend und knurrend schlurfte eine breit gebaute Brut in die Hütte. Es war die größte von allen, die Dhamon im Dorf beobachtet hatte, mit einem wahren Stiernacken. Dhamon vernahm die Worte »Schlange« und »Essen«, ehe er entschied, dass die Brut weit genug im Inneren war und er ungesehen zuschlagen konnte. Diesmal brauchte er drei Stiche in rascher Folge. Dhamon verließ sich darauf, dass der Schild ihn vor der Säureexplosion schützen würde. Wie zuvor gab er sich größte Mühe, alles zu verstecken, was durch die Säure verätzt war, ehe er wieder verschwand und zur nächsten Hütte eilte.

Es waren immer noch mindestens vierzehn Bruten im Dorf, und er wollte noch ein paar erledigen, bevor sie bemerkten, dass ihre Zahl abnahm.

Diese Hütte beherbergte zwei der Wesen, die beide schliefen. Ihr Schnarchen klang kratzend und lispelnd zugleich. Mit fließenden Bewegungen schlich er zu der Größeren hin, hielt den Schild vor sich und hätte sich fast übergeben, als ihm der Gestank dessen in die Nase stieg, was die Brut in der Pranke hielt – ein teilweise zerfleischter Affe, der in der Hitze schon verdorben war. Als Dhamon direkt über der Brut war, rammte er ihr mit angehaltenem Atem das Schwert ins Herz und sprang zurück, als die Säure aufspritzte. Ohne innezuhalten, fuhr er herum und trat zu der anderen, die nicht aufgewacht war. Sein Stich in ihre Brust brachte ein ersticktes Aufheulen hervor. Nach dem zweiten Stich hielt er gerade noch rechtzeitig den Schild hoch, ehe auch diese Brut zerbarst.

Das Innere der Hütte brutzelte. Das Stroh und die Wände aus Schlangenhaut neben den Betten drohten sich aufzulösen und jeden Moment in sich zusammenzufallen. An einigen Stellen hatte die Säure die Ranken zersetzt, welche die Wände zusammenhielten. Ein schneller Blick zeigte Dhamon etwas Glänzendes auf dem Boden, das er aufhob: Ein zartes silbernes Armband. Das konnte Rikali gefallen, auch wenn es weniger auffällig war als das, was sie gewöhnlich bevorzugte.

»Nat? Bist du das, Nat?«

Dhamon drehte sich um und sah einen jungen Mann mit breiten Schultern im Eingang stehen.

»Entschuldigung. Du bist nicht Nat.« Er hatte kurz geschorene Haare von der Farbe trockener Gräser. Sie waren ungleichmäßig und schmutzig. Obwohl seine Haut einigermaßen sauber aussah, stank er intensiv nach Schweiß. »Wer bist du?«

»Ich bin ein Freund von Nat«, log Dhamon. Er winkte den Burschen näher und sah überrascht, dass dieser ohne Argwohn gehorchte. Als der junge Mann auf Armeslänge vor ihm stand, schnellte Dhamon vor, packte ihn an der Schulter, drehte ihn um und hielt ihm den Mund zu, damit er nicht aufschrie. Dann drückte er den zappelnden Mann auf den Boden, wo er ihn mit einem Arm festhielt, damit er nicht entwischte.

»Ich brauche Informationen«, zischte ihm Dhamon ins Ohr. »Rede, dann lasse ich dich am Leben. Halt still.« Er wartete, bis der Jüngling nickte, ehe er langsam die Hand wegzog.

»Die Brut im Dorf. Wie viele sind es insgesamt?«

»Z-zwanzig ... vielleicht vierundzwanzig«, stammelte der Mann. »Manchmal auch mehr. Ich zähle sie nur, wenn ich die Teller füllen muss. Sie kommen und gehen.«

»Wie viele heute? Jetzt?«

»Weniger als sonst, glaube ich. Ein paar sind auf der Jagd.«

Dhamon presste die Lippen aufeinander. »Sie zwingen euch dazu, sie zu bedienen. Ihr seid Sklaven.«

Der Bursche schüttelte den Kopf. »Nein. Das stimmt nicht. Wir werden nicht gezwungen. Wir –«

»Dann also Magie. Jemand hat euch verzaubert.« Dhamon knurrte noch tiefer und ballte die freie Hand. Er drehte den anderen um, damit er ihn ansah, und hielt ihm drohend das Schwert an die Kehle.

»Wer? Wer zwingt euch dazu, der Brut zu dienen?«

Der Mann schüttelte den Kopf. »N-niemand, sagte ich. Wir helfen ihnen freiwillig. Es ist unsere Entscheidung.«

»Warum? Warum dient ihr der Brut?«

»Hier im Dorf sind wir sicher«, erklärte der Mann. »In den anderen Brutdörfern ebenfalls. Wenn wir der Brut dienen, brauchen wir keine Angst zu haben, in Brut verwandelt zu werden. Irgendjemand muss sie ja bedienen.« Er schwitzte vor Hitze, aber mehr noch vor Angst vor Dhamon. Er starrte das Schwert an.

Dhamon kniff ungläubig die Augen zusammen.

»Das ist besser, als in den Silberminen der Schwarzen zu schuften«, fügte der Mann hinzu. »Besser, als tot zu sein. Dies ist das Land des schwarzen Drachen, und die Bruten sind ihre Kinder.«

»Und ihr seid Schafe. Erbärmliche Schafe.«

»So schlimm ist das gar nicht. Du wirst schon sehen. Die Brut wird dich fangen und dir gestatten, ihr zu dienen.«

»Und wenn ich mich weigere, lande ich im Pferch.«

Der junge Mann schüttelte nachdrücklich den Kopf. »Nein. Du bist ein Mensch. Die Menschen sperren sie nicht ein.«

»Warum? Was haben sie mit den anderen vor?«

Der Mann presste die Lippen aufeinander und faltete die Arme vor der Brust.

»Warum?«, herrschte Dhamon ihn lauter als beabsichtigt an. »Warum werden die anderen Rassen an die Brut verkauft?«

»Das geht dich nichts an«, erwiderte der Mann schließlich. »Das ist nämlich …«

So schnell, dass der junge Mann nicht reagieren konnte, hob Dhamon das Schwert und rammte ihm den Knauf an den Kopf, um ihn zu betäuben. »Ich hätte dich umbringen sollen«, flüsterte Dhamon, während er den Mann auf ein Bett zog, wo er ihn mit einem Stück Stoff fesselte. Er stopfte ihm einen Mantelsaum in den Mund und verschwand durch die hintere Wand.

Diesmal musste er über dreißig Fuß offenes Gelände überwinden und dabei auf zischende Schlangen treten, aber es gelang ihm, unbemerkt zu bleiben. Einen Augenblick später war er wieder in einer Hütte. Er wusste, dass er sich jetzt noch mehr beeilen musste, falls der junge Mann aufwachte oder jemand ihn entdeckte.

»Ich hätte ihn töten sollen«, sagte sich Dhamon wieder.

Er schaffte noch drei Hütten, sodass er insgesamt sieben aufgesucht und zehn Bruten getötet hatte, ehe er sich auf den Rückweg machte. Erst dann schien man Alarm zu schlagen. Jemand blies laut und lang und völlig unmelodisch in ein Horn. Er sah sich um. Nur ein Dutzend Fuß offenes Gelände lagen zwischen ihm und dem Dickicht des Sumpfes. Er konnte es zu den Bäumen schaffen und sich dort verstecken, bis ihm klar war, was das Hornsignal zu bedeuten hatte. Da drüben stand eine dicke, schuppige Weide. Er konnte hinter ihrem Blättervorhang abwarten und … Da entdeckte er zwei Bruten, die eine Runde um das Dorf machten und auf ihn zukamen. Der Hornstoß, der noch ein zweites Mal erklang, schien sie nicht besonders zu stören. Nach einem kurzen Hieb mit dem Schwert hatte Dhamon sich einen Zugang zu einer kleinen Hütte verschafft. Gleich darauf war er im Inneren, wo er die Klappe aus Schlangenhaut zuzog und lauschend das Ohr an die Wand drückte. Hatten die Bruten ihn bemerkt?

Er hörte sie vorbeilaufen. Sie unterhielten sich zischelnd in ihrer fremden Sprache, die auch ein paar Menschenwörter enthielt. Einige Wörter wurden in der Gemeinsamen Sprache wiederholt, vielleicht solche, die in ihrer eigenen Sprache nicht vorkamen: »Mann«, »Mensch«, »Zwerg«, »Herrin«, und wieder und wieder etwas, das sie mit mehr Nachdruck aussprachen. Es begann mit »Nur«.

Diese Hütte war die sauberste und größte von allen, die er bisher besucht hatte, aber sie war nahezu leer. Es gab ein paar Truhen, die nebeneinander hinter einem Bett standen, das viel dicker mit Mänteln und Pelzen ausgepolstert war als die anderen. Die Luft hier drinnen roch nach Moschus, aber nicht unangehm. Essensreste lagen nicht herum. Er glitt auf den Eingang zu und duckte sich daneben. Wieder hörte er das Horn, diesmal in kurzen aufeinander folgenden Tönen. Eine Brut kam an der Hütte vorbei.

Komm schon, beschwor Dhamon das Wesen. Er wollte nach

Möglichkeit noch zwei oder drei erledigen. Jetzt war eine andere Brut zu sehen, der drei junge Menschen folgten. Komm rein, du verdammte, schleimige …

Keuchend wich er vom Eingang zurück, denn zu dem Prickeln an seiner Hand gesellte sich das Prickeln an seinem Bein. Ehe er noch einmal Luft holen konnte, wurde das Gefühl an seinem Schenkel zu einem heißen Schmerz, als hätte man ihm ein Brandeisen aufs Bein gedrückt. Er ließ den Schild fallen und griff an sein Bein. Von der Schuppe gingen Hitzewellen aus, die bis in seine Fingerspitzen und Zehen ausstrahlten. Er konnte kaum noch das Schwert festhalten.

»Wer bist du?«

Durch den Nebel der Schmerzen vernahm er diese Worte und registrierte benommen, dass eine junge Frau die Hütte betreten und ihn angesprochen hatte. Sie stand mit fragender Miene über ihm. Ihre langen schwarzen Haare hingen herunter, und sie streckte gebräunte Hände nach ihm aus.

Er wich kopfschüttelnd zurück und hielt Abstand, denn er hoffte, sie würde ihm ins dunkle Innere folgen. Sie sollte vom Eingang wegtreten, wo jemand sie sehen und bemerken könnte, dass sie mit jemandem sprach.

»Wer bist du?«, wiederholte sie. »Gehörst du zu Nura Bint-Drax?«

Dhamon fluchte, als das Zittern anhob. Die Muskeln seiner Arme und Beine, der Zehen und Finger begannen unkontrolliert zu zucken.

»Geht es dir nicht gut?« Zögernd folgte ihm die junge Frau. Sie warf einen Blick über die Schulter, ehe sie wieder zu Dhamon schaute. »Wer bist du? Kannst du mich verstehen? Gehörst du zu Nura Bint-Drax?«

Dhamon kippte mit angezogenen Beinen auf die Seite. Seine Brust hob und senkte sich, die Finger umklammerten noch immer den Schwertknauf. Er wollte etwas sagen, aber seine Kehle war plötzlich so trocken, dass er nur ein Krächzen herausbrachte. Es war schon schwer genug, weiterzuatmen und das Schwert festzuhalten. Sie sagte wieder etwas, doch sein Herz klopfte so laut, dass er sie kaum hören konnte. Offenbar wollte sie unbedingt wissen, wer er war.

»Bist du krank?« Sie kam näher, legte ihm die Hand auf die Stirn und zog sie sofort wieder zurück, als hätte sie heiße Kohlen berührt.

»Du hast hohes Fieber. Wer bist du? Wieso hast du eine Waffe?«, verstand er entfernt. »Du bist sehr krank.«

Irgendwo vor der Hütte tutete immer noch das Horn, und er hörte eilige Schritte vor dem Eingang. Jetzt strahlten schon die Eiswellen von der Schuppe aus, die mit der Hitze kämpften und ihn an den Rand der Ohnmacht trieben. Dieses Mal kämpfte er verzweifelt um seine Besinnung.

»Was machst du hier drin?«, fragte das Mädchen hartnäckig. Sie sagte noch etwas, aber das meiste ging in dem Dröhnen in seinem Kopf unter. »Du gehörst nicht zu Nura Bint-Drax, oder? Du solltest nicht hier sein.« Sie erhob die Stimme. »Kannst du mich hören? Hörst du mich?«

Er machte den Mund auf, um etwas zu antworten, doch wieder kam nur ein Stöhnen. Er schüttelte den Kopf.

»Ich hole Hilfe.« Sie redete noch immer laut, sodass er sie deutlich hören konnte. »Ich hole die Brut und …«

Nein, protestierte er innerlich. Er durfte nicht entdeckt werden! Nicht in diesem hilflosen Zustand. Die Brut würde ihn töten. Dhamon wollte nach dem Mädchen greifen, sie am Arm packen und herunterziehen, ihr zureden, hier zu bleiben und sich still zu verhalten. Er wollte ihr verraten, dass Maldred sie und die anderen Bediensteten retten würde. Wenn der Anfall vorbei war, würde er sie ausfragen. Aber vorerst musste sie still sein und mitmachen. Seine Schmerzen mussten nachlassen. Er musste sie festhalten, damit sie niemanden alarmierte. Er sah ein silbernes Aufblitzen. Nur ein kleiner Teil seines Verstandes registrierte, dass es sein Schwert war, dass er mit der falschen Hand nach ihr griff. Halt, rief er sich zu. Zu spät. Schon hatte sich die Klinge in das Mädchen gebohrt.

Ein Ausdruck des Entsetzens legte sich über ihr Gesicht, während auf ihrem Bauch ein Blutfleck entstand. Sie fiel auf die Knie und öffnete den Mund zum Schrei, doch nur ein Mitleid erregendes Gurgeln und rotes Blut drangen heraus. Sie kippte vornüber, quer über Dhamon. Ihre Beine zuckten noch einmal, dann blieb sie reglos liegen.

Ich muss hier weg, sagte er sich. Raus! Er rollte sie von sich herunter und schaffte es, auf die Knie zu kommen. Er versuchte, kein Mitleid für das Mädchen zu empfinden. Sie war ein Kriegsopfer, jemand, der zur falschen Zeit am falschen Ort gewesen war. Sie hatte ihm nur helfen wollen, und jetzt klebte ihr Blut an seinen Händen.

Er kroch in den hinteren Bereich der Hütte, ohne zu fühlen, wie seine Knie die Erde berührten. Die feurigen Blitze durchzuckten seinen Körper und wechselten sich mit Stichen eisiger Kälte ab. Er tastete an der Rückwand entlang und versuchte den Ausgang zu finden. Da!

»Da!«

Hatte er etwas gehört?

»Da! Ein Fremder! Ein Dieb!«

Die Worte erklangen in der Gemeinsamen Sprache, und sie stammten von einem Menschen. Dhamon warf einen Blick nach hinten und sah einen jungen Burschen im Eingang der Hütte stehen. Er gestikulierte wie wild zu Dhamon hinüber, dann zu dem Leichnam des Mädchens. Hinter ihm ragte eine Brut auf, die ihre Klauen ausgefahren und die Lippen grimmig zurückgezogen hatte.

Dhamon fummelte nicht weiter an der Klappe herum, sondern erhob das Schwert. Er wollte aufstehen, sich der Brut stellen, doch er kam einfach nicht hoch. Schließlich hob er das Schwert über den Kopf. Die Spitze berührte die Wand hinter ihm und hing einen Augenblick fest.

Dhamons Brust verengte sich immer mehr, je mehr der Schmerz sich steigerte. Er rang nach Luft. Die Brut trat einen Schritt näher, dann noch einen.

Schlag! Schlag nach ihr!

Seine Finger waren taub, denn sein Körper war von den Schmerzen, die von der Schuppe ausstrahlten, so gelähmt, dass er den Befehlen seines Gehirns nicht gehorchen konnte. Krallen schlossen sich um Dhamons Hand und entwanden ihm das Schwert. Die andere Pranke der Brut packte ihn an den Haaren und schleifte ihn wie eine Puppe über den Boden der Hütte nach draußen.

Dhamon sah das Sonnenlicht und spürte die lastende Hitze von Zobels Sumpf, die zu der Wärme beitrug, welche ihn erfüllte. Er wurde über die Schlangen gezerrt, die den Boden überzogen. Mehrere bissen nach ihm, worauf sich die Hitze weiter steigerte. Kurz darauf fühlte er nur noch kühle, willkommene Dunkelheit.

10 Nura Bint-Drax

Maldred schob einen Farnwedel zur Seite, um zum Dorf zu spähen. Er konnte Dhamon nicht sehen, aber er wusste dennoch, dass dort etwas geschah. Drei Bruten bewachten den Pferch. Die eine schnarrte etwas in ihrer fremdartigen Sprache, die anderen beiden blickten zu einer großen, mit Schlangenhaut überzogenen Hütte, vor der sich ein halbes Dutzend Menschen versammelt hatte.

»Schlangen«, murmelte er, während er das Dorf absuchte. »Der Boden wimmelt vor Vipern.«

Wieder erklang das Horn. Es wurde von einem großen, dürren Mann geblasen, der auf den Überresten eines Brunnens zu stehen schien. Diesmal waren es nicht die langen, jammervollen Töne, die Maldred zu Beginn gehört hatte. Diese Stöße waren kurz und scharf.

Am Pferch bemerkte Maldred andere Bewegungen und erhaschte einen Blick auf den Sivak, der laut Dhamon an den Baum gekettet war. Maldred umrundete das Dorf, bis er unmittelbar hinter dem Pferch war und den Drakonier besser erkennen konnte. Varek schlich ihm nach. Der Drakonier war sichtlich nervös, denn er lief auf und ab und wich zum Stamm zurück.

»Ich sehe Riki«, flüsterte Varek. »Im Pferch. Sie sieht furchtbar aus. Wir müssen sie da rausholen und –«

Maldred legte einen Finger auf die Lippen.

Das Tuten des Horns brach ab. Sein Getöse wurde von einer Vielzahl von Rufen ersetzt, die so rasch und durcheinander erklangen, dass Maldred nichts verstehen konnte. Zu den Menschenstimmen gesellten sich die lispelnden Äußerungen der Brut. Er griff nach dem Zweihänderschwert auf seinem Rücken und zog es aus der gepolsterten Scheide.

»Ich sehe Dhamon nicht«, flüsterte Maldred. »Bei diesem verdammten Geschrei hört man nichts anderes mehr.«

»Nura Bint-Drax!«, überbrüllte jemand im Dorf den Krach. »Nura kommt! Nura! Nura! Nura!« Der seltsame Name wurde ständig wiederholt, bis alle Menschen und die gesamte Brut in den Ruf einstimmten.

Der Sivak drückte sich an den Stamm. Anfangs fand Maldred, er würde sich wie ein verängstigtes Tier zusammenkauern, doch auf seinem Gesicht war etwas anderes zu lesen, ein Ausdruck, der geradezu menschlich wirkte. Verachtung? Abscheu?

Der Singsang ging weiter, wurde noch lauter. Plötzlich wurde er vom hohen Schrei einer Frau durchbrochen: »Nura lebe hoch! Verbeugt euch vor Nura Bint-Drax!«

»Maldred!« Varek zupfte den großen Dieb an der Tunika.

»Schsch!«

»Maldred! Es kommt jemand von hinten. Ich höre …« Vareks Worte brachen ab, und der junge Mann sank zu Boden. Ein langer Stachel ragte wie eine Nadel aus seinem Hals.

Als Maldred herumfuhr, sah er nur noch eine Brut mit einem Blasrohr am Mund. Ehe er reagieren konnte, traf auch ihn ein Pfeil.

Varek und Maldred erwachten in dem Pferch. Man hatte ihnen die Hände auf dem Rücken zusammengebunden. Der Körpergeruch, der von ihren abgemagerten Leidensgenossen ausging, und der Gestank der Exkremente auf dem Boden waren Ekel erregend.

»Pfui, Spinne, ich hatte gehofft, dass ihr kommt«, rief Riki aus. »Aber ich wollte eigentlich, dass ihr mich rettet, nicht, dass ihr euch zu mir gesellt. Wo steckt Dhamon?«

Die Brut und die Menschen sangen immer noch, jetzt allerdings leise wie ein Schwarm Mücken. Das Zischen der unzähligen Schlangen, die sich auf dem Boden wanden, trug zu dem unablässigen, alles umschließenden Summen bei. Plötzlich teilte sich die Menge in zwei Reihen und bildete Schulter an Schulter eine Gasse.

»Ein Spalier«, stellte Maldred fest.

»Nura Bint-Drax kommt!«, rief eine junge Menschenfrau.

Sofort fielen Brut und Menschen auf die Knie und senkten unterwürfig die Köpfe. Einer nach dem anderen legten sie das Kinn auf die Brust und vermieden es, einander anzusehen, während ein Kind mit kupferrotem Haar zwischen ihnen hindurchspazierte. Die zarten Finger des Mädchens berührten die Köpfe der Bruten wie der Menschen, als wolle sie diese segnen. Am Ende der Gasse drehte sie sich um, klatschte in die Hände und nickte, als sie einträchtig aufstanden. Die ganze Zeit riefen die Menschen leise: »Nura, Nura, Nura Bint-Drax.«

»Die ist doch bloß ein Kind«, flüsterte Riki.

Maldred knurrte bei ihrem Anblick. »Das täuscht. Sie ist eine Zauberin«, erklärte er gedämpft. »Die mächtigste, die ich je zu Gesicht bekommen habe.«

Eine breit gebaute Brut von gut zehn Fuß Körpergröße marschierte jetzt auf das seltsame Kind zu. Sie zog den bewusstlosen Dhamon Grimmwolf an den Haaren hinter sich her.

Rikali keuchte auf, und Maldred knurrte lauter. Varek schenkte dem Schauspiel wenig Aufmerksamkeit. Er beschäftigte sich eifrig mit den Seilen um seine Hände, die er an einem Pfosten durchzureiben suchte.

Die Brut näherte sich Nura ehrfürchtig und hob Dhamon in die Luft, sodass dessen Füße über dem Boden baumelten – eine Trophäe, die das Kind bewundern sollte. Dhamon sah tot aus, aber dann erkannte Maldred, dass seine Brust sich hob und senkte.

Das Kind sagte etwas. Zumindest konnte Maldred sehen, dass seine Lippen sich bewegten, aber die Stimme war zu leise, und sein eigenes Herz pochte so laut, dass er über dem verfluchten Singen und Zischen nichts verstand.

Riki näherte sich ihm. »Mal ... Mal, was glaubst du, was sie ...«

»... mit euch vorhat?«, brachte das Kind ihren Satz zu Ende. Gleichzeitig wandte es sich dem Pferch zu. Es suchte sich vorsichtig einen Weg durch den Schlangenteppich, während es näher kam.

Die Halbelfe machte große Augen. Wie hatte das Kind ihre geflüsterten Worte hören können?

»Das ist eine interessante Frage, Elfe. Was hat Nura Bint-Drax wohl mit euch allen vor?«

Das Mädchen legte den Kopf schief, und sein engelsgleiches Gesicht nahm einen unschuldigen Ausdruck an, als es an den Pferch trat. Nura begutachtete jeden der Halbmenschen und Oger im Pferch, musterte sie wie Vieh von oben bis unten. Dann hob sie die freie Hand und deutete auf vier Elfen, die sich dicht zusammendrängten. »Aldor. Die dort. Jetzt.«

Die Brut, die Dhamon festgehalten hatte, ließ diesen einfach auf einen Haufen Schlangen plumpsen und trat vor, um die von ihr bezeichneten Elfen aus dem Pferch zu heben. Sie nickte der Brut zu, worauf diese ihnen nacheinander den Hals brach und sie auf einen Haufen warf. Sofort machten sich Schlangen darüber her, die ihnen in Arme und Gesichter bissen.

»Warum? Was soll das? Sie haben nichts getan?«, schrie Varek. Er unterbrach das Scheuern an seinen Seilen. »Warum?«, wiederholte er.

»Sie waren alt«, meinte Nura schulterzuckend. »Für das, was ich im Sinn habe, waren sie bestimmt zu schwach.«

»Nur weil ihr uns nichts zu essen gebt!«, rief ein Zwerg, der nun ebenfalls aufbegehrte. »Ihr lasst uns verhungern! Ihr hattet keinen Grund, sie zu töten!«

»Was ist mit ihm?«, wollte Maldred wissen. Er zeigte auf Dhamon.

Das Kind wandte sich an die Brut mit dem Namen Aldor, die wieder nach Dhamon griff und ihn hochzerrte. Ihre Krallen gruben sich tief in seinen Arm. Nura deutete auf Dhamons Bein. Durch die zerrissenen Hosen war die große Schuppe auf seinem Oberschenkel zu erkennen, auch die kleineren, die sie umgaben. Sie starrte Maldred an.

»Was habt ihr mit ihm gemacht?«, kreischte Rikali.

»Das war leider nicht ich«, wehrte Nura ungerührt ab. Sie sah Riki an. Dann betrachtete sie ein Weilchen ihr Spiegelbild in der großen Schuppe und schob eine wirre Locke aus dem Gesicht. »Wegen seiner Schuppen ist dieser Mann einzigartig. Ein seltenes Exemplar.«

»Du bist auch ein seltenes Exemplar«, grollte Maldred. »Wer bist du wirklich?«

»Ich bin Nura Bint-Drax«, antwortete sie. »Aldor, würdest du bitte?«

Die Brut warf Dhamon in den Pferch. Maldred eilte schnell an seine Seite und stieß ihn vorsichtig mit dem Fuß an, um ihn zu wecken. Der große Dieb sagte gar nichts, nur sein Blick ging zwischen Dhamon und Nura hin und her.

Das Mädchen redete leise mit Aldor, ehe es sich vom Pferch löste. Die Finger seiner freien Hand fuhren wie Spinnenbeine durch die Luft. In ihrer Handfläche entstand ein silbriges Gewebe, das mit jedem Augenblick größer wurde, bis es fast so groß war wie Nura selbst. Winzige schwarze Punkte tauchten auf und jagten die magischen Fäden auf und ab, schneller und schneller, bis sie verschwammen.

»Pfui Spinne, das gefällt mir aber gar nicht«, raunte Rikali. »Das gefällt mir nicht. Überhaupt nicht.«

»Ich bin frei«, flüsterte Varek. Maldred überzeugte sich mit einem Blick davon, dass er die Wahrheit sprach. Der junge Mann hatte seine Stricke durchgescheuert.

Varek schob sich zwischen die Halbmenschen, damit die Brut seine Hände nicht sehen konnte, und begann, sich Rikis Fesseln zu widmen. Auch sie war bald befreit.

»Varek, ich habe zwei kleine Messer«, flüsterte Maldred. »Sie stecken in meinem Gürtel.«

Varek zog sie rasch heraus, verbarg sie in der hohlen Hand und machte sich nun an den Fesseln von Maldred zu schaffen. Zwei Zwerge kamen näher. Der eine wisperte: »Jetzt ich.« Varek half ihm, dann zog er Riki nach hinten.

Nura setzte ihren Zauber fort. Ihre Stimme wurde höher und klang wie ein Lied. Plötzlich streckte sie die Hand aus, und das magische Spinnennetz, das sie erschaffen hatte, flog auf den Pferch zu. Es blähte sich auf, senkte sich über Dhamon und Maldred, die Zwerge und die anderen. Es fühlte sich an, als würden Hunderte von Insekten über ihre Haut schwärmen und ihre Bewegungen behindern. Zugleich überkam sie eine seltsame Ruhe. Varek entspannte sich. Jeder Gedanke an Flucht und auch seine Sorge um Riki wurden unwichtig. Er ließ die Messerchen fallen. »Nura. Nura. Nura.« Er stimmte in den Singsang ein.

Vorn im Pferch hatte Dhamon das Bewusstsein wiedererlangt und stand jetzt neben Maldred. Benommen beobachteten beide Männer Nura, die bereits einen zweiten Zauber begonnen hatte. Einer der Menschen verbeugte sich vor ihr und reichte ihr eine helle Holzschale.

Die Stimme des Mädchens veränderte ihre Höhe, und die unverständlichen Worte kamen schneller. Die Brut mit dem Namen Aldor zückte ein Messer und nahm Nura die Schale ab, welche jetzt merkwürdigerweise schwarz war, als hätte man sie ins Feuer geworfen. Mit leisem Fauchen ging die große Brut auf den angeketteten Sivak zu.

»Ich kann mich nicht rühren«, sagte Maldred. »Keinen Zoll.«

»Meine Füße sind wie Blei«, bestätigte Dhamon. Er behielt Nura im Auge. »Angeblich braucht man zur Erschaffung von

Brut das Blut von echten Drakoniern«, überlegte er. »Aber auch einen komplizierten Zauber. Nur ein Oberdrache kann solche Zauber wirken, und er muss etwas von sich selbst dazugeben. Hier gibt es in meilenweitem Umkreis keinen Drachen, geschweige denn einen Oberdrachen. Meine Schuppe hätte es mir verraten, wenn einer in der Nähe wäre. Mir gefällt das nicht.«

Die Brut Aldor brachte dem Sivak einen tiefen Schnitt in die Brust bei und hielt die Schale so, dass das Blut hineinfließen konnte. Der Sivak konnte nichts dagegen tun. Als das Blut nur noch langsam tröpfelte und die Schale gefüllt war, kehrte die Brut zu Nura zurück und stieß dabei die Vipern weg.

Das Mädchen hatte die Augen nach hinten verdreht, sodass nur noch das Weiße hinter den heftig flatternden Lidern zu sehen war. Nuras Stimme klang jetzt anders, schneller und lauter, nicht mehr wie die eines Kindes, sondern wie die einer verführerischen Erwachsenen.

Alle schienen von Nuras Stimme fasziniert, und die meisten riefen ihren Namen. Selbst Maldred wurde angesteckt. Dhamon musste sich mit aller Kraft konzentrieren, um die Worte auszublenden. So sehr er sich auch bemühte, er konnte die Füße nicht bewegen. Das magische Netz hinderte sogar seine Finger an jeder Regung.

»Wehr dich«, zischte Dhamon Maldred zu. »Wir brauchen deine Magie, um hier rauszukommen. Hör nicht auf sie, Mal. Sonst verwandelt sie uns noch alle in Brut.«

»Nur dich, Schwarzhaar«, stellte eine Wache klar. »Nur Menschen kommt die Gnade zu, in Brut verwandelt zu werden. Die anderen werden … Missgeburten.« Die Brut fixierte Dhamon.

Dhamon sah, wie Aldor Nura die Schale hinhielt. Ihre Augen waren groß und dunkel und blickten zwischen Dhamon und Maldred hin und her. Sie tauchte die Finger in das Blut des Sivaks, rührte darin herum und rezitierte weiter unverständliche Worte. Ihre Stimme wurde langsamer. Jetzt wurde der Sivak zunehmend aufgeregter. Seine Arme und Beine begannen im Takt der Fingerbewegungen von Nura zu zucken.

Ein durchscheinender roter Nebel ergoss sich aus Nuras Schale auf den Boden und kroch langsam auf den Pferch zu.

Der Nebel wurde dicker und dunkler, bis er erst blutrot, dann fast schwarz war. Die Schwaden legten sich wie Würgeschlangen um die Beine von Dhamon, Maldred und den Ogern. Der kühle, feuchte Nebel linderte die Hitze des Sumpfes ein wenig, entzog ihnen aber gleichzeitig Kraft.

Dhamon fühlte die Müdigkeit schwer wie eine Decke auf sich lasten. Der Nebel legte sich immer fester um ihn, kroch ihm unter die Haut. Er versuchte, ihn abzuschütteln und sich zu konzentrieren. Wenn er jeden Gedanken an das Kind verdrängte, konnte er sich vorstellen, frei zu sein.

»Ich kann mich bewegen«, keuchte Dhamon Maldred schließlich zu. »Ein bisschen.«

Maldred sah nur zu Nura hin. »Ich kann kaum sprechen«, krächzte er.

»Wehr dich dagegen. Wir müssen hier raus.«

»Sie ist stärker als ich.«

»Wehr dich. Oder wir sind tot.«

Als der Nebel ihnen bis zum Bauch reichte, konnte Maldred die Hände bewegen. Er begann, mit den Fingern einen eigenen Zauber zu wirken. »Es ist alles so schwierig.«

»Bei der Macht des Ersten«, begann Nura. »Beim Willen des Alten. Gib mir die Macht, dein Gebot zu erfüllen.«

Der Nebel um sie herum verdichtete sich, bis er Treibsand glich. Die Schuppe an Dhamons Bein wurde warm, aber das Gefühl verschlimmerte sich nicht. In Dhamons Kopf tauchten Bilder auf, große gelbe Augen in der Finsternis. Ein Drache? In den Augen stand Intelligenz und etwas, das er spürte, aber nicht in Worte fassen konnte.

»Bei der Macht des Ersten«, wiederholte Nura.

Wieder blitzten in Dhamons Gedanken Drachenaugen auf, in denen sich das Gesicht des Kindes spiegelte. Er blinzelte wütend, um das Bild abzuschütteln, und kämpfte gleichzeitig gegen die Trägheit an, die ihn zu überwältigen drohte.

Maldred murmelte leise vor sich hin. Seine Hände bewegten sich jetzt schneller. Er riskierte einen Blick nach hinten, wo er Rikali und Varek regungslos Schulter an Schulter stehen sah. Dann aber richtete sich seine Aufmerksamkeit wieder auf Dhamon, der inzwischen ganz von dem Nebel umschlossen war.

Dhamons Hals und Brust waren wie zugeschnürt. Es war, als hätte jemand in ihn hineingegriffen und würde nun sein Herz zusammenquetschen. Durch den Nebel blinzelte er auf seine Brust, auf der er ein mit Blut gemaltes Symbol entdeckte. Merkwürdigerweise hatte er nichts gespürt, keine Wunde. Als er sich umsah, bemerkte er dasselbe Symbol auf der Brust der Elfen und Zwerge wie auch auf Maldred. »Mmmm. Mmmm.« Dhamon wollte »Maldred« sagen, brachte aber nur ein erstицktes Geräusch heraus.

Als er sah, dass eines der Symbole auf einem Oger sich veränderte, machte er große Augen. Aus dem blutigen Zeichen wurde ein Schuppenmuster – schwarze Schuppen, die sich ausbreiteten. Verstört begann Dhamon, an dem Symbol auf seiner eigenen Brust herumzuwischen, aber die Schuppen klebten auch an ihm.

Wieder tauchten Bilder hinter seinen Augen auf, die mattgelben Augen eines riesigen schwarzen Drachen, in denen sich das lächelnde Kind spiegelte. Durch die Bilder und den magischen Dunst hindurch rieb er weiter an dem Symbol auf seiner Brust herum, kämpfte dabei gegen die unnatürliche Müdigkeit an und grub seine Finger unter die Schuppen, um sie verzweifelt abzureißen.

Ich werde keine Brut! Er wollte diese Worte hinausschreien, hörte sie aber nur in seinem eigenen Kopf. Lieber sterbe ich!

Vom anderen Ende des Dorfes war mehr Jubel zu hören, erst leise, dann stimmten die Menschendiener mit ein. »Nura. Nura. Nura Bint-Drax.« Die meisten Insassen des Pferchs stimmten mit ein.

Das kann nicht sein. Das ist nicht möglich, wehrte sich Dhamons Verstand. Plötzlich fand er seine Stimme wieder und hörte sich selbst brüllen: »Es ist kein Drache in diesem Dorf! Nur ein Oberdrache kann Drachenbrut erschaffen!«

Durch den weiter ansteigenden Nebel und eine Lücke zwischen den sich verwandelnden Körpern sah Dhamon das Kind lächeln. Es unterbrach seinen Zauber für einen Moment, um ihm fest in die Augen zu sehen.

»Der Drache ist überall«, betonte es. Er hörte die Worte über das Loblied der Dorfbewohner und das Zischen der vielen tausend Schlangen hinweg.

»Nura. Nura. Nura.« Die Hochrufe wurden lauter. »Nura Bint-Drax.«

»Ich bin ein Gefäß«, fuhr sie fort. Ihre Worte galten nur Dhamon. »Dem die Schwarze ihre Macht gewährt.«

Ein Gefäß, dachte Dhamon. Die Schuppe an seinem Bein hatte ihn einst zum Gefäß für die rote Drachenkönigin gemacht. Wenn die Verbindung nicht gebrochen worden wäre, wäre er immer noch in Malys' Gewalt. Und nun würde er vielleicht ein Handlanger der Schwarzen werden.

»Der Drache gewährt mir die Macht, Brut zu erschaffen«, fuhr sie mit nun spöttischer Stimme fort. »Aber ich ziehe das vor, was ihr als Missgeburten bezeichnet. Einzigartige Geschöpfe. Interessant. Und unglaublich loyal. Du bist leider ein Mensch, Dhamon Grimmwolf, deshalb kannst du nur Brut werden, keine Missgeburt.«

Dhamon hörte Maldred hinter sich vor Schmerz aufkeuchen.

Um sie herum verwandelten sich einige Oger schneller als die Elfen und Zwerge. Einer fiel Dhamon besonders auf, denn sein Anblick entsetzte ihn. Von dem Symbol auf der Brust des Ogers breiteten sich rasant Schuppen aus, die wie Wasser über seine Arme und Beine flossen, auch über sein Gesicht, das größer wurde und zu einer Art Pferdekopf verwuchs. Am Hinterteil sprossen zwei Schwänze, der eine ein kurzer dicker Stummel, der andere lang wie eine Schlange. Am Ende des Schlangenschwanzes fauchte ein Vipernmaul, das sich wütend bemühte, nach den anderen zu beißen, die sich ringsherum noch verwandelten. Zwischen den Schulterblättern des Ogers entstanden kurze Flügel, die geschwungen waren wie die einer Fledermaus, aber libellenartige Membranen hatten.

Einem Halbelfen daneben wuchs ein zweites Paar Arme. Der schrie vor Qual und griff nach dem Nebel, der seine länger werdenden Nägel umspielte.

Die Luft war von Zischen erfüllt, dazu kamen ungläubige oder wütende Schreie und das gequälte Aufheulen der Oger, deren Worte Dhamon nicht verstand. Manches davon mussten derbe Flüche sein. Daneben waren knackende oder platzende Geräusche zu hören, die von den Gliedern stammten, die sich veränderten, oder von neuen, die gerade entstanden. Manche Knochen brachen unter der Anspannung, als die Körper unnatürlich groß und schwer wurden und sich immer mehr verrenkten.

Maldred brachte ein kehliges Grollen heraus, und diesmal schrie Dhamon auf. Die Verwandlung ging mit schrecklichen Schmerzen einher, schlimmer als alles, was die Schuppe an seinem Bein ihm je zugefügt hatte. Dort, wo die Schuppen auf seiner Brust sich ausbreiteten, fühlte es sich an, als ob seine Haut in Flammen stünde.

»Nein!«, schrie er, während er sich mit aller Kraft bemühte, die Schuppen abzureißen. Mit trägen Bewegungen versuchte er, sich dem Nebel zu entziehen und dem grausigen Zauber des Kindes zu entkommen. Seine Beine waren wie angewurzelt, sie wollten ihm nicht gehorchen. Er kam kaum vorwärts. Aus dem Augenwinkel sah er Maldreds immer noch zuckende Finger. Der Nebel um seine Hände wurde dünner.

»W-was ...«

Dhamon wollte noch mehr sagen, aber seine Zunge spielte nicht mit. Sie fühlte sich dick und trocken an. Er blickte nach unten und stellte erschauernd fest, dass sich auch um die Drachenschuppe auf seinem Bein immer mehr winzige Schuppen bildeten.

»Dhamon, ich setze ganz auf Riki und Varek«, brachte Maldred heraus. Er ballte die Fäuste, die bereits dicker und schwarz wurden.

Einen Augenblick glaubte Dhamon, das schöne Menschengesicht seines alten Freundes zu sehen. Er meinte, ein Lächeln zu bemerken. Dann nahm sein Fleisch eine blaue Färbung an, und die Haare verwandelten sich in eine wilde weiße Mähne. Er wurde wieder zu dem Ogerzauberer, der er in Wahrheit war, Donnags einziger Sohn, der jeden anderen im Pferch überragte. Schwarze Schuppen überzogen ihn, eroberten rasch Brust und Hals.

Sein Gesicht verlängerte sich, bis es eine drachenartige Schnauze ausbildete, dann entstand über seinen Augen ein dicker Wulst. Maldred verzog das Gesicht, als er einen Schritt vortrat, denn seine Beine waren bereits dick wie Baumstümpfe, und die Adern traten wie Schlingpflanzen hervor. Seine Füße wuchsen und bekamen Klauen. An Knien und Ellbogen wuchsen knochige Wülste, und seine Hände, die er nicht mehr zur Faust schließen konnte, streckten sich, bis aus seinen Fingern zwei Pranken geworden waren.

»Ich hoffe, Riki kann …« Das waren die letzten Worte aus Maldreds Mund, denn nun schoss eine lange, gespaltene Zunge heraus, die seine wulstigen Lippen leckte. Zischend schlug er um sich und traf dabei einen anderen Oger, dem gerade ein dritter Arm wuchs. Sein linker Arm traf Dhamon hart vor die Brust und schleuderte seinen Freund ein ganzes Stück nach hinten.

Ob das Absicht gewesen war, fragte sich Dhamon, während er keuchend wieder auf die Beine kam. Durch Lücken in dem immer noch dichter werdenden magischen Nebel sah er die Balken des Zauns.

Ich muss hier raus. Bewegung!

Dhamon sah, dass jeder Oger, Zwerg und Elf mitten in der Verwandlung steckte. Niemand war von dem grässlichen Zauber verschont geblieben, niemand sah aus wie zuvor – außer Riki und Varek, die sich scheinbar unbeeinflusst ganz hinten im Pferch geduckt hatten.

Einem Zwerg wuchs ein zweiter Kopf auf dem ersten, ein anderer faltete sich regelrecht zusammen, bis er dick und kurz war.

Seine Arme wurden zu einem zweiten Paar Beine, sodass er gezwungen war, wie ein Hund zu laufen. Dem Halbelfen neben Dhamon wuchsen vier Augen. Der dünne Oger war vielleicht der schrecklichste Anblick, denn er wurde noch dünner und sah schließlich aus, als wäre die schuppige Haut auf einem Skelett aufgespannt. Seine Knochen drohten, sie zu durchbohren, und auf seinem Rücken flatterten zwei knochige Flügel, die ihm jedoch nicht erlaubten davonzufliegen.

Dhamon schloss die Augen und versuchte, sich schneller zu bewegen. Er schlurfte ein paar Schritte zurück und stieß schließlich gegen etwas, das fest wie eine Wand aus Stein war – allerdings eine atmende, keuchende Wand: Noch jemand, der mitten in der Metamorphose gefangen war. Dhamons Arme und Beine taten entsetzlich weh. Bestimmt wuchsen sie oder veränderten sich.

Ich muss hier weg, hämmerte er sich ein, während er blindlings drauflosliefe. Weg hier. Ich kann nicht noch einmal einem Drachen dienen. Seine Gedanken verwirrten sich, und er merkte, dass sein Verstand angegriffen wurde. Hunger, dachte er. Ich habe Hunger. Stark. Ich bin stark. Was wünschst du, Nura? Sieh mich an, Nura! Nura. Nura. Nura Bint-Drax.

»Nein!«, heulte er wieder auf. Seine Stimme klang tiefer und fremdartig. »Bei allen verschwundenen Göttern, nein!«

»Varek!«, flüsterte Rikali und blinzelte heftig. »Varek, ich kann mich bewegen.« Sie wendete den Blick von den anderen ab, deren Verwandlung sie nicht mit ansehen konnte.

»Ich auch«, gab Varek gedämpft zurück, »aber ich weiß nicht, wieso.«

»Das war Maldred«, antwortete Rikali, die langsam mit Varek durch die Zaunlücken im hinteren Bereich des Pferchs kroch. Sie hoffte, der Nebel würde ihre Flucht verschleiern. »Ich meine, er hat vorhin gezaubert. Pfui Spinne, das habe ich schließlich oft genug gesehen. Nur deshalb sind wir frei.«

Nachdem sie draußen waren, riss Varek eine dicke Latte ab, die er sich wie eine Keule über die Schulter legte. Riki gab er die kleinen Messer, die er erst weggeworfen und dann wieder aufgesammelt hatte. Er überlegte kurz, ob er nicht besser die Halbelfe packen und mit ihr fliehen sollte. Aber Riki entfernte sich bereits von ihm, huschte um den Pferch herum, zog dabei lose Latten ab und überquerte den Schlangenteppich. Sie war auf dem Weg zu dem Kind.

»Nura!«, rief die Halbelfe. »Brich den Zauber ab! Lass diese Leute in Ruhe!«

Varek murmelte ein Gebet zu einem verschwundenen Gott und eilte ihr nach.

Nura war sprachlos. Sie hatte sich so auf die Erschaffung neuer Scheusale konzentriert, dass sie nicht bemerkt hatte, wie zwei der Opfer entkommen waren.

Einige der halb verwandelten Wesen entwichen aus dem Pferch. Andere, deren Veränderungen gerade erst begonnen hatten, flohen durch die Löcher im Zaun in den Dschungel. Auf Befehl von Aldor setzte ihnen ein Teil der Brut nach. Andere Bruten versuchten, die Kreaturen in den roten Nebel zurückzudrängen, damit die Transformation beendet werden konnte.

»Das kleine Mädchen!«, rief Rikali Varek zu. »Wir müssen das Mädchen erwischen! Halte sie auf!«

»Nein!«, gellte Varek, als er sich an ihr vorbeidrängte. »Riki, verschwinde von hier. Ich kümmere mich um sie.«

Widerspenstig schüttelte die Halbelfe den Kopf, konnte Varek aber nicht festhalten. Gleich darauf stand sie einer Brut gegenüber, die ihr den Weg versperrte.

»Pfui Spinne, bist du aber hässlich«, fluchte sie, duckte sich unter den grabschenden Klauen hinweg und stach mit den kleinen Messern nach ihren Beinen.

Ein paar Schritte weiter wurde Varek von Aldor aufgehalten. Die große Brut schirmte Nura wirksam von ihm ab und bespie ihn sofort mit Säure. Als Varek vor Schmerz aufschrie, grinste die Brut, und als er in die Knie ging, stieß sie ein kurzes, abgehacktes Lachen aus.

Nura konzentrierte sich auf ihren Zauber. Da sie beschäftigt war, bemerkte sie Rikali nicht. Die Halbelfe hatte ihren Gegner besiegt und tauchte nun hinter dem Mädchen auf. Rikali zielte mit dem einen Messer und rammte es nach unten. Die Klinge senkte sich in den Rücken des Mädchens, das überrascht aufschrie. Die Schüssel fiel zu Boden und ließ das Sivakblut auf ihre Beine spritzen.

»Du Dummkopf!«, schrie Nura, die niederkniete, die Schüssel aufstellte und versuchte, das ausgelaufene Blut wieder hineinzuschöpfen. Das kleine Messer in ihrer Schulter ignorierte sie. »Du hast ja keine Ahnung, was du getan hast! Du hast meinen Zauber verdorben. Dein Leben ist verwirkt! Dein Leben gehört mir! Aldor!«

Aldor wirbelte herum. Mit ausgefahrenen Klauen blähte er sich auf und bespie die Halbelfe mit seinem giftigen Odem.

Gleichzeitig kam Varek wieder auf die Beine und griff Aldor von hinten an. Benommen senkte er die Schulter, rammte die Brut ungezielt von hinten und brachte sie damit aus dem Gleichgewicht. Riki nutzte die Gelegenheit, schnellte auf Aldor zu und stach mit dem zweiten Messer nach der Brut. Varek prügelte mit seiner Latte auf den ausgestreckten Arm der Brut ein.

»Varek! Halt das Mädchen auf!«, schimpfte sie. »Mit dem Biest hier werde ich schon fertig!«

Das Kind hatte so viel Blut wie möglich in die Schale zurückgeschöpft und bemühte sich fieberhaft, den Zauber wieder aufzunehmen. Varek und die Halbelfe beachtete es gar nicht.

»Varek!«, brüllte Riki. »Das Mädchen!«

Widerstrebend ließ Varek die Halbelfe allein, näherte sich Nura und verpasste ihr mit seiner Keule einen Schlag auf den Hinterkopf. »Verdammte Göre!«, schrie er dazu. »In den Abgrund mit dir!«

Der Schlag beeindruckte Nura kaum, obwohl diese zweite Unterbrechung sie sichtlich ärgerte. Es herrschte ein unbeschreiblicher Lärm: die Hochrufe, die klagenden Schreie der Missgeburten, das Zischen der Schlangen, die sich überall wanden.

»Wieso stehst du immer noch?«, fragte Varek. Er zog die Keule zurück, stellte sich fester hin und riskierte einen kurzen Blick zum Pferch, während er erneut zuschlug. Bei diesem schauerlichen Anblick ließ er beinahe seine Waffe fallen.

Ein paar Oger und Zwerge hatten die Verwandlung abgeschlossen. Einer hatte sechs Arme und einen überlangen einzelnen Flügel, der wild flatterte und zwischen seinen Knöcheln hängen zu bleiben drohte. Einem anderen hing ein schlaffer Arm aus der Mitte der Brust. Andere waren … noch schlimmer.

»Monster.« Varek erschauerte. Blindlings hämmerte er wieder und wieder auf das Mädchen ein, das seine Schläge gar nicht zu spüren schien.

»Ich muss den Spruch beenden!«, fluchte es. »Sie hängen mittendrin fest.«

Die grotesken Geschöpfe schlugen vor Schmerz und Wahnsinn aufeinander ein. Der Skelettoger heulte auf, als ihm ein anderer die Flügel abriss. Blut und Säure spritzten heraus. Ein Wesen mit zwei Köpfen schnappte nach einem missgestalteten Tier auf allen vieren. Ein schuppenübersäter Zwerg hatte den Kopf in die Hände gelegt und weinte bitterlich. Unter Vareks Augen wurde dieser Zwerg von den langen Klauen eines anderen zerfleischt.

»Sie bringen sich gegenseitig um«, stammelte er erschüttert.

»Sie sind völlig verrückt geworden!«, rief das Kind. »Ich muss den Zauber beenden. Aldor! Töte die Elfe! Und dann erlöse mich von diesem Floh, der mich hier ärgert.«

»Brut tötet Elfe«, gelobte Aldor. Seine Augen glänzten düster.

»Ich bin eine Halbelfe«, gab Riki trotzig zurück.

Als die Brut wieder ausatmete, duckte sich Riki. Der Säurestoß ging über ihren Kopf hinweg. Sofort danach machte sie einen Salto und rammte Aldor ihr Messer in die Brust. Dann setzte sie den Angriff fort und versuchte, die Brut in Nuras Richtung zu drängen. Nura rührte wieder in ihrem Drakonierblut herum, ohne Varek zu beachten.

Die Brut duckte sich tief, als Riki lossprang, breitete die Arme aus und versuchte, sie zu erwischen. Aber die Halbelfe wich sofort aus, riss das Messer hoch und stach damit nach Aldors Hals.

Sie kniff die Augen zu und wendete den Kopf ab. Einen Herzschlag später zerbarst die große Brut zu einer Säurewolke, die auf sie, Varek und Nura herabregnete.

»Nein!«, heulte Nura auf. Die Säure vermischte sich mit dem Sivakblut und brutzelte in der Holzschale. »Neeiiiin!«

Nur zwei ihrer geliebten Bruten waren noch in der Nähe. Einige waren von den halb verwandelten Missgeburten in ihrer mörderischen Qual umgebracht worden. Nura winkte ihre Diener herbei.

»Zu mir!«, rief sie. »Schnell, meine Brut!«

In den Überresten des Pferchs befand sich nur noch ein Dutzend ihrer Opfer. Dhamon hatte sich durch den Zaun davonstehlen können. Jetzt rollte er sich hustend auf den Rücken und versuchte, seine Lunge von dem Rest des roten Nebels zu befreien. Er tastete seine Brust ab, auf der Fleischwunden die Stellen bezeichneten, wo er Schuppen abgerissen hatte. Seine Finger suchten seine Haut ab, um weitere Schuppen zu finden. Am Bauch saßen auch welche. Sobald seine Kraft zurückkehrte, richtete er sich auf und wich zurück, denn er wollte mehr Abstand zwischen sich und den Pferch bringen. Der Sumpf war so nah. Es würde so leicht sein, sich darin zu verstecken. Sich verstecken. Sich retten.

»Maldred.« Nur der Gedanke an seinen Freund hielt Dhamon von der Flucht ab. »Ich muss einen klaren Kopf behalten«, sagte er sich. »Ich muss mich konzentrieren.« Noch immer beherrschten ihn Hunger, Machtgelüste und der Wunsch, Nura Bint-Drax zu dienen. »Nura. Nura. Nura«, hörte er sich sagen. »Nein!«

Dhamon konzentrierte sich auf Maldred und Rikali. Er spähte auf das groteske Durcheinander, sah aber nur die abstoßenden, missgestalteten Wesen, die miteinander kämpften, hörte nur ihre Schreie.

Schließlich entdeckte er Maldred in der Mitte des Tumults. Dhamon erschauerte. Noch waren Merkmale seines Freundes zu erkennen, die blaue Haut und der weiße Haarwust, aber ein Großteil seiner Arme und seiner Brust war von schwarzen

Schuppenflechten überzogen. Hinter ihm zuckte ein Schlangenschwanz. Sein Ogergesicht war zu einem Drachenkopf verzerrt, auch wenn es noch nicht von Schuppen verunziert wurde.

Dhamon drehte sich um und rannte auf die nächste Hütte zu, in der er vorhin Waffen gesehen hatte. Kurz darauf tauchte er mit zwei Schwertern wieder auf und hetzte auf Nura und die zwei Bruten zu, die sie jetzt abschirmten.

Er sah Varek, der nur noch aus Blasen und Schrammen bestand. Seine Haare und Kleider hatten sich aufgelöst. Dhamon drückte ihm ein Schwert in die verätzten Hände.

»Das kleine Mädchen«, keuchte Varek, während er sich einer Brut stellte, die vor ihm aufgetaucht war. »Töte sie, Dhamon. Beschütze Riki.«

»Oh, ja, die Kleine bringe ich um«, knurrte Dhamon, der sich der anderen Brut widmete und sie mit zwei schnellen Hieben erschlug. »Die schicke ich direkt in den Abgrund. Ich ...«

Ihm blieben die Worte weg, als er sah, wie Nura schimmerte, wuchs und sich verwandelte. Im Handumdrehen war das Kind mit dem Namen Nura Bint-Drax verschwunden. Etwas völlig anderes stand an ihrer Stelle.

»Beim Odem der Welt!«, japste Varek. »Was ist das?«

»Das ist mir egal«, antwortete Dhamon. »Ich muss nur wissen, ob es bluten kann. Denn wenn es blutet, werde ich das verdammte Ding umbringen.«

Wo eben noch Nura gestanden hatte, war jetzt etwas, das einer Schlange ähnelte. Allerdings war diese Schlange bestimmt zwanzig Fuß lang, sehr dick und von schwarzen und roten Schuppenbändern überzogen, die im Sonnenlicht wie Juwelen glitzerten. Der schwere Leib war wie der einer Kobra erhoben und wiegte sich hin und her. Nur der Kopf war kein Schlangenkopf, sondern der des boshaften Kindes, dessen kupferrote Haare sich nun wie eine Haube ausbreiteten. In der Seite steckte immer noch das kleine Messer, das die Halbelfe in das kleine Mädchen getrieben hatte.

Die lidlosen Augen der Kreatur fixierten Rikali. Sie wiegte sich hypnotisch vor und zurück. »Du hat meine Pläne zunichte gemacht, Elfe. Meinen Zauber aufgehalten! Die kostbaren Geschöpfe vernichtet, die ich erschaffen wollte.« Ihr Kopf schwang zum Pferch herum, wo sich nur drei voll ausgebildete Missgeburten von den anderen Unglückseligen gelöst hatten. »Zu mir, meine Kinder!«

Dhamon wirbelte herum, um die elenden Scheusale in Empfang zu nehmen, die Nuras Befehl folgten und aus dem Pferch kletterten. Er riss das Langschwert zurück. Die Klinge spiegelte das Sonnenlicht so grell wider, dass eines der Wesen – das mit den sechs Beinen und zwei Schwänzen – die Augen beschirmte und zögerte. Dieser Moment reichte Dhamon aus, um sein Schwert herunterzuziehen und es tief in die Brust des Monsters zu treiben. Wie eine Brut zerbarst es zu einer Säurewolke.

Aber zwei andere Scheusale waren geblieben. Varek sprang dem einen in den Weg, damit es nicht zu Riki gelangte.

Dhamon stellte sich dem dritten Wesen, das eher einer Brut ähnelte – bis auf den dritten Arm, der nutzlos aus seiner Brust baumelte. Auch dieses Ungeheuer schien von dem Licht gebannt zu sein, das über das Schwert spielte. Mit einem Hieb hatte Dhamon ihm das nutzlose Anhängsel abgeschlagen, ein zweiter Schwerthieb trennte dem Geschöpf den rechten Arm ab. Aufjaulend trat es zurück und blickte unsicher zwischen Dhamon und Nura hin und her.

Dhamon sprang vor. Mit ausgestrecktem Schwert durchbohrte er den Bauch der Missgeburt und wurde mit spritzender Säure belohnt, die seine Haut und seine Hosen angriff. Ohne Pause fuhr er zu Nura herum, an Varek vorbei, der immer noch mit seinem Gegner rang.

»Riki, überlass die Schlangenfrau mir!«

»Ich kann ihr nichts tun, Dhamon!«, rief Riki, die sich mit ihrem kleinen Messer abmühte.

»Aber ich kann dir etwas tun«, gab Nura zurück. Sie klappte das Maul auf. Eine Reihe spitz zulaufender Zähne kam zum Vorschein, von denen etwas Glänzendes heruntertropfte, das zischte, als es den Boden berührte. Blitzschnell schlug die Schlange zu und grub ihre Zähne in Rikis Wange.

»Pfui Spinne!«, kreischte die Halbelfe auf. »Das brennt wie Feuer!«

Im selben Augenblick schwang Dhamon sein Schwert, musste aber erstaunt feststellen, dass es die Schuppenhaut der Schlange kaum verletzen konnte. Für eine Brut oder eine Missgeburt wäre die Wucht seines Hiebes tödlich gewesen.

Immerhin blutete sie, stellte er fest, nachdem er wieder und wieder auf dieselbe Stelle eingeschlagen hatte. Endlich sah man eine echte Kerbe in dem dicken Fleisch.

»Riki! Zurück!«, brüllte Dhamon.

»Oh, verdammt, Dhamon Grimmwolf! Du hast mich auch unbesorgt ganz allein in Bloten zurückgelassen! Wieso kümmerst du dich jetzt um mich?« Die Halbelfe ging wieder und wieder auf die Schlange los, um mit dem kleinen Messer auf sie einzustechen. »Du willst mich also beißen, Nura Bint-Drax? Ich wusste ja, dass du kein kleines Mädchen bist.«

Nura grinste boshaft und schlug erneut zu. Zugunsten der Halbelfe ignorierte sie Dhamon. Dieses Mal senkten sich ihre Zähne in Rikalis Arm, und als Nura losließ, brach die Halbelfe zusammen.

»Monster!«, fauchte Dhamon. »Sieh mich an!« Er legte all seine Kraft in den nächsten Schlag, und als er traf, sprühten Blut und Schuppen auf.

Nura erhob sich hoch über den Boden, balancierte auf ihrem Schlangenschwanz und drehte sich zu Dhamon um. »Du bist stark, Mensch«, zischte sie. »Ich glaube wirklich, du bist derjenige.«

Obwohl ihr seltsamer Kommentar ihn verwirrte, ließ Dhamon sich davon nicht ablenken, sondern schlug los. Bei jedem Hieb spannte er alle Muskeln an, musste jedoch irritiert feststellen, dass er ihr kaum Schaden zufügte.

»W-was ist das für ein Wesen?« Das kam von Varek, der endlich seinen Gegner erledigt hatte. Seine Kleider hingen in Fetzen,

Gesicht und Arme waren von den Klauen aufgerissen. Mit dem Schwert, das Dhamon ihm gegeben hatte, schloss er sich dem Kampf gegen Nura an. »Was ist das?«

»Ich bin Nura Bint-Drax«, zischte das Schlangenwesen. Es begann, sich hypnotisierend zu wiegen, um Varek und Dhamon einzulullen. »Ich bin das Kind des Sumpfes, die Tochter des Drachen. Ich bin euer schlimmster Albtraum.«

Dhamon schlug wieder zu, diesmal aber mit weniger Kraft. Er wurde langsamer, und sein Verstand vernebelte sich. Magie! Er wusste, dass die Schlange einen Zauber gewirkt hatte. Im Geist sah er tanzende Schuppen.

»Verdammtes Biest!«, fluchte er. Selbst diese Worte kamen nur langsam heraus. Wütend versuchte er, den Kopf zu schütteln, konnte ihn aber kaum bewegen. »Sei verdammt in den tiefsten Winkel des Abgrunds!« Er sah, wie ihr Kopf herunterkam, sah den Mund, sah die ätzende Flüssigkeit auf dem Boden zu einer Pfütze zusammenlaufen.

»Kämpf mit mir!« Das kam von Varek, der nun von der Seite her angriff. Trotz seiner Erschöpfung konnte er einen Treffer an einer Stelle landen, wo Dhamon bereits eine Wunde geschlagen hatte.

»Du bist ein unbedeutender Wicht«, zischte sie Varek zu, »du bist es nicht wert, dass ich dich beachte. Es wird Zeit, dieses Spielchen zu beenden.« Ihr Kopf wippte, und ihr Körper schimmerte auf und schrumpfte. Ein platzendes Geräusch, dann hing über der Stelle, wo Nura gewesen war, eine beißende schwarze Rauchwolke. Rikis Messer, das in der Schlange gesteckt hatte, fiel auf den Boden.

»Bei den Köpfen der Königin der Finsternis!«, schimpfte Dhamon. Sein Blick ging zwischen Riki und Varek hin und her. Der junge Mann kroch auf die Halbelfe zu.

»Was machen wir mit denen?« Varek zeigte auf den Pferch, wo eine Hand voll halb verwandelter Kreaturen immer noch zappelnd aufeinander einschlug. Die Wesen waren halb Fleisch, halb geschuppt, hatten missgebildete Glieder und eingerollte Klauen, flatternde Flügel, schauerliche Häupter, Schlangenschwänze und wirres Haar.

»Maldred.« Dhamon schluckte hörbar.

Dhamon rannte zum Pferch, zwängte sich durch die Pfähle und lief an den ersten zwei Gegnern vorbei. Ich muss mich um Maldred kümmern, dachte er. Erst mit diesen Kreaturen fertig werden, dann sehe ich nach Riki. Er stieß einem hundeähnlichen Geschöpf das Schwert in den Bauch, als es nach ihm schnappte. Dann stieg er über das tote Wesen hinweg.

Wieder verstellte eine Kreatur Dhamon den Weg, diesmal eine schrecklich dünne Missgeburt, der man die Flügel ausgerissen hatte. Ihr Kiefer klappte auf und zu, und eine lange, gespaltene Zunge schnellte hervor. Sie langte nach ihm, doch er erlöste das Geschöpf schnell von seinem Elend. Schließlich erreichte er Maldred.

»Mal …«, sagte er. »Mal, kannst du mich verstehen?«

Der Kerl, der ihn überragte, hatte noch Ähnlichkeit mit Maldreds Ogergestalt, aber er zischte, spuckte und grub seine Klauen in den Boden, als wäre er ein wildes Tier.

»Mal!«

Die Augen des Ungeheuers begegneten Dhamons Blick. Mit flehendem Ausdruck fixierten sie dann das Schwert in seiner Hand.

»Nein«, weigerte sich Dhamon. »Ich werde dich nicht töten. Ich liebe dich wie einen Bruder.«

Das Ungetüm heulte auf und schlug mit einer Klaue nach Dhamon, der dem halbherzigen Hieb jedoch rasch auswich.

»Du hast deine Magie, Mal! Benutze sie! Wehr dich!«

Der halb verwandelte Maldred schlug erneut nach Dhamon, der immer noch den Krallen seines Freundes auswich. »Benutze deine Magie!«

Maldred warf den Kopf zurück und stieß einen Wortschwall auf Ogerisch aus. Seine Krallen gruben sich unter die Schuppen auf seiner Brust und seinem Hals.

»Konzentrier dich!«, feuerte Dhamon ihn an. Er erinnerte sich daran, wie benebelt er gewesen war, als die roten Schwaden ihn umkreist hatten. »Wehr dich!«

Maldred schimpfte weiter auf Ogerisch vor sich hin. Seine Lippen formten alte Worte, die einen blassgelben Schein schufen, welcher Maldreds Missgestalt umgab.

»Das ist es!«, ermutigte ihn Dhamon. Er sah, dass die Schuppen dunkel schimmerten und zu schmelzen begannen. »Konzentrier dich!«

»Dhamon! Hier rüber! Schnell!«

Dhamon wendete sich von seinem Freund ab und warf einen Blick auf Varek, der wild zu ihm herwinkte.

»Riki braucht Hilfe!« Varek saß unglücklich da. Kopf und Schultern der Halbelfe ruhten in seinem Schoß.

Dhamon schaute zur anderen Seite des Dorfes, wo sich die Menschen nervös zusammengeschart hatten. Niemand wagte es, sich zu rühren. Nach einem letzten Blick auf Maldred eilte er zu Rikali.

»Dhamon! Hilf Riki!« Vareks von der Säure verätztes Gesicht spiegelte echte Angst wider. »Ich glaube, sie stirbt, Dhamon. Sie hat mir mal erzählt, du hättest auf dem Schlachtfeld die Verwundeten versorgt. Tu etwas! Sie ist schwanger, Dhamon. Bitte rette meine Frau und das Kind, oder, so wahr ich hier sitze, ich werde …«

»Sprich keine Drohungen aus, die du nicht ausführen kannst.« Dhamons Worte, die von einem vernichtenden Blick begleitet wurden, brachten Varek zum Schweigen. Der Krieger kniete sich zu Riki und betrachtete ihr aschfahles Gesicht. Schwanger? Schon ihre Ehe mit diesem jungen Mann war eine Überraschung gewesen. War sie zudem noch schwanger? In ihrer Wange und im Arm waren tiefe Bisswunden zu sehen, von denen sich hässliche rote Linien ausbreiteten.

»Die Hütte gleich neben dem Brunnen«, sagte Dhamon an Varek gewandt. »Auf einer Kiste darin steht ein Tontopf voller Kräuter. Daneben liegen ein paar Säckchen auf dem Boden. Bring alles her. Beeil dich!«

Dhamon setzte sich hin, streckte die Beine aus und zog Rikali vorsichtig von Varek weg, der schleunigst die Kräuter holte. Zärtlich ließ Dhamon seine Finger über die Wunden der Halbelfe gleiten. So sanft war er lange nicht mehr gewesen. Auch seine Härte hatte etwas Platz gemacht, das an Mitgefühl grenzte.

»Verheiratet und schwanger«, sagte er sich. Ihre weiten Kleider hatten den leicht gewölbten Leib gut verborgen.

Varek sammelte so viel zusammen, wie er tragen konnte. Als er zu Dhamon zurückkehrte, funkelte er drei Menschen an, die ebenfalls in dessen Richtung gingen.

Dhamon prüfte getrocknete Wurzeln aus dem einen Beutel. Sie waren zu alt, aber in einer fand er doch noch etwas Saft, den er in die tiefste Bisswunde rieb. Die meisten anderen Kräuter und Wurzeln verwarf er, doch ein paar fügte er der Mischung auf Rikis Wange hinzu. Ein faustgroßes Säckchen enthielt ein grobes Pulver. Diesen Sack steckte er in die Tasche, wo seine Finger das silberne Kästchen und das Medaillon von Kiri-Jolit streiften, das er zuvor eingesteckt hatte. Ein anderes Säckchen, das eine Mischung aus Moos und zerstoßenen Wurzeln enthielt, stellte er beiseite.

Während er sich um die Halbelfe kümmerte, näherten sich die drei Diener. Der Älteste schien ihr Sprecher zu sein.

»Unsere Herrin Zobel wird sehr wütend auf euch sein«, erklärte der Mann. »Sie wird euch nachjagen. Ihr seid alle Dummköpfe, genau wie Nura Bint-Drax es sagte, und ihr werdet alle sterben!«

»Jeder stirbt!«, fuhr Varek ihn an. »Ihr seid die Dummköpfe. Einem Drachen und einem Schlangenwesen dienen! Offenbar sogar freiwillig! Damit ist es jetzt vorbei. Die Brut ist tot. Das Schlangenwesen, diese Nura, ist weg. Das bedeutet, dass ihr frei seid. Wenn ich ihr wäre, würde ich nach Norden ziehen. In ein, zwei Wochen habt ihr die Küste erreicht, dort könnt ihr eine Fähre nehmen.«

Die drei Menschen unterhielten sich kurz miteinander, dann straffte der Sprecher die Schultern und fixierte Varek mit eisigem Blick.

»Wir bleiben hier«, erklärte er. »Polagnar ist unsere Heimat. Nura Bint-Drax wird zurückkommen. Dann bringt sie mehr Brut mit. Wir dienen ihr, und dafür bekommen wir zu essen und werden beschützt.«

»Schafe«, murmelte Varek. »Erbärmliche, hirnlose Schafe.«

»Sie schafft es«, sagte Dhamon schließlich erleichtert und lenkte Varek damit von den drei Männern ab. Rikali atmete wieder regelmäßig. »Sie müsste bald wieder zu sich kommen.« Er zeigte auf die größte Hütte. »Dort gibt es ein Bett. Lass sie da ausruhen, damit sie aus der Hitze rauskommt. Die Schlangenfrau kommt bestimmt nicht so schnell zurück, also können wir in der Hütte bleiben und unsere Wunden lecken.«

»Kannst du dagegen auch etwas tun?« Varek nickte zu Dhamons Beinen hin.

Seine Hosen waren zerrissen, deshalb sah man, dass sein rechter Oberschenkel beinahe komplett mit kleinen schwarzen Schuppen bedeckt war, die alle von der großen Drachenschuppe ausgingen und in der Sonne schimmerten. Auch auf der Wade waren schon ein paar. Wie glänzend schwarze Perlen hoben sie sich von seiner Haut ab. Auf dem Spann und am linken Bein waren ebenfalls ein paar Schuppen zu sehen. Dhamon antwortete nicht, sondern griff nach dem kleinen Messer, mit dem Riki gegen Nura gekämpft hatte, und begann grimmig, an den Schuppen herumzuschaben.

»Bist du sicher, dass du …«, setzte Varek an. Dhamons finstere Miene ließ ihn den Rest der Frage hinunterschlucken.

Dhamon schnitt die meisten der neueren Schuppen heraus, obwohl tiefe Wunden zurückblieben. An die große Drachenschuppe wagte er sich jedoch nicht heran, und jeder Versuch, die paar Dutzend zu entfernen, die noch übrig waren, war zu schmerzhaft. Nachdem er sich Minuten lang abgemüht hatte, gab er auf. Er nahm die Mischung aus Moos und Wurzeln und trug sie auf seine Beine auf. Immer wieder musste er aussetzen, weil es so wehtat. Auch die Wunden auf seiner Brust, wo er vorhin mit den Fingern die Schuppen abgerissen hatte, versorgte er mit der Mischung. Als er fertig war, blickte er zu dem Pferch und zu Maldred hinüber.

Der große Dieb hatte Nuras Zauber abgeschüttelt und lehnte Halt suchend am Zaun. Sein kräftiger Körper wies zahllose Schrammen und Schnitte auf, und die Kleider hingen ihm in blutigen Fetzen vom Leib.

Dhamon warf Varek den Beutel mit dem Rest der Heilkräuter zu. »Du hast tiefe Wunden auf dem Rücken. Versorg sie damit, dann infizieren sie sich nicht so leicht und heilen schneller. Und dann bringst du Riki aus der Sonne.«

Dhamon stand auf und hinkte zu Maldred hinüber, wo er sich neben dem großen Kerl an die Einfriedung lehnte und die vielen toten Körper anstarrte. Der Boden war voller Schuppen, Fleisch und Blut. Er bohrte den Fußballen in den Schlamm. »Es sollte mir um sie alle Leid tun«, meinte er, »aber so ist es nicht. Ich fühle überhaupt nichts.« Er drehte sich um und wäre fast gegen den Sprecher des Dorfes geprallt, der ihm schweigend nachgegangen war.

»Der schwarze Drache wird sich über eure Taten sehr aufregen. Der schwarze Drache und Nura Bint-Drax werden –«

Dhamon rammte dem Mann die Hand vor die Brust und stieß ihn aus dem Weg. Er ging zu der Hütte, in der sich Riki befand, und trat unterwegs die Schlangen beiseite. Hinter sich hörte er schwere Schritte. Maldred folgte ihm in die Hütte.

Der verätzte Varek saß pflichtbewusst an Rikalis Bett. Die Halbelfe zuckte im Schlaf, und ihre schmalen Lippen waren ungewöhnlich verzerrt. Varek hatte die Heilmischung auf seine Verletzungen aufgetragen.

»Du übernimmst die erste Wache, Mal«, bestimmte Dhamon. »Wir brauchen alle Schlaf, aber nur abwechselnd. Ich traue den Dorfbewohnern nicht. Weck mich, sobald die Sonne untergeht – wenn es Ärger gibt, früher.«

Ohne weitere Worte zerriss Dhamon einen Mantel zu Binden für sein Bein und seine Arme und lehnte sich dann an eine große Kiste. Er fühlte, dass die Wunden sich bereits schlossen. Die Fähigkeit zur Selbstheilung war auch Teil seines Fluches, wie er wusste, vermutlich ein Nebeneffekt der Schuppe an seinem Schenkel. Obwohl es ihm gut gefiel, so schnell zu heilen, wollte er das verfluchte Ding unbedingt loswerden.

»Ich brauche deine geheimnisvolle Heilerin, Mal«, hauchte er. Er schloss die Augen und wollte sofort einschlafen, aber innerlich sah er Nura Bint-Drax, die sich als Schlange vor ihm wand. Schnell schlug er die Augen wieder auf.

Er hörte Maldred und Varek leise über die Halbelfe sprechen. Sie rückten ein paar Kisten herum, und er spürte, dass Maldred sich am Eingang der Hütte einen Posten einrichtete. Draußen war eine Bewegung zu hören, mehrere Schritte vor der Hütte. Er hörte zwei Dorfbewohner sprechen, die jedoch von Maldred verscheucht wurden.

Schließlich übermannte Dhamon der Schlaf. Seine Träume wimmelten von grotesken Scheusalen und von einer Schlangenfrau mit hypnotisierendem Blick, die sich so eng um ihn schnürte, dass ihm die Luft wegblieb. Viel zu früh rüttelte Maldred ihn wach, damit er seine Wache übernahm.

11 Unheilsragh

Dhamon saß auf der Schwelle der Hütte und hörte zu, wie Maldred und Varek schnarchten. Das disharmonische Geräusch war unmöglich zu überhören. Auch Riki schlief fest. Sie war nur einmal, vor fast einer Stunde, aufgewacht, hatte sich auf die Ellbogen gestützt, Dhamon wahrgenommen, der sich nach ihr umgesehen hatte, und sich dann wortlos wieder hingelegt, um erneut in den Schlaf zu sinken.

Er blickte auf das verlassene Dorf hinaus. Auf seinem Schoß lag ein Langschwert, das einmal einem Ritter von Solamnia gehört hatte. Hatte dieser Ritter in einer Brut gesteckt, die er getötet hatte? Niemand konnte das wissen.

Noch immer waren viele Dorfbewohner wach, obwohl es schon weit nach Mitternacht war. Auch sie hatten abwechselnd Wache gehalten. Zurzeit saßen vier von ihnen an einem kleinen Feuer, das sie nur wegen des Lichts entzündet hatten, denn es war noch immer furchtbar heiß im Sumpf.

Sie beobachteten Dhamon sehr genau.

Er konnte ihr furchtsames Geflüster hören und verstand ein paar Worte – Herrin Zobel, Nura Bint-Drax, Fremde. Als er genauer hinhörte, merkte er, dass er sie so deutlich verstand, als säße er mitten unter ihnen. Der Sprecher schnitt gerade die Frage an, was sie mit den Leichen anstellen sollten, die sie aufgestapelt hatten. In den Sumpf schleifen, damit die Alligatoren sich darüber hermachten, oder hier verwesen lassen, ein stinkender Beweis für Zobel, falls sich die Drachenkönigin dazu herablassen sollte, das Dorf mit ihrer schuppigen Gegenwart zu beehren? Trotz des Insektenschwarms, den die Leichen bereits angezogen hatten, schienen die meisten Dorfbewohner die letztere Möglichkeit vorzuziehen.

Dhamon wusste, dass er sie eigentlich gar nicht hätte hören dürfen. Sie waren zu weit weg, ihre Stimmen zu leise. Das Feuer knisterte, die Schlangen auf dem Boden zischten, und seine Gefährten schnarchten hinter ihm. Während ein Teil von ihm darüber staunte, dass er all diese Geräusche unterscheiden konnte, fürchtete ein größerer Teil, dass all das mit der großen Schuppe auf seinem Bein zusammenhing. Er wollte unbedingt wieder normal sein. Ein lautes Knacken im Feuer riss ihn aus seinen Gedanken. Einer der Einheimischen hatte ein zu nasses Holzscheit in die Flammen geworfen. Das Holz zischte protestierend.

Er konnte auch andere Dinge hören, wenn er sich konzentrierte: das leise Rascheln der Blätter von den Bäumen, die das Dorf umgaben, ein leises Knurren von dem Sivak – vielleicht seine Weise zu schnarchen – und den Ruf eines Sumpfvogels.

Er fühlte, wie ein Insekt seinen Arm hochkrabbelte. Es war ein perlrunder orangefarbener Käfer. Nachdem er ihn abgestreift hatte, blickte Dhamon vom Feuer mit den Menschen weg und spähte mit gerecktem Hals nach Süden. Seine Augen durchsuchten die Finsternis, bis er die verwesenden Leichen und ein Stück weiter den Sivak erkennen konnte. Der Drakonier hatte sich am Fuß des Baumes zusammengerollt wie ein Hund. Dhamon hätte nicht in der Lage sein dürfen, ihn so deutlich zu sehen. Es war eine mondlose Nacht mit langen Schatten. Aber er konnte sogar erkennen, dass der Drakonier unruhig schlief wie mitten in einem Traum. Wovon träumte er wohl, fragte sich Dhamon. Egal, nach dieser Nacht würde der Sivak keine Träume – oder Albträume – mehr haben, wenn Maldred seinen Willen bekam. Er wollte den Drakonier bei Sonnenaufgang töten, damit Nura Bint-Drax nicht noch mehr Monstrositäten mit ihm erschaffen konnte.

Monstrositäten wie mich, dachte Dhamon. Mit jeder Woche fühle ich mich weniger wie ein Mensch.

Er nahm die Verbände ab und sah sich die Wunden an seinen Beinen und auf seiner Brust an. Sie heilten ausgesprochen gut. Er war auch nicht müde, obwohl er nach all den Anstrengungen nur wenige Stunden Schlaf bekommen hatte. Nicht einmal Muskelkater hatte er. Es ging ihm gut.

Sein Geruchssinn war schärfer als früher, was ihm ziemlich unangenehm war. Der zunehmende bittersüße Gestank der Leichen vermischte sich mit dem des Unrats im Pferch, dem Schweiß seiner Gefährten und der Dorfbewohner, den trocknenden Blutlachen und dem Dunst des Sumpfes.

Dhamon stand auf, achtete jedoch darauf, die anderen nicht zu wecken – nicht weil er sich um ihr Wohlergehen und ihr Schlafbedürfnis sorgte, sondern weil er im Augenblick allein sein wollte. Die Menschen am Feuer behielt er bewusst im Auge, wahrend er rasch zu einer etwas entfernteren Hütte lief, sich hineinduckte und eine Kiste herauszog. Unter dem Geflüster der Dorfbewohner zog er sein Langschwert aus der Scheide, hebelte den Deckel auf, holte eine Flasche heraus und nahm einen tiefen Zug. Der Wein erfüllte seine Sinne mit dem intensiven Geschmack der Brombeeren.

Während er sich wieder aufrichtete, hörte er zu, wie der Dorfälteste die anderen aufhetzte. Man müsse Dhamon aufhalten. Sie dürften nicht zulassen, dass er etwas aus den Hütten holte, die schon bald wieder von Brut bewohnt sein würden, von Zobels kostbaren Nachkommen. Nura Bint-Drax würde schon dafür sorgen, dass Polagnar erneut von Brut bevölkert sein würde. Sie würde dafür sorgen, dass der schwarzhaarige Übeltäter und seine Freunde bestraft werden würden.

Um den Mann zu ärgern, ging Dhamon erneut in die Hütte und zerrte mehrere Säcke heraus. Als er sie unter den Augen des anderen durchwühlte, fand er alte, aber gut gearbeitete Kleider, die ihm passen würden. Er zog frische Hosen an und dazu eine solamnische Tunika, die er allerdings auf links wendete, damit das Emblem nicht zu sehen war. Ein paar Kleider zum Wechseln, darunter zwei fast neue Hemden, steckte er in einen weichen Ledersack, den er sich über die Schulter warf. Dann ging er zum Feuer.

Die Dorfbewohner sprangen sofort auf und warfen einander unruhige Blicke zu. Als Dhamons freie Hand an den Schwertknauf glitt, hörten sie auf zu flüstern.

»Es gibt hier irgendwo sauberes Trinkwasser«, sagte er zu dem Sprecher, dem er drohend in die Augen blickte. »In der Hütte da drüben liegen mindestens ein Dutzend leerer Wasserschläuche.« Er deutete auf die Hütte, die er durchsucht hatte. »Ich wünsche, dass sie alle bis Sonnenaufgang mit frischem Wasser gefüllt sind. Außerdem will ich zwei Beutel mit Lebensmitteln. Am besten Früchte und Nüsse, nicht dieses Schlangenfleisch, das ihr so zu mögen scheint.«

Der Jüngste plusterte sich auf. »D-das werden wir nicht tun. L-l-leuten, die sich gegen Nura Bint-Drax stellen, helfen wir nicht! Seid verflucht!«

Dhamons drohender Blick wanderte zu dem jungen Mann. »Damit ist das deine Aufgabe, Bürschchen. Oder möchtest du, dass es dir ergeht wie denen da?« Er nickte in Richtung des Leichenbergs und pochte mit dem Daumen auf seinen Schwertknauf. »Du kümmerst dich um unsere Vorräte, dann sind wir umso schneller hier weg. Ihr kommt mit heiler Haut davon, und Polagnar gehört wieder euch. Dann könnt ihr für den nächsten Schwarm Brut aufräumen, der hier einfällt.«

»Nura Bint-Drax wird euch zur Strecke bringen«, warnte der junge Mann leise. Seine Stimme zitterte, aber in seinen Augen stand Trotz. »Sie wird euch dafür bezahlen lassen. Sie wird euch dem Drachen vorwerfen.«

»Vielleicht bringe ja ich Nura Bint-Drax zur Strecke«, gab Dhamon zu bedenken. Er trank den Wein aus und warf ihnen die leere Flasche vor die Füße. »Es wird bald dämmern. An eurer Stelle würde ich an die Arbeit gehen.«

Er machte kehrt und durchsuchte die Hütten, in denen er noch nicht gewesen war. Diesmal ließ er sich Zeit. Zwischendurch vergewisserte er sich gelegentlich, ob die Dorfbewohner auch wirklich alles zusammentrugen. Er entdeckte weitere solamnische Schilde und Waffen, auch Wappenröcke und Mäntel, die als Matratzen gedient hatten. Auf allen waren Embleme des Ordens der Rose und des Ordens des Schwerts zu sehen. Intakte Rüstungsteile gab es kaum, nur Arm- und Beinschienen, denen die Brutsäure zugesetzt hatte. Offenbar hatten mehrere Einheiten Ritter von Solamnia gegen die Brut gekämpft. Womöglich war jeder Überlebende in diese grässlichen Kreaturen verwandelt worden.

Achselzuckend tat Dhamon diese Gedanken ab. Das ging ihn nichts an. Lieber stocherte er weiter in den Dingen der Ritter herum. Er fand noch ein halbes Dutzend silberner Medaillons von Kiri-Jolith, darunter eines, das mit Diamanten besetzt war und das er einsteckte. Es gab knapp zwanzig Ringe mit eingravierten Rosen, alle aus Gold, die alle den Weg in seine Beutel fanden. Einen Beutel hängte er an seinen Gürtel, einen anderen, der bis zum Rand voll Stahlstücke steckte, stopfte er in seine Tasche.

Auf dem Rückweg stattete er den Weinkisten einen zweiten Besuch ab, verstaute sechs Flaschen gut gepolstert in einem Rucksack und nahm eine siebte mit zur Hütte seiner Begleiter.

Den Korken zog er mit den Zähnen heraus und nahm einen tiefen Schluck. Er war dankbar, dass der Wein die üblen Gerüche dieses Ortes übertönte. Plötzlich erinnerte sich Dhamon an den Beutel, den er hinter den Busch gelegt hatte, doch es gab keinen Anlass, ihn zu holen. Er hatte genug hier.

Maldred und Varek schnarchten immer noch. Rikali wachte wieder auf und sah zu, wie Dhamon eine kleine Truhe an sich nahm, die am Fußende ihres Lagers stand. Er winkte sie zu sich, und sie gehorchte, ohne dabei Varek zu wecken.

Der Himmel wurde bereits heller. Als die Halbelfe aufsah, flogen drei Blaureiher über die Lichtung. Bald waren sie nicht mehr zu sehen.

»Tagesanbruch«, flüsterte sie. »Ich glaube, diese Tageszeit gefällt mir am besten. Der Himmel ist ganz kurz so rosa wie ein Kuss. Und dann wird er blau.« Sie sah Dhamon an, der auf dem Boden saß und mit einem Dolch mit Korallengriff am Schloss der Truhe herumstocherte.

Ohne größere Schwierigkeiten bekam er den Deckel auf und begann, die Juwelen durchzusehen, die er darin fand. Rikali hatte ihm beigebracht, woran die wertvolleren Steine zu erkennen waren, sodass er sich jetzt die besten aussuchte, vor allem Granate, Saphire und Smaragde. Auch ein daumengroßer Hyazinth fiel ihm auf. Er stopfte alle in den leeren Beutel und hängte ihn an seinen Gürtel. Die andere Tasche füllte er mit kleineren Steinen. Dann nahm er sich einen gehämmerten Armreif aus Gold, der mit Jade und Turmalin besetzt war, und streifte ihn über. Eine dicke goldene Kette landete rasch an seinem Hals.

»Die sind hübsch.« Gebannt starrte Rikali die Edelsteine an, machte aber keine Anstalten, etwas an sich zu nehmen. »Viel sind sie allerdings nicht wert«, fuhr sie fort.

Dhamon hielt einen pflaumengroßen Topas in die Höhe. »Ja, der ist hübsch, aber er hat einen Fehler. Andererseits kann man nie zu viele Juwelen haben. Darum …«

Er steckte den Topas und verschiedene andere Steine in den zweiten Münzbeutel an seinem Gürtel. Schließlich stieß er auf einen gehämmerten Silberarmreif, der mit Jadesplittern verziert war. Er warf ihn der Halbelfe zu.

»Den sollten wir auch nicht hier lassen. Die Dorfbewohner brauchen ihn nicht.« Verdienen ihn auch nicht, fügte er insgeheim hinzu.

Riki hielt den Armreif fast andächtig in die Höhe und drehte ihn mit ihren von der Säure vernarbten Fingern herum, ehe sie ihn anlegte. Sie musste ihn etwas zusammendrücken, damit er nicht abrutschte.

»Wir hätten alle hier umkommen können, Dhamon«, bemerkte sie leise. »Wir alle.«

»Wie alt ist er, Riki?«

Dhamons Frage hatte sie überrumpelt. »Was?«

»Wic alt ist Varck?«

»Du bist nicht zurückgekommen, Dhamon Grimmwolf. Ich wollte nicht allein sein. Und er liebt mich. Sehr! Sein ganzes Geld hat er ausgegeben, um mir diesen hübschen kleinen Ring zu kaufen.« Sie zeigte ihm ihre Hand.

»Wie alt?«, beharrte er.

»Neunzehn.«

»Der ist doch noch ein Kind, Riki. Was hast du dir dabei gedacht?«

»Was ich mir dabei gedacht habe?« Sie senkte die Stimme. »Jedenfalls nicht an dich. Du hättest mich nie geheiratet, Dhamon Grimmwolf.«

Den Anflug von Traurigkeit in ihrer Stimme nahm er nicht wahr.

»Nein«, räumte er ein. »Das hätte ich nicht.«

»Was geht es dich also an, was ich mache?« Die Traurigkeit war kontrollierter Wut gewichen. »Was geht dich an, wie alt er ist?«

»Du bist älter als ich. Fast doppelt so alt wie er. Denk doch nach, Riki – einen so jungen Kerl festzunageln. Nicht nur mit einer Frau, sondern auch noch mit einer Familie. Das hält doch nicht.«

Sie schüttelte den Kopf. Auf ihren Locken glänzte das Morgenlicht. »Er ist kein Kind, Dhamon Grimmwolf. Er ist ein junger Mann. Ein junger Mann, der mich sehr, sehr liebt. Außerdem, was geht es dich an?«

»Nichts.« Er hob einen gesprungenen Hyazinth auf und sortierte ihn aus. »Wirklich nichts, Riki.«

Die Halbelfe hockte sich neben Dhamon und schob mit einem Finger die Steine hin und her. Sie starrte in die Truhe, betrachtete aber eigentlich etwas, das mit dem einfachen Tand hier nichts zu tun hatte.

»Er wird einen guten Vater abgeben, meinst du nicht auch?« Ihr Daumen glitt über ein angeschlagenes Stück Jade.

»Riki ...«

Sie legte den Kopf nach hinten und verzog das Gesicht, als der Wind die Richtung änderte und den Leichengeruch herüberwehte. Nach einem Moment begegnete sie seinem Blick. »Ich sollte ihn lieber wecken. Wir werden bald von diesem grausigen Ort verschwinden. Mal hat im Schlaf von einem Piratenschatz geredet. Gegen einen richtigen Schatz hätte ich nichts einzuwenden.« Sie tippte auf die fehlerhaften Edelsteine. »Das Zeug hier ist Zeitverschwendung.«

Sie verschwand in der Hütte. Dhamon sah den Dorfbewohnern entgegen, die nun näher kamen.

Sie hatten einen Unterstand zerlegt, um eine kleine Trage zu bauen, auf der mehrere Beutel mit Lebensmitteln lagen, außerdem ein gutes Dutzend Wasserschläuche und Dhamons Rucksack mit dem köstlichen Elfenwein.

Er überprüfte die Trage und die Vorräte, den Inhalt der Beutel sah er jedoch nur oberflächlich durch. Seine Kameraden waren aufgewacht, und nun durchwühlten sie die Kleider der Solamnier nach etwas Tragbarem.

Maldred nickte schnaubend zu dem Sivak hinüber. Er tappte ungeduldig mit dem Fuß. »Wird Zeit, dass wir uns seiner annehmen.« Er zog sein Schwert vom Rücken, das er in einer Hütte wieder gefunden hatte. Die Morgensonne ließ die Klinge aufblitzen.

Der Sivak fasste Maldred genau ins Auge und zeigte keine Furcht, als der große Mann sich näherte. Obwohl die Kette weit genug reichte, hatte er keine Anstalten gemacht, ihn anzugreifen. Das verriet Dhamon, dass der Drakonier nicht auf einen Kampf aus war.

Dhamon fing seinen Blick auf. »Sie wollten dich am Fliegen hindern, hm? Hatten Angst, dass du ihnen dann leichter entkommen könntest.«

Der Drakonier wich an den Stamm zurück.

»Deshalb haben sie dir die Flügel abgeschnitten.«

Maldred blieb stehen. »Der wird nicht antworten, Dhamon. Sieh dir die Narbe an seiner Kehle an. Wahrscheinlich kann er gar nicht mehr sprechen –«

»Das war der Preis dafür, dass ich Nein gesagt habe«, erwiderte der Sivak. Die Stimme des Drakoniers klang flüsternd und unangenehm kratzig.

Als Dhamon näher kam, bemerkte er einen Geruch, den er bisher nicht registriert hatte. Er erinnerte ihn an heißes Metall und Rauch, an ein frisch geschmiedetes Schwert – als stamme das Geschöpf aus einer Waffenschmiede. Rochen alle Sivaks so?

»Hat Nura Bint-Drax dir das angetan?«, wollte Dhamon wissen.

Ein Nicken. »Weil ich ihr nicht freiwillig geholfen habe.«

Maldred umrundete Dhamon und sah dem Sivak prüfend ins Gesicht. »Es ist mehr als ungewöhnlich, dass du Nura Bint-Drax nicht helfen wolltest. Drakonier dienen den Drachen.«

Der Sivak antwortete nicht.

»Zobel hat er bestimmt freiwillig gedient«, stellte Dhamon fest, »und vor ihr Takhisis. Aber dieser Nura …«

Der Drakonier blickte zwischen Maldred und Dhamon hin und her.

»Sivak, ich dachte, nur die Oberdrachen können Brut erschaffen«, begann Dhamon wieder.

Der Sivak fixierte einen Punkt am Boden.

»Aber Nura Bint-Drax konnte es, nicht wahr? Brut machen.«

»Ja«, antwortete der Drakonier nach kurzem Zögern. Er hob den Kopf und lauschte auf etwas außerhalb des Dorfes. Dass auch Dhamon lauschte, fiel ihm nicht auf. Jetzt wendete er den Kopf und erspähte durch eine Lücke im Dickicht einen großen Panter, der in Richtung Norden schlich.

»Was ist sie? Was ist Nura Bint-Drax wirklich?«

Diesmal kam die Antwort prompt. »Eine Naga. Weder Schlange noch Mensch, aber sie sieht beidem ähnlich. Ich glaube, Takhisis hat die Nagas geschaffen, bald nachdem sie uns das Leben eingehaucht hat.«

»Erzähl mir mehr.«

Der Drakonier zuckte mit den Achseln. »Viel mehr weiß ich nicht. In all den Jahren, in denen ich Zobel diene, habe ich nur zwei gesehen, und Nura Bint-Drax war die Größere von beiden. Sogar manche von Zobels Drachen fürchten sie. Nagas sind mächtig, und Nura Bint-Drax ist besonders verschlagen.«

»Aber man kann sie töten«, hielt Dhamon fest.

Der Sivak holte tief Luft. »Alles, was atmet, kann getötet werden. Wie ihr mich erschlagen werdet.«

»Ich glaube kaum, dass du Einwände dagegen hast.«

Maldred räusperte sich. »Mir ist es egal, ob er Einwände hat. Ich ehre das Leben, aber in diesem Fall haben wir kaum eine Wahl. Wir können ihn nicht einfach laufen lassen.« Diesmal sprach er nur den Sivak an. »Aber wir machen es schnell. Du wirst nichts spüren.« Er fasste das Schwert fester, ging ein paar Schritte vor und hob es hoch über den Kopf.

»Nein.« Dhamons Hand schoss vor, um Maldred aufzuhalten. »Wir brauchen den Sivak, Mal.«

»Ja, wie wir einen –«

»Er kann uns helfen, die Vorräte zu tragen.« Dhamon zeigte auf die Trage von den Dorfbewohnern.

Maldred schüttelte den Kopf. »Ich weiß nicht, Dhamon. Auch ohne Flügel ist so ein Wesen gefährlich.«

Dhamon starrte den Drakonier an. »Nicht so gefährlich wie ich.« Seine Augen wanderten zu Maldred. »Oder du, mein

Freund.« Er lachte grimmig, aber es verging ein Augenblick voller Spannung, ehe auch Maldred etwas gezwungen den Mund verzog. Er ließ die Waffe sinken.

»So. Kann deine Karte uns jetzt den schnellsten Weg aus diesem verdammten Sumpf in deine brüllenden Hügel oder dieses kreischende Tal oder was auch immer zeigen? Immerhin wäre da noch der Piratenschatz und …«

»… und anschließend die Heilerin«, endete Maldred. Er zog die Knochenröhre aus der Tasche, holte vorsichtig die Karte heraus und breitete sie im Sonnenlicht aus. Als er das verzauberte Pergament nach dem Weg fragte, tanzten Bilder über die Oberfläche.

»Unterwegs brauchen wir auch einen Ort, wo wir Pferde und einen Wagen finden«, fügte Dhamon hinzu. »Ich hoffe, der Schatz ist zu groß, als dass wir ihn allein tragen könnten.« Er trat zu dem Sivak, zog sein Langschwert und sägte mit der Spitze die Kette an dessen Hals durch.

»Hast du einen Namen?«, fragte Dhamon den Drakonier.

»Ragh«, erwiderte dieser. »Ragh von den Fürsten des Unheils.«

Ein Nicken.

»Nun, Unheilsragh, jetzt dienst du mir.«

Der Sivak beäugte ihn kühl, erwiderte aber nichts.

12 Graelorsend

Maldred stand am Ufer eines Baches und lauschte dem melodischen Plätschern des Wassers, das über die Steine im Bachbett strömte. Ein paar der größeren Felsen, die aus dem Wasser herausragten, funkelten im Licht der Morgensonne wie Edelsteine. Er merkte, dass er sie länger angestarrt hatte, und hob den Blick zum Horizont. Ein Stirnrunzeln trat auf seine ebenmäßigen Züge.

»Was ist denn los, Mal?« Rikali tauchte neben ihm auf und

stupste ihn am Arm. »Hier ist es schön. Du solltest dich daran erfreuen. Kein Sumpf mehr. Keine Schlangen. Alles riecht so wunderbar, überall nur hohes Gras und Bäume … und da vorne die Stadt.«

Maldred sah sie nicht an. Seine Augen hingen an der größten Ansammlung von Häusern und den dünnen Rauchfahnen, die ringsherum aufstiegen.

»Komm schon, Mal, was hast du? Wieso stehen wir hier rum, anstatt in diese Stadt zu ziehen? Ich wette, da bekomme ich ein richtig ausgiebiges Frühstück, bei dem du mir dann noch mal von diesem Piratenschatz erzählen kannst. Pfui Spinne, bin ich hungrig, Mal. Außerdem dachte ich …« Kopfschüttelnd stellte sie fest, dass er sie gar nicht zur Kenntnis nahm. »Außerdem dachte ich, ich könnte nackt herumtanzen und mir Pilze in die Ohren stecken.« Sie schnaubte, denn noch immer blieb die Reaktion aus. »Du könntest mir wenigstens zuhören, weißt du das?«

»Ich höre dir zu, Liebste.« Varek zog sie sanft von Maldred weg. Er liebkoste ihre Schulter und grub die Finger in ihre Haare. Sie entspannte sich ein wenig und ließ den Hinterkopf an seine Brust sinken, ohne jedoch Maldred aus den Augen zu lassen.

»Er hat doch irgendwas, Varek«, beharrte die Halbelfe.

»Ist eine kleine Stadt. Er macht sich Gedanken, weil man dafür viel zu viele Kochfeuer sieht.«

»Das muss nichts heißen«, meinte Dhamon, der sich jetzt zu ihnen gesellte, »aber unser Weg führt uns sehr dicht an der Stadt vorbei.«

»Hindurch. Unser Weg führt uns durch die Stadt hindurch, wenn wir einen Wagen und Pferde kaufen wollen«, berichtigte Maldred, ohne die Stadt aus den Augen zu lassen.

Die Halbelfe zog die Brauen hoch. »Wagen?«, flüsterte sie.

»Um den Piratenschatz zu verladen«, erklärte Dhamon. »Ich gehe näher ran.« Er nickte Mal zu und bahnte sich einen Weg durch das hohe Gras. »Ich bin bald zurück. Behaltet den Sivak im Auge.«

Die Halbelfe wollte ihm sofort folgen. »Ich gehe mit.«

Varek streckte die Hand aus und hielt sie am Ellbogen fest. »Wenn da etwas nicht stimmt, Riki«, warnte er, »will ich nicht, dass du Schwierigkeiten bekommst.« Sein Blick wanderte zu ihrem gewölbten Leib, dann sah er auf und bemerkte ihre Enttäuschung. Er legte einen Finger an die Lippen, um jeden Widerspruch im Keim zu ersticken, küsste sie auf die Wange und ging Dhamon nach.

Dhamon wartete am Rand der Stadt. Ein verwittertes Schild verriet ihren Namen, Graelorsend. Er hörte, dass jemand ihm nachging, und tippte auf Riki. Als er sich umdrehte, stellte er verdrossen fest, dass es Varek war.

Der junge Mann schlüpfte neben Dhamon und legte seinen Stab auf den Boden. »Hier rührt sich nichts. Keine Menschenseele auf der Straße. Aber diese Kochfeuer – es muss jemand hier sein. Ich glaube sogar –«

Dhamon brachte ihn zum Schweigen, indem er die Augen zusammenkniff.

Die Stadt war schon älter. Die Häuser im Westen bestanden aus Feldsteinen, die von Mörtel aus Schlamm und Dung zusammengehalten wurden. Alle Dächer waren aus dickem Stroh. Im Osten lagen ein paar Höfe, teilweise mit großen Bauernhäusern und Ziegen und Schafen auf den Weiden. Zwischen den Häusern und den Höfen lag ein gutes Dutzend zwei- oder dreistöckiger Geschäfte und Gasthäuser, die zumeist aus Holz und Stein bestanden.

»Ja, es ist jemand hier«, flüsterte Dhamon nach einigen Minuten. Er zeigte auf das nächstgelegene Haus. »Jemand ist am Fenster vorbeigelaufen.«

Varek blinzelte, schüttelte dann jedoch den Kopf, weil er nichts gesehen hatte. »So weit kann ich nicht sehen.«

»Da.« Dhamon zeigte auf ein Geschäft in der Mitte einer staubigen Straße. Sie war breit, vielleicht die Hauptstraße des Ortes. Dort schauten ein Mann und eine Frau aus dem Fenster einer Bäckerei. »Aber warum sind alle drinnen und …?« Er verstummte, als eine Gestalt aus einer Gasse auf die Hauptstraße trat.

Der Mann war groß und breitschultrig. Ein weiter, schwarz gesäumter Mantel umflatterte seinen Plattenpanzer. Die Rüstung war auffällig prunkvoll – Stahlplatten, die durch Elemente einer Kettenrüstung zusammengehalten wurden. Dadurch war die Rüstung praktischer und leichter als diejenigen, die von den Rittern von Solamnia oder denen von Neraka bevorzugt wurden.

»Ein Ritter der Stahllegion.«

»Und zwar ein Kommandant. Sei bloß still«, warnte Dhamon streng. »Wir können es uns nicht leisten, sie auf uns aufmerksam zu machen. Alle Leute im Dorf meiden sie. Das sollten wir auch tun. Kopf runter. Wir beobachten sie noch ein paar Minuten, dann kehren wir zu Mal und Riki zurück und suchen uns einen Weg, der die Stadt weit umgeht. Wir bekommen auch anderswo einen Wagen.«

Varek wollte widersprechen, doch ein scharfer Blick von Dhamon hinderte ihn daran. Dhamon packte Varek an der Schulter und zeigte in die Stadt. Aus einem Laden kamen weitere Menschen, die sich dem Kommandanten anschlossen – Feldschere und Zauberer der Stahllegion, wie an ihren Abzeichen zu erkennen war. Die kleine Gruppe beriet sich ein paar Minuten, bis der Kommandant zweimal in die Hände klatschte und einen schrillen Pfiff ausstieß.

Jetzt tauchten weitere Ritter auf. Manche kamen aus Geschäften, viele aus Seitenstraßen, alle in voller Rüstung. Zu acht nebeneinander stellten sie sich auf und marschierten im Gleichschritt. Sie füllten beinahe die gesamte Hauptstraße, doch noch immer stießen andere von den Seiten hinzu.

»Sie haben in den Nebenstraßen gelagert, vielleicht auch weiter hinten auf der Hauptstraße und im Süden der Stadt«, flüsterte Dhamon. »Ich habe Kommandanten gekannt, die lieber so lagerten als auf freiem Feld. Die Häuser bieten Windschutz, und zugleich beeindruckt man die Bewohner.« Seine Augen wurden zu Schlitzen, und ihm sträubten sich die Nackenhaare. »Aber den Kommandanten kenne ich.«

Eindringlich musterte Dhamon das verwitterte Gesicht des

Anführers. Ein stahlgrauer Schnurrbart ringelte sich über Lippen, die durch eine dicke, knotige Narbe verzerrt waren, welche über das Kinn bis zum Hals verlief. Seine Augen waren strahlend blau und die Brauen darüber weiß und buschig.

»Lawlor«, zischte er. »Kommandant Arun Lawlor.«

»Zu weit weg«, wandte Varek ein. »Woher willst du wissen, wer das ist?«

Dhamon beobachtete den Kommandanten und seine Männer so gebannt, weil er die Stärke der Einheit abzuschätzen suchte, dass er gar nicht merkte, wie Varek aufstand. Er sah auch nicht, wie der junge Mann die ersten Schritte in die Stadt machte.

»Varek!«, rief Dhamon leise, als er ihn endlich bemerkte. »Was tust du da? Komm sofort zurück!«

Varek warf einen Blick über die Schulter, schüttelte jedoch den Kopf. »Ich will mit ihnen reden, Dhamon«, meinte er wie selbstverständlich. »Ich will Kommandant Arun Lawlor fragen, warum so viele Ritter der Stahllegion hier stationiert sind.«

Mit dem Stab in der einen Hand trabte er davon und winkte den Rittern zu.

Fluchend rannte Dhamon geduckt zu Maldred und Rikali zurück, ohne sich ein einziges Mal nach Varek umzusehen. Sobald er bei ihnen war, packte er die Halbelfe am Arm.

»Riki, Mal, lasst uns verschwinden. Schnell!« Er zeigte nach Südwesten, wo oben auf einem Hügel der Wald begann. »Das dürften zwei Meilen sein, vielleicht auch weniger. Dort drüben können wir uns bestimmt verstecken. Lauft, als wären hundert Ritter der Stahllegion hinter euch her – denn das dürfte bald der Fall sein.«

»Stahllegion? Wo? Wo ist Varek?« Die Halbelfe geriet bereits in Panik.

»Der stellt sich ihnen gerade vor.«

»Dieser Hohlkopf«, fluchte Maldred. »Wenn er unsere Namen erwähnt …« Maldred sprach nicht weiter, sondern begegnete Dhamons Blick und sah dann den Sivak an.

»Ragh, du kommst mit mir«, bestimmte Dhamon.

Riki riss die Augen auf. »Legionäre. Und Varek?«

»Hinter dem sind die Ritter nicht her«, fauchte Dhamon.

»Wir treffen uns so bald wie möglich im Wald, mein Freund«, sagte Maldred. »Pass gut auf dich auf.« Dann zog er die Halbelfe hinter sich her und eilte davon.

»Ragh?« Dhamon drehte sich um, und der Sivak folgte ihm in die Stadt zurück. Gebückt, mitunter sogar auf allen vieren, umrundeten die beiden die Stadt im Schutz des hohen Grases, bis sie im Nordosten zwischen dem Geschäftsviertel und einem Gehöft hinter einer breiten Reihe Goldruten lagen, wo Dhamon die versammelten Ritter besser sehen konnte. Es mussten mindestens dreihundert Mann sein, schätzte Dhamon, vielleicht sogar vierhundert. Für diese Kleinstadt mitten in der weiten Ebene war das eine beeindruckende Armee.

Was machen sie hier, fragte er sich. Was könnte sie in den Staubebenen interessieren? Und warum, bei allen Tiefen des Abgrunds, spaziert Varek mitten rein, um sich zu unterhalten?

»Warum fürchtest du die Legionäre?« Raghs raue Stimme riss Dhamon aus seinen Gedanken.

»Ich fürchte sie nicht«, log Dhamon, während seine Augen die Menge überflogen. »Ich denke nur … was ist denn das?«

Er hatte Varek entdeckt, der unter einem verblichenen Torbogen bei Kommandant Arun Lawlor stand. Der Kommandant streckte Varek zur Begrüßung die Hand hin. Mehrere Minuten unterhielten sie sich, bis Dhamon sich fragte, worüber sie sprachen und wie lange sie wohl vorher schon dort gestanden hatten. Schließlich klopfte Lawlor Varek auf die Schulter und ging weiter, um auf dem Weg an die Spitze der Kolonne die Männer zu inspizieren.

»Du stehst also mit der Stahllegion auf gutem Fuß, Varek«, murmelte Dhamon. Seine Augen waren auf den jungen Mann gerichtet, der jetzt an dem Gebäude lehnte. Er hatte den Stab neben sich gestellt, die Arme verschränkt und das Gesicht auf die Ritter gerichtet. Dhamon und der Sivak krochen nach Osten, wo sie auf eine schmale Seitenstraße zuhielten, die in Richtung

Hauptstraße führte. »Eigentlich wäre es viel klüger, zum Wald zu laufen, Maldred und Riki zu suchen und einen großen Bogen um diesen Ort zu schlagen.«

»Aber Varek …«

»Ist ein Rindvieh, Ragh. Was machen bloß all diese Ritter hier?« Seufzend schüttelte er den Kopf. »Folge mir, aber leise.«

Dhamon führte den Sivak die Straße hinunter in den Schatten eines doppelstöckigen Gebäudes. Dort drückten sie sich an die Wand und schlichen langsam näher.

Die Ritter verhielten sich ruhig, aber wachsam. Ihre Augen waren auf Lawlor gerichtet, den Dhamon im Moment nicht sehen konnte. Es gab kein Gemurmel in den Reihen.

Als sie ein paar Schritte näher waren, wagte er einen raschen Blick um die Ecke. Diesmal konnte Dhamon ihre Zahl genauer einschätzen. Es waren mindestens fünfhundert Ritter, deren Reihen sich bis hinter das Ende der Hauptstraße erstreckten. Dhamon bemerkte eine nervöse junge Frau, die gegenüber aus einem Fenster im Obergeschoss blickte. Auch andere Ansässige sahen dem Aufmarsch zu. Ihren Gesichtern war eine Mischung aus Gleichgültigkeit, Bewunderung, Abneigung und Angst abzulesen.

Neben dem Laden eines Ledermachers stand eine Bretterwand, an der Pergamente hingen. Aus dieser Entfernung konnte Dhamon nichts entziffern, aber er hielt die einfachen Zeichnungen auf einigen Bögen für angebotene Waren. Unter seinen Augen kam ein Ritter der Legion zu dem Anschlagbrett und entrollte Pergamente, die er unter dem Arm getragen hatte. Der Ritter begann, die Neuigkeiten mitten auf die Wand zu nageln, ohne sich darum zu scheren, ob die anderen Anschläge noch zu lesen waren.

»Das bist du dort auf dem Pergament«, flüsterte der Sivak.

Dhamon grollte leise. Die Zeichnung auf dem Bogen, den der Ritter gerade aufhängte, sah ihm tatsächlich sehr ähnlich. Der nächste Steckbrief sah aus wie Maldred. Die Männer auf den anderen beiden Blättern kannte Dhamon nicht.

»Also ist deine Furcht vor der Legion berechtigt«, fuhr der Sivak fort. »Du wirst gesucht. Womit hast du dir ihren Zorn zugezogen?«

Dhamon schwieg mehrere Minuten, denn er beobachtete, wie der Ritter sein Werk vollendete und sich dann wieder der Kolonne anschloss.

»Was hast du –«

Dhamon zischte: »Ich habe Ritter der Stahllegion bestohlen, die in einem Hospital in Khur lagen.«

»Khur ist weit weg.« Der Sivak runzelte die Stirn. »Und deshalb wirst du von einer Armee gesucht?«

»Es war am Ende ein bisschen mehr als ein einfacher Diebstahl«, räumte Dhamon ein. »Mal und Riki waren auch dabei. Wir waren schon fertig, hatten so viele Münzen, wie wir überhaupt nur erwarten konnten, und wollten verschwinden. Dummerweise haben uns die Ritter bemerkt und sind uns nachgejagt. Ein paar von ihnen wurden verletzt, vielleicht auch getötet. Wir mussten uns wehren.« Er schwieg, denn gerade kamen weitere Ritter aus Geschäften, die sich einreihten. »Während unserer überhasteten Flucht haben wir versehentlich den Mietstall in Brand gesetzt. Khur ist trocken. Nach allem, was ich gehört habe, war die Stadt weitgehend heruntergebrannt, ehe sie das Feuer löschen konnten.«

Der Sivak sah Dhamon mit harten Augen an. »Das wäre durchaus ein Grund, eine Armee zu schicken.«

Dhamon schüttelte den Kopf. »Niemand schickt einer kleinen Diebesbande so viele Männer nach. Und eine kleine Stadt in Khur dürfte der Stahllegion herzlich gleichgültig sein. Sie hängen die Steckbriefe einfach überall unterwegs auf.«

Die Ritter verteilten noch eine gute Stunde lang Steckbriefe. Dhamon zog sich von der Hauptstraße zurück, jedoch in Hörweite, damit er Lawlors Befehle einigermaßen mitbekam. Der Kommandant schickte seine Männer offenbar direkt nach Osten und nannte einen kleinen Ort, den sie bei Sonnenuntergang erreichen würden.

Na wunderbar, überlegte Dhamon. In wie vielen Städten hatten sie schon Steckbriefe ausgehängt? Das würde ihnen die Reise nicht gerade erleichtern.

Jemand erwähnte den Wald von Silvanesti und die Elfen, auch die Schwarzen Ritter von Neraka. Als ehemaliger Schwarzer Ritter wünschte Dhamon, er könnte mehr hören.

Schließlich zogen die Männer ab, und Dhamon sank erleichtert an die Wand. Er wartete, bis der laute, monotone Rhythmus der Ritter ihm verriet, dass sie die Hauptstraße hinter sich hatten und längst durch das hohe Gras nördlich der Stadt marschierten. Dann wagte er sich auf die Straße. Er wollte die Steckbriefe abreißen, Varek holen und eilig zu Maldred und Rikali stoßen, damit sie den Piratenschatz holen konnten. Sie mussten eben eine andere, sicherere Stadt finden, um einen Wagen zu kaufen.

»Bleib, wo du bist«, wies er den Sivak an. »Ich bin gleich wieder da.«

Schon nach ein paar Schritten lief er zwei Rittern über den Weg, die aus dem Laden des Ledermachers traten. Vielleicht hätten sie ihm keinen zweiten Blick geschenkt, wenn seine sonst so undurchschaubare Miene nicht einem Ausdruck der Überraschung gewichen wäre. Zudem trug er immer noch den auf links gewendeten Wappenrock eines Ritters von Solamnia.

Der größere Ritter betrachtete Dhamon ziemlich genau, ohne ihn zu erkennen – obwohl sein Bild und sein Name nur wenige Fuß entfernt an der Wand hingen. Sein untersetzter Begleiter jedoch griff bereits nach dem Schwert.

»Dhamon Grimmwolf! Mörder! Dieb!«, rief der Ritter.

Auch der größere Ritter zog nun sein Schwert, obwohl er immer noch nicht zu begreifen schien.

»Kommandant Lawlor wird mich gut belohnen, wenn ich Euch bei ihm abliefere. Ihr werdet aufgeknüpft und …«

Die restlichen Worte des kleineren Ritters bekam Dhamon nicht mehr mit. Er hatte sich umgedreht und flitzte auf die Gasse zu, in der er den Sivak zurückgelassen hatte. Aus den Fenstern über der Straße kamen die fragenden Rufe der Einwohner: »Mörder? Wo?« – »Dieb!« Auf der Hauptstraße, wo sich der Staub vom Abmarsch der Ritter noch nicht gelegt hatte, kamen Menschen aus den Läden.

Als Dhamon in die Gasse schlüpfte, zog er sein Schwert. »Wie viele verdammte Ritter stecken denn noch in dieser Stadt? Ich dachte, sie wären alle weg«, zischte er. »Und wo ist der verfluchte Sivak?« Der Drakonier war nirgends zu sehen.

Die beiden Ritter der Stahllegion kamen hinter ihm hergelaufen. Dhamon parierte ihre ersten Schläge.

»Ich bin nicht wild darauf, Euch zu töten«, erklärte er ihnen, »aber ich lasse mich nicht von Euch festnehmen.«

Der kleinere Ritter gab keine Antwort, doch er war so geschickt mit seinem Schwert, dass Dhamon einiges zu tun hatte, damit der Mann ihn nicht durchbohrte.

Der größere Ritter wartete auf seine Chance, in den Kampf einzugreifen, doch sein Kamerad und Dhamon bewegten sich zu schnell, umkreisten einander, duckten sich und ließen ihm kaum Gelegenheit, einen Schlag zu landen, ohne den anderen Ritter zu verletzen.

»Ich rufe die anderen«, beschloss der größere Ritter schließlich. Er wollte sich zurückziehen und auf die Hauptstraße treten.

»Das glaube ich nicht«, erklang eine heisere Stimme. Zur Überraschung des Ritters trat der Sivak hinter einem Stapel Kisten hervor. Bevor der Mann sein Schwert heben konnte, war der Sivak schon vorgeschnellt, hatte seinen Kopf gepackt, ihn gedreht und dem Mann den Hals gebrochen. Der Ritter fiel zu Boden, und der Sivak betrachtete den Leichnam mit mildem Interesse. Ragh schob den Körper hinter die Kisten, schloss die Augen und konzentrierte sich. Seine silbernen Muskeln veränderten sich, nahmen eine andere Farbe an. Im Handumdrehen sah der Sivak aus wie der getötete Ritter.

»Mörder«, beschimpfte der untersetzte Ritter Dhamon. »Dieb.«

»Richtig«, gab Dhamon zu, während er sich unter einem langen Schwerthieb wegduckte, sein eigenes Schwert hob und nach vorn stieß, wo er eine Lücke zwischen den Rüstungsplatten erspäht hatte. »Ich bin beides.« Knirschend streifte der Stahl die Rippen des Ritters, ehe Dhamon das Schwert zurückzog. »Obwohl ich nicht vorhatte, Euch zu töten.« Nach dem nächsten Stoß brach der Legionär zusammen. Dhamon bückte sich, wischte sein Schwert an seinem Mantel ab und rollte den Körper in den Schatten.

Auf der Straße sah Dhamon noch eine Hand voll Legionäre herumlaufen, offenbar alarmiert von den Schreien ihrer Kameraden. Einer hielt auf die Gasse zu.

»Oh, verdammt«, fluchte Dhamon. Mit dem Rücken zur Wand machte er sich bereit, den Mann in Empfang zu nehmen, aber der Sivak – in der Gestalt des großen Ritters – winkte ihn zurück. Ragh trat an die Ecke vor und lenkte die Aufmerksamkeit des Ritters auf sich.

»Ich habe den Dieb gesehen«, sagte der Sivak. »Einer der Männer auf den Steckbriefen.« Seine heisere Stimme brachte ihm einen verwirrten Blick ein. Der verzauberte Sivak wies die Straße hinunter. »Er ist da lang gelaufen. Ich sehe mich hier um, ob er Spießgesellen hatte.«

Das schien den Ritter zufrieden zu stellen, denn er drehte ab. Ragh eilte zu Dhamon zurück, der den Körper seines Opfers hinter eine Kiste gezogen hatte. Dhamon behielt sein Schwert in der Hand, während er auf die Hauptstraße spähte.

»So … jetzt solltest du mich hier töten«, erklärte der Sivak. »Ich bin dir nützlich gewesen. Mein Körper wird dein Äußeres annehmen, und die übrigen Ritter der Stahllegion in der Stadt werden glauben, dass jemand dich erschlagen hat. Damit helfe ich dir noch im Tod.«

Dhamon atmete tief durch und überlegte, ob er genau das tun sollte.

»Du würdest aussehen wie ich und damit deinen Mörder verraten«, folgerte Dhamon. »Ich dachte, ihr werdet zu Stein oder explodiert oder so.«

»Die Bozaks.«

Dhamon zog die Brauen hoch.

»Bozakdrakonier explodieren, wenn man sie tötet. Baaz versteinern.«

Dhamon nickte, denn er erinnerte sich an den Sivak in der Mangrove, der ausgesehen hatte wie er selbst. Mit Drakoniern kannte er sich nicht so gut aus.

Der Sivak blickte auf die Straße und belauschte einen vorbeilaufenden Ritter. Der Ritter führte Selbstgespräche und stieß die Faust in die Luft. Da er sie nicht bemerkt hatte, wandte der Sivak sich wieder Dhamon zu.

»Du wirst in diesem Teil der Welt kaum zur Ruhe kommen, wenn die Ritter weiter Steckbriefe aufhängen und dich –«

»Der Gerechtigkeit zuführen wollen?« Dhamon lachte auf. »Ich bin schon lange nicht mehr zur Ruhe gekommen.«

Der Sivak atmete tief durch. »Du könntest Frieden finden, wenn die Ritter deinen Leichnam hier in dieser Gasse entdecken. Sie würden dich für tot halten und aufhören, nach dir zu fahnden.«

Beide schwiegen eine Weile. Dann sagte Dhamon: »Ich muss Varek finden und zu Mal und Riki zurück.«

Der Sivak nickte. »Wenn du mich nicht töten willst, werde ich Varek suchen. Es ist zu riskant. Diesmal musst du bleiben, wo du bist.«

Einige Minuten später führte der Sivak – immer noch in der Gestalt des Ritters – den überraschten Varek in die Gasse. Sofort packte Dhamon den jungen Mann an der Gurgel, um ihm die Luft und damit die Worte zu nehmen.

»Du eingebildeter kleiner Hornochse«, schnarrte Dhamon durch die Zähne. »Du hast nicht mehr Verstand als ein Packesel.« Er lockerte seinen Griff und nahm die Hand herunter. »Begreifst du überhaupt, was du beinahe angestellt hättest, Varek, indem du in die Stadt marschiert bist, obwohl die Legion hier war? Nein? Läufst einfach frech hier rein, direkt zum Kommandanten. Die Ritter der Stahllegion – alle Ritter im Übrigen – sind zu meiden.« Er funkelte Varek wütend an. »Komm jetzt, wir müssen Mal und Riki suchen.«

Sie gingen zurück, umrundeten Graelorsend und hielten auf den Hügel zu, zu dem Dhamon Maldred und Rikali geschickt hatte. Unterwegs warf Ragh die Maske des Ritters wieder ab. Im Laufen erzählte Varek von der Stadt. Er berichtete Dhamon und dem Sivak, dass Graelorsend nach einem Zauberer der Roten Roben, Cazen Graelor, benannt war, der vor über hundert Jahren umgekommen war, als er die Siedlung erfolgreich gegen eine Räuberbande verteidigt hatte. Derzeit war hier ein Dutzend Ritter der Legion stationiert.

»Nach wem die Stadt benannt ist, ist mir völlig schnuppe«, äußerte Dhamon. »Die betrete ich kein zweites Mal.« Er legte einen Schritt zu.

Als sie sich den Bäumen näherten, durchbrach ein schriller Schrei die Stille. Dhamon stolperte über eine gewundene Wurzel, die das hohe Gras verborgen hatte, fing sich jedoch rasch wieder und eilte auf die Spitze des Hügels. Kurz darauf befand er sich im Schutz der Bäume.

Der Schrei brach ab.

13 Schleier und Irrwege

Maldred rannte nach Südwesten, die Augen auf den Wald gerichtet, eine Hand um Rikis Arm. »Schneller«, spornte er sie an. »Lieber stelle ich mich einem zweiten Dorf voller Brut, als es im Augenblick mit der Stahllegion aufzunehmen.«

Die Halbelfe konnte kaum Schritt halten. »Langsamer, Mal«, keuchte sie und versuchte, seinem Griff zu entkommen. »Ich bin nicht mehr so schnell mit meinem dicken Bauch. Immerhin renne ich für zwei.«

Er lief ein wenig langsamer, aber nicht viel.

»Dicker Bauch? Du läufst für zwei? Tja, wenn uns die Legion einholt, seid ihr auch beide tot.«

»Pfui Spinne, wir hätten sie damals lieber nicht bestehlen sollen«, fluchte sie. »Hätten uns an das gemeine Volk halten sollen.«

»Das gemeine Volk besitzt nicht viel, was man stehlen könnte.«

Sie eilten auf die Bäume zu, umgingen ein paar Büsche und kamen schließlich oben an. Maldred blieb stehen, damit die Halbelfe Luft holen konnte.

»Ich hoffe, Dhamon findet Varek und kriegt da drüben keinen Ärger«, japste Riki. Sie stand vornübergebeugt, stützte die Hände auf den Knien ab und atmete tief durch. »Keiner von uns kann noch mehr Ärger gebrauchen.«

Maldred nickte zustimmend. »Komm. Lass uns im Wald auf Dhamon warten. Ich bin sicher, er bleibt nicht lange aus, und ich bin auch sicher, dass er Varek finden und Ärger vermeiden wird.« Er wollte schon weitergehen, als er hinzufügte: »Dieser Varek, Riki – liebst du ihn wirklich?«

Die Halbelfe tat, als hätte sie die Augen auf den Boden gerichtet, um nicht über die zahllosen Wurzeln zu stolpern, die sich wie Finger nach allen Seiten ausbreiteten. »Ja, Mal. Natürlich liebe ich Varek. Sonst hätte ich ihn doch nicht geheiratet. Und wenn ich mir nichts aus ihm machen würde, würde ich doch kein Kind von ihm bekommen.«

Der Wald setzte sich aus Ahornbäumen, Eichen und Walnussbäumen zusammen. Maldreds Stiefel zermalmten beim Gehen die Eicheln auf dem Boden. An einer besonders dicken Eiche blieb er stehen und blickte auf die Stadt zurück. Von hier aus konnte er leicht sehen, wenn jemand kam – ob Dhamon oder die Ritter der Stahllegion.

Riki sackte an einen roten Ahornbaum. »Diese Karte, Mal … wie weit ist es noch von dieser Stadt bis zum Piratenschatz?«

»Ein Stückchen«, antwortete er nach kurzem Schweigen.

»Verdammt, ich habe das Laufen satt, Mal. Wenn wir noch ›ein Stückchen‹ vor uns haben, müssen wir uns Pferde besorgen. Und ich finde …« Sie stieß sich vom Baum ab und spähte tiefer in den Wald. »Hast du das gehört, Mal?«

»Was gehört?«

»Ein kleines Kind. Ich bin sicher, ich habe einen Säugling schreien hören.« Sie löste sich von Maldred und folgte einem schmalen Pfad. »Hörst du? Ganz leise. Ich glaube, das ist ein Kind, das Hilfe braucht.«

Maldred schüttelte den Kopf. »Ich höre nichts, Riki. Wir sollten lieber hier bleiben und auf Dhamon und deinen Varek warten. Riki?« Er warf einen Blick nach hinten und stöhnte. Sie war verschwunden. »Riki.« Nach einem letzten Blick auf die Stadt eilte er den Pfad hinunter, wo er sie bald einholte.

»Hörst du, Mal?«

Der große Mann nickte, denn nun hörte auch er einen leisen Schrei. »Könnte aber auch ein Tier sein, Riki. Schwer zu sagen.«

Sie schüttelte den Kopf und schritt weiter vorwärts. Hier war der Wald dunkler. Die Blätter über ihnen schirmten das Sonnenlicht ab. Es war angenehm kühl, und ein leichter Wind sorgte für einen Luftzug.

»Das ist kein Tier, Mal«, sagte sie einige Minuten später. »Ich sehe hier keine Tiere. Nicht einmal einen Vogel.«

Ihm lief es kalt über den Rücken. Immerhin gab es Insekten, und er zeigte ihr jede Menge Käfer an tief hängenden Ästen. An den Stämmen der Ahornbäume hockten walnussgroße Spinnen. In manchen Bäumen waren große Spinnennetze zu sehen, auf denen dunkelgrüne Spinnen eilig in die Mitte krabbelten, wenn Maldred und Rikali vorbeikamen. Vor ihnen hingen die Spinnennetze noch dichter.

Das Schreien brach nicht ab.

»Wir sind schon näher dran, Mal.«

»An was auch immer«, antwortete er.

»Riki?«, rief Dhamon. »Riki!«

Varek versuchte, ihn einzuholen, kam jedoch einfach nicht so schnell voran. Er verlor Dhamon und den flügellosen Sivak aus den Augen.

Sie fanden weder die Halbelfe noch Maldred, aber – außer den

Schreien, die sie vernommen hatten – auch keinen Hinweis auf Schwierigkeiten. Eine flüchtige Suche ergab, dass Maldreds und Rikis Spuren nach Westen führten, wo die kleineren Bäume in ältere Eichen und Ahornbäume übergingen.

Dhamon folgte den Spuren eilig und lauschte unterwegs aufmerksam. Erst als die Sonne plötzlich verschwand, blieb er stehen. Nicht die Blätter hatten das Licht verschluckt – Spinnweben waren dafür verantwortlich. Es gab einige riesige, kunstvolle Spinnennetze mit zarten Mustern, die im diffusen Licht schimmerten, bei den meisten handelte es sich jedoch um hässliche Knäuel, dicht wie ein Zwergenbart. Sie erstreckten sich zwischen den höchsten Zweigen, reichten aber an etlichen Stellen bis zum Boden.

Jetzt drang er vorsichtiger und langsamer vor, suchte weiter mit scharfen Augen den Boden nach Spuren seiner Freunde ab und blinzelte in die Löcher der Gewebe, wo er Bewegungen entdeckt zu haben glaubte.

»Was ist da?«, fragte er sich. »Wer ist da?« Wenn er genauer hinstarrte, sah er nichts.

Je tiefer er in den Wald gelangte, desto grauer wurde seine Umgebung – voller nächtlich dunkler Schatten und mit dickeren Spinnweben, die wie Vorhänge von fast jedem Baum hingen. Überall wimmelte es von Spinnen. Manche waren so klein, dass man sie kaum erkennen konnte, schwarze Punkte, die von Strang zu Strang sprangen. Andere waren groß wie Stahlstücke und glänzten auch so. Sie bewegten sich langsam – wenn überhaupt. Dhamon bemerkte ein paar, die so groß wie Pfirsiche waren, glänzend schwarz und mit eingesunkenen Augen. Andere waren braune, langbeinige Exemplare, wie er sie aus dem Wald unweit des fernen Palanthas kannte.

»Bei meinem Vater!« Dhamon vernahm eine leise Stimme weiter vorn. »Geht das denn nie mehr zu Ende?«

»Mal?«, rief Dhamon. Dann wiederholte er lauter… »Maldred!«

Er hörte die Halbelfe wieder aufschreien, diesmal aber

schwach und gedämpft. Daraufhin zog Dhamon sein Langschwert. Er lauschte, doch er hörte nur das heisere Atmen des Drakoniers und Schritte, die hinter ihm nahten – Varek.

»Wo ist Riki? Wo ist meine Frau? Riki!«

Dhamon gab sich große Mühe, Varek zu ignorieren. Stattdessen konzentrierte er sich auf Maldreds Stimme, die irgendwo von Westen her zu ihm drang.

»Maldred!«, brüllte Dhamon. »Mal! Sprich weiter!«

»Hier!«, antwortete Maldred. »Wir sind hier drin!« Er schrie weiter. Die meisten seiner Ogerflüche galten etwas, das Dhamon nicht sehen konnte.

»Hier«, grollte Dhamon. »Und wo genau ist hier?« Er hielt auf die Stimme zu, musste dazu jedoch Schleier um Schleier der Spinnweben zerschneiden. Ragh, der ihm folgte, zerriss die dicksten Flächen mit seinen Klauen. Varek kam ein Stück weiter hinten. Er rief pausenlos nach Riki. Manche Fäden waren so fein, dass Dhamon einfach hindurchtreten konnte und sich hinterher das Gesicht abwischte. Er staunte, dass sie sich wie feuchter Nebel anfühlten.

»Das ist deine Schuld«, zischte Varek. »Du hast sie hergeschickt, Dhamon. Du hattest solche Angst vor den Rittern der Stahllegion. Alles deine Schuld. Du –«

»Still!«, warnte Ragh. Der Sivak und Dhamon schoben einen weiteren Vorhang Spinnweben zur Seite und kämpften sich weiter vor.

»Nein, Dhamon. Die Spuren führen hier entlang! Hier lang!«, beharrte Varek. Er zeigte auf den Boden. »Riki! Riki, ich finde dich!« Varek schrie beinahe aus voller Kehle und war jetzt nach Südwesten abgebogen, womit er sich von Dhamon und Ragh entfernte.

Auch Dhamon hatte die Spuren bemerkt, verließ sich jedoch lieber auf Maldreds Stimme, und die deutete eine andere Richtung an.

»Der Junge –«, begann Ragh.

»Kann auf sich selbst aufpassen«, beendete Dhamon seinen

Satz. »Ich wünschte nur, er würde nicht so herumschreien. Das erschwert das Horchen.«

»Riki, wo bist du? Bitte, Riki!« Verzweifelt rief Varek den Namen der Halbelfe.

Dhamon und Ragh schlüpften hinter das Gewebe, dann hinter das nächste, immer tiefer in den Wald hinein. Hier wurden die Netze feuchter, und sie verzerrten alle Geräusche – manchmal schien Vareks Stimme näher zu sein, zu anderen Zeiten wieder Maldreds.

»Wie eine Ratte im Labyrinth«, knurrte Dhamon.

Je weiter er kam, desto dicker und zahlreicher wurden die Netze, bis sie die meisten Bäume verschleierten und richtige Gänge bildeten. Er und der Sivak folgten einem gewundenen Pfad und blieben nur kurz stehen, als dieser sich gabelte. Rechts waren kunstvolle Netze mit großen Lücken zwischen den Fäden zu sehen, die wie Spitzendecken aussahen und mit grünen, perlenartigen Spinnen besetzt waren. »Links«, entschied er, weil er glaubte, dass Maldreds Stimme von dort gekommen war. Ein Dutzend Schritte weiter traf er auf eine Sackgasse. Die Spinnweben versperrten ihm den Weg. Alles war nachtschwarz, denn das Gewebe über ihm ließ kaum noch Licht hindurch. Stellenweise bewegten sich die Netze von den unzähligen Spinnen, die darüber krabbelten, und nicht wegen des Windes. Er wusste, dass hier viel mehr Spinnen lauern mussten, als er sehen konnte.

Wenn er tief durchatmete, roch er den feuchten Boden unter sich und einen merkwürdig moschusartigen Duft, der einen säuerlichen Geschmack im Mund hinterließ. Er griff nach seinem Rucksack, der von Spinnweben und Spinnen überzogen war. Nachdem er ihn abgewischt hatte, zog er eine der Weinflaschen aus dem Dorf der Brut heraus, entkorkte sie und nahm einen tiefen Zug.

»Besser«, atmete er auf. Nach dem zweiten Schluck zwang er sich dazu, die Flasche wieder zu verschließen und wegzustecken. Dem Sivak bot er nichts an.

Er überlegte, ob sie zu der Gabelung zurückgehen und den anderen Weg nehmen sollten. Er hatte sich sogar schon umgedreht, als sein scharfes Gehör Maldreds Stimme lauter und deutlicher wahrnahm als zuvor. Er fuhr herum und näherte sich der Spinnwebwand.

»Dein Freund hört sich ganz nah an«, stellte Ragh fest.

Dhamon nickte. Das war alles so unnatürlich. Spinnen erzeugten keine derartigen Gewebe. Jedenfalls hatte er noch nie davon gehört. Was also war hierfür verantwortlich? Magie? Ein Zauberer der Stahllegion? Vielleicht spielte ihnen auch der Geist von Cazen Graelor aus Graelorsend einen Streich, überlegte er. Letztlich wollte er gar nicht wissen, wer oder was der Grund war. Er wollte nur noch weg. Bis zum Abend würde er Maldred und Riki finden und so weit wie möglich von diesem Wald und Graelorsend entfernt sein.

Was mochte Riki und Mal in dieses ... Zeug ... geführt haben, fragte er sich, während er nach vorn langte und zögernd die Wand berührte. Sie fühlte sich schwammig, aber fest an, und er konnte sie nicht wie die anderen beiseite schieben. Er wusste, dass die Halbelfe zwar mutig, aber auch empfindlich war. Sie hätte dieses Labyrinth nicht ohne guten Grund betreten. Also war sie angelockt worden, vielleicht mit der Aussicht auf einen Schatz. Maldred war ihr sicher gefolgt.

»Maldred!«, rief Dhamon, nachdem er den Wein heruntergeschluckt hatte. Er rann köstlich durch seine Kehle und wärmte den Weg zum Magen. »Riki! Maldred!«

Varek konnte er noch hören. Der junge Mann hatte offenbar das Spurenlesen aufgegeben und folgte nun wieder ihm und dem Sivak.

»Wunderbar«, sagte Dhamon laut. »Aua ...« Er schlug nach einer Spinne, die sich auf seiner Schwerthand niedergelassen und zugebissen hatte. Sofort bildete sich eine rote Schwellung. Mit der freien Hand streifte er weitere Spinnen von Armen und Hals – es schien hier unendlich viele zu geben. Als etwas seinen Knöchel kitzelte, trat er auf und blieb mit dem Fuß in einer klebrigen Masse aus Spinnweben hängen. Es dauerte einen Augenblick, bis er sich losgerissen hatte.

Auch der Sivak schlug nach Spinnen. Die größeren schafften es sogar, durch seine Schuppenhaut zu beißen.

»Das ist deine Schuld, Dhamon!« Varek war irgendwo hinter ihnen und schon ganz heiser vom vielen Schreien. »Deine Schuld! Du hast Riki hierher geschickt, weil du vor den Rittern der Stahllegion Angst hattest. Wenn ihr etwas zustößt, wirst du dir wünschen, ich hätte dich Kommandant Lawlor übergeben. Genau, ich …«

Varek brach ab, denn nun endlich hatte er Dhamon und Ragh in der Sackgasse gefunden.

»Richtig, Junge, es ist meine Schuld. Alles ist meine Schuld. Jetzt halt den Mund, und horch.«

Varek legte den Kopf zur Seite. »Eine Stimme.«

Dhamon nickte. »Mhm. Maldred ruft uns. Er steckt irgendwo auf der anderen Seite dieser Wand. Ich vermute, es gibt einen viel leichteren Weg, dorthin zu gelangen, wo er jetzt steckt. Er ist bestimmt nicht hier entlanggekommen.«

»Wie kommen wir zu ihm und Riki?«

Auf Vareks Gesicht rangen Sorge und Zorn miteinander, als er an Dhamon vorbeischlüpfte. Er stach mit dem Stab auf das Netz ein und versuchte, einen Durchgang zu finden wie bei den anderen Geweben. Dieses jedoch widerstand allen Bemühungen. Er schlug auf die Wand ein.

»Ich schlage vor, wir nehmen den vermutlich kürzesten Weg, um ihn zu erreichen«, schlug Ragh vor. Der Sivak stellte sich neben Varek, gab aber Acht, dass er nicht in Reichweite des Stabs geriet. Dort schlitzte er das Netz mit seinen Klauen auf. Es war mindestens so dick wie seine Arme lang, und Dhamon fiel auf, dass in der Wand Tausende winziger dunkelgelber Spinnen zu Hause waren.

»Maldred!« Dhamon blieb stehen und lauschte wieder. »Bist du wirklich auf der anderen Seite von diesem Chaos, mein Freund? Oder spielt der Schall mir einen Streich?«

Er holte tief Luft, bezog neben dem Sivak Position und schlug wieder und wieder mit dem Schwert auf die gewebte Wand ein. Schließlich konnte er sich in den Spalt quetschen.

»Was bei allen Tiefen des Abgrunds tut ihr beide da?«

Fassungslos sah Varek zu, wie Dhamon und der Sivak sich vom Netz verschlucken ließen. Er schlug noch einige Male darauf ein und versuchte dann, ihnen zu folgen.

Dhamon konnte nichts sehen, als er langsam durch das Gewebe vordrang.

Vielleicht ist das alles gar nicht wirklich, dachte er. Nichts davon. Der unangenehme Moschusgeruch allerdings war deutlich genug. Stärker als zuvor drang er von allen Seiten auf ihn ein und brachte ihn zum Würgen. Er konnte Spinnen über sein Gesicht und seine Hände krabbeln fühlen. Sie wuselten in seine Kleider. Manche bissen ihn. Aber das Gewebe fühlte er nicht. Er konnte es nicht berühren, nicht feststellen, ob es seidig oder fest, feucht oder trocken war.

Bei jedem Schritt stieß er auf Widerstand, aber immerhin konnte Dhamon atmen. Er konnte auch hören – irgendwo vorn erklang Maldreds Stimme. Varek klatschte hinter ihm nach den Spinnen. Ragh war direkt vor ihm.

Dhamon sammelte genug Speichel im Mund, um auszuspeien, denn er wollte gern loswerden, was er für winzige Spinnen hielt, die sich in seinen Mund gezwängt hatten. Jetzt kam er schneller voran, denn die dicken Stränge gaben nach, und die Luft um ihn herum wurde wieder heller. Dhamon schob sich auf eine Lichtung, die von Netzen umgeben war, sich in der Mitte jedoch zum Himmel hin öffnete. Der Sivak war einen Augenblick zuvor aufgetaucht.

Maldred befand sich mehrere Schritte vor ihnen, wo er gerade damit beschäftigt war, eine katzengroße Spinne zu spalten. Um ihn herum häuften sich Dutzende ähnlich großer Spinnen.

»Schön, dass du endlich zu uns stößt, Dhamon!«, rief er über die Schulter. Maldreds Kleider klebten an ihm, nass vom Schweiß und dem dunklen Blut der Spinnen. Seine Beine waren von Spinnweben überzogen. »Ich könnte hier Hilfe gebrauchen!«

Ragh blieb nur ein paar Momente stehen, ehe er sich Maldred anschloss. Der Sivak ging auf eine große braune Spinne los und zerstampfte mehrere graue von der Größe einer beeindruckenden Ratte.

»Halt sie von mir fern«, forderte Maldred den Sivak auf. »Ich kann nicht gleichzeitig zaubern und kämpfen.«

Mehrere Schritte weiter entdeckte Dhamon die Halbelfe, die an einer dicken Eiche festhing. Sie war in einen Kokon eingesponnen, der ein Dutzend Fuß über dem Boden baumelte. Auf den Ästen um sie herum saßen etliche riesige Spinnen, eine davon unmittelbar über ihrem Kopf. Riki atmete, auch wenn er erst genau hinsehen musste, um das festzustellen. Ihre Augen waren weit aufgerissen und ihr Mund mit Spinnweben verstopft.

»Hüte dich vor diesen Spinnen, mein Freund«, warnte Maldred. »Sie sterben rasch, aber sie können gemein zubeißen.«

Dhamon sah sich um, wo er zwischen den Netzen beim Klettern Halt finden würde. Beim Hochsteigen behielt er das Schwert in der Hand und grub die Finger seiner freien Hand in Einkerbungen in der Rinde. Die Absätze seiner Stiefel stemmte er fest gegen den Stamm.

»Riki!« Jetzt war Varek auf der Lichtung aufgetaucht. »Oh, nein!« Er hetzte auf den Baum zu, ließ den Stab fallen und versuchte, mit Dhamon den Stamm hinaufzuklettern. Die Rinde war von den Netzen so schlüpfrig, dass Varek in seiner panischen Eile abrutschte.

»Riki!«, rief er wieder.

»Hierher, Junge!«, schimpfte Maldred. »Ragh und ich könnten deine Hilfe gebrauchen. Da kommt schon die nächste Welle.«

Varek machte noch einen vergeblichen Versuch, den Baum zu besteigen. Seine Augen hingen an der verschnürten Halbelfe.

»Varek! Hilf uns!«

Widerstrebend hob er seinen Stab auf, warf einen unglücklichen Blick auf Riki und wollte noch etwas zu Dhamon sagen.

»Jetzt, Junge!«, schrie Maldred.

»Schnell!«, drängte der Sivak.

Endlich drehte sich Varek um und nahm wahr, dass der große Mann und der Sivak von Kopf bis Fuß mit den großen Spinnen bedeckt waren. Er stolperte vor, hob den Stab über die Schulter und wischte Maldred mit einer fegenden Bewegung eine Spinne vom Arm. Als er weitere abstreifte, fiel es Maldred leichter, nach denen zu schlagen, die noch an seinen Beinen hingen. Unter den Spinnen waren Maldreds bloße Arme mit großen purpurroten Wülsten bedeckt.

Varek wandte seine Aufmerksamkeit dem Sivak zu. Die meisten Spinnen, die Varek von ihm entfernte, ähnelten haarigen braunen Klumpen auf pechschwarzen Beinen. Sie hatten Reißzähne – die Ursache für die schmerzenden Schwellungen auf Maldreds Armen – und Augen so blau wie ein stiller, tiefer See. Gerade kamen ein paar neue Spinnen aus den Netzen, diesmal so groß wie ausgewachsene Schafe. Sie waren nussbraun mit verschlungenen gelb-schwarzen Mustern auf dem Rücken, die an Zwergengesichter erinnerten.

Varek wischte noch ein paar Tiere von Maldred ab und begann, auf die am Boden einzuschlagen. Das ekelhafte platzende Geräusch, das entstand, wenn er ihre Köpfe zertrümmerte, ließ ihn das Gesicht verziehen. Zwischen den Schlägen sah er sich nach Riki um. Dhamon kämpfte mit den Spinnen, die sie umgaben, und schob sich unaufhaltsam auf den Ast zu, an dem sie hing. Die Spinne über ihr spann gerade einen Faden, mit dem sie ihren Kopf einwickeln wollte.

»Hier kommen noch welche, Junge! Mach schon!«

Der Sivak trat vor Maldred, um diesem Zeit für seine Magie zu verschaffen.

»Hilf Ragh!«, forderte Maldred den jungen Mann auf.

Varek gesellte sich nur ungern zu dem Sivak, der sich gerade dem nächsten Schwarm stellte, der von links auf sie zukam. Mit schnellen Stockhieben und Prankenschlägen wehrten sich die beiden, traten Spinnenkörper zur Seite oder stiegen über größere Leiber hinweg, die sich nicht so leicht verschieben ließen.

Hinter ihnen steckte Maldred tief in einem Zauber. Mit großen Augen hauchte er Worte in einer alten Sprache. Er stieß die Hände nach oben, sodass die Daumen einander berührten, und konzentrierte sich, bis Schweißperlen auf seine Stirn traten. Als der Spruch zu wirken begann, wurde sein Körper warm. Die Hitze rann von seiner Brust aus in die Arme und Finger, bis feurige Bögen aus seinen Handflächen in die Netze in den Bäumen rasten.

Es gab ein lautes Zischen, und ein dickes Gewebe fing Feuer und schmolz zusammen, worauf es zuckende, brennende Spinnen regnete. Maldred wandte sich einem anderen Bereich zu und ließ einen neuen Flammenstoß los. Die Netze waren so dicht und so zahlreich, dass er sie nur Stück für Stück angreifen konnte.

Varek schrie auf. Er hatte sich von Maldreds Magie ablenken lassen und merkte nun, dass Dutzende der pfirsichgroßen Spinnen seine Beine heraufgekrabbelt waren. Schon waren einige blaurote Schwellungen auf seinen Armen zu sehen.

Der Sivak unterbrach seinen Kampf mit den rattengroßen Spinnen, um Varek von den kleineren zu befreien.

Varek zerquetschte eine andere behaarte Spinne, die näher kam, trat auf ihren Körper und schlug nach weiteren. Neben ihm watete der Sivak durch ganze Schwärme der Kreaturen.

Die größten Spinnen hatten chitinhaltige Kopfplatten, weshalb es mehrerer Schläge bedurfte, um sie zu töten. Varek wurde noch ein halbes Dutzend Mal gebissen, ehe die Wellen der Arachniden abebbten. Der Gestank der toten und verbrannten Tiere brachte ihn zum Würgen.

Mit brüllendem Feuerstrahl gelang es Maldred, einen weiteren Teil der Netze zu verbrennen. Noch mehr Spinnen fielen herab.

Dhamon hatte den Ast erobert und bis auf die große Spinne direkt über der Halbelfe alle anderen getötet. Das Tier starrte ihn an. Seine hervorstehenden schwarzen Augen glänzten wie Spiegel und reflektierten Dhamons entschlossenes Gesicht. Aus den Fängen, die unten aus ihrem Kopf ragten, triefte ein Schleim, der stark nach dem verhassten Moschus stank.

Sie mauzte wie ein hilfloser Säugling, als er sein Schwert hob und das Biest zweiteilte. Er konnte gerade noch die Augen zukneifen, ehe ihr Blut sein Gesicht und die Tunika durchtränkte.

Dhamon wischte sich die Augen, ehe er sich vorsichtig dem Kokon näherte, denn je weiter er sich vorwagte, desto mehr neigte sich der Ast unter seinem Gewicht.

Riki rang nach Luft. Das Gespinst war so straff, dass sie kaum atmen konnte. Dhamon befürchtete, sie nicht rechtzeitig zu erreichen. Er steckte das Schwert ein, setzte sich schnell, aber vorsichtig rittlings auf den Ast und zog ein Messer, das er aus dem Dorf der Brut mitgenommen hatte. Dann streckte er sich nach unten, ergriff mit einer Hand einen dicken Strang oberhalb von Rikis Kokon und begann, die Fäden durchzuschneiden, die ihn am Ast festhielten.

»Sei vorsichtig!« Das war Varek, der es Maldred und dem Sivak überließ, mit den letzten paar Spinnen fertig zu werden. Nun stand er unter dem Baum. Er wiederholte seine Warnung noch lauter.

»Ich höre dich einwandfrei«, gab Dhamon verdrossen zurück. Er war ganz in seine Aufgabe vertieft. Nachdem er die Stränge fast durchtrennt hatte, schlang er die Beine um den Ast und lehnte sich waghalsig nach vorn, bis sein Arm die Halbelfe erreichte. Dann grub er die Finger in ihre Schulter, während er die letzten Fäden durchschnitt, ließ das Messer fallen und packte Riki mit dieser Hand an der anderen Schulter, um sie nach oben zu ziehen. Unter ihrem gemeinsamen Gewicht senkte sich der Ast bedrohlich. Dhamon zerrte sie zum Stamm zurück.

Tastend zog er ihr das Gewebe von der Nase, holte tief Luft und legte sich Riki – noch immer in ihrem Kokon – über die Schulter, um den Baum hinabzusteigen. Die ganze Zeit über rief Varek von unten nach ihr. Schließlich legte Dhamon sie am Fuß des Baumes ab und trat zurück, als Varek verzweifelt herandrängte. Der junge Mann riss ihr die Spinnweben aus dem Mund und von den Augen.

»Riki! Sag doch was!« Varek rüttelte sie sanft, während er weiter an dem Netz zerrte. Direkt an ihrem Körper war es wie eine graue Paste.

Dhamon zog wieder sein Schwert und sah sich nach weiteren

Spinnen um. Als er nur zwei entdeckte, mit denen der Sivak gerade kämpfte – und in den Netzen nur noch höchstens faustgroße –, entspannte er sich ein wenig. Innerhalb weniger Augenblicke hatte der Sivak die letzte der großen Spinnen erschlagen und kam herübergetrottet. Mit seinen großen Klauenhänden wischte er die Spinnweben ab, die ihn bedeckten.

Maldred suchte die Reste der Netze ab und zauberte weiter mit den Fingern.

»Riki!« Endlich hatte Varek die Arme der Halbelfe befreit und wiegte sie jetzt kniend hin und her. Beide waren von der Paste und den Spinnweben überzogen.

Spuckend befreite die Halbelfe ihren Mund von Geweberesten und Spinnen.

»Pfui Spinne, war das grässlich. Ich dachte, es wäre um mich geschehen. So viele Spinnen überall auf mir.«

Ihre Stimme klang heiser. Varek löste eilig einen Wasserschlauch von seinem Gürtel, ließ sie trinken und goss ihr den Rest über Gesicht und Hände, um sie zu reinigen. Dann wiegte er sie weiter, ohne zu bemerken, dass ihre Augen nur an Dhamon hingen.

»Danke«, flüsterte sie.

Dhamon wandte den Blick ab, musterte die Spinnweben und suchte nach … etwas … einem Hinweis auf diesen Ort und die Herkunft der Spinnen. Würden womöglich noch mehr kommen? »Unnatürlich«, bemerkte er. Dann lief ihm ein Schauer über den Rücken.

Hatte sich da nicht etwas bewegt? Er blinzelte. Er hatte einen Baumstamm zu intensiv angestarrt. Die Schatten spielten ihm einen Streich. »Nein«, flüsterte er. »Ich habe wirklich etwas gesehen.« Er machte seinen Gefährten ein Zeichen, aber Varek war mit der Halbelfe beschäftigt, und Maldred schaute in eine andere Richtung.

Der Sivak folgte seiner Blickrichtung. »Beim Andenken an die Königin der Finsternis«, flüsterte Ragh.

Dhamon duckte sich. »Eine Spinne!«

»Hier wimmelt es von Spinnen«, gab Maldred trocken zurück.

»Nicht von solchen«, erwiderte der Drakonier.

Die Überreste der Netze auf der Lichtung begannen zu wogen, und was Dhamon für einen Baumstamm gehalten hatte, rührte sich. Es war das Bein einer Spinne – einer gewaltigen Spinne. Auch andere »Baumstämme« im Umkreis bewegten sich – insgesamt acht –, als das Monstrum sich in Bewegung setzte.

Unter dem Gewicht des Wesens erzitterte die Erde. Einige Spinnweben senkten sich wie Netze über die überraschte Riki, Varek und Maldred. Dhamon und der Sivak schaffen es gerade eben, dem Gewebe zu entgehen, jedenfalls dem ersten Teil.

»Bei meinem Vater!«, rief Maldred aus, der gegen die Spinnweben ankämpfte, die ihn überzogen.

Der Körper der Spinne wurde von Beinen getragen, die gut und gerne dreißig Fuß lang waren. Ihr Leib war schwarz, und der dunkelgraue Kopf suchte nun den Boden nach ihrer Beute ab. Auch sie hatte Fangzähne, aus denen eine saure Flüssigkeit tropfte, die aufzischte, wenn sie auf dem Boden aufkam.

Die Gefährten sahen, wie die Riesenspinne ihr Maul weit aufriss und die Luft mit Gestank erfüllte. Gleich darauf folgte ein Strahl Spinnweben, der dort auftraf, wo eben noch Dhamon gestanden hatte.

Dieser hatte sich bereits in Bewegung gesetzt. Mit geschwungenem Schwert rannte er vor, stieß einen Schrei aus, schlug mit aller Kraft zu und heulte auf, weil er das Wesen kaum angekratzt hatte.

»D-d-die ist ja so groß wie ein Drache«, stammelte Riki. Entsetzt zerrte sie an dem Gewebe herum, das sie und Varek bedeckte. Schließlich konnten die beiden herauskriechen. Riki zog einen Dolch.

»Bleib hinter mir, Riki«, warnte Varek.

»Davor kannst du mich nicht beschützen«, gab sie zurück. »Diesmal werden wir alle sterben, Varek.«

Dhamon griff wieder und wieder das Spinnenbein an, bis seine Arme vor Anstrengung zu glühen schienen. Schließlich gelang es ihm, eines durchzuschlagen, aber das Ungeheuer lief dennoch weiter, brachte den Boden zum Beben und die Bäume zum Schwanken. Dhamon wäre beinahe zertreten worden. Er holte tief Luft, straffte sich und begann, auf das nächste Bein einzuhacken.

In der Mitte der Lichtung war es Maldred gelungen, sich von der größten Masse des Gewebes zu befreien. Die Spinne hielt genau auf ihn zu. Ihr dicker Leib schirmte das Sonnenlicht ab und tauchte die Lichtung in Finsternis. Maldred spreizte die Beine, um einen besseren Stand zu haben, und begann mit einem Spruch.

Auch der Sivak war unter Netzen hervorgekrochen. Er sah Dhamon ein Bein vom Umfang einer jungen Birke angreifen. Fauchend wählte der Sivak ein anderes Bein und eine andere Taktik. Ragh spannte die Muskeln an und schnellte empor. Er hielt sich an den dicken, borstigen Haaren des Spinnenbeins fest und begann, daran emporzuklettern.

Unten auf der Lichtung fühlte Maldred die Hitze in seiner Brust anwachsen. Seine Zauberworte beschleunigten die Magie. Es tat ihm weh, als die Wärme durch seine Arme lief, aus den Fingern sprang und in der Luft einen Feuerball bildete, der noch wuchs, während er auf den Kopf der Riesenspinne zusauste. Dämonisch knatternd rasten die Flammen durch die Luft, bis sie an der Spinne zerbarsten.

Das Tier schrie auf. Die Lautstärke seiner schrillen Stimme lähmte alle bis auf den Sivak, der weiterkletterte. Die Flammen breiteten sich über den Spinnenkopf auf ihrem prallen Körper aus, worauf die Spinne noch lauter schrie. Dann griffen sie auf die Netze und die Bäume im Umkreis über, die langsam Feuer fingen.

Die ganze Zeit über kämpfte sich der Sivak höher und krallte sich in den Bauch der Spinne, der von Spinnenblut überzogen war.

Unten konzentrierte sich Maldred, bis die Hitze in seinem Körper wieder anwuchs. Er murmelte seine Worte noch schneller, fühlte das Brennen in Brust und Armen, und wieder entsprangen seinen Händen Flammen. Ein zweiter Feuerball traf das Monstrum.

Der lang gezogene Schrei der Riesenspinne, die nun in hellen Flammen stand, war ohrenbetäubend. Der Sivak schlug noch einmal auf sie ein, ehe er sich fallen ließ. Seine starken Beine federten den Sturz ab. Eilig rannte er unter der Spinne hervor, die vor Schmerzen ins Wanken kam.

Die Flammen liefen ihre haarigen Beine hinunter. Dhamon wich einem Bein aus, das um sich trat, und lief zu den Bäumen, die um die Lichtung standen. Einer nach dem anderen fingen sie Feuer. Überall schmolzen Netze, und Hunderte von Spinnen aller Größen fielen brennend heraus.

»Lasst uns von hier verschwinden!«, rief Dhamon.

Maldred war vor ihm. Er zog Varek und Riki mit sich. »Wir müssen uns sputen!«, rief er und deutete auf das Netzlabyrinth, das ebenfalls zu brennen begann. »Wenn wir nicht die Beine in die Hand nehmen, sind wir auch bald dran.«

Der Sivak flitzte an ihnen vorbei, riss Dhamon aus der Fallrichtung eines brennenden Astes, eilte weiter und durchbrach eine Wand aus brennenden Spinnweben.

Rasch hatten sie einen Weg nach draußen gefunden und erreichten den Hügel vor dem Wald.

Erschöpft keuchte Maldred: »Das Feuer wird nicht den ganzen Wald verbrennen. Dazu ist es zu feucht.«

»Aber es macht diesem Untier den Garaus«, sagte Dhamon. »Bei allen verschwundenen Göttern, ich wusste gar nicht, dass es so etwas gibt.«

Ragh betrachtete kopfschüttelnd die Wülste auf seinen geschuppten Armen. »In all meinen Jahren auf Krynn habe ich so etwas noch nie gesehen«, bestätigte der Sivak. »Da steckt Zauberei dahinter, so viel steht fest.«

Maldred stieg langsam den Hang hinunter. »Ich hoffe, es gibt nicht noch mehr solche Spinnenwälder. Sonst werden wir uns bald wünschen, wir wären wieder in Blöde.« Abschätzig musterte er Dhamon. »Ich hoffe auch, ich sehe nicht so schlimm aus wie du.«

»Schlimmer«, antwortete Dhamon.

Sie waren von oben bis unten mit Schweiß, Spinnweben und Spinnenblut überzogen. Auf der nackten Haut prangten blaurote Bisswunden. Varek trug Rikali, obwohl diese protestierte.

»Mal und ich waren am Waldrand«, erklärte die Halbelfe. »Ich dachte, ich hätte ein Kind schreien hören. Dabei waren es diese Spinnen, igitt. Die großen haben geheult wie Säuglinge. Diese grässlichen, grässlichen Spinnen!«

Varek tröstete sie, und als sie den Bach im Norden von Graelorsend erreicht hatten, versorgte er sie liebevoll und befreite sie von den restlichen Spinnweben.

»Wir könnten alle ein Bad gebrauchen«, meinte Maldred, der das Gesicht verzog, als er an seiner Tunika schnupperte. Er prüfte die Wülste an seinen Armen und berührte sie zaghaft. Sie fühlten sich warm an. »Diese Stadt da drüben …« Er nickte nach Graelorsend hinüber. »Wenn dort nicht zu viele Ritter sind, könnten wir …«

Dhamon schüttelte den Kopf. »In diese Stadt setzen wir keinen Fuß mehr. Niemals.«

Varek bedachte Dhamon mit einem trockenen Lächeln. »Ich habe mich dort mit Kommandant Lawlor unterhalten. Er sagte, heute oder morgen würde eine weitere Legion Stahlritter einmarschieren. Graelorsend scheint ein Stützpunkt zu sein. Angeblich sind auch Schwarze Ritter unterwegs.«

Maldred zog die Brauen hoch. »Dann halten wir lieber ausreichend Abstand von Graelorsend, mein Freund.«

»Genau.« Dhamon griff in seinen Rucksack, zog eine Flasche heraus, nahm ein paar Schlucke und steckte sie wieder ein. Er blickte zum Wald, aus dem eine dicke Rauchsäule aufstieg.

Dass er aus diesem Wald beobachtet wurde, merkte er nicht. Auf einem hohen Ahornbaum hockte das Kind mit dem kupferroten Haar. Es starrte aus einem kunstvollen Netz, das ebenso schimmerte wie sein durchscheinendes Kleid.

»Ich glaube, du bist derjenige, Dhamon Grimmwolf«, nickte das Kind.

14 Der Schlammfluss

Im Licht des Vollmonds war die verzauberte Karte, die Maldred gerade entrollte, gut zu erkennen. Er beschwerte den Nordrand mit seinem Schwert, damit sie sich nicht wieder einrollte, und den Südrand mit dem solamnischen Langschwert, das Dhamon aus dem Dorf der Brut mitgenommen hatte. Die solamnische Klinge glänzte im Mondlicht und gab eine Rose preis, die dicht am Heft in den Stahl graviert war, und einige Initialen, die bis zur Unleserlichkeit verkratzt waren.

»Das ist nicht so gut wie das Schwert, das dir dieses Weib aus Ergod geraubt hat«, stellte Maldred fest. »Die Klinge ist weder so hart noch so gerade.«

»Ha! Das Schwert, das mir dein Vater verkauft hatte, war wertlos«, schnaubte Dhamon. »Das hier ist zwar nicht magisch, aber gegen Missgeburten und Spinnen hilft es durchaus. Das reicht, bis ich etwas Besseres finde.«

»Vielleicht entdecken wir in dem Piratenschatz ein scharfes Entermesser für dich.« Maldreds Augen glitzerten vor Vorfreude.

»Genau«, stimmte Dhamon leise zu, »aber ich hoffe doch, dass wir mehr finden als alte Waffen. Sonst habe ich nicht genug, um deine geheimnisumwitterte Heilerin zu bezahlen. Vorausgesetzt, sie existiert.«

Maldreds Blick wanderte zu Dhamons Schenkel, wo dessen Hosen die große Drachenschuppe und die paar Dutzend kleinerer Schuppen verbargen, die sich rundherum gebildet hatten. Er hatte Dhamon nach dem Verlassen des Brutdorfes schon einige Male danach fragen wollen, aber immer waren die anderen zu nahe oder Dhamon zu abgelenkt gewesen, oder sein Freund hatte ihm zu schnell das Wort abgeschnitten. Jetzt war ein guter Zeitpunkt, denn Riki und Varek schliefen ein ganzes Stück entfernt, und der Sivak ruhte sich an einen Baum gelehnt aus.

»Wird auch langsam Zeit, dass wir darüber reden.« Er deutete auf Dhamons Bein. »Diese Schuppen, mein Freund. Sind sie ...?«

»Allein meine Angelegenheit«, antwortete Dhamon sofort, wenn auch schroffer als beabsichtigt. Er mied betont den Blick seines Freundes und gab stattdessen vor, die Karte zu betrachten.

»Dhamon.«

»Hör zu, Mal, ich hoffe, dass jede einzelne von diesen Schuppen nur noch böse Erinnerung ist, wenn es diese Heilerin gibt und –«

»Es gibt sie.«

»Und wenn dieser Schatz existiert, damit ich sie bezahlen kann.«

»Da bin ich sehr zuversichtlich.«

»Ich wünschte, das wäre ich auch.«

Maldred rieb sich das Kinn. »Die Karte scheint alle Geschichten zu bestätigen. Ich kann es dir noch einmal zeigen, wenn –«

»Wenn die Karte zuverlässig ist.«

»Immerhin hat sie uns in das Dorf der Brut und zu Riki geführt.«

Um das Thema zu wechseln, stach Dhamon mit einem Finger auf den südlichen Teil der Karte, der einen alten Fluss zeigte, welcher ins Meer mündete.

»Dhamon, wie lange hast du sie schon?«, wollte Maldred wissen. »Diese Schuppen.«

»Ich habe gesagt, die sind meine Angelegenheit.« Dhamons Augen funkelten, als er sie von dem Pergament löste und eine Handbewegung machte, als wolle er einen Käfer verjagen.

»Jeden anderen kannst du ausschließen«, drängte Maldred. Seine leise Stimme klang gereizt. Mit einem Blick über die Schulter vergewisserte er sich, dass die Halbelfe und Varek noch immer fest schliefen. Dann starrte er Dhamon in die Augen. »Du kannst Riki ignorieren, wenn du willst, oder aus unerfindlichen Gründen Varek wie Luft behandeln. Mich wirst du nicht so leicht los.«

Dhamons Gesicht wurde zur ausdruckslosen Maske.

»Verdammt! Ich bin dein Freund, Dhamon«, beharrte Maldred. »Ich stehe dir so nahe wie ein Bruder. Wir haben zusammen dem Tod ins Auge geblickt, einander das Leben gerettet.« Er holte scharf Luft. »Wie lange hast du diese vielen Schuppen schon?«

Das Schweigen war angespannt, denn keiner der beiden Männer wandte den Blick ab. Der Wind trug den Duft des hohen Grases, der feuchten Erde und der Eisenschmiede heran, der von dem Sivak ausging. In der Ferne erklang ein paar Mal das leise Geheul einer Eule. Rikali flüsterte im Schlaf.

»Was geschieht mit dir, Dhamon?«

»Nichts, Mal.«

»Dhamon.«

»Bei den Köpfen der Königin der Finsternis! Lass es, Mal.«

Der große Mann schüttelte den Kopf.

»Bei den … oh, verdammt.« Schließlich gab Dhamon mit einem wütenden Seufzer nach. »Die Schuppen wachsen seit einem Monat, vielleicht auch länger. Ich nehme die Zeit nicht mehr richtig wahr. Keine Ahnung, was sie mir antun.« Wahrscheinlich werden sie mich umbringen, sagte er bei sich.

»Das war doch nicht Nura Bint-Drax?«

»Nein, das ist nicht ihr Tun. Auch wenn sie mir noch ein paar mehr verpasst hat.«

»Also Malys.«

Dhamon schüttelte den Kopf. »Deren Gegenwart spüre ich schon lange nicht mehr. Ich weiß nicht, woran es liegt.« Nach einem Augenblick fügte er hinzu: »Ist mir auch egal, woher sie kommen. Ich will die Dinger bloß loswerden.«

Wieder dehnte sich das Schweigen aus, ehe Maldred sagte: »Vielleicht ist es eine Krankheit. Eine magische.«

»Vielleicht, aber wenn ich darüber nachgrüble – oder du danach fragst –, geht sie davon auch nicht weg.« Achselzuckend wendete Dhamon sich wieder der Karte zu. »Hoffen wir einfach, dass der Piratenschatz existiert – und deine Heilerin auch.«

»Das tun sie.« Maldreds Stimme schien mehr Hoffnung als Sicherheit auszudrücken. »Die befreit dich von den Schuppen.«

Dhamon lachte grimmig auf. »Wenn nicht, ziehst du bald mit zwei Drakoniern herum. Und jetzt zum Schatz.«

»Wie ich schon sagte, er müsste gleich hinter dem Tal der Kreischer liegen.« Maldred erschauerte, was Dhamon jedoch nicht bemerkte. »Das Tal liegt ungefähr hier.« Er wies auf einen verblichenen Tintenfleck am Rand des alten Flusses.

Die Karte zeigte das Land, wie es vor Jahrhunderten ausgesehen hatte. Damals vor der Umwälzung war es eine Tundra gewesen: Dürr, eben und kalt. Einige Städte und Siedlungen waren verzeichnet, von denen Dhamon wusste, dass sie lange verweht und ihre Namen im Lauf der Geschichte verloren gegangen waren. Die alten Staubebenen sahen kleiner aus als das Land heute, vielleicht nur dreihundert bis vierhundert Meilen von Nord nach Süd, und der Gletscher war nicht einmal angedeutet, nur ein tiefes, blaues Meer.

»Tarsis«, bemerkte Dhamon, dessen Blick an einer Küstenstadt hängen blieb.

»Allerdings, Tarsis.« Maldred war hinter ihn getreten. »Wenn ich mich richtig erinnere, war Tarsis eine wichtige Hafenstadt, groß und lebhaft, ein tiefer Seehafen, der es mit jedem anderen Ort in dieser Hälfte der Welt aufnehmen konnte. Das ist natürlich viele Generationen her.«

»Genau«, stimmte Dhamon zu. Heute lag Tarsis ein gutes Stück im Landesinneren, über hundert Meilen von der See entfernt. Die Umwälzung hatte diesen Teil der Welt erheblich verändert.

»Vor der Umwälzung war Tarsis eine blühende Stadt«, erzählte Maldred. »Damals, bevor der Königspriester von Istar sich zum Gott aufschwingen wollte. Es heißt, die Götter wären über diesen Hochmut verärgert gewesen und hätten deshalb Istar auf den Meeresboden versenkt. Im Laufe der nächsten paar hundert Jahre hat sich die Welt verändert, und dabei hat es auch diese Ebene erwischt.«

»Diese Zeit nennt man die Schattenjahre«, fügte Dhamon hinzu, dessen Finger den ungleichmäßigen Bart massierten, der ihm wuchs. »Es heißt, die Berge seien eingestürzt, neue Berge gewachsen, Hungersnot und Seuchen hätten die Welt heimgesucht. Eine nette Zeit. Vermutlich ungefähr so nett wie die Zeit, die wir jetzt unter den Oberdrachen erleben.«

Maldred deutete auf das Meer. »Das Wasser zog sich zurück und ließ Tarsis und die anderen Häfen im Binnenland zurück. Über Nacht lagen die Schiffe auf dem Trockenen. Schreckliche Erdbeben erschütterten die Ebenen. Städte und Schiffe wurden von der Erde verschlungen – Schiffe, deren Laderäume voller Schätze steckten. Wir werden sie finden. Da bin ich ganz sicher. Und dann suchen wir deine Heilerin.« Er wippte nach hinten und blickte hinauf zum Mond. »Ich habe mal in einem Buch gelesen, dass es in diesen Schattenjahren vierhundert Erdbeben auf den Ebenen gab. An der Küste, bei Tarsis, waren sie am stärksten und …«

Er schaute Dhamon an und nickte zu drei kleineren Häfen im Ostteil der Karte hin. Nicht einmal ein verblichener Tintenstrich deutete ihre Namen an. »… da drüben auch. Diese drei Städte auf der alten Karte und die Geschichten sind der Grund, weshalb ich die Karte meines Vaters für echt halte.«

Skeptisch zog Dhamon die Augenbrauen hoch.

»Die eine Stadt in der Mitte soll ein Piratenhafen gewesen sein, der von einer Gruppe mächtiger Menschen aus Ergod gegründet wurde. Sie fanden die Beute hier lohnender als in ihren Heimatgewässern.« Maldred sprach schneller. »Auf den meisten der alten Karten in den Bibliotheken ist sie nicht verzeichnet. Eine so alte Karte habe ich, glaube ich, auch noch nie gesehen.« Sein Finger zog vom Hafen aus eine Linie. »Siehst du das kleine Zeichen hier drüben? Das ist ein Fluss, einer, den es heute nicht mehr gibt.

Er war gerade eben breit und tief genug für die paar erfahrenen Piratenkapitäne, die wussten, wie man dort navigieren musste. Der Legende nach ist jeder, der so dumm war, den Piraten auf diesem Fluss nachzujagen, auf Grund gelaufen. Dann kehrten die Piraten um, plünderten das Schiff und ließen immer nur einen am Leben, der von dem schrecklichen Vorfall berichten sollte.«

Dhamon pfiff leise. »Und wegen der Überlebenden wussten die Leute von der Piratenstadt und dem verschwundenen Fluss?«

Maldred nickte geistesabwesend. »Manche Piraten fuhren mit ihren Schiffen am Hafen vorbei flussaufwärts und verbargen ihre Beute in streng bewachten Höhlen, weil sie den anderen Piraten in der Stadt nicht trauten. Diese Höhlen befinden sich meiner Meinung nach gleich hinter dem Tal der Kreischer.«

»Karte, zeige uns das Land, so wie es jetzt ist«, verlangte Dhamon.

Im Handumdrehen hatte sich die Karte verändert und stellte das Land der Gegenwart dar – viel größer und mit gemäßigtem Klima, und seine grasbewachsenen Ebenen erstreckten sich bis zum Horizont, wo ein sanft gewelltes Hügelland mit einer Vielzahl von Bäumen bewachsen war.

Dhamon ließ seine Finger über die Karte gleiten. Er hätte schwören können, dass er dort, wo im Westen die Berge eingezeichnet waren, zerklüftete Felsen spürte. Aus heutiger Sicht hatten die Staubebenen an der breitesten Stelle einen Durchmesser von dreihundert Meilen und erstreckten sich in der Mitte rund zweihundert Meilen von Nord nach Süd. Nur eine Hand voll Orte grenzte an diesen Bereich – im Westen Tarsis und Rigitt, im Süden Zeriak, im Nordwesten Dontol, Willik und Rosenstein. Polagnar lag etwas nordöstlich von Graelorsend. Ganz am Nordrand der Karte lagen die Stadt Morgentau und ein paar kleinere Orte, die nach längst verstorbenen Entdeckern benannt waren.

Am südlichen Rand der Karte grenzten die Ebenen an den unwirtlichen Eismauergletscher, den die Karte durch unregelmäßige Linien wie Berge darstellte. Sie glichen allerdings eher Eiszapfen. Dhamon lehnte sich darüber und fühlte einen kalten Wind, der aus dem Pergament drang.

»Erstaunlich«, flüsterte er.

Im Westen – der gemeinhin als Zwergenland galt – waren zwar Berge angedeutet, allerdings eher wie Hügel. Weil Dhamon schon dort gewesen war, wusste er, dass es dort jede Menge Hügelland und Wälder gab. Der namenlose alte Fluss, auf dem die Piraten gesegelt waren, war nicht dargestellt, nur die Toranth, die in Zobels Sumpf entsprang, mitten durch die Ebenen verlief, sich in verschiedene Arme teilte und sich schließlich wie die Finger einer ausgestreckten Hand auffächerte. Entlang eines Nebenflusses der Toranth im Westen lagen ein paar Dörfer. Davor jedoch sah man eine gezackte Linie, die Maldred zufolge das Tal der Kreischer bezeichnete.

»Hier könnten wir uns einen Wagen beschaffen«, schlug Maldred vor. Er deutete auf ein Dorf unmittelbar nördlich des Tals. »In ... Weizenland, steht da. Dazu ein paar Pferde. Wir brauchen etwas, um den Schatz zu transportieren.«

Dhamon räusperte sich. »Karte, sind in dieser Gegend Ritter der Stahllegion stationiert? In Weizenland?« Bevor er wieder Luft holen konnte, tauchten an verschiedenen Stellen über der Karte leuchtende Punkte auf, die an Glühwürmchen erinnerten – auch über dem Ort, auf den Maldred gezeigt hatte.

»Wie viele es an welcher Stelle sind, können wir nicht feststellen«, überlegte Dhamon. »Vielleicht einer, vielleicht auch hundert.«

Maldred schüttelte den Kopf. »Das ist das Risiko nicht wert.«

»Also suchen wir erst den Schatz und machen uns hinterher Gedanken, wie wir an einen Wagen kommen.«

»Wir haben ja auch deinen Sivak dabei, mein Freund. Der kann eine ganze Menge schleppen.«

Sie waren schon fast drei Stunden gelaufen, und die Morgensonne stand bereits hoch am Himmel, als die Landschaft sich auffällig veränderte. Das leicht gewellte Grasland wich einem Boden, der so aufgesprungen und karg wirkte wie die Runzeln im Gesicht eines alten Seemanns. Eine Zeit lang konnten sie im Westen und hinter sich noch das Grasland sehen und den süßen Duft der letzten Blumen des Frühherbstes einatmen. Aber sobald die Ebenen nicht mehr zu sehen waren, roch die Luft brenzlig und schweflig, als würde in der Nähe etwas brennen. Ihre Augen tränten und brannten, obwohl sie keine Spur von Feuer oder Rauch entdeckten.

Maldred ging vorweg. Tief in Gedanken wanderte er ein altes, ausgetrocknetes Flussbett entlang. Der Drakonier ging ein paar Schritte hinter ihm neben Dhamon her. Seine Augen schossen von links nach rechts, und seine Nase schnupperte pausenlos.

»Was macht dir zu schaffen?«, erkundigte sich Dhamon.

Der Sivak antwortete nicht, sondern zeigte mit einem Finger nach Süden und kniff die Augen zusammen, als wolle er etwas genauer betrachten.

»Was ist denn, Ragh?«, fasste Dhamon nach. Er folgte dem Blick des Sivaks, sah aber nichts.

»Ist da etwas?« Das war Rikali. »Ich sehe bloß ein hässliches, plattes, stinkendes Land und deine flügellose Kehrseite.« Sie tauchte neben dem Drakonier auf und zerrte Varek mit. »Was gibt's denn, Monsterchen?«

Der Sivak knurrte. »Nichts«, erwiderte er nach einem Augenblick. »Ich dachte, ich hätte da vorn eine Bewegung bemerkt. Etwas Großes. Aber …«

»Mal? Siehst du etwas?«, wollte Dhamon wissen.

Maldred schüttelte den Kopf.

»Einbildung«, folgerte der Sivak. »Meine Augen sind müde.«

»Nicht nur meine Augen, sondern auch der ganze Rest«, grollte die Halbelfe.

»Wir machen ein paar Minuten Rast.« Maldred blieb stehen und langte nach der Karte, die er vorsichtig aufrollte, um die Merkmale zu prüfen, die er längst auswendig kannte. »Das Tal«, forderte er. »Wie weit sind wir noch von dem Tal entfernt?«

Zur Antwort leuchtete ein Punkt auf dem Pergament auf.

»Beinahe da«, sagte er sich. Er steckte die Karte ein und verschränkte die Arme vor der Brust. »Wir stehen fast genau in dem Tal, aber ich sehe nichts davon. Das verstehe ich nicht.«

»Ich schon.« Dhamon machte ein besorgtes Gesicht. »Wir haben diese Karte von deinem … von Donnag. Vielleicht ist sie genauso nutzlos wie das Schwert.«

Stirnrunzelnd überblickte Maldred erneut die Landschaft. »Immerhin hat die Karte uns zu dem Dorf der Brut geführt. Kommt. Wir finden das Tal.«

Ein paar Meilen weiter machte Maldred wieder Halt.

»Immer noch kein Tal«, stellte Dhamon fest.

»Nichts als hässliches, plattes Land«, fügte die Halbelfe hinzu.

»Es muss hier sein.« Maldred löste sich von ihnen, betrachtete wieder die Karte und suchte den Horizont ab. »Irgendwo hier. Aber wo?«

Der Sivak legte mit bebenden Nasenflügeln den Kopf schief. Angewidert zog er die Oberlippe zurück.

»Was ist, Monsterchen?« Rikali stieß Ragh an, damit er sie beachtete. »Siehst du wieder was?«

»Ich höre etwas«, erwiderte Ragh.

»Ich höre bloß dein Japsen«, gab die Halbelfe zurück. »Ja –«

Dhamon führte einen Finger an die Lippen, um sie zum Schweigen zu bringen. »Ich höre auch etwas«, flüsterte er. »Da weint jemand. Ganz schwach. Muss weit weg sein.«

»Da schreit jemand«, stellte Maldred richtig, »und ich fürchte, es ist sehr …« Seine Worte brachen ab, denn nun gab der Boden unter ihm nach. Der große Mann war verschwunden.

Dhamon eilte zu ihm, hielt knapp vor dem Loch an, doch nicht weit genug entfernt. Auch unter seinen Füßen brach der Boden ein. »Lauft!«, rief er den anderen zu, ehe er zappelnd abstürzte.

Riki, Varek und Ragh fielen mit ihm in die Tiefe.

Sie sausten durch die Luft, die von einem schrillen Jammerton erfüllt war. Als sie fast fünfzig Ellen tiefer auf dem Boden aufkamen, wo der zähe Schlamm eines Flusses ihren Sturz abfederte, nahm der Lärm noch zu.

Maldred hatte sich als Erster aufgerappelt. Er stand an einem Felsufer, hielt sich die Ohren zu und hatte die Augen auf den träge fließenden Strom gerichtet. Rikali war die Nächste, die spuckend auftauchte, sich durch den Schlamm kämpfte und am gegenüberliegenden Ufer hochkletterte. Dort blieb sie keuchend liegen. Varek und Dhamon folgten ihr. Sie alle sahen aus wie Erdmenschen. Jeder Zoll ihrer Körper war voll Schlamm, und alle hielten sich die Ohren zu, um das betäubende Klagen auszublenden.

Blinzelnd befreiten sie ihre Augen von dem Matsch, während Varek sich besorgt um Rikali kümmerte. »Das Baby?«, überschrie er den Krach.

Sie nickte und berührte ihren Bauch. »Ich – ich glaube, ihm ist nichts passiert. Der Fall hat uns nicht geschadet. Als wenn man in Pudding springt. Pfui Spinne, ich bin ganz voll von dem Zeug. Mach das ab, Varek.«

Dhamon versuchte, sich den Schlamm vom Gesicht zu wischen, ohne die Hände von den Ohren zu lösen. Maldred schien auf der anderen Seite dasselbe zu tun.

»Der Sivak?«, rief Dhamon hinüber.

Maldred schüttelte den Kopf. Er konnte Dhamon nicht hören, denn das Heulen nahm immer noch zu.

Das Geräusch wurde von Höhlenwänden zurückgeworfen, die senkrecht nach oben führten, so steil, dass sie ohne Ausrüstung nicht zu bewältigen waren. Einen Moment lang war der Lärm schrill, dann wieder tief und stöhnend. Er schien aus mehreren Stimmen zu bestehen, ein Chor aus Schreien, die sie nicht loswurden.

»Wir haben dein verfluchtes Tal gefunden«, brüllte Dhamon Maldred zu. »Hätten einen Umweg machen sollen!«

Seine Augen wanderten zu dem Schlammfluss, aus dem eine braune Hand emporschoss. Ihr folgte eine zweite Hand, die einen Kampfstab in die Höhe hielt.

»Mein Stab!«, rief Varek. »Ich habe ihn während des Falls losgelassen.«

Augenblicke später kroch auch der Sivak ans Ufer und warf Varek die Waffe vor die Füße. Sein Gesicht wirkte gequält, denn sein scharfes Gehör litt unter dem Geheul.

»Lasst uns von hier verschwinden!«, schrie Dhamon. Der Sivak sah seine Geste und folgte Dhamon am Ufer entlang nach Süden. Keiner von beiden sah sich nach Varek oder Riki um.

Auf der anderen Seite des Flusses folgte Maldred ihrem Beispiel. Er prallte gegen die Felswand und biss die Zähne zusammen, während er flach atmend weiterlief.

»Das ist Wahnsinn«, sagte Dhamon zu sich selbst. Das Heulen schien immer lauter zu werden, bohrte sich wie ein Messer in sie hinein. Er keuchte auf, denn seine Knie drohten nachzugeben. Der Sivak stieß ihn weiter.

Je weiter sie vordrangen, desto dunkler wurde es, denn das Licht, das durch den Spalt hoch oben hereindrang, wurde immer spärlicher.

An den Felswänden huschten Schatten entlang, bis es aussah, als würden die Gesichter alter Männer auf sie herabstarren – mit aufgerissenen Mündern und blicklosen Augen.

Das Schreien ging weiter, die Echos wurden immer lauter. Schon vibrierte der Boden unter ihren Füßen wegen des unablässigen Lärms. Steinchen und Staub rieselten von den Wänden der Schlucht und aus der dünnen Steindecke herab.

Sie versuchten, miteinander zu sprechen, mussten sich aber auf Gesten und Lippenlesen beschränken. Dhamon versuchte, das Tempo zu steigern, damit sie entkamen, ehe sie sich dem grausamen Lärm ergaben.

Er erinnerte sich daran, dass Maldred ihm vor Wochen erzählt hatte, das Tal sei gefährlich. Angeblich würde es Menschen in den Wahnsinn treiben. Damals hatten sie entschieden, der Weg sei es wert, damit sie den Schatz und vielleicht auch die Heilerin finden könnten. Aber so hatte er es sich hier nicht vorgestellt.

Wurde er bereits verrückt? Er hätte schwören können, dass eines der Steingesichter ihn beobachtete, den Mund auf- und zuklappte und mit den Augen zwinkerte.

»Mal!«, schrie er, aber sein Freund konnte ihn unmöglich hören. Der Schall schien die Tonhöhe zu verändern und sie dann höher und lauter zu verzerren. Dhamon sah, wie Maldred am anderen Ufer entlangstolperte und zögerte, als diese Seite an einer Felswand endete, die bis in den Fluss ragte.

Maldred sah sich um. Das Weiße seiner weit aufgerissenen Augen hob sich von seinem schlammfarbenen Äußeren ab. Er entdeckte Dhamon, versuchte, ihm durch Mundbewegungen etwas mitzuteilen, sprang in das matschige Wasser und begann, sich mühsam durch die Fluten zu kämpfen.

Dhamon stieß Riki und Varek vorwärts und forderte sie durch Handzeichen zum Weitergehen auf. Ragh folgte ihnen, stieß das Paar weiter und sah sich dabei hin und wieder nach Dhamon um.

Es dauerte mehrere Minuten, bis Maldred Dhamon erreicht hatte. Anschließend brauchte er mindestens ebenso lange, um sich wieder hochzukämpfen, den Schlamm herauszuwürgen und die Hände über die Ohren zu schlagen.

»Du beherrschst doch auch Erdmagie«, schrie Dhamon. »Warum versuchst du's nicht damit?«

Maldred schüttelte den Kopf. »Zu laut«, machte sein Mund. »Kann nicht denken.«

Sie wussten nicht mehr, ob sie Stunden oder nur Minuten unterwegs waren. Bei dem zermürbenden Lärm verlor die Zeit an Bedeutung. Die Landschaft veränderte sich nicht. Der zähe Schlammstrom wälzte sich ewig weiter und wurde von hohen Wänden aus Marmor und Kreidefelsen gesäumt.

Als Dhamon stehen blieb, wäre Maldred beinahe gegen ihn geprallt.

»Verrückt«, formte sein Mund. »Ich bin verrückt.«

Wieder sah Dhamon hoch oben auf der anderen Seite des Flusses ein riesiges Gesicht, das den Mund bewegte. Kleine Steinchen rieselten heraus. Daneben befanden sich noch andere Gesichter.

»Ich habe den Verstand verloren.« Dhamon fiel auf die Knie und starrte die Gesichter an. Sie schienen ihm in die Augen zu sehen.

Auch Maldred sah die Gesichter an und glaubte zu begreifen. Er trat neben Dhamon, damit dieser ihn beachtete. »Auf!«, sagte er. Noch ein Tritt, und Dhamon stand wieder auf den Füßen. »Schnell!«

Sie rannten weiter, auch wenn Dhamon nur noch den Lärm wahrnahm, der ihn gänzlich zu umschließen schien. Immerhin tat er ihm nicht mehr weh, sondern wirkte geradezu tröstlich, so wie ein vertrauter Weggefährte.

»Bleib«, schien das Heulen zu sagen. »Bleibe bei uns.« Er hielt noch einmal an, um verschiedene Köpfe anzustarren, die aus diesem Teil der dunklen Schlucht hervortraten. Maldred wollte ihn mitziehen, doch diesmal widersetzte sich Dhamon.

»Verrückt«, flüsterte der Krieger.

Maldred schüttelte den Kopf und rief etwas, das Dhamon nicht verstehen konnte. »Los!«, drängte er. Dhamon rührte sich nicht von der Stelle.

Maldred steckte die Finger in seine Ohren, stolperte zur Felswand, lehnte sich dagegen und holte tief Luft. Er konzentrierte sich auf seinen eigenen Herzschlag. Verzweifelt suchte er nach dem Funken in sich.

»Es ist zu laut«, sagte er sich. »Ich kann nicht …«

Dhamon war in die Stimmen versunken. Riki, Varek und Ragh waren nicht mehr zu sehen – ebenfalls an die Kreischer verloren. Unter Maldreds Blick tappte Dhamon auf den Schlammfluss zu.

»Bleib für immer«, hörte Maldred aus dem Heulen heraus. »Atme den Fluss. Bleib für immer bei uns.«

»Nein!«, brüllte Maldred. Mit aller Kraft suchte er nach dem Funken und ließ ihn anwachsen. »Ist das schwer«, murmelte er. »Ich kann nicht denken.« Irgendwie schaffte er es jedoch, die Magie in sich zu packen und anzufachen, wie man in eine kleine Flamme pustet, sie anfleht, größer zu werden. »Ich muss denken.«

Maldred fühlte die Wärme und konzentrierte sich darauf, wozu er das Kreischen in den Hinterkopf verschieben musste. Er legte beide Hände an die Felswand und fühlte, wie die Energie in seiner Brust und seinen Armen anwuchs, in die Finger und von dort aus in die Wand strömte. Die Felswand rumpelte, und der Steinboden ließ die Vibrationen stärker werden.

»Schluss!«, befahl Maldred. Er hörte das Wort über das Klagen hinweg, fühlte, wie seine Energie der Schlucht zusetzte. Um seine Finger herum bildeten sich Risse. Wenn er sich konzentrierte, konnte er noch mehr Energie in das Gestein leiten. Die Risse wurden breiter. »Schluss! Oder ich werde euch alle umbringen!«

Augenblicklich brach das Heulen ab. Die einzigen Geräusche war Maldreds mühsames Atmen und das leise Säuseln des Windes, der an den Wänden entlangstrich.

»Schluss. Lasst uns passieren.«

»Was?« Dhamon schüttelte den Kopf, sodass der Schlamm nach allen Seiten spritzte. »Wahnsinn.« Er starrte über den Fluss zu den Gesichtern hin, die jetzt alle den Mund zugeklappt hatten. Ihre wütend zusammengekniffenen Augen waren dunkle Spalte.

»Kein Wahnsinn«, keuchte Maldred. »Nicht du bist verrückt, Dhamon. Sie sind es.«

Dhamon trat zu Maldred. Sein großer Freund hatte die Finger in das Gestein gegraben, sodass rundherum haarfeine Risse aufgetaucht waren. Dhamon blickte auf. Auf dieser Seite, gleich über ihm, waren noch mehr Gesichter.

»Galeb duhr«, erklärte Maldred. »Steinwesen, vielleicht so alt wie Krynn. Jedenfalls aus der Zeit vor der Umwälzung. Sie sind die Verrückten.«

»Sie haben versucht, mich in den Fluss zu locken.«

Maldred nickte. »Vielleicht haben sie Riki und den anderen dasselbe angetan. Kehr um. Sieh nach ihnen. Ich komme gleich nach.«

Ohne zu zögern, ging Dhamon zurück. Er war noch immer benommen. Sein Kopf dröhnte, die Ohren klingelten noch, weil sie sich an das Kreischen erinnerten. Die Schlucht beschrieb eine Biegung. Er eilte, so schnell er konnte, an der Wand entlang, bis er die anderen am Rand des Schlammflusses entdeckte.

Varek stand bis zum Bauch im Strom. Rikali schüttelte sich gerade den Schlamm aus den Haaren und zerrte an Varek. Der Sivak stand gebückt da, die Hände auf den Knien, die großen Schultern gerundet, den Kopf auf die Brust gelegt.

»Los!«, brüllte Dhamon, als er näher kam. Sein Ruf war wie ein Flüstern. Er wies auf das andere Ende der Schlucht, wo er eine Öffnung bemerkt hatte.

»Folgt ihm«, japste Ragh. Auch der Sivak hatte die Öffnung entdeckt, einen schmalen Spalt neben einem fast senkrechten Felsenturm. Seine Tritte hallten laut über den Steinboden des Tals, als er Dhamon nachlief.

Bis sie einen sauberen Fluss fanden, ging schon fast die Sonne unter. Alle sanken am Ufer nieder und wuschen sich den Schlamm vom schmerzenden Körper.

Sie hatten wenig geredet, seit das Tal hinter ihnen lag, hauptsächlich deshalb, weil sie kaum etwas hören konnten. Ihnen klingelten immer noch die Ohren.

»Ich habe gedroht, das Tal zum Einsturz zu bringen«, erzählte Maldred seinem Freund später am Abend. »Ich habe gedroht, ich würde sie alle umbringen. Dazu wäre ich natürlich gar nicht in der Lage gewesen.«

»Das wussten sie aber nicht«, begriff Dhamon.

Maldred nickte. »Mein Glück, dass sie wahnsinnig waren.« Nach einer kurzen Pause fügte er hinzu: »Schade. Galeb duhr sind beeindruckende Wesen und normalerweise eher wohlwollend gesonnen.«

»Wenn sie so alt sind, wie du sagst, mein Freund, hat sie vielleicht das Erleben der Umwälzung verrückt gemacht.«

Maldred stützte sich auf die Ellenbogen.

»Vielleicht sind wir auch schon verrückt«, fuhr Dhamon fort. »Stapfen durch Schlammflüsse auf der Suche nach einem verschollenen Schatz. Bloß weil ich glaube, dass es ein Heilmittel gegen meine Schuppen geben könnte.«

»Es gibt den Schatz, und es gibt das Heilmittel«, versicherte Maldred. Er legte sich auf den Rücken und war im Nu eingeschlafen.

15 Zerbrochene Körbe

Der Morgen dämmerte über einem ansteigenden Feld, auf dem sie von grasenden Schafen und einer Hand voll junger Ziegen umgeben waren. Varek deutete auf einen fernen Hang, an dem ein kleines Bauernhaus und eine gefährlich windschiefe alte Scheune standen.

»Wir sind ganz nah«, teilte Maldred ihnen mit. »Sehr nahe. Der Piratenschatz liegt irgendwo unter uns.«

»Na, das hilft uns aber viel«, knurrte Varek. »Wir haben keine Spaten, und ich glaube kaum, dass es eine gute Idee wäre, uns auf dem Hof da drüben welche zu leihen.«

»Spaten brauchen wir nicht«, erwiderte Maldred. Den Rest des Tages lag er an verschiedenen Stellen der Weide auf dem Bauch, grub die Finger in die Erde, murmelte vor sich hin oder summte gelegentlich auch.

Varek hielt sich in seiner Nähe auf, manchmal fasziniert, die meiste Zeit jedoch gelangweilt.

»Warum bist du noch nicht weggelaufen, Monsterchen?« Rikali hatte sich auf Armeslänge von dem Drakonier entfernt auf den Boden gesetzt. »Ich weiß, du kannst nicht einfach wegfliegen, aber du hattest genug Gelegenheiten – keiner von uns passt besonders auf dich auf. Dhamon ist nicht einmal hier.«

Der Drakonier atmete tief durch, was wie das Zischen einer Schlange klang.

»Monsterchen?«

»Mein Name ist Ragh.« Bei seiner flüsternden Stimme lief es der Halbelfe kalt über den Rücken. »Vielleicht habe ich nichts Besseres zu tun. Vielleicht finde ich eure kleine Bande auch einfach … interessant.«

Rikali zog die Brauen hoch. »Oder willst du etwa was von dem Piratenschatz? Das kommt gar nicht in Frage.«

Der Sivak schloss die Augen. »Münzen und Tand bedeuten mir nichts.«

»Was dann? Was …?« Die Halbelfe machte große Augen, während sie sich näher hinüberlehnte. »Monsterchen … Ragh … bist du hier, weil du glaubst, du schuldest uns was? Weil wir dich aus dem Dorf gerettet haben?«

Der Sirak starrte sie kurz an und blickte in die Weite.

»Ein ehrenhafter Drakonier?«, hakte sie nach. »Das ist es, stimmt's? Ach, keine Bange, ich bewahre dein kleines Geheimnis. Schließlich hat ja jeder so seine Geheimnisse.«

Dhamon machte sich rar. Er redete sich damit heraus, er würde die Gegend absuchen, um sicherzugehen, dass keine Ritter der Stahllegion herumstreunten. Da er wusste, dass er Maldred bei seiner Magie ohnehin nicht helfen konnte, weil diese eben nur langsam vonstatten ging, nutzte er die Zeit zum Laufen.

Seine Schritte waren lang und gleichmäßig. Er konzentrierte sich ganz auf sein Tempo und den Rhythmus, denn das Training lenkte ihn von allem anderen ab. Zeitweise betrachtete er die Landschaft vor ihm, dann schloss er die Augen und lief nach dem Gedächtnis und ließ die Luft in sein Gesicht strömen. Wenn er die Augen wieder aufschlug, legte er an Tempo zu, rannte mit aller Kraft über das Land, bis er nicht mehr schneller konnte. Diese Geschwindigkeit behielt er dann eine Weile bei. Erst wenn sein Herz heftig klopfte und er zu schwitzen begann, verfiel er widerwillig in rasches Gehen und sog in tiefen Zügen neue Luft in die Lunge, ehe er wieder zu laufen anfing. Die Anstrengung war angenehm. Statt ihn zu ermüden, schien sie ihm eher mehr Energie zu schenken.

Er legte erhebliche Strecken zurück, bemerkte die Ruinen eines Weilers, der vor Monaten niedergebrannt sein musste, und ein einzeln stehendes Bauernhaus mit einem großen Feld. Im hinteren Viertel des Feldes stand Mais, der wohl bald geerntet werden würde. In der Ferne sah er schmale, gewundene Straßen, die wohl zu ein paar kleineren Städten führten, die er auf der Karte bemerkt hatte. Weite Grasflächen dazwischen waren völlig ausgedörrt.

Wilde Tiere gab es hier im Freien kaum. Er scheuchte einen äsenden Hirsch auf, und am Ende einer kleinen Schlucht wurde er von einem Hund gesichtet, der ihm zwar begeistert nachsetzte, aber nicht hoffen konnte, ihn einzuholen. Am Rand eines großen Teiches fand er Wolfsspuren, doch sie waren nicht besonders frisch. Er starrte sein Spiegelbild im Wasser an.

Sein Gesicht war hager, die Augen eingesunken, und der struppige Bart sowie das wirre Haar trugen zu seinem abgerissenen Äußeren noch bei. Er setzte sich ans Ufer und fischte ein kleines Messer aus der Tasche. Nachdem er es an einem Stein gewetzt hatte, rasierte er sich damit. Anschließend schnitt er die Knoten aus seinen Haaren. Nach einem kurzen, erfrischenden Bad im Teich zählte er die kleinen Schuppen an seinem Bein.

»Neunundzwanzig«, sagte er. »Neunundzwanzig verfluchte Schuppen.«

Er stand auf und lief weiter. Eine Stunde später bemerkte Dhamon im Osten drei Reiter – die ersten Menschen, die er an diesem Tag erspähte. Sie saßen so steif im Sattel, dass sie bestimmt in Rüstungen steckten. Vielleicht noch mehr Ritter der Stahllegion. Dhamon versuchte, im Bogen hinter sie zu gelangen, aber sie ritten schnell und wählten einen Weg nach Südosten. Dhamon hatte nicht vor, sich so weit von seinen Gefährten zu entfernen.

Am Nachmittag kehrte Dhamon in das Tal zurück, wo Maldred noch immer mit der Erde sprach. Also brach er wieder auf und rannte noch ein paar Stunden, bis die Stiefel seine Fersen wund scheuerten und er allmählich einen Anflug von Müdigkeit verspürte. Bei Sonnenuntergang kam er endgültig zurück. Varek und Rikali saßen an einem kleinen Feuer, wo sie etwas brieten, das verdächtig nach Lamm aussah. Maldred lag laut schnarchend auf dem Rücken. Der Drakonier stand neben ihm.

»Ich will nicht behaupten, dass ich verstanden hätte, was er da mit seiner Magie versucht hat«, meinte Varek mit einem Wink zu Maldred. »Aber was es auch war, es hat nicht funktioniert.«

Rikali stieß ihn in die Rippen. »Mal sagt, es ist einfach nicht der richtige Platz. Morgen gehen wir ein Stückchen weiter nach Süden, dann probiert er es noch mal.« Sie fiel über eine Keule her, die Varek ihr gegeben hatte, und holte erst wieder Luft, als nur noch der Knochen übrig war.

Dhamon aß sehr wenig. Er wünschte, er hätte Alkohol, um das Essen hinunterzuspülen und sich besser entspannen zu können. Erst Stunden später fand er Schlaf.

Am Nachmittag des folgenden Tages hatte Maldred sie zu einem anderen, vielversprechenderen Ort geführt, der sich jedoch als ebenso unergiebig erwies. Drei Tage lang durchstreiften sie die Gegend, kamen durch ein Dorf und an Schäferkaten vorbei, überquerten eine Steppe und erreichten irgendwann ein Wäldchen, das so aussah, als hätten hier im Frühling Holzfäller gearbeitet.

Wieder streckte sich Maldred auf dem Boden aus, und wieder ging Dhamon laufen. In Minutenschnelle war er verschwunden. Sein Freund ließ die Finger durch das brüchige gelbe Gras gleiten.

»Hier ist es schon richtig herbstlich«, stellte Maldred fest. »Sehr bald wird es kühl werden.« Kurz darauf strich er summend mit den Fingerspitzen über den Boden. Minuten später stand er auf, ging ein Stück nach Westen, streckte sich wieder aus und wiederholte die Prozedur.

Früher war Maldred das Zaubern viel leichter gefallen. Jetzt waren selbst die einfachsten Anwendungen der Magie harte Arbeit. Der Schweiß durchnässte seine Kleider und tropfte ihm von der Stirn, obwohl es kein besonders heißer Tag war. Seine Kehle war trocken und seine Zunge geschwollen. Er bat Rikali um Wasser, ehe er zum nächsten Platz zog, dann zum übernächsten und noch weiter. Als er sie gerade erneut um Wasser bitten wollte, berührte sein Geist endlich etwas Hölzernes unter den Zweigen einer Robinie. Das waren keine Wurzeln, das Holz war nicht lebendig – es war zerfallenes Holz, das mit Nägeln gespickt war.

»Wo ist Dhamon?«, stieß Maldred aus.

Varek und Rikali zuckten einträchtig mit den Schultern.

»Laufen«, sagte der Sivak. »Nach Rittern Ausschau halten.«

»Such ihn für mich, ja?«, forderte Maldred Varek auf.

Der junge Mann verzog abwehrend den Mund und schüttelte

den Kopf. Als Rikali ihren Mann jedoch bittend anlächelte, gab er grollend nach und trabte davon, um Dhamons Spur aufzunehmen. Die Halbelfe sah ihm nach und wandte sich wieder Maldred zu.

»Was hast du gefunden, Mal? Mir kannst du vertrauen.«

Er antwortete nicht, denn er summte schon wieder und grub, bis seine Hände voller Erde waren, dann zog er sie zurück, rückte ein paar Fuß vor und buddelte dort weiter. Die Halbelfe folgte ihm und bedrängte ihn mit ihren Fragen. Auch Ragh, der Maldred genau im Blick behielt, ging ihm nach.

Vor Ablauf einer Stunde war Maldred erschöpft, weil er so viel Energie für seine Magie verwendet hatte, doch er wollte nicht aufgeben. Noch ein halbes Dutzend Mal grub er die Erde auf, bevor er eine Böschung voller Gestrüpp erklomm, sich oben auf den Rücken rollte und keuchend liegen blieb.

»Mal? Mal!«

»Ist schon gut, Riki«, sagte er nach einem Augenblick. »Lass mich einfach mal kurz ausruhen.«

Ohne dass er darum gebeten hatte, holte sie einen neuen Wasserschlauch, legte seinen Kopf zurück und goss ihm beinahe alles in die Kehle. Ihre Hände wischten den Schweiß von seiner Stirn.

»Übst du dich in mütterlichen Gefühlen, Riki?«, fragte er, als er wieder Luft bekam. Sie machte ein verkniffenes Gesicht. »He, das war doch nicht böse gemeint.«

Ihr Gesicht entspannte sich nur wenig. Er rollte auf den Bauch, grub die Finger in die Erde und summte weiter.

»Hier ist etwas«, teilte er ihr einige Minuten später mit. Trotz des vielen Wassers, das er getrunken hatte, war seine Stimme rau. »Groß, kaputt.« Maldreds Gesicht ruhte auf der Erde, damit er sich auf das trockene Gras und den Staub auf seiner Haut konzentrieren und seine Sinne noch tiefer in den Boden senden konnte.

Die Magie schickte seinen Geist auf Reisen. Wie ein Maulwurf grub er sich an den Wurzelresten eines Baumes vorbei, der früher hier gestanden hatte, an Steinen, vertrockneten Käferpanzern und dem Skelett eines kleinen Tieres. Jetzt kam eine dünne Schicht Schiefer, anschließend mehr Erde, Steine, große Steine, die wohl jemand bearbeitet hatte – vielleicht Trümmer von einem Gebäude. Es kamen Holzstücke, dünn und poliert, die sich trotz – oder gerade wegen – des Gewichts der Erde irgendwie erhalten hatten.

»Tischbeine«, flüsterte er. »Ein Kochtopf.« Er fand noch mehr bearbeitete Steine, einigermaßen gleich groß. Vermutlich stammten sie aus einer Mauer oder von einem Brunnen. Deshalb stand er auf und ging hundert Schritte weiter, danach noch einmal hundert.

»Eisen«, flüsterte er. »Mehr Eisen. Diesmal kein Holz.« Vor Enttäuschung sackte er in sich zusammen und wollte schon für diesen Tag aufgeben, aber sein Geist war noch immer rastlos, schweifte umher und berührte ein Ding nach dem anderen.

»Eisen«, wiederholte er. Seine Augen flogen weit auf. »Eisen? Ein Anker!« Maldred versuchte, nicht zu aufgeregt zu reagieren, damit er nicht die Konzentration des Suchzaubers durchbrach und die Magie bedrohte, die seinen Ogerleib verhüllte.

Er drang tiefer vor. In immer weiteren Kreisen suchte er die Umgebung um den Anker ab. Wie groß war der Anker? Das konnten seine magischen Sinne ihm nicht verraten. Gehörte er zu einem Fischerboot? Wie alt war er? Stammte er von einem Schiff auf dem Fluss, den er auf der alten Karte gefunden hatte? Sein Zauber konnte keine dieser Fragen beantworten, aber er wollte nicht zwischendurch auf die Karte schauen.

»Ah, endlich. Holz. Geschwungene Planken. Zerbrochene Planken.« Er redete Ogerisch, denn seine Muttersprache ging ihm leichter von der Zunge. Riki tappte aufgebracht mit dem Fuß. Maldreds Sinne berührten Holzteile, die kaum mehr als Mulchhaufen waren, dann Stücke, die durch darüber liegende Schieferplatten besser geschützt gewesen waren. Er entdeckte etwas, das er nicht benennen konnte, aber Minuten lang umschmeichelte, wie er mit den Fingern über den Rücken einer Geliebten fahren würde.

Ein Segel – oder was davon noch übrig ist –, beschloss er

schließlich. Es hing an einer gebrochenen Rahe. Noch ein Anker. Knochen. Viele Knochen. Eine alte Seekiste.

»Wo ist Dhamon?«, krächzte er endlich.

Die Halbelfe zuckte mit den Schultern, obwohl sie wusste, dass er ihr Gesicht nicht sehen konnte, weil er seines in den Boden drückte.

»Lauf, und hol Dhamon!« Seine Finger hielten still. Er hatte die Augen geschlossen.

»Mal?« Rikali kniete neben ihm. »Schläft«, stellte sie fest. Seufzend setzte sie sich neben den Sivak. Jetzt konnten sie nur noch warten, bis Varek oder Dhamon zurückkehrte.

Varek kam am Nachmittag zurück. Kopfschüttelnd teilte er ihnen mit, dass er Dhamon mindestens vier Meilen nachgelaufen war, ehe er aufgegeben hatte. Er hatte nicht länger von ihr fern sein wollen. Wenn Maldred Dhamon so dringend brauchte, sollte er sich selbst auf die Suche machen. Riki widersprach nicht, legte aber einen Finger an die Lippen und nickte zu dem großen Mann hin, der immer noch fest schlief. Varek sackte neben ihr ins Gras und schloss die Augen.

Dhamon traf kurz vor Sonnenuntergang ein.

Die Halbelfe sprang sofort auf und fing ihn ab, bevor er Maldred erreichte. Schnüffelnd rümpfte sie die Nase. »Hast du eine Stadt gefunden?«

»Acht, neun Meilen weiter. Ziemlich klein, noch nicht einmal ein richtiges Dorf.«

Er wusste, weshalb sie fragte. Die Halbelfe bekam viel mit, wenn sie es wollte, und ihm war klar, dass sie den Alkohol an ihm roch. Dhamon hatte die Siedlung betreten, nachdem er ein Wirtshaus entdeckt hatte, aus dem einladende Düfte drangen.

Er griff in die Tasche, zog eine Serviette heraus und reichte sie ihr.

»Wildbret«, freute sie sich. »Gewürzt.« Ohne auch nur ans Teilen zu denken, schlang sie das Trockenfleisch herunter.

Dhamon sah, wie Varek hinter ihr die Augen zusammenkniff. War der junge Ehemann etwa eifersüchtig, fragte er sich. Oder bin ich es? Er schob alle Gedanken an Rikali beiseite und kniete sich zu Maldred, um seinen Freund wachzurütteln.

»Ich habe etwas gefunden«, sagte Maldred, während er auf die Knie kam. »Gleich hier.« Er stieß den Finger in den Boden und grinste verlegen. »Ich bin nicht sicher, was es genau ist, aber ich glaube, wir sollten mal einen Blick darauf werfen.«

»Du siehst immer noch müde aus«, stellte Dhamon fest.

»Das ist die Magie.« Maldred beugte sich über die Stelle, die er bezeichnet hatte, und drückte die Handballen in die Erde. Er schloss die Augen und begann zu summen.

Gleich darauf wurde er von Dhamon unterbrochen. »Bist du sicher, dass du das jetzt kannst? Das, was da unten liegt, ruht dort bestimmt schon über dreihundert Jahre. Ich finde, es kann auch noch bis morgen warten.«

»Ich weiß deine Besorgnis zu schätzen, mein Freund«, erwiderte Maldred, »aber so müde bin ich nicht. Nicht, wenn es einen Piratenschatz zu bergen gilt.« Er setzte sein Summen fort. Dhamon zog sich zurück, aber Varek und Riki kamen leise näher.

Diesmal klang Maldreds Melodie anders, tiefer und kehliger, lauter und ohne große Schwankungen – wie ein tiefes Horn, das einen langen, konstanten Ton spielt und dann etwas tiefer sackt, weil seinem Spieler die Luft ausgeht. Er behielt den monotonen Ton bei, holte hin und wieder Luft, ließ das Summen leiser, aber gleichzeitig noch eindringlicher werden. Plötzlich veränderte sich der Ton.

Dhamon sprang auf und wies Riki und Varek an zurückzuweichen. Anfangs bebte der Boden nur leicht, dann erzitterte er. Steinchen sprangen hoch, als der große Mann lauter sang. Auch Maldred bewegte sich. Auf allen vieren kroch er rückwärts, ohne seinen Zauber zu unterbrechen. Vor ihm brach der Boden auf.

»Bei allen verschwundenen Göttern!«, rief Varek aus. Staunen zeichnete sich auf seinem Gesicht ab, und seine Füße waren wie angewurzelt. Die Halbelfe riss ihn nach hinten. Der Sivak kam sichtlich beeindruckt näher.

Wo Maldred gekniet hatte, klaffte ein Loch mit zerklüfteten

Wänden, das wie das offene Maul eines hungrigen Tiers aussah. Die Vibrationen gingen weiter, sodass alle Gefährten bis auf den Sivak zurucktraten, obwohl das Loch sich nicht mehr erweiterte. Stattdessen wurde es tiefer, als wäre Maldreds Magie ein riesiger Bohrer, der sich tief in die Erde schraubte.

Dhamon prüfte den Boden in der Nähe des Randes. Die Erde rieselte in ein schwarzes Nichts weit unter ihnen. Jetzt kam ein Rumpeln, dem ein Erdstoß folgte. Die Erschütterungen dauerten noch einige Minuten an, ehe sie sich schließlich legten.

»Pfui Spinne, ich dachte schon, du rufst ein Erdbeben hervor, Mal. Ich dachte, es würde so werden wie damals im Chaostal.« Die Halbelfe drohte Maldred mit dem Finger, kroch vorwärts und lehnte sich waghalsig über den Rand, obwohl Varek sie noch zurückhalten wollte. »Viel kann ich nicht erkennen«, verkündete sie. »Geht ziemlich weit nach unten, und da ist nicht viel Licht. Nur Erde, Steine und Holz.«

»Holz«, grinste Maldred. »Bearbeitetes Holz, das es hier nicht geben dürfte.«

»Jede Menge Holz«, fügte Ragh hinzu.

Dhamon lehnte sich weit vor. Seine scharfen Augen durchdrangen die Schatten. »Oh, da unten gibt es mehr als Holz«, sagte er mit einem seltenen breiten Grinsen. »Ich sehe einen Mast, mein Freund, und Reste von einem Segel. Sogar zerbrochene Mastkörbe.«

16 Abraims Sturm

»Blöde Idee, das mitten in der Nacht zu machen«, murrte die Halbelfe. »Wird hier oben schon dunkel, wo doch gerade die Sonne untergeht. Da unten ist es noch finsterer. Wir haben nicht mal 'ne Laterne. Und kein Seil. Abgesehen davon, dass wir den Schatz gar nicht sehen können. Wie sollen wir zu ihm gelangen?«

»Das geht bestimmt zwanzig Fuß abwärts«, schätzte Varek.

Der Sivak schüttelte den Kopf. »Dreißig.«

Rikali tappte ungeduldig mit dem Fuß. »Pfui Spinne, ihr seid mir vielleicht Diebe, Dhamon und Mal. Zieht völlig unvorbereitet auf Schatzsuche. Wie soll ich denn da runterkommen?« Vorsichtig umrundete sie das Loch. »Nicht mal eine Fackel.«

»Ich sehe gut genug«, erklärte der Sivak nach einer kurzen Pause. »Ich brauche keine Laterne.«

»Aber du kannst nicht runterfliegen, Ragh.« Die Halbelfe ließ nicht locker. »Ebenso wenig wie wir.«

Ich sehe auch gut genug, dachte Dhamon. Er konnte die Umrisse von fünf Schiffen erkennen, von denen keines mehr unversehrt war. Weiter hinten sah man weitere Formen, vielleicht Felsen oder andere Schiffe. Er hatte dort unten auch etwas gehört, ein schwaches Geräusch, das durch das Gerede seiner Begleiter übertönt wurde. Sand, der von der Höhlendecke rieselte. Steinchen, die von den Schiffen abprallten, entschied er nach angestrengtem Horchen. Ein Stein, der sich verlagerte – alles Nachwirkungen von Maldreds Magie.

Rikali blieb stehen und blickte Maldred an. »Kannst du mit deiner Magie keine Treppe machen? Dann könnten wir runtersteigen und …«

Maldred schüttelte den Kopf. »Du weißt, dass meine Magie nicht so exakt wirkt, besonders bei Erde.«

»Wir wär's dann mit ein bisschen Licht?«

»Damit kann ich dienen«, antwortete er, »auch wenn es nicht lange anhalten wird.«

»Stimmt – die Kleider können uns helfen.« Dhamon ging zu ihrer mageren Ausrüstung, um Ersatzhosen und Hemden aus ihren Beuteln zu ziehen. Aus Rikis Sack holte er ein langes Kleid. Trotz der Proteste von Varek und der Halbelfe begann er, die Kleider in breite Streifen zu reißen und aneinander zu knoten. Einen schmalen Streifen wickelte er um einen aufgelesenen trockenen Ast. »Eine richtige Fackel ist es natürlich nicht«, sagte er zu Maldred, als er ihm den Ast reichte. »Aber das muss reichen.«

Sie besaßen auch eine Decke, die Varek für Riki aus dem Dorf der Brut mitgenommen hatte. Auch diese riss Dhamon in Streifen, um das Seil zu verlängern. Als er damit fertig war, schlang er ein Ende um einen Felsen, der einige Ellen entfernt ruhte, und prüfte die Festigkeit. »Müsste gehen«, befand er.

Maldred hielt die einfache Fackel vor die Brust, streichelte sie und murmelte etwas. Einen Augenblick pulsierte Hitze in seiner Brust, dann in seinem Arm. Das Tuch am Ende des Astes fing Feuer.

Dhamon sah den Sivak an. »Du bist der Schwerste, also kommst du als Letzter. Aber du wirst mitkommen.« Damit wir dich im Auge behalten können, fügte er bei sich hinzu.

»Ich bin leicht. Ich gehe als Erster«, meldete sich Varek freiwillig.

Maldred wollte ihn aufhalten, aber Dhamon legte seinem Freund eine Hand auf die Schulter.

Mit einem Nicken zu Riki griff Varek nach der Fackel und war sofort verschwunden.

»Deine Magie hat die Erde gelockert, Mal«, flüsterte Dhamon seinem Freund zu. »Soll unser übereifriger junger Begleiter doch ruhig probieren, wie fest der Boden unten ist.« Er sah zu, wie Varek das Ende des Stoffseils erreichte und die restlichen zehn Fuß in die Tiefe sprang. Varek lief einmal im Kreis, ehe er die anderen zu sich herunterwinkte.

»Ich sehe ziemlich wenig!«, schrie er hinauf. »Vielleicht hat eins von den Schiffen eine Laterne.«

Die Halbelfe griff nach dem Seil. »Jetzt die Dame«, sagte sie.

»Nein. Du bleibst hier oben«, teilte Dhamon ihr mit und nahm ihr das Seil aus den Händen. »Jemand muss nach Rittern der Stahllegion oder dem Bauern Ausschau halten, dem dieses Land gehört.«

Rikali stampfte mit dem Fuß auf. »Die ganze Zeit ist kein Mensch vorbeigekommen – was du natürlich nicht wissen kannst, weil du ständig herumgestreunt bist. Du willst doch bloß nicht, dass ich sehe, was da unten ist. Willst mich um meinen Anteil bringen. Ich will, was mir zusteht, Dhamon Grimmwolf. Du wirst mich nicht schon wieder zurücklassen und –«

Er legte einen schwieligen Finger auf ihre Lippen. »Ich will nicht, dass dir etwas zustößt, Riki. Siehst du Varek dort unten? Das Seil reicht nicht bis ganz hinunter. Er musste springen.« Sein Finger glitt zu ihrem gerundeten Bauch hinunter. »Du bist nicht in der Verfassung dazu.«

»Du willst nicht, dass mir etwas zustößt«, wiederholte sie leise. »Warum hast du mich dann in Bloten sitzen lassen?«

»Riki, ich ...«

»Ich wusste gar nicht, dass du dich um mich sorgst, Dhamon Grimmwolf.« Ihre Stimme klang skeptisch. »Ich dachte immer, du denkst einzig und allein an dich.«

Er wollte etwas erwidern, überlegte es sich jedoch anders. Gleich darauf war er in dem Loch verschwunden.

»Pfui Spinne, aber um dich und Maldred vor diesen Diebinnen zu retten, war ich gut genug«, schäumte Rikali. »Hab dein wertloses Leben gerettet. Ich bin schwanger, nicht invalide. Ich kann springen, Dhamon Grimmwolf, und ich kann –«

»Du bekommst mehr als deinen Anteil von jedem Schatz, den wir finden, Riki«, versicherte ihr Maldred. »Wenn es da unten einen Schatz gibt.« Er vergewisserte sich, dass Dhamon das Seil losgelassen hatte, ehe er sich auf den Weg machte, und runzelte die Stirn, als er sah, dass die Fackel auf den Boden gefallen war und bald heruntergebrannt sein würde. »Wir schließen dich nicht aus. Versprochen. Und jetzt halt die Augen offen.«

Mit wachsendem Zorn sah sie zu, wie Maldred an dem Seil hinabkletterte und der Sivak ihm ungeschickt folgte. Bei ihm spannten sich die Kleiderfasern bis zum Zerreißen.

»Ich will nicht zurückbleiben«, flüsterte sie so leise, dass die Männer unten es nicht hören konnten. »Ich will nie mehr sitzen gelassen werden.«

Sie entfernten sich von der Öffnung, während die Fackel ausbrannte. Sie konnte sie nicht mehr sehen, und das Licht der untergehenden Sonne nahm bereits ab.

»Niemals, niemals wieder.« Sie holte tief Luft, wartete kurz ab und folgte ihnen.

»Bei meinem Vater«, staunte Maldred. Er hatte eine neue Fackel hergestellt und angezündet. Ihr schwaches Licht zeigte, dass die Höhle, in der die drei Männer und der Sivak standen, so groß war, dass sie nicht alles erfassen konnten.

»In dieser Richtung geht sie ein paar hundert Schritte weiter«, klärte Ragh sie auf.

Beim Gehen warf das Licht tanzende Schatten auf die Wände aus Stein und Erde und auf die alten Holzrümpfe.

»Schiffe«, sagte Varek mit Ehrfurcht in der Stimme. »Ich glaube, es sind Dutzende. Bestimmt brauchen wir Tage, um sie alle zu durchsuchen.« Er stand regungslos da, denn der Anblick so vieler alter Schiffe war einfach faszinierend. Dass die Halbelfe auf dem Höhlenboden landete, hinter ihn trat und vor Staunen aufkeuchte, hörte er nicht.

Rikali hatte Mund und Augen aufgerissen. Sie kämpfte damit, alles in sich aufzunehmen, während ihr Kopf sich schon zahllose Möglichkeiten ausmalte, als Maldred auch diese Fackel wegwarf und zusah, wie sie ausbrannte.

»Pfui Spinne, jetzt sehe ich nichts mehr«, klagte sie. Ihre Hand tastete umher, bis sie Haut berührte. Gleich darauf hatten ihre Finger sich um eine Hand geschlungen. »Dhamon?«

Er machte keine Anstalten, sie loszulassen. »Ich habe dir doch gesagt, du sollst oben bleiben.«

Sie riss sich los und tastete umher, bis sie Varek fand.

»Ragh?« Dhamon blinzelte durch die Finsternis.

Maldred suchte auf allen vieren nach einem trockenen Stück Holz. Der Sivak entfernte sich von ihnen. Er war auf dem Weg zum nächsten Schiff.

»Ragh!«

Im Handumdrehen war er in dem Rumpf verschwunden.

»Verfluchter Drakonier.«

Kurz darauf hatte Maldred ein Stück Holz angezündet, das

fröhlich brannte. »So geht das nicht, Dhamon«, stellte er fest. Das Holz loderte auf und wurde zu einem hohen, glühenden Funken. »Hier ist das Holz so trocken, dass es wie Zunder brennt. Wir müssen zurück nach Weizenland, Fackeln und Laternen besorgen. Dann können wir auch gleich diesen Wagen holen, wenn wir schon dabei sind, und …«

Er verstummte, als das Licht erlosch.

»Pfui Spinne, diese Finsternis gefällt mir aber gar nicht. Ist so unheimlich. Außerdem ist es sehr kalt.«

Die Halbelfe hatte Recht. Dhamon war so mit der Entdeckung der Schiffe beschäftigt gewesen, dass er auf nichts anderes geachtet hatte. In der Höhle war es erheblich kälter als oben auf dem Land. Er bekam bereits eine Gänsehaut, so kühl war es. Seine scharfen Sinne bemerkten, dass die Haare auf seinen Armen von einem Luftzug bewegt wurden, als würde die Höhle atmen. Das war ein beunruhigendes Gefühl, das durch die Finsternis noch verstärkt wurde. Nach kurzem Nachdenken wurde ihm klar, woher der Luftzug stammte. Von oben strömte wärmere Luft herein, die einen Teil der kalten Luft ersetzte. Damit atmete die Höhle sozusagen wirklich.

»Pfui Spinne, das gefällt mir gar nicht«, zischte die Halbelfe.

»Dann hättest du oben bleiben müssen.« Diese strenge Antwort stammte von Maldred, der gerade eine lange Planke anzündete.

Der Drakonier kehrte mit einer rostigen, aber fröhlich brennenden Laterne in der Klaue zurück. An seinem anderen Arm baumelten drei weitere Laternen.

»Du hast aber ein praktisches Monsterchen, Dhamon«, lobte Rikali, die dem Sivak rasch eine der Laternen abnahm. »Pfui Spinne, ist die dreckig.«

»Im Laderaum des Schiffes liegen ein paar Fässchen mit Öl«, teilte Ragh Dhamon mit. Er händigte Dhamon eine Laterne aus und gab die anderen Maldred und Varek. »Sonst habe ich nicht viel Wertvolles gesehen.«

Rikali hielt die Laterne hoch und holte hörbar Luft. »Seht euch das an. Jetzt habe ich meinem Kind aber etwas Wundersames zu erzählen«, flüsterte sie staunend. »All diese Schiffe so tief unter der Erde und so fern vom Meer. Das ist … also, das ist … unglaublich.« Sie glitt mit ausgestreckter Hand nach vorn. »Davon will ich dir erzählen, mein Kleines, besonders, wenn wir auf jedem dieser Schiffe Schätze finden. Perlen und Edelsteine. Du wirst in einem sehr, sehr schönen Haus aufwachsen.«

»Riki«, warnte Maldred. »Warte auf uns. Wir haben keine Ahnung, wie stabil der Boden ist.«

Im Süden lag ein gedrungenes Schiff, das fast so breit wie lang erschien. Es war eine Kogge mit weitgehend intaktem Großmast. Nur der oberste Teil war abgebrochen und der Laderaum tief in Sand und Erde versunken.

»Hier lang«, sagte Dhamon, der sich zu der Kogge aufmachte.

Der Sivak kniff die Augen zusammen. »Ich sagte doch, in dem Schiff ist nichts Wertvolles.«

Dhamon gab keine Antwort, sondern winkte Maldred zu. »Schadet schließlich nichts, wenn wir alle nachsehen«, teilte er dem Sivak mit. »Außerdem könnte ich Öl für diese Laterne gebrauchen.« Er eilte vorweg, denn er wollte nicht, dass die anderen das ungewöhnlich breite Lächeln auf seinem Gesicht und die Aufregung mitbekamen, die so lange nicht in seinen Augen gestanden hatte.

Die gesprungenen Balken am Heck erleichterten das Hinaufklettern. Schon bald stand er auf einem Deck, das bei jedem Schritt knarrte. Das Holz war so altersschwach, dass die Planken sich unter ihm bogen, und Dhamon wusste, dass er jeden Moment durchbrechen konnte.

Er fand die Luke zum Laderaum, die teilweise von einem völlig vergilbten Segel verdeckt war. Als er darauf zuhielt, schob er den modernden Stoff und die Taue beiseite, um leichter vorwärts zu kommen. An Luke und Griff bemerkte er Klauenspuren, die von dem Sivak stammten. Er war zuerst hier gewesen.

Eine Leiter führte in die Dunkelheit. Mit angehaltenem Atem stieg Dhamon vorsichtig hinunter. Mit etwas Glück würden die

Sprossen nicht brechen. »Wenn sie den Drakonier getragen haben«, sagte er sich, »dann müssten sie ...«

Über ihm knarrte es bedrohlich, ein Zeichen, dass seine Kameraden angekommen waren. Die schweren Schritte zeigten den Sivak an. »Hier drin«, rief er ihnen zu, während er weiterkletterte. »Passt auf, wo ihr hintretet.«

»Die Suche könnte Tage dauern, Varek.« Lachend ging Maldred auf die Leiter zu. »Ich hoffe, sie dauert viele Tage. Oder Wochen!« Auf seinem gebräunten Gesicht stand ein breites Grinsen, und seine dunklen Augen funkelten fröhlich. »Wenn es hier Schätze gibt – und es muss sie geben –, dann reichen die vielleicht, damit wir unser ganzes, hoffentlich sehr langes Leben lang nicht mehr stehlen müssen.«

Fast eine Stunde lang durchsuchten sie den Laderaum, wo sie noch einige Laternen und das Öl fanden, von dem der Sivak gesprochen hatte. Sie füllten alle Laternen, die sie bei sich hatten, beschlossen aber, immer nur eine anzuzünden, um möglichst sparsam mit dem Öl umzugehen.

Sonst gab es nichts Wertvolles in der Kogge. Ragh bedachte Dhamon mit einem Hab-ich's-dir-nicht-gleich-gesagt-Blick. Es gab viele Knochen und Fässer mit Lebensmitteln, die so eingetrocknet waren, dass sie an seltsam gefärbte Steine erinnerten. Im tiefen Bauch des Schiffes mussten zweihundert Skelette liegen, wie Dhamon an den Schädeln abschätzte. Alle ruhten zerfallen neben Beinketten, die an Balken und Stützen befestigt waren.

»Das war jedenfalls ein Sklavenschiff«, meinte Dhamon mit bedrücktem Kopfschütteln. »Ich wusste gar nicht, dass Piraten mit Menschen handelten.«

»Wenigstens sind die Sklavenhändler mit ihnen umgekommen«, sagte Ragh.

Eine rasche Untersuchung der anderen beiden Decks erbrachte ein Dutzend weiterer Skelette, aber kaum etwas, das sich mitzunehmen lohnte: hier eine Goldkette, dort eine kostbare Brosche, ein paar Knöpfe oder Gürtelschnallen. Vielleicht waren die

Sklaven der eigentliche Schatz der Kogge gewesen, aber der Kapitän hatte keine Zeit mehr gehabt, sie zu verkaufen, bevor die Umwälzung zuschlug. Vielleicht hatte aber auch jemand anders vor Jahrzehnten schon den Weg hier herunter gefunden und alles geplündert.

Die einzigen Geräusche waren die, die von ihnen selbst stammten, wenn sie Kisten und Kästen verrückten, Metall gegen Metall klirrte, hin und wieder Holz unter ihrem Gewicht nachgab. Dazu kamen gedämpfte Unterhaltungen. Sobald sie stehen blieben, kroch die unheimliche Stille des Ortes heran.

Stumm wie ein Grab, dachte Dhamon. Das war es auch, ein riesiges Grab. Trotz der muffigen Luft war es hier unten erstaunlich trocken. Bis sie sich an die unterirdische Luft gewöhnt hatten, kehrten alle wieder unter das Loch zurück, um die wärmere, frischere Luft einzuatmen, die langsam herunterdrang.

Maldred wählte das nächste Schiff aus, das sie erforschen würden, einen Dreimaster, dessen einstmals schlanke Silhouette trotz der nach allen Seiten abstehenden, geborstenen Planken noch zu erahnen war. Das Schiff war knapp neunzig Fuß lang. Seine Seiten waren grün bemalt, aber die wenigen Farbreste verliehen dem Rumpf das Aussehen vertrockneter Fischschuppen. Am Bug klaffte ein großes Loch. Dort war etwas dagegen geschlagen.

»Bring das Licht her, Riki«, rief Maldred. »Ich kann kaum etwas erkennen.« Er achtete darauf, dass alle ihm folgten, bevor er in den Spalt schlüpfte.

Um die ersten paar Schiffe gründlich zu durchsuchen, brauchten sie länger als einen Tag. Das Licht, das durch das Loch oben herunterfiel, ließ Dhamon auf den nächsten Sonnenaufgang schließen. Die Durchsuchung des Dreimasters und einer Karavelle war mäßig erfolgreich gewesen. Immerhin hatten sie eine kleine, aber schwere Truhe voller Goldmünzen entdeckt, wenn auch keine Stahlstücke, wie sie in weiten Teilen Ansalons seit mindestens fünfundzwanzig Jahren als Zahlungsmittel verbreitet waren. Diese Goldstücke waren dünn und rund mit Löchern in der Mitte. Auf der einen Seite waren stehende Weizenähren eingeprägt, auf der anderen eine Schrift, die keiner von ihnen entziffern konnte.

»Sehr alt«, befand Maldred einfach. »Allein dadurch sind sie wertvoll, wenn auch vielleicht nicht wegen des Metalls.«

Außerdem fanden sie eine Kiste mit seltenen Gewürzen, welche den Lauf der Zeit irgendwie überdauert hatten. Der große Dieb beanspruchte die Gewürze für sich – er wolle eine Köchin einstellen, die damit perfekte Mahlzeiten für ihn kochen sollte.

Varek und Rikali entdeckten eine kleine Kiste aus gehämmertem Silber, die mit winzigen Smaragden gefüllt war. Dhamon vermutete, dass die Halbelfe noch mehr gefunden und in die eigenen Taschen gesteckt hatte. Varek trug einen Haufen alter Karten, die auf Tuch aufgespannt waren. Bestimmt würde ein Sammler für diese alten Kostbarkeiten gutes Geld hinlegen.

Ragh folgte ihnen pflichtbewusst überallhin, hob Dinge auf, die sie bezeichneten oder ihm zuwarfen, und sammelte alle Fundstücke auf einem Stapel. Sie hatten nicht die Absicht, alles nach oben zu verfrachten, nur die wertvollsten oder ausgefallensten Dinge. Maldred versicherte ihnen, er könne den Zugang versiegeln, damit sie jederzeit später zurückkehren könnten.

In einer dick ausgepolsterten Kiste entdeckten sie zarte Vasen mit Rosenmuster, manche davon wirklich hauchdünn. Die Halbelfe hatte sie für »verkäuflich« erklärt. Es gab auch kleine Spielsteine aus Jade, die Drachen und Ritter darstellten, einen perlenbesetzten Sextanten, Gürtelschnallen aus Elfenbein, Parfümflakons, einige Logbücher, die Maldred gefielen, zwei edelsteinbesetzte Bierkrüge, Dolche mit Jadegriffen und anderes.

Inzwischen beleuchteten zwei Dutzend Laternen, die aus Flaschen und Fässchen voller Öl aus einer anderen Kogge gespeist wurden, den wachsenden Schatz. Es sah so aus, als müssten sie sich keine Sorgen machen, ob das Licht zum Suchen reichen würde. Das größere Problem war, wie sie ihren Fund hochziehen sollten.

Am Mittag des vierten Tages verschwand Dhamon unter dem Vorwand, eine Kiste zu suchen, im Laderaum des Dreimasters.

Als Maldred ihm folgte, fand er seinen Freund zusammengerollt im Dunkeln liegen, wo er mit zusammengebissenen Zähnen eine Hand auf seinen Schenkel presste.

Maldred sagte nichts, sondern hielt Wache, bis der Anfall vorüber war. »Die Karte hat uns zu Riki und zu dem Schatz geführt. Sie wird uns auch den Weg zu der Heilerin weisen«, tröstete er seinen Freund.

Dhamons Haare klebten schweißnass an seinem Kopf. Mit zitternden Fingern versuchte er, die zunehmende Anzahl kleiner Schuppen auf seinem Bein zu zählen. »Du hast gesagt, sie wäre teuer, Mal.«

»Die Smaragde dürften ihr gefallen.«

»Möglich.«

Der große Dieb streckte Dhamon hilfsbereit die Hand hin. »Die Höhle ist immer noch ziemlich groß, und ein Schiff haben wir noch nicht durchsucht.«

»Mhm, vielleicht finden wir ja noch etwas Besonderes.«

Als sie aus dem Schiff auftauchten, sahen sie Varek und Rikali aneinander geschmiegt auf einem Deckenlager liegen. Daneben schlief der Sivak tief und fest. Sie hatten ihn nie viel schlafen sehen, aber in den letzten Tagen hatten sie ihn auch stark beansprucht.

»Ich staune, dass er noch bei uns ist«, bemerkte Maldred. Gähnend sah er sich nach einem einladenden Platz zum Ausstrecken um.

»Wahrscheinlich hat er nichts Besseres zu tun«, meinte Dhamon. »Geh schlafen, Mal. Du brauchst es.«

»Und du? Du hast doch auch zwei Tage nicht geschlafen.«

»Ich bin nicht müde. Siehst du die kleine Schnigge da drüben? Die haben wir noch nicht angerührt.« Dhamon zeigte in den hinteren Bereich der Höhle. »Ich lege mich hin, wenn ich dort fertig bin. Da hinten gibt es auch einen Tunnel. Vielleicht führt er irgendwohin.« Vielleicht zu mehr, als wir bisher gefunden haben, ergänzte Dhamon in Gedanken.

Maldred sah aus, als wolle er Dhamon widersprechen, überlegte es sich jedoch noch einmal und legte sich auf den Rücken. Noch ehe Dhamon auch nur den halben Weg zum Schiff hinter sich gebracht hatte, schlief sein Freund selig.

Dhamon war nicht müde, obwohl er die letzten paar Tage kaum zur Ruhe gekommen war. Im Gegenteil, er fühlte sich gestärkt, obwohl er sich sagte, das sei nur die Anspannung wegen ihres Fundes. Er wanderte in den hinteren Teil der Höhle, wo er auf das Deck der Schnigge kletterte. Die Buchstaben am Bug waren so verblichen, dass er sich konzentrieren musste, um sie zu lesen. ABR_SS_U_M war alles, was er erkennen konnte. Eilig hielt er auf eine offene Luke zu, die ihn in die Mannschaftsquartiere führte.

In der Kombüse lagen Skelette und ein versteinertes Bankett auf Tisch und Boden herum, was durch das sanfte Licht der Laterne noch unheimlicher wirkte. Es war, als hätten sich die Männer zu einer letzten Mahlzeit versammelt, die sie nicht mehr beendet hatten, ehe hier die Hölle losbrach, weil die Götter am Königspriester Rache nahmen. Überall lagen Teller und Kelche herum, Bänke waren umgekippt, aber eine silberne Servierplatte stand noch in der Tischmitte. Manche der Skelette trugen noch Ringe und Halsketten, die Dhamon jedoch nicht anrührte. Er wollte nicht die Geister der Toten stören, die womöglich noch hier weilten. Bestimmt würde Riki die Sachen morgen trotzdem einstecken.

Er kam in einen halb vollen Laderaum mit Seidenballen, die zu sehr von Insekten zerfressen waren, um noch einen Wert zu haben. Früher hätten sie in fast jedem Hafen von Ansalon hohe Preise erzielt, aber jetzt zerfielen sie wie Spinnweben, wenn er sie nur berührte. Länger als beabsichtigt hielt er sich in den Mannschaftsquartieren auf, wo er die verrotteten Seekisten durchsuchte, in denen sich Kleider, Becher, Andenken und ein paar Musikinstrumente befanden. Das alles ließ er liegen und ging stattdessen zur Kapitänskajüte.

Sie war eindrucksvoll ausgestattet: ein Bett aus poliertem Mahagoni und ein kunstvoll geschnitzter Lehnstuhl mit Messingintarsien an den Armlehnen. Trotz des Zustands des restlichen Schiffes – und aller anderen Schiffe, die Dhamon betreten hatte – sah dieser Raum so aus, als wäre hier die Zeit stehen geblieben. Es gab auch einen festgeschraubten Schreibtisch, nebem dem ein umgestürzter Hocker lag. Nirgendwo lag ein Staubkorn herum, und der polierte Holzboden, auf dem er lief, war makellos und knarrte nicht einmal.

Dhamon stellte die Laterne auf den Tisch, richtete den Hocker auf, setzte sich und durchsuchte die Papiere. Er hatte erwartet, dass sie bei der ersten Berührung zerfallen würden, doch sie fühlten sich an wie neu. In einer Nische stand ein Tagebuch, das er vorsichtig herauszog. Was ihn daran interessierte, war ihm selbst nicht klar. Die anderen Papiere und Karten, auf die er gestoßen war, hatte er links liegen lassen. Dieses Buch aber nahm er zur Hand und fuhr die golden geprägten Worte auf dem Einband nach.

Die Fahrten von Abraims Sturm, las Dhamon. Er schlug das Buch in der Mitte auf, wo ein weinrotes Band das Lesezeichen bildete. Er legte den Finger auf die erste Zeile, begann zu lesen, brach aber gleich wieder ab, als er den Schrei einer Möwe hörte. Als er herumfuhr, um aus einem messingumrandeten Bullauge zu blicken, das offen stand, sah er den strahlend blauen Himmel. Möwen schwebten dicht über dem Wasser dahin, und ihre Schreie waren wie Musik.

Er räusperte sich, stand auf, ging zum Bullauge und schüttelte den Kopf, als die Vision verschwand. Die Stille in der Höhle und auf dem Schiff umschloss ihn, und er roch wieder, wie abgestanden die Luft war.

Hatte er sich die Vögel und den Geruch des Salzwassers nur eingebildet?

»Ich bin müde«, sagte er sich. Dennoch kehrte er zu dem Hocker und dem Buch zurück, warf noch einmal einen Blick auf die Seite und stellte wieder fest, dass sich das Schiff unter ihm zu bewegen schien, als würde es bei lebhaftem Seegang über die Wellen tanzen. »Unmöglich«, sagte er.

Die Planken des Schiffes knarrten bei jedem Aufbäumen. Plötzlich leuchtete eine Lampe an der Decke auf, die mit jedem Heben und Senken des Bugs hin und her pendelte. Dhamon schlug das Buch zu. Sofort herrschte wieder die alte Leere im Raum.

»Abraims *Sturm*«, wiederholte er. Der Titel des Buches passte zu den Buchstaben am Bug. War Abraim der Kapitän dieses Schiffes gewesen? Ein Zauberer? Oder hatte er nur ein wunderbares, magisches Buch erworben? Erneut kehrte Dhamon zu dem Buch zurück. Dieses Mal begann er mit dem Anfang. Augenblicklich hörte er das Knattern der sich blähenden Segel vom Deck her.

»Das Buch lässt die Fahrt des Schiffes wieder aufleben«, flüsterte er. »Bemerkenswert.«

Er setzte sich auf das Bett. Das Licht der Laterne an der Decke war zum Lesen vollkommen ausreichend und die Matratze bequem.

Das Geschrei der Möwen wurde lauter, und das Knarren der Planken sowie das Flattern der Segel gesellten sich dazu. Auf dem Deck waren Schritte zu hören. Befehle wurden gebrüllt: »Großsegel trimmen! Wir machen gute Fahrt, Jungs!«, und später: »Anluven, Freunde! Bringt sie an den Wind, damit wir wenden können.«

Dhamon verlor sich in den Fahrten der *Sturm*. Es kam ihm vor, als wäre er Teil der Mannschaft, würde Kaufmannsschiffe entern, die so schwer beladen waren, dass sie tief im Wasser lagen, Beute in den Rumpf des Kaperschiffs schleppen, in den Armen zahlloser Mädchen liegen, am Bug stehen und das Gesicht dem Spritzen des Seewassers aussetzen.

Die Stunden vergingen. Dhamon las immer noch. Hier und da übersprang er ein paar Seiten, wollte jedoch später zurückkehren und sie alle lesen. Ein solches magisches Buch musste einen unglaublichen Preis erzielen.

»Ein einzigartiges Buch«, murmelte er. Das würde er der Heilerin anbieten. Es würde der passende Gegenwert für seine Behandlung sein.

Aber zuerst wollte er noch ein Stückchen weiterlesen, alles genießen. »Nur noch eine Seite«, sagte er sich, aber dann wurden es doch noch mehr. Beim nächsten Eintrag glaubte er, direkt im Abgrund gelandet zu sein.

Er starrte in das Gesicht von Abraim, einem hoch gewachsenen Mann mit Hakennase und wettergegerbtem Gesicht. Abraim winkte den Männern drängend zu, sie sollten die Segel einholen und die Wasserfässer vertäuen. Auf dem Weg flussaufwärts zum Piratenhafen hatte ohne Vorwarnung der Wind aufgefrischt.

»Also warst du Pirat, Abraim«, folgerte Dhamon leise. »Und dieses Buch war dein größter Schatz.«

Die Männer hatten Angst aufzulaufen, aber Abraim übernahm das Ruder und hielt das Schiff mit aller Kraft auf Kurs. Seine Lippen begannen sich zu bewegen. Dhamon erkannte, dass er zauberte. Der zauberkundige Kapitän versuchte, den Wind um das Schiff herum zu beruhigen. Minutenlang schien ihm das auch zu gelingen. Die Mannschaft beruhigte sich wieder.

Dann brach der Wind jedoch mit noch größerer Wucht über sie herein.

»Kurs ändern, Kapitän?«

Abraim schüttelte den Kopf und setzte seine Magie fort. Eine Hand verharrte an der Königsspeiche, die andere gestikulierte zum Himmel hinauf. Wieder legte sich der Wind, wenn auch nicht lange.

Diesmal umtoste der Wind die *Sturm* mit Orkanstärke. Zu spät erkannte der Kapitän, dass er besser gewendet und aufs offene Meer zugehalten hätte. Dhamon spürte, wie Angst in dem Mann aufstieg, wie es in seinen Schläfen klopfte und seine Hände die Speichen des Ruders fester umklammerten.

»Dagegen kommt meine Magie nicht an! Alles nach unten!«, brüllte er seinen Matrosen zu.

Das gnadenlose Wetter war von wütenden Göttern geschickt, und niemand konnte etwas entgegensetzen, ganz gleich, über wie viel Magie er verfügte. Als die Erdbeben einsetzten, der Fluss wie eine wilde Schlange bockte und eine Springflut sie den Fluss hinauftrieb, gab der Kapitän auf. Er drehte sich um und sah eine Wasserwand über und hinter der *Sturm* aufragen.

Dhamon hörte das Donnern der Woge und die entfernten Schreie der Männer, die über Bord gespült wurden. Er hörte Holz splittern, als der Großmast brach, und nahm vom Land her auf beiden Seiten lautes Grollen wahr.

Schließlich hörte und sah er nur noch Wasser über sich und Erde unter sich, wo der Fluss sich teilte. Eine große Kraft drückte gegen seine Brust und schleuderte ihn in endlose Finsternis. Keuchend schüttelte Dhamon den Kopf.

Es waren noch mehr Seiten in dem Buch, doch die waren nicht beschrieben. Es endete mit dem Tod von Abraim und dem Untergang der *Sturm*. In der Kajüte war es wieder dunkel geworden. Nur seine eigene Laterne auf dem Tisch verbreitete noch ein schwaches Licht, doch ihr Öl war fast verbraucht. Dhamon erhob sich, reckte sich und steckte das Buch sorgsam unter seinen Arm, ehe er zu seinen Gefährten zurückkehrte. Dieses Buch war ein reicher Lohn für die Heilerin, fand er.

Er und Mal konnten gleich morgen früh aufbrechen, um sie zu suchen. Er verzog die Mundwinkel zu einem Lächeln und tätschelte das Buch. Rikali und Varek, von ihm aus auch der Sivak, konnten bleiben und den Rest dieses Ortes erforschen, so lange sie mochten.

Er stieg von der *Sturm* herunter und blinzelte in den hinteren Bereich der Höhle zu dem engen Tunnel, der ihm und Maldred schon vor zwei Tagen aufgefallen war. Morgen früh konnten sie aufbrechen … aber erst sollten sie noch einen Blick in diesen Tunnel werfen.

17 Süße Magie

Sie konnten in dem engen Gang ihren Atem sehen. Auch die Kalksteinwände fühlten sich kalt an. Dhamon ging voraus, Maldred hielt hinter ihm die Laterne in die Höhe, Rikali und Varek folgten ihnen.

Der Sivak blieb einen Augenblick lang stehen, sah ihnen nach und ging dann halb aus Pflichtbewusstsein, halb aus Neugier hinterher. Für ihn war der Gang ziemlich eng. Auf beiden Seiten seiner breiten Schultern blieb nur ein Fingerbreit Raum, und die scharfen Glasscherben, die unter den Stiefeln der anderen zerbrachen, schnitten ihm in die Füße. Ein paar Dutzend Schritte später blieb er wieder stehen, um mit den Klauen über knotige Korallen und Muschelreste zu fahren, die hier und dort in der Wand steckten. Er tastete eine versteinerte Krabbe ab.

Weiter vorn wurde der Gang breiter, und die Decke, die nur wenige Fuß über ihren Köpfen begonnen hatte, verschwand in der Finsternis.

Nach einer knappen Stunde machte Dhamon Halt und drehte sich zu Maldred um. »Das reicht«, fand er. »Machen wir uns auf zu der Heilerin. Hier ist nichts.«

Maldred nickte und wollte schon umkehren, aber da schoss Dhamons Hand vor.

»Warte. Ich höre etwas.« Er drehte sich wieder um und folgte dem Gang noch einige Minuten. »Ich glaube, das war der Wind, Maldred.« Die Enttäuschung in seiner Stimme war nicht zu überhören. »Ich gebe zu, es war meine Idee, hier vorzudringen. Wir haben nur Zeit verschwendet.« Der steinerne Gang mündete in einer kleinen runden Höhle, deren Boden fast vollständig von einem Wasserloch ausgefüllt war.

Beide Männer blickten nach oben. Dhamon bemerkte hoch oben einen Spalt, durch den vielleicht Regen hereingesickert war, der diesen See gebildet hatte.

Er schüttelte den Kopf. »Ich dachte, ich hätte Musik gehört.

Ich höre sie sogar immer noch.« Leiser fügte er hinzu: »War wohl der Wind.« Wieder wollte er sich auf den Rückweg machen, als ihm auf der anderen Seite der Höhle ein Riss auffiel. Noch ein Tunnel, aber enger als der, durch den sie gerade gekommen waren.

»Pfui Spinne, da quetsche ich mich aber nicht durch«, wehrte Rikali ab. Sie sackte gegen die Wand und strich mit den Fingern über ihren Bauch. »Mir geht's heute Morgen sowieso nicht so gut. Schwanger zu sein macht gar keinen Spaß.«

Dhamon tastete sich um das Wasserloch herum. Maldred folgte ihm. Varek blieb bei Riki und zündete die Laterne an, die er bei sich trug.

»Dann bleiben wir hier und warten zusammen auf sie, mein Schatz.«

Riki runzelte die Stirn. »Und wenn sie was finden? Die sollen uns nicht von einem wertvollen Schatz ausschließen. Das würden sie nämlich glatt tun.«

Er zögerte.

»Ich bleibe bei ihr«, bot Ragh an.

»Jetzt weiß ich sicher, dass ich nicht mitgehe, Riki.«

Die Halbelfe grinste ihn nachsichtig an. »Ich werde mich schon mit dem Monsterchen vertragen, Varek. Das tut mir nichts.«

Ragh setzte sich ohne Umschweife an das Loch und ließ die Füße über dem Wasser baumeln. Varek sah Riki an, die ihn anspornte, sich zu sputen. Bald darauf verschwand auch er hinter Maldred und Dhamon in dem Spalt.

»Mit deinen breiten Schultern hättest du sowieso nicht durchgepasst«, sagte Riki zu dem Sivak.

»Wollte ich auch gar nicht.«

Der enge Tunnel knickte nach hinten ab, und die Decke war hier so niedrig, dass Dhamon, Maldred und Varek schon fast kriechen mussten. Varek hatte seinen Stab zurückgelassen. Maldred hatte sein langes Schwert irgendwie mitnehmen können.

An einer Stelle glaubte Dhamon, sie hätten eine Sackgasse erreicht, aber als er sich der scheinbaren Steinwand näherte, entdeckte er ein Gewirr aus Baumwurzeln, die sich so tief ins Gestein gebohrt hatten. Sie stammten von einem Baum, der längst abgestorben war, aber das dicke Wurzelgeflecht bildete eine feste Matte. Dhamon durchbrach sie und drang weiter vor.

»Jetzt höre ich auch etwas«, sagte Maldred nach einer Weile, »aber ich glaube nicht, dass es Musik ist.«

»Kristalle, die der Wind umstreicht«, meinte Dhamon. »Klingt so ähnlich wie Musik.« Der Tunnel mündete an einem Abgrund, dessen Tiefe nicht einmal Dhamons scharfe Augen abschätzen konnten. Eine schmale Steinbrücke führte hinüber zu einem weiteren Spalt auf der anderen Seite. In den Wänden steckten Kristalle, und von der Decke hingen Stalaktiten, manche vollkommen aus Kristall.

»Deine Musik«, erklärte Maldred.

»Jetzt sind wir schon zu weit, um umzukehren«, fand Dhamon, der bereits über die Brücke lief. Maldred war langsamer, denn er sah sich unablässig um und schaute wiederholt nach den Stalaktiten, als er hinüberging. Varek wartete, bis beide Männer auf der anderen Seite waren, ehe er die Überquerung riskierte.

Der nächste Tunnel war weder so lang noch so eng. Als Dhamon am anderen Ende den Kopf hinaussteckte, sah er eine Höhle, die fast so groß war wie die, die sie in den letzten Tagen erforscht hatten. Hier herrschte ein merklicher Luftzug, der von drei schmalen Rissen in der Felsdecke über ihnen stammte, durch die ein sanfter Sprühregen eindrang.

»Noch mehr Schiffe«, stellte er fest. »Karavellen und Koggen.«

Diese Schiffe waren etwas besser erhalten als die anderen, doch es waren nicht so viele wie in der ersten Höhle. Außerdem gab es eine Menge gesplitterter Bretter, die auf Hafenanlagen hinwiesen, an denen die Schiffe zur damaligen Zeit vertäut gewesen waren.

Dhamon ging weiter. Maldred hob hinter ihm wieder die Laterne in die Höhle. Das Licht wurde von unzähligen Kristallen an den fingerartigen Stalaktiten an der Decke zurückgeworfen.

Die Kristalle schimmerten leicht, und das zusätzliche Licht half ihnen, die halb verfallenen Steinhäuser zu erkennen, die sich hinter den Schiffen an die Wand im Süden schmiegten.

»Wir haben eines der alten Piratennester entdeckt.« Maldred strahlte. »Ha! Hier finden wir bestimmt ein wahres Vermögen.«

Selbst Varek war jetzt aufgeregt. Er schlüpfte an ihnen vorbei zu einer Karavelle, deren Masten erhalten waren.

Als Erstes untersuchten sie die Schiffe, wo sie exotische Seidenstoffe und Lebensmittel fanden, auch Wein, der im Laufe der Jahrhunderte zu Essig geworden war. Viele Laderäume waren von Insekten befallen, die Schnitzereien und Gemälde zerstört hatten.

Andererseits gab es Edelsteine, kleine Urnen voller Perlen, elegante Kästchen mit Diamantketten, Rubinbroschen, eine kleine Sammlung messingbeschlagener Holzbeine und vieles mehr. Dhamon fiel ein besonders schönes Schmuckstück ins Auge: Es handelte sich um eine Halskette aus seltenen schwarzen Perlen und auf Hochglanz polierten Kugeln aus Vulkanglas. Das etwas so Dunkles so viel Feuer und Farbe ausstrahlen konnte, beeindruckte ihn. Er gab den Schmuck Maldred, der ebenfalls der Meinung war, dass er zum Wertvollsten gehörte, was sie gefunden hatten.

»Das könnten wir Riki geben«, schlug Maldred vor.

Achselzuckend nahm Dhamon seine Suche wieder auf.

Varek entdeckte eine Kiste mit vermutlich verzauberten Gegenständen – eine kleine Glaskugel, die abwechselnd einmal grün, einmal orange aufleuchtete; ein Dolch, von dem ein bläuliches Licht ausging und den er sich rasch in den Gürtel steckte; ein handtellergroßer Wolf aus Onyx, der ein altes Lied spielte, wenn man seine Seite rieb; einen Silberkelch, der sich immer wieder mit kühlem Wasser füllte.

»Für die Heilerin, falls dein Buch nicht reicht«, meinte Maldred. Er wies auf die magischen Schätze, die sie in einem Sack aus einem der Schiffe verstaut hatten. Dhamon legte einen bronzenen Stirnreif dazu, denn er hätte schwören können, dass er Stimmen gehört hatte, als er ihn auf den Kopf gesetzt hatte.

Als sie tiefer in die Höhle vordrangen, entdeckten sie weitere Gebäudereste. Von den meisten stand nur noch das Steinfundament. Sie lagen südöstlich von einer Reihe Schiffe und kennzeichneten wahrscheinlich das Ostufer des alten Flusses. Zwischen den Trümmern lagen Dutzende von Skeletten herum, alle sauber abgenagt und von Kleiderfetzen umgeben. Über drei kleine Skelette, deren breite Füße darauf hindeuteten, dass es sich eher um Kender als um Kinder handelte, warf Varek ein altes Segel.

»Dhamon, wenn wir hier mit Plündern fertig sind …«

»Dann suchen wir die Heilerin, Mal.«

»Ja«, pflichtete Mal ihm bei, »aber wenn wir das auch hinter uns haben, müssen wir jemandem hiervon erzählen. Einem Historiker, denke ich. Wir müssen ihm eine Karte geben und ihn herführen.«

»Nicht unsere Zauberkarte.«

»Auf keinen Fall.«

»Sobald wir haben, was wir wollen.« Das kam von Varek. »Alles, was wir wollen.«

Maldred nickte. »Aber das hier ist Geschichte. Es stammt aus der Zeit vor der Umwälzung, und es sollte mitgeteilt und aufgezeichnet werden. Dhamon, wir müssen meinem Vater davon berichten. Er wird sich freuen, wenn er erfährt, dass seine Karte uns zu einem echten Schatz geführt hat.«

»Du kannst es gern deinem Vater erzählen«, schmunzelte Dhamon, während er eine steinerne Tür am besterhaltenen Gebäude in der Höhle untersuchte. Alle Fenster waren mit Schieferplatten abgedeckt, die sich unangenehm kalt anfühlten. »Mich bringen keine zehn Pferde mehr nach Bloten, mein Freund.«

»Schon gut. Ist gar keine schlechte Stadt«, hielt Maldred dagegen. »Gute Wirtshäuser. Und Grim Kedar, aber ich habe auch nicht den Wunsch, dort zu leben. Dazu gibt es viel zu viel zu entdecken. Vielleicht sollten wir uns ein Schiff kaufen, Dhamon, und in Länder segeln, von denen wir bisher nur gehört haben.«

Dhamon setzte ein schiefes Lächeln auf. »Nach der Heilerin.«

»Oder wir folgen einer anderen Schatzkarte meines Vaters.«

Varek räusperte sich. »Riki und ich gehen nicht mehr mit euch auf Schatzsuche. Wir nehmen unseren Anteil und kehren euch den Rücken.« Der junge Mann half Dhamon, eine Schieferplatte abzulösen.

»Und ihr kauft euch irgendwo ein hübsches Häuschen?«, hakte Maldred mit einem Glimmen in den Augen nach. »Lasst euch nieder und vergesst das Abenteuerleben? Gründet eine große Familie und schlagt tiefe Wurzeln? Das ist genau das Richtige für Riki.« Der letzte Satz klang sarkastisch, doch das bemerkte Varek überhaupt nicht.

Dhamon trat zurück und ging wieder an die Untersuchung des Gebäudes, obwohl er in Gedanken bei der Halbelfe war. Er stellte sich vor, wie sie sich ihr sicheres, gewöhnliches Leben mit einem jungen Mann aufbaute, für den Dhamon nichts übrig hatte – zu jung, zu ungestüm. Bin ich eifersüchtig?, fragte er sich.

Er gestand sich ein, dass es ihn störte, jeden Abend zuzusehen, wie Varek seinen Arm noch im Schlaf schützend um Riki legte. Dhamon versuchte sich einzureden, dass es keine Rolle spielte. Er liebte Rikali nicht, sondern hatte sie nur um sich gehabt, weil sie hübsch war und ihm damals gelegen kam. Ich liebe sie nicht, dachte er. Hab ich nie getan. Aber liebt sie diesen Jungen? Riki überschüttete den jungen Mann nicht gerade mit Zuneigung, klammerte sich nicht an ihn wie früher an Dhamon. Sie sah auch anders aus als während ihrer Zeit mit Dhamon. Inzwischen schminkte sie sich nicht mehr und hatte auch die auffälligen, engen Kleider abgelegt. Sie fluchte weniger und wirkte häufig sanft und weiblich.

»Ohne Liebe bin ich besser dran«, flüsterte er. »Ich will sie nicht, brauche sie nicht. Allein bin ich besser dran.« Er versuchte, ein anderes Stück Schiefer abzulösen, stellte jedoch fest, dass es ebenso wie das, an dem Varek arbeitete, fest mit dem Fenster verschmolzen war. Vielleicht eine Auswirkung der Umwälzung oder ein Zauberspruch, etwas, wofür Maldred zuständig war.

»Ich brauche keine Liebe«, wiederholte er.

Er drehte sich um und winkte Maldred zu. »Hier drüben. Ich will einen Blick in dieses Haus werfen. Könnte sein, dass es einen Schatz enthält, denn es ist so fest versiegelt. Ich glaube, ohne deine Magie kommen wir nicht rein.«

»Was guckst du dir da an, Ragh?«

Rikali ließ sich neben dem Sivak nieder und beugte sich vor, um zu sehen, was er in der Hand hielt.

»Nur Sand und Schlick«, erklärte der Drakonier. Seine Worte klangen selbst wie Sand, der über Steine geblasen wurde. Kratzig und leise drangen sie aus seiner vernarbten Kehle. »Und Asche, glaube ich.«

»Asche?«

»Von einem Vulkan.« Ragh zeigte auf eine Stelle hoch oben an der Wand und hob die Laterne an. »Siehst du?«

»Ich sehe bloß Fels.«

»Verschiedene Gesteinsarten«, sagte er. Seine knarrende Stimme sprach langsam und gleichmütig wie die eines geduldigen Lehrers. »Sie sind miteinander verschmolzen – Kieselsäuregestein, Granit und Sand, Muscheln, bestimmt auch ein paar Fossilien. Ein einziges Stück. Der Boden, auf dem wir sitzen. Hier drunter ...« Der Sivak wischte den Sand weg. »Alles hat sich miteinander verbunden, Erde und Gestein.«

Sie zog die Brauen hoch. »Wie konnte es dazu kommen?«

»Es könnte die Zeit gewesen sein, genügend Druck im Boden ist dazu in der Lage. Oder aber ein Vulkan, dessen Hitze alles einschmilzt. Das würde die Asche erklären, vielleicht auch die Tunnel und diese Höhle. Vielleicht stammt das alles von einem Lavastrom.«

Die Halbelfe erschauerte. »Ich habe ein Erdbeben miterlebt, pfui Spinne. Als Mal und Dhamon mit mir im Chaostal waren ... Dieses Tal, das ist ein ...«

»Ich weiß, was und wo es ist.«

Die Halbelfe zeichnete ein Muster in den Sand.

»Ich bin alt, Rikali. Ich habe viel von Krynn gesehen.«

»Schlau bist du auch«, fügte sie hinzu. »Du scheinst eine Menge zu wissen. Schlauheit ist keine Frage des Alters.«

Der Sivak atmete tief durch. Es klang wie ein angestrengtes Pfeifen. »Es war notwendig, dass ich viel über Krynn in Erfahrung bringe. Erst habe ich für Takhisis spioniert, dann für Zobel. Ich habe Leute getötet und ihren Platz eingenommen, so lange ich die Gestalt innehaben konnte – Entdecker, Politiker, Botschafter, Zwerge. Von den Zwergen habe ich viel über Höhlen und Stein gelernt.«

Diese Vorstellung ließ Rikali erschauern. »Wie viele hast du getötet?«

»Mehr, als mir einfallen.« Ragh legte den Kopf zurück, um die Decke zu betrachten. »Aber das war alles vorbei, als Zobel mich an Nura Bint-Drax verschenkt hat.«

»Wie diese Diebinnen mich und die anderen an sie verkauft haben.« Rikali erschauerte wieder. »Fast hätte sie mich in Brut verwandelt.«

»In eine Missgeburt«, stellte Ragh richtig. Seine Klaue wanderte zu den Narben auf seiner Brust, wo er geblutet hatte, um diese Wesen ins Leben zu rufen.

»Hoffentlich sind sie bald zurück«, sagte sie, um das Thema zu wechseln. »Ist ganz schön unbequem hier.«

»Magie«, erkannte Maldred. »Man hat die Fenster mit Schiefer verhängt und die Tür versiegelt. Ich vermute, der Bewohner war ein Zauberer, der glaubte, dass er sich vor der Umwälzung retten könnte, indem er sich drinnen verbarrikadiert.«

Varek kämpfte weiter mit einem Fenster. »Dann hat er vielleicht auch all seine magischen Gegenstände gerettet.« Schnaufend zog er noch einen Augenblick, ehe er den Kopf schüttelte. Seine Brust hob und senkte sich vor Anstrengung.

Enttäuscht trat er gegen die Tür. »Kannst du uns da reinbringen?«

Maldred grinste, spreizte die Finger und legte sie in Brusthöhe auf die Tür. »Ist bestimmt eine Kleinigkeit.« Er begann, eine

Melodie zu summen, die Dhamon noch nicht kannte. In den monotonen Singsang waren Worte auf Ogerisch eingefügt.

Varek sah sich in der Höhle um. »Vielleicht gibt es noch mehr Kammern. Die alte Karte zeigte, dass der Fluss noch weiter nach Süden führt, vielleicht zu einem anderen Piratenhafen.«

»Glaubst du nicht, wir sind jetzt reich genug?«, gab Dhamon zurück. Er wusste jedoch, dass auch er weitergeforscht hätte, wenn er nicht zu der Heilerin gewollt hätte. Schon hierher hatte ihn nur die Gier gelockt. Im Hinterkopf dachte er bereits darüber nach, wie er ein zweites Mal herfinden würde. Maldred konnte das Loch verschließen, das sie unter die Erde geführt hatte, und sobald Dhamon die Schuppen los war, konnte er zurückkehren.

»Was ist reich genug?« Varek scharrte mit dem Fußballen über den Boden. »Ich will Riki ein richtig hübsches Haus kaufen. Alles, was sie braucht.«

»Gleich hab ich's!« Maldreds Schultern spannten die Säume seiner Tunika, und unter dem Stoff zeichneten sich seine Muskeln ab. Er brauchte nicht nur Magie, um diese Tür zu öffnen.

»Wenn das alles hier nicht so alt wäre … und die Tür nicht so klemmen würde … Jetzt! Nanu, was haben wir denn da?«

Als er die Tür aufdrückte, lösten sich grüne Wachsstreifen. Der große Kerl lehnte sich mit der Schulter dagegen, schob fester und grinste, als die Tür sich ein Stückchen bewegte. »Hilf mir mal, Dhamon.«

Der Krieger gesellte sich sofort zu ihm, obwohl sich ihm die Nackenhaare sträubten, als die Tür ein paar Zoll weiter aufging und ein Teil der Felsdecke herabstürzte. Ein faustgroßer Brocken traf ihn am Arm. Er murmelte einen Fluch.

»Harmlos«, sagte Maldred. »Bei dir heilt doch sowieso alles so schnell. Komm.«

Noch ein Stoß, und die Tür flog weit auf. Maldred sprang zurück und griff nach der Laterne. Ehe Dhamon sich gerührt hatte, war Maldred schon im Haus verschwunden. Die Luft war tot, still, kalt und schwer. Sie roch nach Fäulnis, und Dhamon musste gegen einen Brechreiz ankämpfen. Auch Maldred machte der Gestank zu schaffen, aber seine Sinne waren weniger fein. Er ging voran.

»Du bleibst draußen, Varek!«, warnte er.

Der junge Mann schüttelte den Kopf. Er folgte ihm. »Du wirst Riki und mich von nichts ausschließen.«

»Sieht nicht so aus wie das Haus eines Zauberers«, bemerkte Dhamon. »Varek, wieso wartest du nicht lieber draußen?«

In der Mitte eines grob behauenen, quadratischen Raums standen in gleichmäßigen Abständen acht große Kisten, auf jeder Seite vier. Sie waren durch Holzpfeiler voneinander getrennt, die aussahen, als könnten sie jeden Augenblick zusammenbrechen.

Varek ging an Dhamon und Maldred vorbei zu der ersten Kiste. Sie war am Rand mit noch mehr grünem Wachs versiegelt.

Dhamon merkte, dass es kälter wurde.

»Varek, ich glaube, das hier hat weder mit Piraten noch mit Zauberern zu tun.«

Varek versuchte, den Deckel anzuheben. »Hier hat irgendein Pirat, der seinen Kumpanen nicht traute, seine Reichtümer versteckt.«

»Komm, ich geh dir zur Hand.« Maldred bohrte seine Finger unter den Deckel und zog.

»Mal ...« Es wurde noch kälter. »Ich glaube nicht, dass dieser Raum in der Umwälzung untergegangen ist. Sieh her. Ob Magie oder nicht, keine der Mauern weist einen Riss auf. Die Kisten sehen nicht so alt aus wie das Holz der Schiffe oder der anderen Truhen, die wir gefunden haben. Ich glaube, das wurde eine ganze Weile nach der Umwälzung erbaut. Sieh nur ...«

Dhamon deutete auf die gegenüberliegende Seite, wo drei Steinstufen zu einer Wand führten, die mit noch mehr grünem Wachs verschlossen war. »Ich finde, wir sollten verschwinden. Lasst uns lieber –«

»Da!«, rief Maldred stolz. »Das Schloss oder die Tür, die mich ausschließt, ist noch nicht erfunden!« Er und Varek traten zurück und klappten die Kiste auf. Als ein Staubwirbel herausdrang, husteten sie.

Nach der Staubwolke erhob sich eine durchsichtige Gestalt mit glühenden, roten Augen.

»Untote!«, fluchte Dhamon, der mit gezücktem Schwert vorschnellte. »Das ist ja wirklich fantastisch.«

Das Wesen ähnelte einem Menschen, aber als es sich bewegte, wuchs es, teilte sich und wurde zu zwei Schatten.

Der erste schwebte mit ausgestreckten Armen auf Maldred zu, bildete einen Mund aus und keckerte. Der zweite flog zu einer anderen Kiste, schob substanzlose Arme hinein, verfestigte sie und brach das Holz auf. Sogleich kam eine weitere Gestalt heraus.

Dhamon rannte mit geschwungenem Schwert auf diese zweite Kiste zu und zog es mitten durch dieses ebenfalls durchsichtige Wesen. Das Schwert setzte seinen Weg fort, bis es eine der Holzsäulen durchschlug. Steine prasselten von der Decke, trafen seinen Kopf und seine Arme, konnten den Wesen aber nichts anhaben.

»Bei den verschwundenen Göttern!«, schrie Varek. »Was sind das für Dinger?«

»Todesalbe«, gab Dhamon zurück, während er erneut ausholte.

»Euer Tod«, antwortete eine der Kreaturen, deren unheimliche Stimme von den Steinwänden zurückgeworfen wurde.

Inzwischen waren die Untoten zu viert, denn auch der eben Befreite teilte sich.

»Wir sind frei«, flüsterte einer von ihnen. »Nicht länger gebunden. Wir können zu unseren Brüdern.«

»Ja«, fiel ein Zweiter ein. »Frei. Wir müssen gehen.«

Maldred schlug nach einem, der direkt vor ihm schwebte, und fauchte, als die Klinge ohne großen Schaden hindurchglitt.

»Warum sterbt ihr nicht einfach?«

»Frei«, wiederholten sie einstimmig.

»Endlich sind wir aus unserem Gefängnis befreit«, sagte der, der am nächsten bei Dhamon war.

Dhamon rannte zur nächste Kiste, an der sich der eine Todesalb gerade zu schaffen machte. Wütend starrte das Ungeheuer ihn an und ließ einen Arm fest werden, um nach ihm zu schlagen. Dhamon war schneller. Im letzten Moment zog er sein Schwert hoch und traf diesmal etwas Körperliches. Der Todesalb heulte auf.

Seine glühenden Augen schienen sich in ihn hineinzubohren. »Wir saßen fest, konnten dem Ruf nicht antworten. Jetzt sind wir frei. Jetzt können wir ihm folgen!« Er schwebte zur nächsten Kiste und stieß einen Arm hinein. Im Nu war noch ein Wesen befreit.

»Frei!« Ein zischender Singsang setzte ein. Dhamon hörte Maldred aufkeuchen, der weiter mit einer der Kreaturen kämpfte. Varek fluchte, als neben ihm eine auftauchte, und stieß mit dem leuchtenden Dolch nach ihr, den er an sich genommen hatte.

»Brüder, der hier sticht!«, jaulte der Todesalb auf, nachdem Vareks Klinge seine substanzlose Gestalt verbrannt hatte. »Der hier muss zuerst sterben.«

»Süßer Tod«, sangen die anderen. »Tod dem Mann, der sticht.«

Dhamon hörte ein splitterndes Geräusch, welches das Singen durchdrang. »Nein!«, schrie er auf. »Mal! Varek! Achtung!«

Einer der Todesalben hatte sich neben einer Holzsäule manifestiert und zerrte an ihr. Als sie brach und einen Teil der Decke einstürzen ließ, lachte er wie ein Irrer. Große Trümmer fielen auf eine weitere Kiste, ließen sie splittern und erlösten noch mehr Untote.

»Wir sind frei!«

»Wir werden gerufen! Damit wir uns zu unseren Brüdern gesellen!«, rief ein anderer. »Ich fühle den Zug!«

»Dann lasst euch von hier wegziehen«, rief Dhamon ihnen zu. »Lasst uns in Ruhe!«

Einige der Wesen schlüpften tatsächlich aus dem Raum, eine Todeswolke, die in die Höhle hinausglitt. Andere arbeiteten daran, das ganze Gebäude zum Einsturz zu bringen.

»Maldred, Varek, weg hier!«, brüllte Dhamon. Ihm war klar,

dass die Untoten den Rest der Kisten aufbrechen und die übrigen ihrer makabren Kameraden befreien wollten. Dabei ließen sie sich von den Gesteinsbrocken aus der Decke helfen. Etwas, das bereits tot war, konnte von dem Gewicht der Steine nicht verletzt werden.

»Wir werden gerufen!«

»Magie!«, heulte einer von ihnen. »Ich rieche Magie.«

»Sie steckt in der Klinge des Mannes. Sie sticht uns.«

»Magie!«, sangen die Todesalbe, als drei von ihnen sich um Varek scharten. Einer streckte eine durchsichtige Hand aus und schlang sie um die leuchtende Klinge.

»Sie sticht mich!«, heulte der Todesalb, ließ aber nicht locker. »Magie! Ich werde die Magie trinken!«

»Dhamon! Hilfe!« Varek versuchte, dem Wesen den Dolch wegzuziehen, aber seine zwei Gefährten waren körperlich geworden und hielten ihn fest.

»Süße Magie«, gurrte der Untote. Schließlich ließ er die Waffe los, doch nun leuchtete sie nicht mehr.

»Süße Magie«, wiederholten seine Begleiter, die Varek so fest gegen die Mauer warfen, dass er benommen liegen blieb.

Einmütig wandten sie sich Maldred zu. »Magie!«, schrien sie.

Dhamon versuchte verzweifelt, die Todesalbe von den Säulen zu vertreiben und gleichzeitig um die zertrümmerten Kisten herum zu Maldred zu gelangen, der jetzt von den Geistern umringt wurde.

»In diesem Mann steckt Magie!«, rief einer. Seine Augen leuchteten vor Vorfreude lohweiß.

»Süßer Zauberer«, sangen die Todesalbe. »Süßer Tod für den süßen Zauberer.«

»Kämpft mit mir!«, gellte Dhamon, aber die Untoten schienen sich nur für Maldred zu interessieren. Einer von ihnen nahm vor Dhamon Gestalt an, um ihn aufzuhalten.

»Das Schwert des Zauberers!«, rief der Todesalb. »Es steckt voller Magie. Trinkt die Magie!«

»Süße Magie.«

»Varek!«, schrie Dhamon, während er nach dem Untoten vor ihm schlug. Der Untote streckte seine klauenbewehrte Hand aus und zerkratzte Dhamon das Gesicht. Wie Eiszapfen gruben sich die Krallen in seine Haut. »Varek! Hilf Maldred!«

Varek schüttelte den Kopf und stieß sich von der Wand ab. Die Geister zerschmetterten einen neuen Pfeiler, worauf sich ein großes Stück aus der Decke löste und Varek unter sich begrub. Der junge Mann stöhnte unter den Trümmern. Dhamon sah, dass die Steine auch Maldred festnagelten.

»Du sagst, du wirst gerufen, du Miststück!«, fauchte Dhamon den Todesalb an, der ihm den Weg versperrte. Er ließ eine Reihe Schläge auf das Wesen niederhageln, die alle wirkungslos blieben. »Verschwinde! Geh doch zu dem, der dich ruft.«

»Süße Magie!«, erscholl ein Ruf von draußen.

Dhamon wurde klar, dass die Kreaturen den Sack mit den magischen Gegenständen entdeckt hatten.

»Trinkt die Magie!«

»Süße Magie«, gurrte der Untote vor Dhamon, wurde substanzlos und schwebte zu seinen begeisterten Brüdern.

Dhamon eilte zu Maldred. Dazu musste er Steine umgehen, die ihm den Weg versperrten, und eine Kiste, aus der noch mehr Untote aufstiegen.

»Trinkt die Magie!«

»Süße Magie!«

»Wir werden gerufen! Wir müssen dem Ruf folgen!«

»Dhamon!« Maldreds Ruf war schmerzerfüllt. Noch immer umwogten vier Todesalbe den großen Mann. Entsetzt musste Dhamon mit ansehen, wie einer seine geisterhaften Hände in Maldreds Brust schob und die Arme dann fest wurden. Der Dieb schrie auf.

»Süße Magie!«, freuten sich die vier Untoten, die ebenfalls die Klauen in Maldreds Körper schlugen, um zu fressen.

Dhamon versuchte, sie wegzuziehen, aber seine Hände umschlossen nichts als eisige Luft. Keuchend verdoppelte er seine Anstrengungen.

»Gegen diese Biester kann ich nichts ausrichten«, schimpfte er. »Ich kann überhaupt nichts gegen sie machen.«

»Gerufen, wir müssen antworten!«, mahnte einer von der Höhle her.

»Süße Magie«, wiederholten die vier im Zimmer. »Süße Magie ist weg.« Einträchtig glitten sie zur Tür und in die dahinter liegende Höhle, wo eine ganze Wolke der Wesen wie Nebel über dem Steinboden schwebte. Rasch erhob sich die Wolke, und bald waren die Todesalbe nicht mehr zu sehen.

»Maldred!«

Dhamon tastete seinem Freund die Brust ab. Es war nichts gebrochen. Mals Gesicht war aschfahl. »Sei am Leben, Mal. Sei … ah!«

Maldred holte Luft und begann, krampfhaft zu zittern. Die Temperatur war durch die Gegenwart der Untoten so stark gefallen, dass alles von Frost überzogen war.

Der Hüne verwandelte sich. Sein Körper wuchs, die Haut wurde blassblau, und vor Dhamons Augen wurden seine Haare länger und weiß. Seine Menschengestalt wich in Sekundenschnelle seinem wahren Selbst – einem eindrucksvollen Ogermagier.

Dhamon biss die Zähne zusammen und zog an den Steinen, die seinen Freund verschüttet hatten. Eigentlich hätte er nicht in der Lage sein dürfen, diese Trümmer zu bewegen. Für einen Menschen waren sie zu groß und zu schwer – aber er war stärker als ein normaler Mensch.

Was geschieht mit mir, fragte sich Dhamon, während er den größten Stein hochhob und zur Seite warf. Er arbeitete weiter, bis er hinter Maldred angelangt war, griff ihm unter die Achseln und zog ihn aus dem Raum.

Maldreds Glieder und sein Mund bebten. Es dauerte Minuten, bis er seine Augen aufschlug. »Dhamon?«

»Ja, ich bin hier.«

»Das waren –«

»Untote. Ja, ich weiß. Ohne eine verzauberte Waffe konnte ich nichts gegen sie ausrichten.«

»Mein Schwert ...«

»Das ist wahrscheinlich nicht mehr verzaubert. Sieht so aus, als hätten sie dich deiner Magie beraubt. Sie haben sie getrunken, als wären sie halb verdurstet.«

»Nein. Meine Magie.« Maldred stützte sich auf die Ellbogen hoch. Er schloss die Augen und runzelte konzentriert die Stirn. »Der Funke. Ich hatte immer diesen Funken in mir, ein Feuer, das ich geschürt habe, um zu zaubern. Er ist weg, Dhamon. Ich kann nicht einmal den einfachsten Zauber wirken. Den, der mich wie einen Menschen aussehen lässt – diese Magie ist weg.«

Dhamon war wieder in dem Gebäude verschwunden, wo er die Steine wegräumte, die Varek festhielten. Er ging davon aus, dass der junge Mann tot wäre oder die Rippen gebrochen hätte, aber Varek atmete regelmäßig, obwohl er bewusstlos war. Die klaffende Wunde auf seiner Stirn stammte von einem Felsbrocken. Dhamon prüfte seine Augen.

»Du schaffst es«, sagte er.

Die schwersten Trümmer waren auf Vareks Beinen gelandet. Als Dhamon den Rest wegräumte, verzog er das Gesicht.

»Vielleicht wärst du besser umgekommen«, meinte er. Das eine Bein war zerschmettert. Vom Knie abwärts sah man nur eine breiige Masse aus Blut und Gewebe. »Vielleicht sollte ich dich einfach verbluten lassen. Deine Seele könnte es mir danken.«

Einen Augenblick überlegte Dhamon, ob er das nicht wirklich tun sollte, dann aber schloss er die Augen, atmete tief durch und trug den Bewusstlosen in die Höhle hinaus.

Maldred hatte sich aufgesetzt. Er drückte die geballten Fäuste an seine Brust.

»Weg«, wiederholte er. »Alles.« Dann wandelte sich sein Selbstmitleid in Sorge um Varek.

»Bei meinem Vater!«

»Das Bein muss ab«, stellte Dhamon sachlich fest. »Jedenfalls ein Teil. Sonst verblutet er, oder es gibt eine so starke Infektion, dass er daran stirbt.«

Dhamon löste sich von dem jungen Mann und ging zum nächsten Schiff, um ein paar Stücke von der Reling abzubrechen.

»Wir brauchen ein Feuer«, erklärte er beim Arbeiten, »damit wir die Gefäße schließen können, sobald ich fertig bin. Ich nehme dein Schwert dazu, wenn du nichts dagegen hast.«

Maldred stand auf. »Ich helfe dir. Sie haben mir meine Magie genommen, aber nicht meine Kraft. Wo ist mein Schwert?«

Dhamon nickte zu dem Gebäude hinüber. »So, Varek, wenn du jetzt bitte weiterschläfst, bis alles vorbei ist, dann haben wir es viel ... wunderbar.«

Vareks Augen flatterten auf. Er verzog vor Schmerzen das Gesicht und begann zu zittern. Dhamon hielt ihn mit beiden Händen an den Schultern fest.

»Du bist verletzt«, teilte er ihm mit.

»K-k-kalt«, stammelte Varek. »Mir ist so kalt.« Auf seinem Gesicht und seinen Armen standen Schweißperlen. Er fühlte sich richtig klamm an.

»Du hast einen Schock«, beruhigte ihn Dhamon. »Du hast viel Blut verloren. Wir kümmern uns um dich, aber jetzt musst du –«

Varek schrie auf. »Ein Ungeheuer! Dhamon, da ist ein ...«

Dhamon blickte sich um. Maldred war mit dem Schwert in der Hand aus dem Haus getreten. Seine Kleider hingen zerfetzt um seinen Riesenleib.

»Das ist kein Ungeheuer, Varek«, sagte Dhamon. Er beugte sein Gesicht über den jungen Mann, um ihm den Anblick von Maldreds Ogergestalt zu ersparen. »Das ist Maldred. Später erklären wir dir alles. Jetzt mach die Augen zu.«

Varek weigerte sich, warf den Kopf hin und her und wollte aufstehen. Wieder schrie er auf, diesmal vor Schmerzen. »Mein Bein! Ich ...«

Dhamon hielt ihn mit einer Hand fest. Seine Kraft reichte aus, um Varek unten zu halten. Mit der anderen zog er das Messer aus seinem Gürtel, dessen Knauf er Varek zwischen die Zähne schob, um ihn zum Schweigen zu bringen. »Jetzt, Mal! Direkt über dem Knie.«

Maldred holte mit dem Schwert aus. Voller Angst riss der junge Mann die Augen auf, sah die Klinge heruntersausen und fühlte, wie sie sein Bein abtrennte. Vareks Zähne bissen in den Knauf, und Dunkelheit umfing ihn.

Dhamon stieß das Langschwert ins Feuer. Sobald der Stahl glühte, drückte er ihn auf den Beinstumpf.

»Das machst du nicht zum ersten Mal«, bemerkte Maldred.

Dhamon nickte. »Als ich bei den Schwarzen Rittern war«, fügte er hinzu. »Die meisten haben es nicht geschafft. Sie hatten zu viel Blut verloren und noch andere Verletzungen. Aber Varek müsste es überleben.«

»Er ist jung.« Maldred schüttelte den Kopf. »Daneben erscheint der Verlust meiner Magie unbedeutend.«

»Wir bleiben hier, bis er wieder zu sich kommt, und flößen ihm den Wein ein, den wir gefunden haben. Müsste noch genug Alkohol drin sein, um ihn zu benebeln. Dann schleppen wir ihn hier raus.«

»Riki …«, Maldred seufzte.

»Sie kommt damit zurecht«, versicherte Dhamon. »Sie ist zäh. Jetzt lass uns etwas Sauberes suchen, woraus wir einen Verband machen können. Danach entscheiden wir, wie wir ihn von hier wegschaffen.«

»Ich nehme etwas mit, das Varek brauchen dürfte«, beschloss Maldred. Sein blauer Leib verschwand in einem klaffenden Loch im Rumpf einer Karavelle.

Rikali schrie auf und sprang hoch. Sie deutete auf den Oger mit der blauen Haut, der sich durch den Spalt quetschte, einen großen Sack hinter sich herschleifte und in der fleischigen Hand eine Laterne hielt.

Ragh war ebenfalls auf den Beinen, fuhr die Krallen aus und versuchte, die Halbelfe hinter sich zu schieben.

»U-U-Ungeheuer!«, rief Rikali. Ihre Hand fuhr zu dem Dolch an ihrer Hüfte, den sie herausriss. Sie wirbelte hinter dem Sivak hervor, um sich dem Wesen zu stellen. Als sie Maldreds Schwert auf dem Rücken des Ogerzauberers entdeckte, kniff sie die Augen zusammen.

Jetzt tauchte aus dem Spalt Dhamon auf, der den immer noch bewusstlosen Varek mit sich zog.

Beim Anblick ihres verletzten Mannes schrie Rikali wieder auf.

Sie brauchten fast eine Stunde, um sie zu beruhigen, ihr zu erklären, was Varek und Maldred zugestoßen war und um wen es sich bei Maldred in Wahrheit handelte. Die ganze Zeit streichelten ihre Finger Vareks bleiches Gesicht.

»Das ist meine Schuld«, klagte sie. »Ich habe gesagt, du sollst mitgehen. Es ist meine Schuld. Oh, Varek, dein Bein.«

Dhamon sagte nichts, denn er wusste, dass seine mitleidigen Worte hohl klingen würden. Der Sivak schulterte wortlos den Sack, nahm eine der Laternen zur Hand und machte sich auf den Rückweg.

»Warte auf mich«, sagte Maldred. Er folgte dem Sivak.

»Ungeheuer«, flüsterte Riki, als Maldred im Gang verschwand.

»Dhamon.« Ihr Gesicht war tränenüberströmt. »Varek ist ...«

»Immerhin am Leben«, erwiderte er.

»Er ist ein Krüppel«, schluchzte sie. »Und Maldred ist ein ... ein Ungeheuer. Ich hätte euch nicht vor diesen Diebinnen retten sollen. Ich hätte Varek niemals dazu überreden sollen, dir und Mal zu folgen. Hätten diese Weiber euch doch umgebracht.«

Sie wischte sich die Tränen weg und hinterließ dabei Dreckspuren auf ihrem Gesicht. »Mein Mann ist für immer ein Krüppel!«

»Riki, sei doch froh, dass er noch lebt.« Dhamon schaute den Gang hinunter, wo das Licht der Laterne schwächer wurde. Er nahm die letzte Laterne zur Hand und forderte sie auf vorzugehen. »Sei doch dankbar, dass du noch einen Vater für dein Kind hast.«

Diesmal wurde sie wütend. »Es ist meine Schuld. Ich habe ihn hinter euch hergeschickt. Ich wollte ja, dass er sich in mich verliebt, mich heiratet.« Sie unterdrückte ein Aufschluchzen. »Das Kind ist nämlich nicht von ihm. Aber das wird keiner von uns ihm je verraten.«

Dhamon riss die Augen auf.

»Es ist deins, du Rindvieh! Du hast mich schwanger in Bloten sitzen lassen, Dhamon Grimmwolf.«

Sie glitt an ihm vorbei und eilte den Gang entlang.

Dhamon blieb ein paar Minuten fassungslos stehen, ehe er ihr langsam nachging.

Als Varek endlich wieder zu sich kam, musste Dhamon ihm immer wieder erklären, wieso Maldred ein Ogerzauberer war. Der junge Mann nahm diese Nachricht besser auf als Riki, vielleicht weil er mehr mit seinem Bein beschäftigt war.

»Du wirst wieder laufen können«, tröstete Maldred. Er tastete in dem Sack herum, den sie mitgebracht hatten, und zog ein Holzbein aus Mahagoni heraus, das mit Bronze und Silber beschlagen war. »Es sind noch zwei im Sack. Kannst dir das schönste aussuchen.«

Stöhnend sank Varek in Rikis Schoß zurück.

Die Halbelfe sah zu, wie Maldred und der Sivak den Schatz zusammentrugen und unter das Loch legten. Dhamon blieb in der Nähe, obwohl er die meiste Zeit Riki beobachtete. Sie starrte ihn teilnahmslos an und streichelte Varek das Gesicht.

»Du kletterst zuerst hoch, Dhamon«, schlug Maldred vor. »Wir binden einen Teil der Beute an das Seil, damit du sie hochziehen kannst. Wir nehmen das hier.« Der Oger zeigte auf die beste Auswahl. »Mehr können wir nicht tragen. Ich komme als Nächster. Ragh kann Varek mitbringen und –«

»Das Loch verschließen«, meinte Dhamon bedrückt.

»Ja, und den Rest holen wir später. Mit einem Wagen.«

»Mein Buch?«

»Das ist hier.« Maldred zeigte auf einen Beutel.

»Nicht so schnell«, wandte Riki ein, die Vareks Kopf vorsichtig auf den Boden legte. »Ich gehe zuerst. Ragh bringt Varek, und dann ziehen wir den Schatz hoch. Ich gehe nicht das Risiko ein, dass ihr uns hier zurücklasst.«

Dhamon widersprach nicht, sondern hob sie hoch, damit sie

nach dem Seil greifen konnte. Kurz darauf war sie nicht mehr zu sehen. Das Seil zog sie hinter sich her, um Dhamons Segel daran zu befestigen. Es dauerte einige Minuten, bis sie es wieder herunterließ.

»Sie wollte uns ein Weilchen schmoren lassen«, stellte Maldred fest.

Dhamon nickte dem Sivak zu. Varek hatte Ragh die Arme um den Hals gelegt, als der Drakonier sich an den Aufstieg machte.

»Ich hoffe, sie sind nicht zu schwer«, grübelte Maldred. »Ich möchte ungern hier unten festsitzen.«

Als Nächstes kamen die Säcke mit der Beute, bis auf den Beutel mit Abraims magischem Buch, den Dhamon sich auf den Rücken gebunden hatte.

»Du zuerst, mein Freund«, empfahl Maldred.

Dhamon gehorchte.

Aber als der Ogerzauberer einige Minuten später aus dem Loch auftauchte, begrüßte ihn ein unerwarteter Anblick.

Drei Dutzend Ritter der Stahllegion salutierten. Sechs weitere Ritter hatten Dhamon und den Sivak festgenommen und mit dicken Stricken gefesselt. Ein Offizier hielt mit einer Hand Rikalis Hände fest. Mit der anderen hielt er ihr einen Dolch an die Kehle.

»Sollen wir den Drakonier einfach töten?«, rief ein Ritter.

Der Offizier schüttelte den Kopf. »Kommandant Lawlor ist in Weizenland. Er wird ihn zunächst verhören wollen. Vielleicht kann er uns wertvolle Informationen über die Drachen in dieser Gegend liefern.« Nach kurzem Nachdenken fügte er hinzu: »Den Oger könnt Ihr auch fesseln. Lawlor kann entscheiden, was aus ihm wird.«

Ein Dutzend Ritter trat vor, um diese Aufgabe zu übernehmen.

»Bringt sie alle auf den Wagen da«, knurrte der Anführer.

Es waren zwei Wagen. Der andere enthielt die Beute, die Dhamon und die anderen zusammengetragen hatten.

»Ein schöner Schatz«, strahlte der Offizier.

»Ich wette, in dem Loch da unten stecken noch viel mehr

Schätze.« Die sanfte Frauenstimme gehörte einer schlanken Frau aus Ergod, die hinter den Rittern hervortrat.

»Satin«, sagte Dhamon.

Die dunkelhaarige Frau trug noch immer Dhamons Tunika und Drachenfluch, sein magisches Langschwert, an der Hüfte. Sie lächelte ihn boshaft an.

Drei weitere vertraute Gestalten gesellten sich zu ihr: die anderen Diebinnen, die sie in Blöde bestohlen und fast umgebracht hatten.

»Dieser Schatz sollte mehr als ausreichen, um eine ganze Armee Eurer Ritter zu unterhalten, Herr Offizier«, meinte Satin. »Über längere Zeit.«

Der Mann nickte. »Vielen Dank, dass Ihr uns mitgeteilt habt, wo diese Diebe zu finden waren. Auf Dhamon Grimmwolf ist eine hohe Belohnung ausgesetzt.«

Satin kicherte. »Ich nehme nur das hier, wenn Ihr nichts dagegen habt«, erwiderte sie, suchte in einer kleinen Tasche auf dem Wagen herum und zog ein paar Schmuckstücke heraus, darunter das Halsband aus schwarzen Perlen und Vulkanglaskugeln. »Mehr als genug.« Sie winkte den anderen Frauen zu. »Kommt, Mädels. Damit sollten wir uns begnügen.«

Rikali wurde ohne Umschweife auf den Kutschbock verfrachtet. Ein Ritter hielt ihr einen Dolch an die Seite, um sicherzugehen, dass Dhamon und Maldred, die man in den hinteren Teil des Wagens geführt hatte, keinen Ärger machten. Varek wurde zwischen den beiden Männern hingelegt.

Der Offizier schwenkte ein Pergament. Es war ein Steckbrief wie die an der Wand in Graelorsend.

»Wurde aber auch Zeit, dass jemand euch erwischt«, verkündete er. »Ihr hättet längst für eure Verbrechen büßen müssen.«

18 Stricke und Abschiede

Dhamon hatte die größte Zelle für sich allein. Trotz der dicken eisernen Gitterstäbe, des neuen Schlosses und einer Wache mit gezogenem Schwert vor ihm auf dem Gang hatten die Ritter der Stahllegion es für nötig gehalten, ihn in schwere Ketten zu schlagen. Sie gingen kein Risiko ein. Auf dem Boden standen eine Flasche Wasser und eine Schüssel mit gewürztem Haferbrei, und auf einer sauber gezimmerten Pritsche lagen schwere Decken. Die oberste war allerdings leicht eingestaubt, so wie alles andere hier. Offenbar wurde das Gefängnis selten benutzt. Vielleicht war Weizenland ein gesetzestreuer Ort.

Es gab noch vier andere Zellen in dem Gefängnis, von denen drei mit seinen Kameraden besetzt waren. Maldred, dem man Ketten angepasst hatte, die seinen dickeren Handgelenken und Knöcheln entsprachen, hatte sich auf dem Boden zusammengerollt. Seine Pritsche lag zusammengebrochen neben ihm. Er schlief tief und fest, betäubt von einem unangenehmen Gebräu, das die Ritter ihm zwangsweise eingeflößt hatten, bevor sie ihn in die Zelle geschleppt hatten. Auch der Sivak in der Zelle gegenüber von Maldreds war betäubt, jedoch nicht angekettet. Das lag allerdings nur daran, dass der Schmied die größeren Handschellen noch nicht fertig hatte. Sie würden bald kommen, hatte Dhamon die Wache sagen hören.

»Dhamon, was werden die mit uns machen?«

Er antwortete nicht.

»Dhamon, ich rede mit dir!« Rikali befand sich in der Zelle gegenüber von Dhamons. Die Halbelfe hockte auf ihrem Feldbett. Die Füße hatte sie wegen der Ketten nur unbequem unterschlagen können. Ihre nicht angeketteten Hände streichelten Vareks schweißnassen Kopf, der in ihrem Schoß ruhte.

Die Ritter hatten Vareks Stumpf frisch verbunden. Dhamon hatte die Wunde gut ausgebrannt, aber er wusste, dass Varek noch fieberte und an dem Schock der Beinamputation litt.

»Halt ihn gut warm, Riki«, riet er ihr. »Nimm die Decke, auf der du sitzt. Kommst du auch an Raghs Decke ran?«

Die Halbelfe schob sich unter ihrem jungen Ehemann hervor und wickelte erst die eine, dann die andere Decke um ihn. Als sie damit fertig war, umklammerte sie die Gitterstäbe und funkelte Dhamon an.

»Was werden sie mit uns anstellen?«, wiederholte sie.

»Vermutlich wollen sie uns hängen«, gab Dhamon kalt zurück. Er drehte sich um und ging zur Rückwand seiner kleinen Zelle. Die klirrenden Ketten wirbelten den Staub auf dem Boden auf. Hoch oben in der Wand befand sich ein kleines Fenster. Dhamon zog sich an den Gittern hoch, um hinauszusehen. Das Fenster war zu klein; er wusste, dass er nicht hindurchpasste. Aber man konnte einen Blick nach draußen werfen. Er sah eine alte Eiche mit ausladenden Ästen. Unter dem dicksten Ast wurde eine Plattform errichtet.

»Ja, sie wollen uns hängen, Riki.«

»Kriegen wir denn keinen Prozess, Dhamon?« In ihrer Stimme schwang Angst mit. »Ritter sind doch angeblich so gerecht – eben ritterlich.«

Er lachte sarkastisch auf und sah zu, wie die Ritter draußen hämmerten. »Würde ein Prozess uns helfen? Schließlich haben wir die Ritter in Khur wirklich bestohlen.«

»*Du* hast sie bestohlen«, stellte sie richtig. »Du warst derjenige, der unbedingt das Hospital ausrauben musste, Dhamon Grimmwolf. Nicht ich. Ich habe wahrscheinlich nicht einmal meinen fairen Anteil bekommen.«

»Wir haben uns den Weg aus der Stadt freigekämpft …«

»Dann waren eben ein paar Ritter verletzt«, räumte sie ein. »Verletzt. Wir haben uns nur verteidigt.«

»Ein paar sind vielleicht auch umgekommen, Riki«, erinnerte Dhamon sie.

»Reine Notwehr.«

Er zuckte mit den Schultern. »Wir haben die halbe Stadt niedergebrannt.«

»Ein Unfall. Holmal hat das Feuer gelegt, als wir zu fliehen versuchten.«

Dhamon lachte wieder auf. »Holmal ist tot, also können wir ihm jetzt schlecht die Verantwortung dafür geben. Außerdem glaube ich kaum, dass die Stahllegion einem Kobold Glauben schenken würde.« Er hörte sie wegschlurfen. Sie setzte sich wieder auf die Pritsche.

»Ich bin zu jung zum Sterben, Dhamon Grimmwolf«, sagte sie.

»Jeder stirbt irgendwann, Riki.«

»Alles Lüge«, fuhr sie ihn an. »Ihr habt mich angelogen, verdammt noch mal. Ihr habt mir eingeredet, Mal wäre mein Freund, ein Mensch, nicht ein … ein blaues Ungeheuer.«

»Ein Oger.«

»Monster.« Sie atmete aus, sodass die Luft durch ihre Zähne zischte, und blies damit die Locken aus ihrer Stirn. »Du hast mich angelogen, hast mich glauben lassen, dass du mich liebst.«

»Vielleicht war das gar nicht alles gelogen«, widersprach er so leise, dass sie ihn kaum hörte.

»Du hast mich in Bloten sitzen lassen, hattest gar nicht die Absicht, mich je wieder abzuholen. An jeder Ecke diese hässlichen Oger. Und das ist noch nicht das Schlimmste, Dhamon. Sieh dir an, was meinem Varek zugestoßen ist – bloß weil er dir in diese Höhle gefolgt ist.«

Sie wischte Varek den Schweiß vom Gesicht und strich ihm die Haare aus den Augen. »Und jetzt sollen wir alle hängen. Nur deinetwegen.«

Nach einer guten Stunde hörte Dhamon, wie sich die Vordertür zum Gefängnis öffnete und schwere Schritte auf die Zellen zukamen. Der Ritter der Stahllegion trug einen schmutzigen Wappenrock und hatte Dreck im Gesicht.

»Kommandant Lawlor ist gerade zurückgekehrt«, meldete er.

Als die Ritter Dhamon und die anderen nach Weizenland gebracht hatten, hatten sie erstaunt festgestellt, dass Lawlor mit zahlreichen Männern auf Patrouille war. Angeblich jagten sie einer Bande flüchtiger Silvanesti-Elfen nach.

»Er wird bald das Urteil über euch armseligen Haufen sprechen«, fügte der Ritter hinzu, drehte sich auf seinen schlammverkrusteten Lederabsätzen um und marschierte aus dem Gefängnis.

»Wir werden alle hängen«, wiederholte Dhamon.

Erst kurz vor Sonnenuntergang suchte Lawlor das Gefängnis auf. Zuvor hatte er den Galgen überprüft, den er offenbar zufrieden stellend fand. Dhamon beobachtete ihn und seine Männer vom Zellenfenster aus.

»Dhamon Grimmwolf«, begann Kommandant Lawlor, während er seinen Schnurrbart streichelte und Dhamon langsam von oben bis unten musterte. Lawlor hielt einen der Steckbriefe in der Hand, die Dhamons Bild zeigten.

Grimmig erwiderte der Kämpfer seinen Blick.

»Ihr müsst sterben«, erklärte der Kommandant ruhig. »Vor dem Morgengrauen. Für Eure zahlreichen Verbrechen gegen meine Ritterschaft.«

»Wir alle?« Das war die leise Frage der Halbelfe.

»Ich habe nur nach Herrn Grimmwolf gefahndet«, antwortete der Kommandant, ohne Dhamon aus den Augen zu lassen. »Aber soweit ich es verstehe, steckt ihr alle mit ihm unter einer Decke.« Er wedelte mit Maldreds Steckbrief herum. »Wo ist dieser Mann, Euer Kumpan?«

Dhamon zuckte mit den Schultern. »Den habe ich schon eine ganze Weile nicht mehr gesehen.«

Lawlor befragte ihn nach dem Diebstahl im Hospital, dem Brand in Khur und einer Vielzahl anderer Diebstähle, die man ihm fälschlich angehängt hatte. Wiederholt erkundigte sich Lawlor nach dem Aufenthaltsort von Maldred. Schließlich warf er Dhamon die Steckbriefe zu und drehte sich zu Varek um. Der junge Mann saß auf dem Feldbett, neben sich Riki, die seine Hand hielt. Die Halbelfe starrte eindringlich auf etwas auf dem Boden, denn sie wollte dem Ritterkommandanten nicht in die Augen sehen.

»Varek.«

»Ja, Herr.«

»Mir ist nicht klar, wie ein anständiger junger Mann wie du in solche Gesellschaft geraten konnte.«

Varek wollte etwas erwidern, aber Lawlor schnitt ihm mit einer Handbewegung das Wort ab.

»Ich weiß auch nicht, ob ich das so genau wissen will.« Er näherte sich der Zellentür. »Varek, dein Vater und ich sind gute Freunde, und es würde ihn vernichten, wenn er wüsste, dass du mit Diebesgesindel umherziehst. Erzähl mir mehr über diese Gruppe. Gib mir Beweise, die ich gegen Dhamon Grimmwolf verwenden kann, einen Hinweis darauf, wo ich diesen anderen Mann finde, dann lasse ich dich laufen. Du brauchst Ruhe, junger Mann, und wenn du dich willig zeigst, lasse ich dich mit Freuden frei.«

Varek schüttelte den Kopf.

»Ich glaube, du verstehst das nicht richtig, mein Sohn. Ich würde dich zwar nicht hängen, aber ich würde dich im Gefängnis schmachten lassen – nur weil du mit diesem Mann im Bunde warst. Gib mir Beweise.«

Trotzig presste Varek die Lippen aufeinander.

»Loyal wie dein Vater.«

Varek schwieg weiter, dann drückte er Riki die Hand.

»Es wird alles wieder gut«, flüsterte er ihr zu. »Wir werden nicht gehängt. Wir werden nicht einmal sehr lange sitzen – schließlich bist du schwanger.«

»Aber ich bin nicht so loyal«, begehrte sie sanft auf, löste sich von Varek, hob den Kopf und schlurfte zu Kommandant Lawlor. »Ich habe keinen Grund mehr, Dhamon Grimmwolf gegenüber loyal zu sein. Ich gebe Euch jeden Beweis, den Ihr wollt. Dinge, die niemand weiß außer mir.«

»Riki, nicht!«, fuhr Varek auf. Er wollte hochfahren, landete jedoch bäuchlings auf dem Boden. »Du musst nicht meinetwegen aussagen.« Varek schleppte sich zum Bett zurück und zog sich hoch. »Bitte, Riki. Wir kommen schon irgendwie hier raus. Mein Vater ist einflussreich.«

»Ich verrate Euch jeden Raub, den Dhamon Grimmwolf auf dem Kerbholz hat, jeden Mann, den er vor meinen Augen getötet hat. Jedes dunkle Geheimnis in seinem harten, dunklen Herzen. Ich erzähle Euch auch alles über Maldred, den Mann auf dem anderen Bild.« Ihre Finger zeigten auf das zweite Pergament, das auf dem Boden lag. »Seht Ihr das Ungeheuer da drüben, das mit der blauen Haut? Ihr könnt mir ruhig glauben – das ist Maldred!«

»Riki ...«, Varek bettelte immer noch.

»Er ist ein Ogerzauberer, der sich mit Hilfe seiner Magie in einen großen, gut aussehenden Menschenmann verwandeln kann. Wahrscheinlich gefällt er sich so besser als mit seinem hässlichen Monsterleib.«

Lawlor lächelte finster, während Rikali weiterplapperte, Vareks Protest langsam erstarb und Dhamon ungläubig zuschaute.

»Und das Monsterchen da«, endete sie mit einem Nicken zu Ragh, der immer noch bewusstlos war, »das ist der Einzige, der nichts Böses getan hat. Klar, er ist ein Ungeheuer, aber den Strick hat er nicht verdient. Nicht wie Dhamon und Maldred.«

Lawlor warf dem Drakonier einen Blick zu. »Wenn er zu sich kommt, werden wir ihn verhören. Ich kann ihn aber nicht laufen lassen. Er ist ein Drakonier. Meine Männer werden es kurz machen.«

Mit trotzigem Gesicht kehrte Riki zu Varek zurück. »Varek und ich sind verheiratet, Herr Kommandant, und wir bekommen ein Kind.« Sie glättete die Tunika über ihrem Bauch. »Ich will nicht, dass mein Kind im Gefängnis zur Welt kommt.«

»Das wird es auch nicht«, versicherte Lawlor.

»Und ich will nicht, dass mein Mann noch länger an diesem entsetzlichen Ort bleiben muss.«

»Ihr werdet beide augenblicklich freigelassen.« Der Kommandant drehte sich um, ging ein paar Schritte, machte abrupt Halt und sah sich nach Varek um. »Du hast eine gute Frau, mein Sohn. Pass gut auf sie auf. Ich besorge euch einen Wagen und ein Pferd. Außerdem bekommt ihr ein wenig von dem Schatz, den wir konfisziert haben, damit ihr einen neuen Anfang machen könnt. Einen Sack Münzen«, er stockte, »und ein oder zwei Holzbeine.« Der Kommandant wies auf Vareks Stumpf. »Wenn die Schwellung abgeklungen ist, wirst du sie benutzen können. Ich gehe davon aus, dass du dich und deine, äh, Frau mit dem Wagen wieder auf das Gut deines Vaters bringst.«

Nachdem Kommandant Lawlors Schritte verklungen waren, herrschte Schweigen im Gefängnis.

Varek und Riki zogen ohne Abschied ab. Lange, lange starrte Dhamon auf ihre leere Zelle.

»Wenigstens ist sie in Sicherheit und nicht mehr hier.« Das kam von Maldred, der es geschafft hatte, die Droge so weit abzuschütteln, dass er aufstehen und sich an die Stäbe lehnen konnte. Er versuchte, sie auseinander zu drücken. »Die könnten einen Elefanten einsperren.«

Dhamon schüttelte den Kopf.

»Du hättest doch nicht etwa gewollt, dass sie mit uns stirbt«, mahnte Maldred. Er hatte die Augen geschlossen.

»Nein, das hätte ich nicht gewollt.«

»Mit etwas Glück werden auch wir nicht sterben.« Maldred hockte sich wieder auf den Boden, lehnte sich mit der Schulter an die Stäbe und breitete die Finger auf der Erde aus.

»Ist dir doch noch Magie geblieben?«

Maldred blickte auf, um sich zu vergewissern, dass keine Wache zu sehen war. »Ein bisschen, glaube ich. Bevor sie mir dieses ... Gebräu eingeflößt haben, fühlte ich, wie sie zurückkam.« Er schloss die Augen und ließ den Kopf hängen, bis seine weiße Haarmähne über sein Gesicht fiel. Dann summte er leise.

Lange Minuten später fielen die Schellen von Maldred ab, weil sie für seinen Menschenkörper zu groß waren. Er schob die Ketten weg und massierte seine Knöchel. Anschließend holte er tief Luft und legte wieder die Hände auf den Boden, grub die Fingerspitzen in die Erde und begann zu singen.

Als Kommandant Lawlor mit vier Rittern der Legion zurückkehrte, war das Loch schon fast groß genug für Maldred.

»Zeit zum Sterben«, verkündete Lawlor, dessen Augen zufrieden aufglänzten, als er sah, dass Maldred seine Ogergestalt abgelegt hatte.

Unsanft trieb man Dhamon und Maldred aus ihren Zellen in den Gang und dann ins Freie, wo sich Ritter und Stadtbewohner um den Galgen geschart hatten.

Im Gefängnis schlug Ragh endlich stöhnend die Augen auf und fragte sich erstaunt, wo Maldred und Dhamon stecken mochten.

»Dhamon Grimmwolf«, begann Kommandant Lawlor. »Ihr seid zum Tode verurteilt, weil Ihr eine ganze Stadt niedergebrannt habt, ein Hospital bestohlen und dort Unruhe gestiftet habt, wegen Verbrechen gegen die Stahllegion und wegen zahlreicher Vergehen gegen Bürger von Khur und zweifellos auch an anderen Orten.«

»Möge seine Seele im Abgrund verfaulen!«, schrie ein Städter, als man Dhamon auf die Plattform zerrte und die Schlinge um seinen Hals legte.

»Verbrennt sie!«, schrie ein anderer. »Hängen ist für solche Schurken viel zu harmlos!«

»Maldred der Oger«, fuhr Lawlor fort. Er übertönte das Johlen der Menge. »Derselben Verbrechen, die ich eben aufgezählt habe, werdet auch Ihr beschuldigt und deswegen gehängt.«

Plötzlich rannte ein Legionär auf den Galgen zu und versuchte, sich unter lautem Rufen einen Weg durch die Menge zu bahnen.

»Wartet!«, rief der Ritter. »Halt!«

Der Scharfrichter achtete nicht auf ihn. Auf ein Nicken von Lawlor hin bediente er einen Hebel. Der Boden des Galgens klappte unter Maldreds und Dhamons Füßen weg.

Im nächsten Augenblick geschah alles Mögliche.

Maldred löste den Zauber, der ihm Menschengestalt verlieh. Sein größerer und viel schwererer Ogerkörper war zu viel für das Seil. Es riss, und er fiel auf den Boden.

Dhamon begann zu ersticken. Verzweifelt schlug er um sich,

bis er sich entschied, diese Hinrichtung als sein Schicksal hinzunehmen. Sie würde ihn von dem Elend mit der Schuppe erlösen. Er entspannte sich und fühlte, wie das Seil fester wurde.

Der rufende Ritter hatte sich endlich nach vorn gekämpft und war auf das Gerüst gesprungen. Dort hob er das Schwert und schlug damit nach Dhamons Seil. »Aufhören!«, brüllte er mit heiserer Stimme.

Kommandant Lawlor hatte die Hinrichtung gefallen, deshalb hielt er überhaupt nichts von dieser Unterbrechung. Verärgert griff er zum Schwert. Er herrschte den Ritter an, der Dhamon befreit hatte und ihm jetzt auf die Plattform half.

»Ihr da! Halt!«, brüllte der puterrote Lawlor. »Gehorsamsverweigerung!« Er schickte eine Gruppe Ritter los. »Festnehmen! Alle drei!«

Die Männer stürmten vor, erstarrten jedoch, als sie hinter sich einen schrillen Schrei vernahmen. Sie fuhren herum und sahen das Strohdach des Gefängnisses in Flammen aufgehen.

Lawlor schickte ein paar Männer zum Löschen los, dem Rest befahl er, Maldred, Dhamon und den seltsamen Ritter zu verfolgen, die nun die Beine in die Hand nahmen. Mit lautem Brüllen loderte der Galgen auf und zwang die Menge wie die Ritter zurück. Gleich darauf standen auch die Stallungen von Weizenland in hellen Flammen.

»Haltet sie!«, schrie Lawlor, der sich ebenfalls an die Verfolgung machte.

Maldred entlockte sich beim Laufen alle Magie, die sein Körper aufbringen konnte, und sandte sie in Form von Feuer auf ein Haus nach dem anderen. Er brannte Weizenland nieder, wie sie vor Monaten jene Stadt in Khur eingeäschert hatten. Dabei lachte er in sich hinein.

»Wie in alten Zeiten, mein Freund«, rief er Dhamon zu, der neben ihm rannte.

Dhamon antwortete nicht, denn er sah gerade verwundert zu, wie der laufende Ritter an seiner Seite sich in den Sivak Ragh verwandelte.

»Wie in alten Zeiten«, wiederholte Maldred.

Erst nach einer Stunde gestatteten sie sich eine Pause in einer Erdhöhle, die Maldred mit seiner Energie geschaffen hatte. Er ließ eine Öffnung frei, damit sie das Dutzend Ritter beobachten konnten, das die Gegend absuchte.

Erst als die Dämmerung den Himmel rosa färbte, hatte Maldred genug Kraft für einen weiteren Spruch gesammelt. »Wie in guten alten Zeiten«, sagte er. Summend ließ er die Finger durch die Luft wirbeln, um wieder seine Menschengestalt anzunehmen.

»Stimmt«, pflichtete Dhamon bei, »alte Zeiten, aber keine guten. Wir fliehen schon wieder vor der Stahllegion.«

»Fliehen und stehlen.« Der Sivak warf Dhamon eine Börse von der Wache zu, die er getötet hatte, um ihre Gestalt anzunehmen. Das Schwert warf er auf den Boden. »Euer Leben ist ... interessant«, stellte Ragh fest.

Dhamon klopfte sich den Schmutz von seinen zerfetzten Kleidern und tastete nach den Schuppen auf seinem Bein. »Und hoffnungslos. Die verzauberte Karte ist weg und damit jede Hoffnung, die Heilerin zu finden.«

Maldred streckte sich, beugte sich vor und drehte sich nach beiden Seiten. »Es gibt immer Hoffnung, Dhamon. Ich habe geschworen, dir zu helfen, damit du ein Gegenmittel findest. Ich liebe dich wie einen Bruder und lasse dich nicht im Stich. Wir brauchen die Karte nicht mehr. Ich glaube, ich weiß, wo wir hinmüssen.«

Der Zauberer musterte den Horizont im Osten. »Aber ich glaube auch, dass wir nicht hier bleiben sollten. Ich wette, sie hängen bald mehr und größere Steckbriefe auf – vielleicht schicken sie eine ganze Armee nach uns aus.«

Dhamon lächelte bedrückt.

»Wollen wir?« Maldred deutete nach Nordwesten und eilte in dieser Richtung los. Mit einem Blick über die Schulter vergewisserte er sich, dass Dhamon mitkam.

»Sehr interessant«, wiederholte Ragh, der mit etwas Abstand folgte.

19 Verborgene Stärke

Die Stadt, die sich unter ihnen ausdehnte, war eher eine löchrige Ruine. Die meisten Gebäude waren eingestürzt. Die wenigen, die noch einigermaßen intakt aussahen, waren gedrungene Türme aus Stein mit schwarzen Wänden wie von einem großen Brand. Sie standen in regelmäßigen Abständen entlang der einstigen Hauptstraße. Zwischen den Trümmerhaufen erhoben sich Türme wie Zähne drohend zum Himmel. Die Marmorstatuen sahen aus, als wären sie gebrochen und eingeschmolzen. Die meisten ähnelten eher Monstern als den Menschen, die einst für diesen Ort wichtig gewesen waren.

Um die Türme kreisten Gestalten, die Dhamon als schwarze Drachenbrut identifizierte. Ein paar hockten an den Seiten der höchsten Gebäude; einige wanderten durch die Straßen voller Unrat und stießen die Passanten beiseite. Unter den Bruten, die am höchsten flogen, bewegte sich ein Silberstreif – ein Sivak. Dhamon bemerkte, dass Ragh ihn voller Neid beobachtete.

Im Schatten der Gebäude waren Zelte aufgestellt. Am Westrand der Stadt gab es auch eine Reihe Unterstände, in denen sich Menschen zusammenkauerten, die vor dem prasselnden Regen Schutz suchten.

»Wenn wir die Karte hätten, könnten wir sicher sein, dass dies die richtige Stadt ist«, bedauerte Dhamon. Er stand auf einem Hügelring um die Stadt, die wie in einem Kessel ruhte. Überall auf dem Hang wuchsen bis auf halbe Höhe Zypressen, von deren Zweigen Schlingpflanzen und Schlangen herunterhingen.

Maldred rieb sich nachdenklich das Kinn. »Es ist bestimmt die richtige Stadt. Ich habe mir so viel wie möglich von der Karte eingeprägt. Dies ist der einzige Ort, der in Frage kommt.«

Dhamon holte hörbar Luft. »Ich hoffe, du hast Recht, mein Freund. Allerdings hat deine Karte behauptet, die Heilerin sei in den Staubebenen. Hier befinden wir uns ganz offenkundig wieder in Zobels Sumpf.«

Schweigend blieben sie stehen und sahen dem Regen zu, der die Straßen in Schlammbäche verwandelte und allem einen noch trostloseren Anschein gab.

Ragh räusperte sich. »Bis zu diesem Jahr gehörte diese Stadt auch noch zu den Staubebenen.«

Dhamon starrte den Sivak verwundert an.

»Zobels Sumpf hat sich ausgedehnt. Das weiß natürlich jeder, aber den meisten ist nicht klar, wie schnell er wächst«, fuhr der Sivak fort. »Ich glaube, der Drache wird bald die gesamte Ebene für sich beanspruchen.«

»Das war Zobel?«, vergewisserte sich Dhamon und zeigte auf die Trümmer.

Der Sivak zuckte mit den Schultern. »Sie. Ihre Verbündeten. Der Sumpf. Spielt doch keine Rolle.«

»Stimmt.« Ich will bloß noch diese verdammte Schuppe loswerden und dieses Land hinter mir lassen, sagte sich Dhamon. Er machte sich an den Abstieg und hielt auf die Zelte zu, wo er mit den Menschen sprechen wollte. Nach ein paar Dutzend Schritten hatte der Sivak ihn eingeholt und legte ihm die Hand auf die Schulter.

»Was du suchst, wirst du hier nicht finden«, warnte Ragh.

»Ich will bloß Informationen. Ich möchte wissen, ob hier schon einmal jemand von der Heilerin gehört hat.«

Ragh schüttelte seinen Schuppenkopf. »Sie werden gar nicht mit dir sprechen.« Er deutete erst auf Dhamons Aufmachung, dann auf Maldred. »Ihr seht aus wie entflohene Sklaven oder Deserteure. In jedem Fall wie Leute, die man besser meidet.«

Seine nächsten Worte galten nur Dhamon: »Dich werden sie für eine Art Drachenbrut halten.«

Dhamon trug noch immer die solamnische Tunika. Sie war schmutzig, verschwitzt und an etlichen Stellen zerrissen, sodass man die Schuppen auf seinem Bein sehen konnte. Inzwischen waren es über drei Dutzend kleiner Schuppen, die seinen Oberschenkel bedeckten und bereits die Wade hinunterkrochen.

Maldred hielt zwar seine Menschengestalt aufrecht, aber seine

Kleider hingen in Fetzen an ihm, und seine Brust war von einem Brombeerbusch zerschrammt, durch den er gelaufen war.

»Ist doch egal, wie wir aussehen«, meinte Maldred. »Wir kriegen sie schon zum Reden.«

Der Sivak stieß einen heiseren Laut aus. »Komm mit.« Ragh stieg auf der anderen Seite des Abhangs hinunter.

Dhamon wollte widersprechen, beschloss aber dann doch, dem Sivak nachzugehen. Nur wenige Leute, an denen sie vorbeikamen, schenkten ihnen einen zweiten Blick, als sie die Stadt betraten. Die meisten Menschen hier waren ärmlich gekleidet, wenn auch nicht so zerlumpt wie Dhamon und Maldred. Eine Hand voll trug rostige Ketten um die Knöchel. Andere schleppten schwere Säcke für Bruten, die vor ihnen herschritten und sie wie Packesel führten. Die meisten schienen Arbeiter zu sein. Eine Gruppe war damit beschäftigt, das größte erhaltene Gebäude neu zu befestigen. Ein paar Männer und Frauen waren in saubere, gut erhaltene Gewänder gekleidet. Diese Menschen machten sowohl um die Arbeiter wie auch um Dhamon und Maldred einen großen Bogen.

»Informanten«, erklärte Ragh mit Blick auf die besser gekleideten Leute. »Sie kommen aus Zobels ganzem Reich, aus den Ebenen und aus Städten wie Neuhafen oder Khur-Khan und versorgen die Verbündeten des Drachen mit Neuigkeiten über alles, was in Ansalon geschieht. Je nach Nützlichkeit ihrer Informationen werden sie gut entlohnt. Manche verkaufen auch Tiere. Zobel hat in ihren Sumpfstädten einen richtigen Zoo. Denen, die ihr einzigartige Tiere bringen, zahlt sie ein kleines Vermögen.«

»Und diese Sklaven ...?« Dhamon zeigte auf drei Männer in Ketten.

»Manche verkaufen auch Menschen, aber für die bezahlt sie lange nicht so viel wie für Informationen oder ungewöhnliche Tiere.«

Sie nahmen die Straße, die ihnen als die breiteste und meistbegangene erschien. Während sie ihr folgten, bemerkte Dhamon ein paar kleine Gebäude mit nur einem Raum, die aus verwitterten Brettern bestanden und mit Echsenhaut oder geöltem Segeltuch überdacht waren. Ragh ging auf ein solches Bauwerk zu und zeigte auf das schlichte aufgemalte Symbol eines Schneiders.

»Du hast doch Münzen von den Legionären«, erinnerte ihn Ragh.

Dhamon tastete nach der Börse, straffte die Schultern und verschwand in der Tür. Maldred folgte ihm, nachdem er sich vergewissert hatte, dass der Sivak den Eingang bewachen würde.

Einige Minuten später tauchten die beiden wieder auf. Dhamon war in eine graue Tunika und enge schwarze Hosen gekleidet. Am Bauch trug er einen Gürtel mit Geldtasche, in der er seine letzten Münzen verstaut hatte. Maldred trug ebenfalls unauffällige Kleidung, verblichene braune Hosen und ein entsprechendes Hemd.

Das nächste Mal hielten sie an einem kleinen Lebensmittelladen an, der von dem einzigen Zwerg geführt wurde, den sie bisher gesehen hatten. Dhamon hatte Hunger. Er warf dem Besitzer ein paar Münzen zu, für die er eine Flasche Schnaps und drei Dutzend dicke Streifen getrocknetes Schweinefleisch erhielt. Einen Teil davon reichte er an den Sivak weiter, ein paar nahm er für sich, den Rest gab er Maldred.

»Euch habe ich hier noch nie gesehen«, meinte der Zwerg, der Dhamon und Maldred misstrauisch anblinzelte.

»Weil du die Augen nicht aufmachst«, log Dhamon. »Obwohl ich zugebe, dass ich nicht häufig in der Stadt bin.«

Der Zwerg schob die Münzen in seine Tasche und wies mit seinem stämmigen Arm auf andere Behälter mit mehr Fleisch und eingelegtem Fisch. »Kann ich noch etwas anderes anbieten?«, erkundigte sich der Zwerg.

Dhamon schüttelte den Kopf.

»Ich interessiere mich für alte Sachen, für Ungewöhnliches«, meldete sich Maldred zu Wort.

»Hier gibt es jede Menge alte Sachen«, antwortete der Zwerg. Er blickte an Dhamon vorbei zu dem Sivak in der Tür, runzelte die Stirn und schüttelte den Kopf. »Alte Kreaturen, Drakonier …«

»Leute«, half Maldred nach. »Sehr alte Leute.«

Der Zwerg strich sich über den Bart.

»Hast du je von einer Wahrsagerin gehört?«, wollte Dhamon wissen. »Einer alten Frau, die –«

Knarzendes Gelächter erfüllte den kleinen Laden. »Wahrsagerin? So was gibt's hier an jeder Straßenecke.«

Maldred trommelte mit den Fingern auf den Ladentisch. »Eine alte Frau. Sehr alt. Eine Zauberin und Heilerin.«

»Angeblich noch vor der Umwälzung geboren«, fügte Dhamon hinzu.

Die Augen des Zwergs glitzerten. »Das dürfte Maab sein. Die irre Maab, wie manche sie nennen. Früher war sie eine Zauberin der Schwarzen Roben. Vor dem Chaoskrieg. Vor der Flucht der Götter. Bevor die Schwarze kam und diese Stadt ihrem Sumpf einverleibt hat. Manche sagen, sie sei lange vor der Umwälzung geboren, aber das ist doch wohl unmöglich.«

»Hast du sie gesehen?« Dhamon konnte seine Aufregung nicht länger bezähmen.

»Nein. Nie. Aber ich habe Freunde, die behaupten, sie hätten sie vor ein paar Jahrzehnten mal gesehen. In den letzten Jahren hat das niemand mehr erzählt.«

»Tot?«, riet Dhamon.

»Möglich. Wahrscheinlich. Angeblich hat sie versucht, den Sumpf davon abzuhalten, diesen Ort zu überwuchern.«

»Und?«, hakte Maldred nach.

»Nun, der Sumpf ist überall, nicht wahr? Diese Stadt ist eine einzige Ruine.«

»Wo ist ihr Turm?« Maldreds Finger umklammerten den Rand des Ladentisches, sodass seine Knöchel weiß wurden. »Angeblich lebte sie in einem Turm.«

»Oh, der ist noch hier. Sozusagen. Ein Turm mit dem Maul eines Drachen.« Der Zwerg beschrieb ihnen den Weg.

Dhamon und Maldred eilten die Straße hinunter. Ragh folgte ihnen in gebührendem Abstand. Sie machten erst Halt, als sie den Marktplatz erreichten, wo zahlreiche Eindrücke, Geräusche und Gerüche auf sie einströmten, nichts davon jedoch angenehm.

Trotz des Regens hatte sich eine Menschentraube vor den Käfigen aus Stein und Stahl versammelt, die ein Matschloch säumten, das früher wohl ein Park gewesen war. Ganz vorn standen die Kinder, die staunend die Wesen in den Käfigen angafften.

»Neuzugänge«, erklärte Ragh. »Zobels Händler haben sie noch nicht gesichtet. Die Interessantesten werden direkt zu ihr nach Shrentak gebracht. Ein paar wird man hier zur Belustigung der Bevölkerung weiter ausstellen.«

»Wie …?« Dhamon sprach seine Frage nicht aus.

»Sie werden von Fallenstellern gebracht. Ist ein einträgliches Geschäft.«

Dhamon starrte einige besser gekleidete Männer im vorderen Bereich der Menge an. Sie waren kräftig und mit Schwertern und Speeren bewaffnet. Das mussten die Fallensteller sein, welche die Tiere gefangen hatten. Einer von ihnen stach mit seinem Speer nach einer schlammfarbenen Echse von der Größe einer Kuh. Sie hatte ein Dutzend Beine, die in paarigen Hufen endeten, und einen breiten Körper, der leicht einen Alligator hätte verschlingen können. Der Mann versuchte, das Tier zu einer Vorstellung für das Publikum zu bringen. Schließlich begann es zu brüllen und zu zischen und spie durch die Gitterstäbe einem Mädchen mit weit aufgerissenen Augen einen Schwall Speichel ins Gesicht. Kreischend rannte das Kind davon.

Ein anderes Tier sah aus wie ein großer schwarzer Bär, hatte jedoch einen Adlerkopf mit weißen und sandfarbenen Federn, die sich fächerförmig von dem dicken Schnabel ausbreiteten und über seine breiten Schultern flatterten. Trübsinnig saß es in seinem Käfig und starrte die Leute an. Daneben war eine riesige Eule eingesperrt, ein prächtiger Vogel, der vom Kopf bis zu den Krallen bald zwanzig Fuß messen musste. In dem Käfig konnte sie nicht einmal aufrecht stehen. Der eine Flügel war verletzt und die Federn von getrocknetem Blut verkrustet. Ohne zu blinzeln, musterte das Tier sein Publikum.

»Eine Dunkeleule«, berichtete der Sivak. »Mit denen bin ich vor vielen Jahren durch den Wald von Qualinesti geflogen. Sind äußerst intelligent. Die Männer, die diese hier erwischt haben, müssen sehr erfahren sein. Zobels Händler werden sie gut belohnen.«

Die anderen Käfige enthielten noch fantastischere Wesen. Da gab es einen Thanoi, einen Walrossmann aus dem fernen Süden. Es war ein untersetzter, wild aussehender Mann mit langen Stoßzähnen, der teils mit dicker Haut, teils mit Pelz bedeckt war und in diesem Klima unerträglich schwitzte. Ein junger Mann vor seinem Käfig wettete mit einem Mädchen, dass der Kerl sich so unwohl fühlte, dass er bis zum Abend krepieren würde.

Dann sah man ein dickes, behaartes Geschöpf mit hängenden Schultern, das wie eine Kreuzung aus Mensch und Affe aussah. Es roch nach Mist und totem Holz. Daneben hatten sich drei mannsgroße Frösche auf die Hinterbeine gestellt. Sie unterhielten sich in einer fremden, kehligen Sprache. Einer ballte die Faust, um einer vorbeiziehenden Brut zu drohen.

An einem besonders großen Käfig blieb Dhamon stehen und drängte sich nach vorn durch. Die beiden Kreaturen, die sich darin zusammenzwängten, waren beinahe so groß wie kleine Drachen.

»Mantikore«, staunte Maldred.

»Richtig. Ich frage mich, wie die Fallensteller die erwischt haben.«

»Das war gar nicht so leicht«, erzählte ein breit gebauter Mann, der dicht neben ihm stand. »Der Versuch hätte uns fast das Leben gekostet.« Auf seinem Gesicht zeigte sich ehrlicher Stolz, als er nun auf die Mantikore zeigte.

»Meine Kumpels und ich haben ihre Jungen gefangen; die Alten waren wohl gerade auf der Jagd. Dieses Pärchen hat uns bei seiner Rückkehr keinen großen Kampf geliefert, denn wir haben damit gedroht, die Jungen zu töten. Am Ende haben sie zugelassen, dass wir sie mit dem Rest von Rengs magischem Pulver betäubten.«

»Wo sind die Jungen?«, fragte Maldred.

Er zuckte mit den breiten Schultern. »Die haben wir heute

Morgen für ein hübsches Sümmchen verkauft. Aber für die Eltern werden wir erst einen guten Preis erzielen, wenn sie wieder gesund sind. Immerhin ist die Zeit auf unserer Seite. Angeblich sind Zobels Händler gerade nicht in dieser Gegend. Also können wir die zwei Hübschen noch heilen lassen.«

Ohne die schweren Ketten um die Beine und die zahllosen Wunden in den Flanken hätten die Mantikore Furcht einflößend gewirkt. Ihre Körper waren die riesiger Löwen, auch wenn sie insgesamt so groß waren wie Elefantenbullen. An ihren ausladenden Schultern entsprangen weite, ledrige Schwingen in der Form von Fledermausflügeln. Auf Grund der Enge im Käfig konnten sie die Flügel jedoch nur an die Flanken pressen. Ein fußhoher Stachelkamm verlief von den Schulterblättern bis zur Spitze ihres langen Schwanzes. Am erstaunlichsten aber war ihr menschenähnlicher Kopf mit der dicken Mähne und dem dichten Bart. Die Augen wirkten im Vergleich zu ihrer Größe geradezu winzig. Sie rollten hierhin und dorthin und starrten in die Menge.

Der kleinere Mantikor gab ein mauzendes Geräusch von sich. Dhamon begegnete seinem Blick. Das Wesen wiederholte das Geräusch, und Dhamon vernahm das sehr menschliche Wort »Bitte« darin.

»Ich habe genug gesehen«, entschied Dhamon, löste sich vom Publikum und ging in einer Seitenstraße voller Schlammpfützen weiter. Maldred und der Sivak trödelten ein Stück hinter ihm her. »Ich war mal mit einer Kagonesti befreundet, die wäre bei diesem Anblick ganz blass geworden«, grollte Dhamon. »Sie hätte geschworen, jede einzelne dieser Kreaturen zu befreien und die Männer zu bestrafen, die sie gefangen haben. Bestimmt auch den schwarzen Drachen.«

»Zum Glück ist sie nicht bei uns«, meinte der Sivak. »Sie würde bei dem Versuch umkommen.«

Dhamon erwiderte nichts.

Die Wegbeschreibung des Zwergs erwies sich als nutzlos. Anstelle des Turms fanden sie nur eine Straße mit Zelten und windschiefen Hütten. Nach einer weiteren Stunde wollte Dhamon die Suche aufgeben, aber Maldred war entschlossen, sie fortzusetzen.

Gegen Mittag ließ der Regen nach. Allerdings war alles so gründlich durchnässt, dass jede Ecke des schlammigen Weges gleich aussah. Dunkle, baufällige Häuser schirmten Zelte ab, die unter den Wassermassen zusammenzubrechen drohten. Es wimmelte von niedergeschlagenen Sklaven und frohgemuten Informanten.

»Vielleicht der da.« Maldred nickte zu einem der besser erhaltenen Türme hinüber, an dem sich drei Sivaks und ein Dutzend Bruten zusammengefunden hatten. Aber nach zwei Stunden hatte es keinen Hinweis auf weitere Vorgänge gegeben. Niemand betrat den Turm, deshalb zogen sie weiter.

»Euch ist wohl klar, dass das Tage dauern kann«, meldete sich Ragh zu Wort. »Oder Wochen. Wenn diese Heilerin wirklich existiert.«

»Nein«, widersprach Dhamon. »So lange werde ich nicht hier bleiben. Ich hasse diesen Ort.«

»Vielleicht hat die Heilerin diesen Ort auch gehasst und ist weggezogen«, vermutete Ragh.

Am späten Nachmittag hörte der Regen genau zu dem Zeitpunkt auf, als sie ein Gebäude entdeckten, das der Beschreibung des Zwergs vom Wohnsitz der verrückten Wahrsagerin entsprach. Es stand mehrere Straßen weiter, als er gesagt hatte, und war von allen Seiten durch hohe Trümmerhaufen verdeckt. Sie waren bestimmt schon einige Male daran vorbeigelaufen. Vielleicht hatten sie es wegen des trüben Regenwetters nicht wahrgenommen, zumal es nicht aussah wie ein Turm.

Das Bauwerk war höchstens drei Stockwerke hoch. Wie die umliegenden Ruinen waren seine Wände geschwärzt, glänzten jedoch stellenweise noch silbern und bronzefarben. Es hatte einen weiten Torbogen am Eingang, von dessen Mitte steinerne Finger wie das offene Maul eines großen Raubtiers herunterzeigten. Hinter dem Bogen war es dunkel. Nur gelegentlich flackerte etwas auf, vielleicht ein Feuer.

»Das könnte es sein«, vermutete der Sivak. »Der Zwerg sagte, es hätte ein Drachenmaul.«

»Möglich.« Dhamon und Maldred traten in den Schatten eines Turms auf der anderen Straßenseite. Maldred gähnte, und Dhamon bemerkte die dunklen Ringe unter seinen Augen.

»Du bist müde.«

»Sehr.« Der große Kerl gähnte noch mehr. Er warf einen Blick nach rechts, wo eine Art Gasthaus wartete. Davor stand ein schwerer Wagen, der von zwei klapprigen, überforderten Maultieren gezogen wurde. Gerade wurden riesige Fässer abgeladen. Der Fahrer versuchte, ein marodes Wagenrad zu reparieren. Maldred sah ihm zu.

»Eigentlich möchte ich nur ungern die Nacht in der Stadt verbringen, Dhamon. Ich würde kein Auge zutun. Aber da drüben bekämen wir ein Zimmer. Besser, als in diesem gottverlassenen Nest auf der Straße zu sitzen. Oder uns im Sumpf auf einem Baum zusammenzurollen. Die Sonne geht schon unter.«

»Wir hatten schon schlimmere Bleiben«, stimmte Dhamon zu, der erst das baufällige Gasthaus, dann den Turm musterte. »Wenn diese Heilerin überhaupt noch lebt, empfängt sie mich um diese Zeit vielleicht gar nicht mehr.«

»Vermutlich, aber … he!« Maldred war aus dem Schatten gesprungen und eilte zu dem Wagen hinüber.

Mit lautem Krachen war eines der rückwärtigen Räder gebrochen, worauf der Wagen zur Seite gekippt war und ein paar Fässer herunterpolterten. Der Mann, der mit dem Entladen beschäftigt gewesen war, steckte unter drei Fässern fest. Sein Kamerad, der sich dem Rad gewidmet hatte, war unter dem Wagen eingeklemmt.

Ein paar Passanten sahen zu, aber nur einer von ihnen versuchte zu helfen. Es war ein alter Mann, der nicht einmal eines der großen Fässer wegschieben konnte. Stöhnend flehte der Mann unter den Fässern um Hilfe, während sein Partner unter dem Wagen nur noch wimmerte.

Sobald Maldred den Wagen erreichte, stemmte er sich mit dem

Rücken dagegen, um ihn anzuheben. Aber es lagen noch zu viele Fässer auf der Ladefläche, die sie herunterdrückten.

»Wir müssen erst ein paar Fässer abladen«, grunzte er Dhamon zu, der nun neben ihm auftauchte. »Wir müssen die Last verringern, sonst können wir den Wagen nicht anheben. Diese Fässer müssen Ziegelsteine enthalten.«

Maldred half zunächst dem Mann unter den Fässern und hob das erste weg. »Das ist wirklich schwer wie eine Tonne Ziegelsteine«, sagte er, während er nach dem nächsten griff.

Dhamon bemühte sich bereits um den Wagen. Er stemmte seine Beine in die Erde und hakte die Finger unter das Holz, wo das zerbrochene Rad lag. Als er den Eingeklemmten ansah, bemerkte er den Schmerz in seinen Augen und den blutigen Faden, der ihm aus dem Mund rann. »Nicht gut«, murmelte er. Dhamon holte tief Luft, spannte seine Muskeln, ging in die Knie und hob langsam den Wagen an.

»Mal … zieh ihn raus.«

Maldred hatte gerade das letzte Fass von dem anderen Mann gehoben. Er setzte es ab und fuhr herum: »Bei meinem Vater«, staunte er, »wie hast du …«

»Den Mann«, drängte Dhamon. »Zieh ihn raus. Bitte.«

Maldred gehorchte, und die vorher untätigen Bürger trugen die beiden Verletzten in das Gasthaus. Dhamon setzte den Wagen wieder ab, wischte sich die Hände sauber und hielt auf die Schatten um den Turm zu.

»Warte mal, Dhamon.« Maldred folgte ihm. Trotz seiner längeren Schritte konnte er seinen Freund nicht einholen.

Dhamon lief schneller. Er ignorierte Maldred. Überrascht stellte er fest, dass der Sivak noch immer gegenüber dem Turm der alten Frau ausharrte. Der flügellose Drakonier hätte die Gelegenheit ergreifen können, sich davonzumachen.

»Was?« Dhamon drehte sich nach Maldred um.

»Dhamon, wie hast du das gemacht? Den Wagen angehoben?« Maldred sah den Krieger bohrend an. »Ich konnte das nicht, und ich bin ein –«

»Oger«, endete Dhamon. Auf seinem Gesicht malte sich Wut, die sich jedoch nicht gegen seinen Freund richtete. »Ich weiß es nicht. Ich weiß nicht, wie ich das geschafft habe. Ich weiß bei vielen Dingen nicht, wieso ich das kann – stundenlang rennen, ohne müde zu werden, wenig schlafen und so gut hören. Ich weiß es nicht.«

»In diesem Dorf, in Polagnar«, erinnerte Maldred, »da hast du mich davon abgehalten, den Sivak zu töten. Mit einer Hand hast du meinen Schlag aufgehalten. Das hat mich beschäftigt. Dann in der Höhle mit den Schiffen, wo die Trümmer auf meinen Beinen lagen … Ich hätte wissen müssen, dass etwas nicht stimmt, als du sie so leicht wegräumen konntest.«

»Damals war ich noch nicht so stark wie jetzt.« Dhamon hätte hinzufügen können, dass es ihm nicht gefiel, so stark zu sein. Überhaupt nicht. »Ich glaube, das ist die Schuppe.«

»Schuppe? Schuppen, Dhamon. Sie breiten sich auf deinem Bein aus wie Aussatz. Das und deine Stärke hast du vor mir geheim gehalten.«

»Du hast mich glauben machen, du seist ein Mensch. Jeder hat Geheimnisse, Mal.«

»Vielleicht ist es ja gar nicht die Schuppe«, gab Maldred zu bedenken. »Vielleicht –«

»Eine andere Erklärung fällt mir nicht ein.«

Die drei schwiegen eine Weile im länger werdenden Schatten des Turms und beobachteten den Eingang gegenüber der Straße.

»Nein. Ich glaube, du hast Recht«, räumte Maldred nach einiger Zeit ein. »Vermutlich ist es die Schuppe.« Er stieß die Luft aus und ließ die Schultern hängen. »Dann hoffen wir mal, dass die Alte am Leben und da drin ist«, sagte er, »bevor du wie eine Kerze verbrennst.«

»Ja, ich hoffe auch, dass sie da drin ist, aber erst will ich das Gebäude noch eine Zeit lang beobachten. Bis jetzt hat sich da drin noch nichts gerührt.«

Sie beobachteten es noch eine geschlagene Stunde, bis die Dämmerung über die Stadt hereingebrochen war. Als Dhamon gerade hinübergehen wollte, kamen zwei Bruten heraus, die einen Drakonier flankierten. Hinter ihnen schlurften drei Menschensklaven her, die blutige Leinensäcke schleppten. Der Form nach enthielten sie Körper. Der Drakonier war ein Bozak, der aus dem verdorbenen Ei eines Bronzedrachen stammte. Er war nicht so groß wie Dhamon, aber viel breiter gebaut und in eine Rüstung aus beschlagenem Leder und Ketten gekleidet. Die Flügel waren eng an den Rücken gefaltet, und in den Händen trug er einen Speer mit Widerhaken, der mit schwarzen Bändern umwickelt war.

Ragh knurrte ein Wort, das Dhamon nicht verstand. »Einer von Zobels Handlangern«, flüsterte er. »Ich erinnere mich an ihn.«

»Und die Bruten? Kennst du die auch?«

Der Sivak schüttelte den Kopf. »Auf die habe ich nie geachtet. Sie sind es nicht wert.«

»Wenn diese Wahrsagerin existiert, wenn sie lebt«, begann Dhamon, »dann ist vielleicht auch sie mit dem Drachen im Bunde.«

Maldred wippte auf den Fußballen vor und zurück und gähnte erneut. »Also gut, Dhamon. Ich besorge uns da drüben ein Zimmer.« Er wies die Straße hinunter, wo vier kräftige Männer an dem Wagen arbeiteten, der immer noch vor dem Gasthaus stand. Die beiden Maultiere hatte jemand ausgespannt. »Dann gehe ich zum Marktplatz zurück und suche mir eine Schänke.« Er sah den Sivak an. »Dhamon, behalte Ragh bei dir. Wenn du hier fertig bist – ob du nun heute noch zu ihr gehst oder nicht –, treffen wir uns im Gasthaus.«

»Gut«, willigte Dhamon ein, ohne die Augen von der Vordertür des alten Gebäudes zu lösen.

Er und Ragh warteten noch fast eine Stunde an der Straße. Während dieser Zeit verließen nur noch drei Bruten das Gebäude. Das Flackern ging wieder los.

Sie aßen den Rest des getrockneten Schweinefleisches auf. Dhamon spülte mit Alkohol nach, den er nicht teilte. Als er sich endlich dem Haus nähern wollte, obwohl etliche Menschen vorbeigingen – offenbar zu einer Schänke am Ende der Straße –, bemerkte er ein Geräusch.

Drei zerlumpte kleine Jungen rannten schreiend nach Süden, ohne auf die Dunkelheit und die Pfützen zu achten. Auch andere liefen in diese Richtung. Im Nu war die ganze Straße leer.

»Jetzt«, sagte Dhamon. Er eilte gezielt auf das Gebäude zu, konzentrierte sich auf den Eingang und suchte sich einen Weg durch die Dunkelheit. Das Flackern stammte von einer Fackel, die ein Stück hinter dem Torbogen hing. Dort war die Luft abgestanden und feucht. Sie roch nach dem ranzigen Fett, in das man die Fackel getaucht hatte. Es gab keine Tür, nur Stufen, die nach oben führten. Dhamon nahm immer zwei auf einmal. Nach kurzer Zeit stand er in einem geräumigen runden Alkoven.

Auch diese Wände waren schwarz, jedoch nicht von einem Feuer. Sie waren mit Mosaiken aus Onyx und Kiesel überzogen. Bei näherem Hinsehen konnte Dhamon Bilder von Männern in schieferfarbenen Roben erkennen.

»Ein Sitz der Schwarzen Roben«, flüsterte er, während er auf die Gestalten zeigte. »Sieh nur.« Sein Finger deutete auf einen höher sitzenden Kreis aus Splittern von schwarzen Perlen. »Nuitari. Ihr Mond der Magie.«

Der Sivak sah aus Höflichkeit hin. Ihm sagte das Mosaik nichts. Er blickte zur Seite, wo eine Treppe aus dem runden Alkoven nach unten führte. Nebenan lag ein Gang. Ragh wartete geduldig, bis Dhamon sich alles angesehen hatte.

Dann deutete Dhamon auf den Boden des Alkovens, der ebenfalls mit Mosaik überzogen war und Nuitari darstellte. Er sah die Treppe nach unten, entschied sich jedoch lieber für den Gang.

Der Gang war rund und voller Windungen. »Wie im Inneren einer Schlange«, flüsterte er. Plötzlich kam ihm der Gedanke, dass das Gebäude ihn und den Sivak verschlingen könnte. Erschauernd drehte er sich um und wollte doch lieber die Treppe nehmen.

»Was …?«

Gegenüber der Treppe lag ein Gang, den er zuvor nicht bemerkt hatte. »Der war eben noch nicht da«, wunderte er sich.

Auch dieser Gang war rund und gewunden. »Gehen wir nach unten«, forderte er Ragh auf.

Die Treppen bestanden aus Schiefer und waren von den vielen Füßen, die Jahrzehnte hindurch über sie hinweggelaufen waren, blank und ausgetreten. Dhamon bewegte sich leise und geschmeidig. Von Zeit zu Zeit glitten seine Finger an den Knauf des solamnischen Langschwerts.

Er lauschte aufmerksam. Von unten hörte man Wasser tropfen, das von dem Dauerregen stammen musste. Noch weiter unten waren Füße zu hören, die über Gestein scharrten, und Stimmen, eine Männerstimme und eine zischelnde. Die Stimmen wurden zunehmend lauter. Zwei Leute kamen die Treppe herauf.

Dhamon lehnte sich an die Wand. Der Sivak tat es ihm nach. Er hielt den Kopf schief und hörte offenbar dasselbe wie Dhamon. Ein paar Herzschläge später tauchte ein gut gekleideter Halbelf auf, dessen langer blauer Mantel hinter ihm über die Stufen schleifte. Eine Brut kam hinter ihm her, die dem Elfen zufauchte, dass er morgen wiederkommen müsse, um sein Geld zu bekommen.

»Wer seid Ihr?« Der Halbelf blieb stehen und sah Dhamon und den Sivak naserümpfend an.

»Das geht Euch nichts an«, gab Ragh zurück.

»Du hast keine Flügel mehr«, sagte der Halbelf seidenweich. Dann schaute er Dhamon an. »Und Ihr habt keine Manieren. Ich habe Euch nach Eurem Namen gefragt.«

»Der geht Euch nichts an«, wehrte auch Dhamon ab. Er begann zu schwitzen, doch das waren nicht die Nerven. Er fühlte die Hitze der Schuppe an seinem Bein, sah schwarze Schuppen und die gelben Augen der Brut und fühlte die bekannte unangenehme Wärme durch seinen Körper pulsieren. Er wusste, dass bald die durchdringende Kälte folgen und ihn lähmen würde.

»Was habt ihr hier zu suchen?«, wollte die Brut wissen.

»Wir bringen Nachrichten«, meldete sich der Sivak rasch zu Wort.

Die Brut stieß den Halbelfen weiter. »Diese Nachrichten«,

hakte sie nach. »Die könnt ihr mir erzählen. Ich sorge dafür, dass sie ankommen und ihr euer Geld bekommt – wenn sie es wert sind. Morgen werdet ihr bezahlt.«

Dhamon schüttelte den Kopf. Die Finger seiner linken Hand hatten sich in eine Nische in der Wand gegraben. Mit der Rechten umklammerte er den Schwertknauf, als ob diese Gesten gegen den Schmerz helfen würden. »Es sind wichtige Informationen. Zu wichtig, um sie an dich weiterzugeben.«

Die Brut verpasste dem Halbelfen einen Schubs und knurrte ihn an. »Ich höre, Mensch. Gib mir die Informationen. Der Spion unserer Herrin Zobel ist nicht hier. Nura Bint-Drax kommt erst morgen oder übermorgen. Sie wird dich bezahlen.«

Dhamon erschauerte, denn er erinnerte sich an die Naga aus dem Dorf der Brut. »Nura Bint-Drax ...«

»... ist hier Zobels wichtigste Vertreterin«, bestätigte die Brut.

»Unsere Informationen können nicht warten«, begann Dhamon, der nun rasch überlegte. »Wir wissen von einer Verschwörung ...« Er schnappte nach Luft, denn ein Eisstoß war durch ihn hindurchgeschossen. Starke Hitze folgte, als würde er gebrandmarkt. Er zwang sich zur Konzentration.

Die Brut klopfte mit dem Klauenfuß auf die Treppe.

»Gebt mir diese wichtige Information.«

»Sie ist nicht für deine Ohren bestimmt«, warf Ragh ein.

Die Brut zischte. Säure sammelte sich auf ihren Lippen und triefte auf die Stufe hinunter. Sie näherte sich dem Sivak. »Ich entscheide, was für meine Ohren bestimmt ist. Ich –«

Dhamon trat gerade noch zurück, um der Säurewolke zu entgehen, die über der Treppe und dem Sivak niederging. Er stach der Brut sein Langschwert in den Rücken und brachte sie damit auf der Stelle um. »Es sind noch mehr da«, keuchte er mit einem Nicken nach unten. »Brut oder Drakonier. Ich höre sie zischen.« Hilflos sank er auf die Treppe, ohne sein Schwert loszulassen.

Ragh war von der Säure verletzt, die an seinem Hals die Schuppen weggeätzt hatte. Trotz der Schmerzen lief er an Dhamon vorbei und krallte in die Dunkelheit, wo er eine Brut traf.

Dhamon hörte wieder Säure spritzen, als ein weiterer Untertan von Zobel starb. Dann merkte er, wie jemand ihm das Schwert aus den Fingern wand. Ragh hatte es an sich genommen und kämpfte damit gegen die nächste Brut.

20 Spieglein, Spieglein an der Wand

Schwarze Schuppen bildeten einen Vorhang, der so breit war, dass Dhamon nicht um ihn herumblicken konnte. Nach einigen Augenblicken riss die Dunkelheit auf – riesige, dumpf glühende gelbe Augen mit schwarz geschlitzten Pupillen tauchten auf, die starr geradeaus blickten.

Als die Augen zuklappten, blieb wieder nur die schwarze Schuppenwand zurück.

Dhamon schüttelte den Kopf, um den Traum zu vertreiben, und erwachte klopfenden Herzens in der Finsternis. Er lehnte an einer vertäfelten Wand, die von Schimmel überzogen war. Die Luft war muffig, abgestanden und von starkem Fäulnisgestank erfüllt. Der weniger auffällige Geruch nach einer Schmiede deutete auf die Nähe des Sivaks hin.

Nach einigen Augenblicken konnten Dhamons scharfe Augen schwarze und graue Schattierungen wahrnehmen, dazu etwas Helleres, das anscheinend Wärme ausstrahlte.

»Ragh?«, flüsterte er. Er konnte den Drakonier atmen hören. Wenn er sich konzentrierte, konnte er bestimmt auch seinen Herzschlag hören, der viel langsamer war als der eines Menschen. »Ragh.«

Der Drakonier machte ein leises Geräusch.

Dhamon wischte sich das schweißnasse Haar aus den Augen und drückte sein Ohr an die Wand. Mindestens zwei Bruten redeten hinter der Wand in ihrer seltsamen zischelnden Sprache, in der auch einige Menschenwörter auftauchten. Offenbar ging es um einen Fallensteller, einen Elfen, der eine besonders auffällige Echse gefangen hatte. Sie sprachen noch einige Minuten darüber, ehe sie weitergingen. Dhamon griff an seinen Gürtel und stellte fest, dass der Sivak ihm das Schwert zurückgegeben hatte.

Seine Beine waren verkrampft, deshalb versuchte er, sich aufzurichten, trat aber dabei nur den Sivak. Er hatte kaum Bewegungsfreiheit. »Wo sind wir?«, wollte er wissen.

»In einem Hauskasten«, gab Ragh zurück.

»Einem was?«

»Einem Hauskasten.« Der Drakonier überlegte. »Ich glaube, ihr Menschen sagt dazu … Wandschrank.«

Zauberhaft, dachte Dhamon.

»Nachdem ich die Brut getötet hatte, musste ich einen Ort finden, an dem ich dich verstecken konnte, irgendwo, wo Brut und Drakonier nicht hingehen würden. Du warst …« Der Sivak suchte nach den richtigen Worten.

»Bewusstlos. Im Delirium. Ich weiß.« Beinahe hätte Dhamon sich bei Ragh bedankt, hielt sich aber doch zurück. Er konnte sich nicht eingestehen, dass er dem Drakonier irgendetwas schuldig war. Wieder wunderte er sich, wieso der Sivak ihn weder im Stich gelassen noch einem Befehlshaber dieses Ortes übergeben hatte. Er wusste, dass man ihn bestimmt entdeckt und gefangen genommen, vielleicht auch getötet hätte, wenn Ragh kein Versteck gefunden hätte. Wieder versuchte er aufzustehen, stieß sich aber den Kopf an einem Brett und fluchte leise. In dem Schrank hingen muffige Kleidungsstücke, so klein, als ob sie einem Elfen oder einem Kind gehörten.

»Hier wohnt weder eine Heilerin noch eine Wahrsagerin«, sagte Dhamon mit gedämpfter Stimme. »Vielleicht früher mal, aber nicht heute. Gehen wir zu Maldred.«

Endlich gelang es ihm, aufzustehen, sich umzudrehen und nach einem Riegel zu tasten. Er hochte an der Tür, ob auch niemand auf der anderen Seite war, und behielt die Hand am Schwert, während er vorsichtig hinaustrat.

Der Sivak folgte ihm in einen schmalen, von Fackeln erhellten Gang mit vielen Biegungen. Dhamon ertappte sich dabei, dass er Ragh anstarrte. Der Drakonier ging in Gestalt einer pechschwarzen Brut mit geschwungenen Flügeln, die bis auf seine Schenkel hingen. Von den Narben, die seinen silbernen Körper verunziert hatten, war nichts zu sehen.

»Ich hatte vergessen, dass du die Gestalt derer, die du tötest, annimmst«, bemerkte Dhamon leise.

»Ich kann ihre Gestalt annehmen«, stellte der Drakonier richtig. »Wenn ich will.« Er zeigte nach rechts, wo der Gang eine Biegung machte, die das Fackellicht kaum erreichte. »Dort ist eine weitere Treppe«, erklärte er. »Sie führt nach oben und riecht unbenutzt. Hier gibt es noch viele andere Gänge und Räume, in zweien davon riecht es nach Tod. Ich wollte dich eigentlich in dem Schrank zurücklassen und mich hier umsehen, aber dann kam mehr Brut, und der wollte ich lieber nicht begegnen.«

»Und dann bin ich aufgewacht.« Dhamon blickte zur anderen Seite des Gangs. »Weißt du, wie man hier rauskommt?«

Ein Nicken.

»Dann …« Er starrte an dem Sivak vorbei. Seine Nackenhaare sträubten sich. »Dann wollen wir uns noch ein wenig umsehen.« Ihm fiel Palin Majere ein. Es war Monate her, seit sie gemeinsam gegen die großen Drachen angetreten waren. Er erinnerte sich daran, dass Palin die höheren Ebenen des Turms von Wayreth bevorzugt hatte.

»Ich glaube, Zauberer bauen Türme, damit sie sich über gewöhnliche Sterbliche erheben können. Sie sehen die Welt von oben herab. Die Wahrsagerin war eine Schwarze Robe, also hält sie sich vielleicht so hoch oben auf, wie sie überhaupt steigen konnte.«

Dhamon eilte auf die Treppe zu. Ragh folgte ihm, obwohl er in gedämpftem Ton widersprach: »Du hast gesagt, die Heilerin könnte unmöglich hier sein.«

Die Treppe war schmal, die Stufen ausgetreten. Dhamon musste die Schultern runden und den Kopf einziehen, um hinaufzusteigen. Ragh mit seinen neun Fuß Körperhöhe hatte deutlich größere Schwierigkeiten. Seine Schuppenhaut kratzte an der Mauer entlang und hinterließ auf beiden Seiten der Treppe einen blutigen Streifen.

Die Stufen führten über dreißig Fuß nach oben, wo sie auf einem kleinen Absatz aus Vulkanglasscherben endeten und in einen genauso engen Gang führten, der immerhin eine hohe Decke aufwies. Gegenüber befand sich eine dünne Holztür, deren schwarze Farbe verblichen und abgeblättert war.

»Wenigstens brauchen wir uns hier oben nicht wegen Brut zu sorgen«, meinte Ragh. Seine Schultern bluteten, wo sie an den Steinen entlanggeschrammt waren. »Diese Treppe wurde für Kobolde und Feen erbaut.«

»Und für Zauberer«, ergänzte Dhamon. Zauberer sind meistens ziemlich dürr, dachte er sarkastisch.

Der Sivak starrte in beide Richtungen des schmalen Gangs. »Riecht, als wäre jahrelang niemand hier gewesen. Vielleicht passen ja Kinder durch diese Gänge.«

Dhamon blendete die Kommentare des Sivaks aus und bemühte sich, etwas zu hören. Er vernahm nur ein stetes Tröpfeln, das von der Stelle stammte, wo das Dach leckte. Dort hatte sich Wasser auf dem Boden gesammelt, der nun noch mehr glänzte, ein schwarzer Spiegel, in dem er sein hageres Äußeres sehen konnte.

Es gab keine Fackeln, aber dennoch war es nicht dunkel. Dhamon bemerkte auf beiden Seiten ein Stückchen weiter entfernt Kerzenhalter mit jeweils drei dicken schwarzen Kerzen. Die Dochte brannten stetig vor sich hin, doch sie verbreiteten weder Rauch, noch lief Wachs herab.

»Magic«, folgerte er mit gedämpfter Stimme.

Es gab keine Fenster, und er hatte auch von außen keine gesehen, aber hier roch die Luft frisch, als ob sie von irgendwoher hereinströmte. Er blickte zur Decke auf, die sicher zwanzig Fuß hoch war. In der Mitte der Decke waren Spuren von einem Bild oder Mosaik zu sehen. Dhamon konnte ein paar Bilder von Menschen in schwarzen Roben erkennen, doch die Farbe war so verblichen, dass er nicht feststellen konnte, was sie dort taten.

»Was wollen wir hier?«, fragte der Sivak. »Deine Heilerin kann doch nicht –«

»Ich weiß nicht, was ich will«, teilte Dhamon ihm mit. »Wir sind hier, also sehen wir uns auch um. Ich habe das Gefühl, dass es mit diesem Ort etwas auf sich hat.« Vorsichtshalber zog er sein Schwert, ehe er rechts in den Gang vordrang. Der Sivak drückte sich an die Wand, als Dhamon sich vorbeiquetschte.

Dhamon kam an einer Holztür vorbei, folgte aber weiter dem Gang. Dann kamen zwei andere Türen, beide erstaunlich schmal, die beide an verrosteten Angeln pendelten. Er hätte schwören können, dass er vom Absatz aus das Ende des Gangs gesehen hatte, aber als er dort ankam, machte der Gang eine scharfe Biegung nach links und knickte dann wieder ab, als würde er an seinen Ausgangspunkt zurückführen.

Schließlich erreichte Dhamon eine eindrucksvolle Tür aus Bronze und Ebenholz, deren Ränder im Licht weiterer schwarzer Kerzen glänzten. Er griff nach dem Riegel, hielt sich dann aber zurück und schob sich stattdessen auf eine schmale Tür zu, deren abblätternde Farbe an schwarze Schuppen erinnerte.

»Da drin ist jemand«, flüsterte er. »Ich kann es riechen.«

Mit zitternden Fingern griff Dhamon nach dem Riegel. Die Nerven ... Hinter ihm krümmte Ragh die Krallen. Ein paar Augenblicke blieben beide lauschend stehen, hörten aber nichts.

Nach einer Weile fasste Dhamon den Riegel fester und öffnete die Tür. Er hob sein Langschwert, doch er wurde von einer Schwärze begrüßt, die so düster war wie ein sternenloser Himmel. Selbst seine scharfen Augen konnten nichts erkennen. Er hörte Ragh zurückweichen, dessen Klauen leise über den Boden schabten. Kurz darauf kam der Sivak mit einer der Kerzen zurück, die er Dhamon in die Hand drückte.

Sie half auch nicht viel gegen die Dunkelheit. Dhamon trat hinein. Der Sivak stand in der Tür, von wo aus er abwechselnd in den Gang und in den Raum blickte.

In dem Raum war es kühler als im Gang, und die Luft roch frischer. Sie duftete nach wilden Frühlingsblumen. Auch andere Gerüche waren zu erkennen, alte Kleider, menschlicher Unrat und der unverkennbare Geruch von starkem Alkohol. Dhamon schnupperte. Auch Tiere? Mäuse oder Ratten, befand er.

»Nicht so schüchtern, junger Mann. Kommt rein. Kommt rein. Meine Schwester und ich haben schon lange keine Besucher mehr gehabt. Bestimmt nicht seit ... war es gestern?«

Die Stimme überraschte Dhamon. Sie war samtweich und volltönend, als wäre die Sprecherin aus einem fernen Land oder leicht betrunken oder beides.

»Wer seid Ihr?«, wagte Dhamon zu fragen. Er hätte gern hinzugefügt: Und was oder wo seid Ihr?

»Nicht dein Feind.«

Dhamon steckte das Schwert ein. Gleichzeitig ging er ein paar Schritte vor. »Ich kann nichts sehen«, begann er.

Er hörte, wie ein Feuerstein angeschlagen wurde. Gleich darauf brannte auf einem kleinen Ständer eine Öllampe, welche die Schatten vertrieb.

»Ist es so besser?«

Dhamon nickte.

Die Frau war winzig, ein verschrumpeltes altes Ding mit eingefallenen Schultern und vorgestrecktem Kopf. Der dicke, mottenzerfressene Mantel über ihrem Rücken verlieh ihr Ähnlichkeit mit einer Schildkröte. Sie saß auf einem Holzhocker, der sie noch kleiner erscheinen ließ. Winzige Füße in Sandalen hingen mehrere Zoll über dem Boden. Dhamon schätzte, dass sie nicht mehr als vier Fuß maß. Die unzähligen tiefen Falten in ihrem Gesicht wiesen auf ein hohes Alter hin. Ihre eisblauen Augen deuteten an, dass sie noch viel älter sein mochte.

Die karge Einrichtung ließ den Raum größer erscheinen. Es gab ein Bett mit mehreren Nachttöpfen darunter, den Ständer mit der Lampe neben ihr, eine Bank mit einem halben Dutzend Schnapskrügen und einen großen Käfig voller Mäuse. Die Wände waren mit Mosaiken aus schwarzen und grauen Steinen überzogen. Nur an einer Stelle hing ein dünner, facettierter Spiegel, der das Bild der Alten widerspiegelte.

Dhamon versuchte, seine Kerze auszublasen, doch die Flamme flackerte nicht einmal. Kichernd streckte die alte Frau den Finger aus, um sie zu löschen.

»Meine Schwester und ich fragen uns, was dich in diesen Palast führt. Die Diener haben dich nicht gemeldet. Vielleicht ist es schon spät, und sie liegen im Bett. Oder sie sind faul, dann werden wir andere brauchen. Schon wieder.« Sie blickte in den Spiegel und nickte. »Was sagst du, Schwester? Oh, Verzeihung. Sie sagt, dass ich meine Manieren vergesse.«

Die Alte streckte Dhamon eine gekrümmte, dürre Hand entgegen. Die Haut saß so blass und dünn straff über den Knochen, dass die blauen Adern darunter hervortraten. Die Gelenke waren knotig, besonders am Handgelenk. Er bemerkte eine gewundene schwarze Tätowierung, konnte aber nicht erkennen, was sie darstellte. Von seinem Standort aus konnte er ihren alkoholisierten Atem riechen. Ihre Hand war kalt, und er hielt sie nur einen Augenblick fest.

»Meine Schwester meint, ich sei schon wieder unhöflich gewesen. Sie hat Recht. Hat sie immer. Ich heiße Maab.« Dabei kicherte sie wieder und lächelte. Ihre Augen glänzten. Man sah nichts Weißes darin, auch keine Pupillen, nur hartes Eisblau. Sie versuchte, ihren Rücken zu straffen.

»Ich bin Lady Maab von Oberelchhorn, Herrin über diesen Palast. Und du bist …?«

»Dhamon Grimmwolf«, antwortete er und neigte den Kopf. »Mein Begleiter heißt Ragh.«

»Ragh.« Die alte Frau nickte ebenfalls und sprach wieder zu ihrem Spiegelbild. »Nein, Schwester, ich wusste auch nicht, dass diese Bruten Namen haben.«

Sie sah wieder Dhamon an. »Sorg dafür, dass dein Begleiter draußen bleibt. Ich habe für diese Sorte Geschöpfe nie viel übrig gehabt – stinkende Tölpel allesamt. Wenn er hereinkommt, sehe ich mich dazu gezwungen, ihn zu töten.«

Der Sivak verharrte an der Schwelle, von wo aus er zwischen Dhamon und der Frau hin und her blickte und dann auf den Gang schaute, um sich zu vergewissern, dass von dort niemand kam. Er tappte mit dem Fuß, um Dhamon zu zeigen, dass er beunruhigt war und nicht lange verweilen wollte.

Dhamon starrte die alte Frau an, der er ein Dutzend Fragen stellen wollte. Maab. Das war der Name, den der Zwerg in dem Laden der Wahrsagerin gegeben hatte. Dhamon sah an ihr vorbei zu den Mosaiken. Vielleicht standen einige seiner Antworten dort an der Wand?

»Meine Schwester fragt sich, ob du Durst hast. Letzte Woche haben uns die Diener Bier gebracht.« Maab zeigte auf die Bank. Dhamon schnupperte nacheinander an den Krügen.

»Bier«, bestätigte er, »und bitterer Rum. Das ist alles, was Ihr bekommt?«

»Wir bitten um Wasser und Wein, aber das können sie wohl nicht auftreiben. Manchmal machen wir uns selbst Wasser, lassen es über der Stadt regnen, damit es durch die morsche Decke hereintropft. Aber dann wird der Boden so rutschig, und ich habe Angst, dass ich hinfalle. Hunger?« Sie wies auf den Mäusekäfig. »Meine Schwester und ich teilen gern.«

Dhamon biss die Zähne zusammen. »Eure Diener lassen Euch Mäuse essen und Schnaps trinken?«

Sie nickte unter leisem Seufzen. »Wir sind nicht sehr zufrieden mit unserem Gesinde. Hin und wieder töten wir ein paar, aber die Neuen sind genauso schlimm, wenn nicht schlimmer.«

»Eure Diener – sind das Menschen?«

»Mmmm.«

Dhamon nahm das als Bestätigung.

»Sie sind aber diesen Sommer lange nicht gekommen«, fügte sie hinzu. »Wir glauben, dass sie auf mich und meine Schwester wütend waren und uns umbringen wollten, damit sie dieses Schloss und unser Vermögen erben können.«

»Euch umbringen?« Dieser sarkastische Einwurf kam von dem Sivak. »Warum sollten sie dieses Haus erben wollen?«

Maab runzelte die Stirn. »Oh, wir haben uns nicht aushungern lassen. Wir haben einen Zauber gewirkt, einen gemeinen Zauber, durch den die Luft vor dem Zimmer ganz abscheulich und giftig wurde. Kurz danach bekamen wir zu essen.« Nach einer Pause ergänzte sie: »Von denen, die überlebt haben.«

Dhamon schluckte hörbar. »Ihr seid eine Zauberin?«, fragte er zögernd.

Sie keckerte wie verrückt. »Meine Schwester und ich sind sehr, sehr mächtig«, gab sie zurück.

»Von den Schwarzen Roben?«

»Natürlich.« Sie lächelte böse, wobei eine Reihe abgebrochener gelber Zähne sichtbar wurde. Im Unterkiefer fehlten ein paar. »Wir sind vielleicht die mächtigsten Zauberinnen der Schwarzen Roben, die es in dieser verzweifelten Welt noch gibt. Die mächtigsten Zauberinnen jeder Farbe.«

Dhamon blickte auf den Spiegel, dann auf die Alte. »Eure Schwester …«

»Sie heißt auch Maab. Sie redet nicht.«

»Wahrscheinlich spinnt sie genauso«, murmelte Dhamon in sich hinein.

»Meine Schwester? Ha! Nein, die spinnt nicht. Sie hat in ihrem ganzen Leben kein Fädchen gesponnen.«

»Seid Ihr … eine Heilerin?«

»Früher war ich das.« Mit einiger Anstrengung stand sie von ihrem Hocker auf und ging an Dhamon vorbei, bemühte sich jedoch, in Sichtweite ihres Spiegelbildes zu bleiben. Sie griff nach einem der Krüge, öffnete ihn und nahm einen Schluck. Als sie ihm den Alkohol anbot, lehnte er ab. Obwohl er sicher war, dass ein guter Tropfen ihm jetzt gut bekommen würde, traute er dem Inhalt des Kruges nicht.

»Wieso, bist du krank?«

»Ich …« Dhamon sah sie an, während er nach den richtigen Worten suchte. »Was ich brauche, ist …«

»Offenbar Hilfe«, endete sie. »Sonst hättest du nicht den Weg in unser Schloss gefunden.« Schnaufend und japsend kehrte sie zu dem Hocker zurück und kletterte mühsam hinauf. »Was sollen Maab und ihre Schwester für dich tun? Leidest du unter einer Lähmung oder unter einem Fluch? Hast du eine offene Wunde, die wir nicht sehen können?«

Ragh räusperte sich. »Er hat eine Drachenschuppe am Bein. Von einem Oberdrachen. Das Ding ist Gift für ihn. Und es wachsen weitere.«

»Sie bringen mich langsam um.«

Die Alte rümpfte die Nase. »Diese Drachen beachten meine Schwester und ich gar nicht. Nicht mehr. Die sind nur schlecht gelaunt und unberechenbar. Wir mögen sie nicht.« Sie fixierte Dhamon mit hasserfülltem Blick. »Wir mögen Drachen überhaupt nicht. Noch nie.«

Dhamon biss die Zähne zusammen, sodass sein Atem nur zischend entwich. »Ich würde Euch bezahlen«, fing er an.

»Womit? Deine Taschen sind leer.«

»Ich würde schon einen Weg finden.« Dhamon war beeindruckt, dass sie durch den Stoff und das Leder sehen konnte. Vielleicht las sie auch seine Gedanken. Irritiert ballte er die Fäuste. Körperlich war er der Zauberin weit überlegen, aber sie verfügte offensichtlich über Magie.

»Dennoch«, überlegte sie, »auch wenn wir kein Geld und nicht noch mehr magische Schätze brauchen, ist eine Drachenschuppe an einem Menschen doch interessant.« Einen Augenblick schloss sie nachdenklich die Augen. »Ich glaube, es ist Tage – oder sind es Jahrzehnte? – her, dass meine Schwester und ich uns mit Drachen beschäftigt haben. Gemocht haben wir sie nie, wie ich schon sagte, aber wir haben uns doch mit ihnen beschäftigt. Diese Arbeit hat uns sogar eine ganze Weile voll in Anspruch genommen. Wir haben an nichts anderes mehr gedacht, keine neue Magie mehr erforscht. Besonders rote Drachen. Es ist sogar –«

»Es ist sogar die Schuppe eines roten Drachen.« Mit aufgeregten Händen zog er das Hosenbein hoch. Die Ansammlung kleiner Schuppen und der untere Rand der einen großen Schuppe kamen zum Vorschein und glänzten im Lampenschein.

»Nein, nein«, schnalzte sie. »Das ist doch wohl eindeutig von einem schwarzen Drachen.«

Dhamon erzählte ihr von der Drachenherrscherin Malys, wie er die Schuppe von einem Ritter der Takhisis bekommen hatte und wie einige Zeit später ein Schattendrache und ein Silberdrache das Band zwischen ihm und der Roten durchtrennt hatten.

»Dabei wurde die Schuppe schwarz«, erklärte er.

»Meschugge ist er«, versicherte Maab ihrem Spiegelbild. »Der junge Mann ist verrückt, glaube ich. Krank im Kopf. Findest du nicht auch? Und außerdem noch farbenblind.« Sie wartete, legte den Kopf zur Seite und lauschte. »Na schön. Vielleicht können wir ihm trotzdem beistehen. Nur weil er so nett war, uns hier zu besuchen.« Sie wandte den Blick wieder Dhamon zu und kniff die Äuglein zusammen. In dem unsteten Licht wirkten ihre Runzeln noch tiefer.

»Auch wenn du keine einzige Münze besitzt, hat unsere Magie doch ihren Preis.«

»Das ist eine Torheit«, knurrte der Sivak. »Sie ist die Verrückte. Wir sollten von hier verschwinden.«

»Nennt Euren Preis«, fuhr Dhamon auf. »Nennt Euren Preis, und ich werde einen Weg finden, ihn zu bezahlen.«

Sie drehte den Kopf und blickte erneut in den Spiegel. »Wir denken uns etwas aus, meine Schwester und ich. Etwas, das du uns besorgen kannst. Aber es wird teuer werden. Sehr teuer.«

Der Sivak stöhnte. »Das kannst du doch nicht ernsthaft in Betracht ziehen, Dhamon. Sie kann dir nicht helfen. Wir verschwenden unsere Zeit.« Ragh tappte schneller mit seinem Fuß auf. »Außerdem, Dhamon, kann ich nicht mehr …«

Dhamon drehte sich um und wurde mit großen Augen Zeuge, wie das Bild der Brut zu schimmern begann. Gleich darauf schmolz die Illustration der schwarzen Brut dahin, und der vernarbte, flügellose Drakonier stand an ihrer Stelle da.

»… lange diese Gestalt beibehalten.«

»Interessant«, bemerkte Maab. »Bitte achte darauf, dass dein Begleiter draußen bleibt.«

»Die Schuppe an meinem Bein …«, hakte Dhamon nach, der sich nun wieder der Alten zuwandte. »Mir wurde gesagt, wenn ich sie entferne, würde ich sterben.«

»Wahrscheinlich«, nickte sie, »aber wenn meine Schwester und ich das übernehmen, läge die Sache durchaus anders. Wir verstehen etwas von Drachenmagie. Natürlich bräuchte ich meine Instrumente. Meine Bücher. Und bestimmte Pulver, die hilfreich wären.« Sie blickte in den Spiegel. »Oh, ja. Das bräuchten wir auch, liebe Schwester. Das kostbare kleine Geschenk von Raistlin. Wenn wir fertig sind und er die ganzen schwarzen Schuppen los ist, werden wir einen Preis für unsere Dienste festsetzen.«

Dhamon sah sich wieder im Zimmer um, entdeckte aber keines der erwähnten Instrumente. »Wo sind denn die Pulver und die Bücher?«

Mit großer Anstrengung hob sie sich vom Hocker. »Unten.« Sie watschelte auf die Tür zu und winkte den Sivak mit knorriger Hand zur Seite, als wolle sie ihn entlassen. »Ganz unten. Meine Schwester kennt den Weg.« Sie drehte sich um. Als sie ihr Ebenbild im Spiegel nicht mehr sehen konnte, geriet sie in Panik, schlug die Hände vor die Brust und schlurfte so weit zurück, dass sie in den Spiegel blicken konnte. Dort entspannte sie sich.

»Zu schade. Wir können dir doch nicht helfen, Jungchen. Meine Schwester will unser Zimmer heute nicht verlassen. Es geht ihr nicht so gut. Komm morgen wieder, vielleicht geht es ihr dann besser.«

Dhamon knurrte: »Ihr habt keine Schwester, alte Frau.«

Sie wirkte verletzt und zog den Kopf zwischen die Schultern. »Du beleidigst uns.«

»Das ist ein Spiegel«, begann er. »Es ist nichts als ein verdammter Spiegel, und Ihr seht Euer Spiegelbild. Ihr seid ganz allein hier. Ihr habt keine Schwester.« Und du bist weder Hexe noch Heilerin – die ganze Reise war umsonst, fügte er bei sich hinzu.

Sie schüttelte den Kopf. »Junger Mann, ich habe Mitleid mit dir. Erst so wenige Jahre auf der Welt und schon so tief dem

Wahnsinn verfallen! Wie kann dein Leben dir so noch Freude machen? Ja, ich glaube wirklich, dass du vollkommen den Verstand verloren hast.« Mahnend hob sie ihren knochigen Finger. »Meine Schwester und ich können deine Schuppe und deinen Wahnsinn heilen – für uns ist das einfach, auch wenn die Sache mit dem Irresein zugegebenermaßen die schwierigere Aufgabe ist. Ob wir das vermögen, ist nicht so sicher.«

Sie verschränkte die Arme und starrte ihr Spiegelbild an. »Aber wenn meine Schwester das Zimmer nicht verlassen will, können wir dir heute nicht helfen. Sie ist ziemlich stur. War sie schon immer. Jetzt, wo sie älter ist, ist es noch schlimmer. Komm morgen oder übermorgen wieder. Vielleicht können wir sie dann dazu bringen, das Zimmer zu verlassen.«

Dhamon schloss die Augen und atmete langsam aus. Dann trat er einen Schritt auf den Spiegel zu, hob die Faust, um ihn zu zerschmettern, konnte sich aber nicht rühren.

»Wag es nur nicht, meiner Schwester zu drohen«, warnte Maab. »Sonst wäre ich gezwungen, dich zu töten. Wenigstens wäre dann dein Problem mit der Drachenschuppe gelöst.«

Seine Brust wurde eng, als ob alle Luft aus dem Raum gesaugt worden wäre. Wie ein Hammer schlug eine Woge des Schwindels auf ihn ein. Einen Augenblick später entließ sie ihn aus dem Bann. Er rieb sich den Hals und atmete die faulige Luft in langen Zügen ein.

»So, schon besser«, kommentierte sie. »Wie ich schon sagte – komm morgen wieder, dann werden wir ja sehen, ob meiner Schwester nach einem Spaziergang zu Mute ist.«

»Nein.« Dhamon baute sich vor der Alten auf. »Ich komme nicht morgen wieder. Ich brauche deine Hilfe jetzt.«

Sie schüttelte den Kopf. »Zu schade.«

Wieder wurde die Luft dünner.

Der Sivak trommelte mit den Fingern gegen den Türrahmen. »Wir sollten gehen, Dhamon.«

Was mache ich eigentlich hier?, dachte Dhamon, dem wieder schwindelig wurde.

»Meine Schwester ist nicht so mächtig wie ich, aber im Laboratorium ist sie eine gute Hilfe«, fuhr Maab fort. »Ohne sie kann ich nichts für dich tun. Außerdem bist du unverschämt. Vielleicht sollte ich dir überhaupt nicht helfen.«

Dhamon fuhr sich mit den Fingern durchs Haar. Und wenn sie nun wirklich mächtig genug war, ihm zu helfen?

»Ich könnte doch mal versuchen, Eure Schwester zum Mitkommen zu überreden. Ich kann sehr überzeugend sein.«

Er ging langsam auf den Spiegel zu, damit Maab ihn nicht für eine Bedrohung halten konnte. Eilig lösten seine Finger die Klammern, die den Spiegel an der Wand hielten. Anschließend nahm er ihn vorsichtig ab. Er hielt den Spiegel vor sich, sodass Maab ihr Spiegelbild sehen konnte. Als sie diesmal zur Tür ging, lief Dhamon neben ihr her.

»Liebe Schwester, wie schade, dass dieser verrückte junge Kerl nicht früher gekommen ist, um dich aus dem Zimmer zu locken. Ich wäre schon lange gern mal wieder spazieren gegangen.«

Sie gingen den gewundenen Korridor zurück. Der Sivak lief voraus, und Dhamon lief mit dem Spiegel direkt vor Maab her.

»Ich hoffe, das ist nicht der Inbegriff der Dummheit«, flüsterte Dhamon. Er war dankbar, dass Maab etwas schwerhörig zu sein schien. »Ich hoffe, sie kann wirklich etwas für mich tun.«

Mehrere Minuten später standen sie am Fuß der engen Treppe. Die Arme und Schultern des Drakoniers hatten frische Schrammen, wo sie an den Wänden entlanggeschabt waren.

»Meine Schwester findet, du solltest das versorgen lassen«, teilte Maab ihm mit. »Aber nicht von uns.« Sie rümpfte die Nase. »Mit deinesgleichen geben wir uns nicht ab.«

»Am liebsten würde ich Nura Bint Drax umbringen, wenn sie in der Stadt ankommt«, zischte der Sivak.

»Wir mögen deinen Begleiter nicht, junger Mann«, schalt Maab. »Meine Schwester findet, er sollte draußen bleiben, damit er den Boden nicht schmutzig macht.«

Sie kamen an dem Wandschrank vorbei, in dem Dhamon und der Sivak sich versteckt hatten. Maab bestand darauf, hier anzuhalten und einen wärmeren Mantel mitzunehmen. »Ganz tief unten ist es kalt und feucht«, erklärte sie.

Dhamon versuchte, den Spiegel an den Drakonier weiterzureichen, doch der weigerte sich mit einem wütenden Blick. Stattdessen zog Ragh das Langschwert aus Dhamons Scheide.

»Mit Schwertern kann ich gut umgehen«, betonte der Sivak, »und sie haben eine größere Reichweite als die Überreste meiner Klauen.«

Dhamon erwiderte den grimmigen Blick des Drakoniers, machte aber keine Anstalten, ihm zu widersprechen. Er wusste, dass er nicht Spiegel und Schwert gleichzeitig halten konnte.

Wieder ging der Sivak voran. Er tötete eine Brut, welche die Treppe heraufkam, und nahm wieder deren schlankere schwarze Gestalt an.

»Du hast da einen höchst erstaunlichen Begleiter«, stellte Maab fest. »Erinnert meine Schwester und mich an Takhisis' Kinder, die Sivaks. Die konnten solche wundersamen und tödlichen Dinge vollbringen. Sie sahen wunderschön aus und hatten prächtige Flügel, mit denen sie fliegen konnten.«

Der Sivak zischte und deutete auf die Treppe. »Ist das der Weg zu deinen Büchern, alte Frau?«

Sie schüttelte den Kopf und schaute ihr Spiegelbild an. Dann schlurfte sie zur gegenüberliegenden Wand. Dort drückte sie einen Stein nach dem anderen, bis ein Teil der Wand herumschwang und eine Treppe freigab, die fast so schmal war wie diejenige, die zu ihrem Raum geführt hatte.

»Zu dunkel«, beschwerte sie sich und behalf sich mit einem Fingerschnippen. Auf ihrer Handfläche erschien eine Kugel aus blassrosa Licht.

Dhamon starrte sie an. Er erinnerte sich daran, dass Palin Majere in der Wüste des großen blauen Drachen einen ähnlichen Zauber verwendet hatte.

»Meine Schwester kennt den Weg besser als ich. Sie sagt, wir müssen dieser Treppe bis ganz nach unten folgen.«

Ragh blieb stehen, rieb sich das Kinn und erschien bei der Aussicht, sich weiter die Schultern aufzuschürfen, äußerst unglücklich. »Weiß deine Schwester etwas über Nura Bint-Drax, die Naga, die in den nächsten Tagen hierher kommt?«

Maab schüttelte den Kopf. »Natürlich nicht. Meine Schwester hasst solche abscheulichen Kreaturen und achtet nicht auf sie.«

Seufzend machte sich der Sivak an den engen Abstieg.

»Ich allerdings weiß so manches über Nura Bint-Drax und ihre Reisen«, fügte Maab hinzu. »Meine Schwester interessiert sich nicht besonders für solche Wesen, aber ich lege Wert darauf, zu wissen, was alles durch diese Stadt kriecht.«

»Erzähl mir von ihr«, forderte Ragh sie mit leise nachhallender Stimme auf. »Wohin reist sie?«

»Wenn du höflich zu uns bist. Sobald wir deinem Herrn geholfen haben.«

Dhamon stützte sich an der Wand ab. Es war ziemlich mühselig, so langsam seitwärts die Treppe hinabzusteigen, sich dem Tempo der alten Frau anzupassen und den Spiegel so zu halten, dass sie ihn sehen konnte. Er riskierte einen Blick auf den Sivak unter ihm und sah, wie das Schwert glänzte, das dieser hochhielt.

21 Raistlins Geschenk

»Wohin jetzt, alte Frau?« Der Drakonier stand am Fuß der Treppe. Drei schmale runde Tunnel führten von hier weg. Jeder war von flackernden, rauchlosen Fackeln erhellt, deren Schatten so wild über die Steine tanzten, dass es aussah, als wären die Tunnel sich windende Schlangen.

»Welchem Gang sollen wir folgen?«

Maab warf ihre Lichtkugel in die Luft und blies sie aus wie eine Kerze. »Oh, ja, liebe Schwester, ich weiß, dass es die Zwerge waren«, bemerkte sie selbstgefällig. »Sehr fähige Zwerge.« Nach einem Blick in den Spiegel, den Dhamon vor sie hielt, hielt sie das Ohr dicht davor. »Was hast du gesagt? Ja. Ja. Das weiß ich auch. Die Zwerge haben diesen Palast und die Räume darunter gebaut. Mehr unterirdisch als oberirdisch. Gutes Zwergenhandwerk. Das beste, das wir kaufen konnten!« Sie kicherte. »Ja, liebe Schwester, ich weiß, dass es deine Idee war. Sie haben auch diese Geheimtunnel gebaut. Diejenigen, die unsere neuen Freunde sehen werden – und andere, die sie niemals zu sehen bekommen.«

»Wozu?«, fragte Dhamon, ohne nachzudenken.

»Wozu die vielen Tunnel?« Sie legte den Kopf schief.

Dhamon wollte eigentlich wissen, wozu sie so unglaublich viel Platz brauchte. Dieses Gebäude war bestimmt so groß oder noch größer als der Turm von Wayreth, in dem Palin Majere zeitweise lebte. Aber er beantwortete ihre Frage mit einem Nicken.

»Wir wollten die Tunnel, falls unsere Feinde in den Palast eindringen und ihn besetzen würden. Vor vielen hundert Jahren …«

Viele hundert Jahre! Vielleicht war sie doch so alt, wie Maldreds Geschichten behaupteten.

»… vor endlosen Jahren gab es Leute, die uns Schwarze Roben hassten – vielleicht gibt es sie immer noch. Wegen unserer Macht. In Wahrheit ist es der Neid. Kein Zauberer ist so mächtig wie eine Schwarze Robe. Meine Schwester und ich wollten Tunnel, in denen wir unbemerkt herumlaufen konnten. Eindringlinge beobachten, zuschlagen, wann wir wollen. Fliehen, wenn nötig. Einer der Tunnel, aber welcher, das verrate ich euch nicht, führt bis weit jenseits der Stadt. Viele Meilen.«

Der Sivak seufzte verärgert. »Deine Feinde haben deinen Palast aber eingenommen, alte Frau. Überall läuft Brut herum. Und Drakonier. Manchmal kriechen die Sendboten der Schwarzen durch diese Stadt.«

Sie drohte ihm mit ihrem knochigen Finger und senkte die Stimme zu einem Flüstern. »Ich weiß genau, was in meinem Palast vor sich geht, du unverschämter Kerl. Ich kann jeden Zoll davon absuchen, wenn mir danach ist, übrigens auch jeden Zoll dieser verfallenen Stadt. Das meine ich doch. Unsere Feinde wissen nicht von all diesen Tunneln und können uns hier nicht finden. Kein Lebender weiß von diesen Tunneln.«

Dhamon schmunzelte. »Zwerge werden sehr alt, Maab. Diejenigen, die diesen Ort erbaut haben, können sich vielleicht noch daran erinnern, wo die ganzen Tunnel liegen. Die habt Ihr vergessen.«

Sie bedachte ihn mit einem boshaften Lächeln. »Nicht die, die diesen Palast gebaut haben. Die wurden nicht mehr sehr alt. Meine liebe Schwester hat jeden einzelnen dieser praktischen Zwerge getötet, damit sie niemandem etwas über die Geheimnisse unseres Hauses verraten konnten.«

»Und was ist mit uns?« Dhamon lief es kalt über den Rücken. Er wollte noch etwas sagen, aber der Sivak war schneller.

»Ich werde langsam ungeduldig«, meinte Ragh. »Ich will die Naga mehr als Dhamon sein Heilmittel. Wenn die Heilung, die du angeblich bewirken kannst, nicht bald kommt, lasse ich euch beide hier sitzen und warte oben auf ihre Ankunft.«

»Uns drei«, empörte sich Maab. »Ungehobeltes Tier.«

»Wohin jetzt?«, wiederholte Ragh. »Wo geht es zu deinen Büchern und Pulvern und dieser unsinnigen Kur, die Dhamon unbedingt haben will?«

Sie drohte wieder mit dem Finger. »Nach links. Unser Laboratorium liegt ganz am Ende des Tunnels. Auf, auf, Tierchen. Hier unten ist es feucht, und das ist schlecht für die alten Knochen. Außerdem wäre meine Schwester gern wieder oben in unserer gemütlichen Kammer. Sie hat Hunger auf eine dicke Ratte.«

Der Sivak stieß ein Knurren aus, nahm aber den angezeigten Gang und lief stellenweise seitwärts, wenn es ganz eng wurde. Nach mehreren hundert Schritten – weit jenseits der Mauern des Gebäudes oben – verbreiterte sich der Tunnel, aber dafür hing die Decke tiefer. Er konnte nur geduckt weitergehen. Hier gab es frische Luft wie in Maabs Zimmer, und es roch auch wieder nach Frühlingsblumen. Dhamon fragte sich, ob die alte Frau die Luft und die Düfte mitgebracht hatte, weil sie nicht die modrige Luft einatmen wollte, die diesen Ort sonst erfüllen würde.

Er folgte Ragh dicht auf den Fersen und hielt den Spiegel um Maabs willen gekippt. Auch die Tunnel wurden von den rauchlosen und geruchlosen Fackeln erhellt, deren Feuer das Holz nicht verzehrte. Als er schneller wurde, prallte er gegen Raghs ledrige Brutflügel.

»Beeil dich«, forderte er den Drakonier auf. Die Schuppe auf seinem Bein wurde schon wieder warm. Bald würde der Schmerz unerträglich werden.

Grollend schritt Ragh schneller aus. Er trug noch immer Dhamons Schwert. »Alte Frau«, begann er, als er sich dem Ende des Tunnels näherte und an einer Fackel vorbeikam, die in einem Wolfsmaul steckte. »Wenn du und deine Schwester so mächtige Zauberinnen seid –«

»Wir zählen zu den mächtigsten der wenigen Schwarzen Roben, die es auf Ansalon noch gibt. Meine Schwester glaubt sogar, wie sind die mächtigsten. Sie sagt, nicht einmal Dalamar oder –«

»Warum verbannt ihr dann nicht einfach mit einem Fingerschnippen all diese Bruten und die Drakonier aus diesem Palast? Oder aus der Stadt? Dann müssten wir uns nicht durch diese verdammten Tunnel zwängen.«

Sie kicherte. »Wir sind alt, Tierchen, meine liebe Schwester und ich. Wir sind klug genug, unser Haus nicht mehr verlassen zu wollen. Diese … Bruten … wie du sie nennst, sind eine interessante Unterhaltung für uns. Die kleinsten von ihnen fangen saftige Mäuse, die unsere Diener uns bringen. Meine Schwester mag die Schreie der Gefangenen, die sie manchmal weiter unten foltern. Die Schreie sind Musik in ihren Ohren. Es gefällt ihr besonders, wenn die Kreaturen … mehr Bruten … aus Menschen machen. Was wir dann hören, ist …« Sie stockte, bis sie die richtigen Worte gewählt hatte. »Es ist beunruhigend und sehr unterhaltsam. Interessant.«

Traurig schüttelte der Sivak den Kopf.

»Außerdem haben sie uns in Ruhe gelassen. Die paar, die mich gestört haben, habe ich getötet, und die anderen halten sich fern.«

»Dieser Tunnel ist eine Sackgasse«, fluchte Ragh. »Wir müssen umkehren und es mit einem anderen versuchen.«

»Tierchen, du bist blind.«

Maab drückte sich an Dhamon vorbei, der mitschwang, damit sie weiter ihr Spiegelbild betrachten konnte. Seine Finger umklammerten die Ränder, um sich gegen die Schmerzen zu stählen, die ihren Höhepunkt noch nicht erreicht hatten. Ein eiskalter Stich schoss aus der Schuppe in seine Brust. Es war lange her, dass die Schuppe ihn zweimal an einem Tag gepeinigt hatte.

»Warum jetzt?«, zischte er.

Sie berührte etwas an der Wand und schlurfte auf den Sivak zu. Ragh drückte sich mit dem Rücken an die Wand und fauchte, als sie sich vorbeischob. Maab tastete die Steine am Ende des Tunnels ab, bis sie einen fand, der weicher war, und darauf drückte. Ein kleinerer Teil der Wand schwang auf. Sie marschierte hindurch, zog den mottenzerfressenen Mantel eng um sich und rief ihrer Schwester zu, ihr zu folgen.

Das Zimmer dahinter war voller Schatten, die sich in die hinteren Ecken zurückzogen, als Maab einen weiteren Lichtball auf ihre Hand lockte. Es wirkte wie eine Höhle, war aber mit allen möglichen Dingen voll gestellt. Jeder Zoll der Wand war mit Regalen bedeckt, auf denen schimmelnde Bücher, Knochenröhren mit Schriftrollen sowie Pergamentstapel ruhten, die so brüchig aussahen, als würden sie bei der kleinsten Berührung zu Staub werden. Als Buchstützen dienten Schädel, manche davon von Menschen. Auf einem Podest in der Mitte des Raums stand der Schädel eines großen, eindrucksvollen Minotaurus.

Auf anderen Ständern und oben in den Regalen waren ausgestopfte Tiere zu sehen. Ein Rabe mit zerfledderten ausgebreiteten Schwingen schien gleich losfliegen zu wollen, Eidechsen, Hörnchen und einige große Ratten sahen aus, als würden sie ewig rennen. Ein kleiner Luchs hielt ein mottenzerfressenes Kaninchen im erstarrten Maul.

Alles war von Spinnweben überzogen.

Der Duft der frischen Luft und der wilden Blumen, der der alten Frau zu folgen schien, rang mit unzähligen Gerüchen, die sich in diesem Raum angesammelt hatten – den verrotteten Tieren, den Mixturen, die weder Dhamon noch der Drakonier benennen konnten, getrocknetem Blut und faulendem Holz. Manche Tischbeine und ein paar Bücherregale waren mit Moos bewachsen. Auf dem Boden standen einige schleimige Lachen, und in einer Ecke der Decke wucherte eine hässliche grau-grüne Schlingpflanze.

Als die Lichtkugel heller und größer wurde, warf Maab sie in Richtung Decke, wo sie den Raum schwebend ausleuchtete. Die Decke und die sichtbaren Teile der Wand waren auch hier von Mosaiken überzogen, welche Zauberer der Schwarzen Roben bei unterschiedlichen Tätigkeiten zeigten. Direkt über ihnen waren drei Zauberer abgebildet, die ein Ungeheuer mit vielen Tentakeln beschworen, das von dem hässlichen Gewächs teilweise verdeckt wurde.

In der Mitte des Raumes standen aneinander geschobene Tische, die meisten mit Bechergläsern, Phiolen und seltsam geformten Gefäßen voll gestellt. Alles war von einer dicken Staubschicht überzogen. Auf anderen standen große Gläser, in denen Gehirne und andere Organe schwammen. Eines enthielt ein konserviertes Ferkel mit fünf Beinen, ein anderes den Kopf eines Kendermädchens. Unter manchen Tischen standen geräumige Seemannskisten, die von Spinnweben und Staub bedeckt waren. An einigen Tischen lehnten auch Schilde, einer mit dem Emblem der Stahllegion, zwei andere von Schwarzen Rittern. Ein vierter Schild war nicht dekoriert, aber auch nicht verstaubt.

»Ist viel zu lange her, seit wir hier unten waren, liebe Schwester«, rügte Maab. »Ich vermisse diesen Ort und all unsere wundersamen Dinge so sehr. Vielleicht war es doch ganz gut, dass du gekommen bist, Dhamon. Und nun zu deiner Heilung.«

Sie schlurfte zu den nächsten Regalen und vertiefte sich so sehr in ihre Bücher, dass sie gar nicht bemerkte, dass Dhamon ihr nicht mehr mit dem Spiegel folgte. Ein Buch nach dem anderen holte sie von den Brettern, so weit sie reichen konnte, kehrte zu einem Tisch mit Schieferplatte zurück und legte sie ehrfürchtig darauf. An ein paar Bücher kam sie nicht heran, deshalb schnippte sie mit den dürren Fingern und bedeutete dem Sivak, sie ihr herunterzuholen.

»Das rote«, teilte sie ihm mit. »Nicht das da. Das mit dem blutroten Einband. Ja, genau. Das von der Farbe eines roten Drachen. Die drei schwarzen ganz oben. Wertvolle Bücher. Pass auf, dass deine Klauen nicht die Einbände zerkratzen.«

Ragh verdrehte die Augen, tat aber, wie ihm befohlen worden war. Einige Bücher schienen in Drachenhaut eingebunden zu sein. Eines war mit verkohltem, vertrocknetem Menschenfleisch überzogen.

»Leg sie auf den Tisch. Und jetzt sei ein braves Tierchen, und sorg dafür, dass meine Schwester herüberkommt.«

Grollend ging der Drakonier auf Dhamon zu.

»Ragh, ich …« Dhamon stockte die Stimme.

»Du kannst dein Schwert wiederhaben«, versicherte ihm der Sivak. »Sobald du den verdammten Spiegel da drüben auf ein Regal gestellt hast, damit sie sich sehen kann.« Der Drakonier schenkte Dhamon kaum einen Blick, so sehr faszinierte ihn dieser Raum: Auf einem Ständer lag ein Teil vom Ei eines Silberdrachen. Über ein Gestell auf der anderen Seite war ein Stück Haut von einem roten Drachen gespannt. Ragh ging an Dhamon vorbei zu einem Kuriositätenschrank, in dem Klauen und Augäpfel ausgestellt waren.

»Ragh.«

Ein Krachen ließ den Sivak und Maab herumfahren. Dhamon lag in den Scherben des Spiegels. Er zuckte. Gesicht und Hände waren von den Scherben zerschnitten. Seine Haut war tiefrosa und glänzte fiebrig.

»Nein!«, heule Maab auf. »Meine Schwester! Er hat meine liebe Schwester verscheucht.«

Jammernd sank die alte Frau auf die Knie. Ihr Heulen wurde so laut und schrill, dass die Glasröhrchen in ihren Halterungen klirrten. Der Sivak ließ Dhamons Schwert fallen, schlug beide Hände über die Ohren und sah sich nach der Tür um, durch die sie eingetreten waren. Er fand jedoch nur unzählige Regale voller Bücher und seltsamer Dinge.

Die Lichtkugel leuchtete auf und veränderte ihre Farbe. Aus Gelb wurde Orange und dann ein Rot, das alles mit dem Glühen des Abgrunds überzog. Der Sivak verlor seine Brutgestalt, weil er sich nicht mehr darauf konzentrieren konnte.

Die Luft wurde heiß und trocken, bis ihm das Atmen schwer fiel.

»Meine Schwester!«, kreischte Maab. »Ohne meine Schwester bin ich ganz allein! Ihr habt sie verscheucht. Dafür werdet ihr sterben!«

Raghs scharfe Ohren nahmen noch andere Geräusche wahr, Füße, die über ihnen trappelten. Zweifellos hatte man oben auf der Straße oder in anderen Gebäuden das Heulen der Alten gehört und entfernte sich von dem unheimlichen Geräusch. Er hörte ein Glas hinter sich zerspringen, dann noch eins und noch eins. Von der Decke klapperten Mosaikteilchen auf den bebenden Boden.

Dhamon stöhnte.

»Der Schild«, brachte der Krieger heraus. »Zeig ihr den Schild, Ragh.«

Im ersten Moment begriff Ragh nicht, was Dhamon meinte, und danach dauerte es immer noch eine Weile, bis er unter den Tisch langte und nach dem unverzierten Schild griff.

Maabs Mantel blähte sich in einem sengend heißen Wind, der sich aus dem Nichts erhoben hatte. Spinnwebfeine weiße Haare sträubten sich von ihrem runzligen, wutverzerrten Gesicht weg. Ihre Augen waren jetzt groß und rot, nicht mehr von dem blauen Film überzogen, und ihr Geheul war zu einem unverständlichen Wortschwall geworden. Ihre dürren Finger zuckten durch die Luft. Das blutrote Licht, das sich an der Decke noch immer ausdehnte, beleuchtete und verzerrte die ganze Szene.

Ragh kämpfte sich auf sie zu, hatte jedoch Schwierigkeiten, denn die Luft war zum Schneiden dick und so heiß geworden, dass er sich vorkam, als würde er gebacken.

»Deine Schwester!«, schrie der Sivak, dessen raue Stimme die Alte irgendwie erreichte. »Ich habe deine Schwester gefunden! Sieh her!«

Sofort wurde die Luft dünner. Die rote Kugel verblasste zu Gelb, dann wieder zu Weiß, und sie schrumpfte. Die alte Frau zitterte noch immer. Ihre Finger strichen über ihre feinen Haare, während die eisblauen Augen den spiegelblanken Schild anstarrten, den Ragh vor der Brust trug.

»Meine Schwester«, atmete sie erleichtert auf. Mühsam stand sie auf, berührte die Ränder des Schilds und bewegte ihr Gesicht hin und her, damit sie ihr Spiegelbild deutlicher sehen konnte. Sie drückte ihr Ohr daran. »Was sagst du, Maab? Oh, du warst die ganze Zeit hier, ich habe dich nur aus den Augen verloren. Ja, ich hätte nicht in Panik geraten müssen. Sieh nur, was ich angerichtet habe. So viele Scherben. Was? Ja, natürlich kümmere ich mich erst um diesen jungen Mann. Nun komm.«

Die alte Frau trottete auf Dhamon zu, der totenstill auf dem Boden lag.

»Ich sehe ihn nicht atmen«, murmelte sie. »Vielleicht war der ganze Weg hier herunter umsonst.«

»Dhamon atmet«, versicherte der Drakonier. »Noch.«

Sie wackelte mit den Fingern und zeigte auf den Tisch mit der Schieferplatte. »Leg ihn da rauf. Und pass auf, dass du dich nicht an den Scherben schneidest.«

Der Sivak schob den Schild an seinen rechten Arm und hievte Dhamon auf die andere Schulter.

Sie behielt ihr Spiegelbild noch kurz im Blick, ehe sie weghuschte, ein paar weitere Bücher herunterzog und die Knochenröhren durchsuchte, bis sie eine besonders dicke fand, die an einem Ende schwarz war.

»Raistlins Geschenk für mich und meine Schwester«, flüsterte sie.

Anschließend eilte sie zum Tisch zurück, der so lang war, dass Dhamon ausgestreckt darauf liegen konnte. Ihre Bücher lagen im Halbkreis um seinen Kopf. Als sie sie durchblätterte, rissen die

Seiten an den Rändern. Der dünnste Band, der in grüne Drachenhaut gebunden war, war voller Wurmlöcher.

»Die Würmer haben zu viele gute Wörter gefressen«, erklärte sie, während sie das Buch verwarf und nach einem anderen griff. »Ah, das müsste gehen.«

Der Sivak blickte ihr über die Schulter. Trotz seiner vielen Jahre auf Krynn hatte Ragh nie lesen gelernt, beobachtete aber dennoch neugierig, was sie nun tat. Sie stieß ihn mit dem Ellbogen weg, achtete jedoch darauf, dass sie weiter ihr Spiegelbild sehen konnte.

»Du musst Dhamon helfen«, beschwor Ragh die Alte.

»Mitleid mit einem Menschen. Seltsam für einen wie dich.«

»Er ist mir vollkommen gleichgültig«, gab der Sivak zurück. »Ich will nur, dass du ihn heilst. Dann hilft er mir nämlich bestimmt, die Naga zu erschlagen. Nura Bint-Drax. Du erzählst mir doch von ihr, wenn du hier fertig bist?«

»Und wenn ich deinem Freund aus irgendeinem Grund nicht helfen kann?«, fragte Maab laut.

»Dann nehme ich sein Schwert, suche sie und kämpfe allein gegen sie. Vielleicht sollte ich das sowieso tun. Sag mir, was du über Nura Bint-Drax weißt.«

Sie schüttelte den Kopf. Ihr Haar stand ab wie ein Heiligenschein. »Ein Tierchen gegen die Naga, die durch den Drachensumpf gleitet? Du hast nicht den Hauch einer Chance, Kerlchen. Nein. Jetzt sage ich überhaupt nichts mehr. Vielleicht niemals wieder. Du kannst uns nicht bezahlen.«

Der Sivak lehnte den Schild an einen Bücherschrank und richtete ihn so auf die alte Frau aus, dass sie hineinsehen konnte.

»Dann werde ich bei dem Versuch, sie zu töten, eben sterben.«

»Du lebst für die Rache«, kicherte sie. »Meine Schwester sagt, für einen Sivak ohne Flügel ist das Leben nichts mehr wert. Hat sie da Recht?«

Die nächsten paar Stunden döste Ragh vor sich hin, während Maab weiter ihre Bücher durchblätterte, mit den Fingern in die Luft schrieb und leise Worte in einer fremden Sprache vor sich hin murmelte. Als er erwachte, stand sie auf einer der alten Seemannskisten, dabei hätte sie in ihrem Alter und bei ihrer Größe gar nicht in der Lage sein dürfen, sie unter dem Tisch hervorzuzerren. Neben Dhamon war eine Reihe kleiner Keramikschalen aufgestellt, die mit unterschiedlichen farbigen Pulvern gefüllt waren. In einer schienen auf den ersten Blick Perlen zu liegen, doch dann erkannte der Sivak, dass es sich um winzige Echsenaugen handelte. Es gab auch ein kleines Glas mit einer zähen grünen Flüssigkeit und daneben den zusammengekrümmten Fuß eines Raben. Der Drakonier schüttelte den Kopf. Er war schon vor langer Zeit zu dem Schluss gekommen, dass Zauberer für ihre Kunst unerfindliche Vorbereitungen brauchten.

Er sah zu, wie sie ihr Material aufbaute, ein paar Seiten las, die aus einem Buch gerutscht waren, und über die Schulter auf den Schild blinzelte.

»Wir sind so weit, Schwester.« Zu dem Drakonier gewandt fügte sie hinzu: »Du musst seine Hose aufreißen. Meine Hände sind nicht mehr so stark wie früher.«

Der Sivak antwortete nicht, sondern schlitzte den Stoff mit scharfer Klaue vom Knöchel bis zur Hüfte auf, damit Dhamons Schuppen zum Vorschein kamen.

»Ich finde, sie sieht schwarz aus«, bemerkte Maab. Sie betrachtete ihr Spiegelbild in den Schuppen. »Von einem schwarzen Drachen.«

»Sie war aber von einem roten Drachen.«

»Ich habe dich – und ihn – durchaus gehört«, bestätigte sie. »Verrückt, alle beide. Egal, die Farbe des Drachen spielt keine Rolle. So sollte es gehen.« Sie stieß einen tiefen Seufzer aus, der klang, als würden Herbstblätter über den trockenen Boden rascheln.

»Früher war die Magie so leicht. Man konnte die Energie in der Luft oder am Boden so leicht erkennen. Wie eine Decke in der Nacht hat sie sich um einen gewickelt. Jetzt ist nicht mehr viel übrig, meine liebe Schwester, aber mit Raistlins Geschenk finden wir vielleicht gerade genug, um diesem jungen Mann zu helfen. Unsere Dienste werden ihn allerdings teuer zu stehen kommen, sehr teuer.«

Der Sivak trat zurück und sah zu, wie sie ein Pulver nach dem anderen über Dhamons Bein schüttete. Die ganze Zeit über murmelte sie vor sich hin. Nach einer Pause nahm sie eine Hand voll Echsenaugen und schob sie sich in den Mund, ehe sie das Ritual fortsetzte, bis kein Zoll Haut oder Schuppe mehr unter der bunten Mischung hervorschimmerte.

»Unverschämt teuer«, keckerte sie, während sie nach den Seiten griff und zu lesen begann. Das Papier löste sich dabei auf magische Weise in Luft auf. Als nichts mehr übrig war, hob sie die Knochenröhre auf, öffnete das Ende und kippte sie um, worauf etwas in ihre Hand glitt.

Der Sivak starrte das Ding an. Es war ein pflaumengroßes Stück Jade, das zu einem Frosch geschnitzt war. Als Augen dienten Löcher, durch die ein Lederband gezogen war. Die Alte zog es sich über den Kopf. Es baumelte fast bis zu ihrer Taille nieder. Der Sivak ging auf die andere Seite des Tisches, um besser sehen zu können.

Maab redete wieder, schneller diesmal. Nur wenige Worte waren zu verstehen: Lunitari, Solinari, Nuitari, die Monde, die nicht länger am Himmel von Krynn standen. Schwarze Roben, Malys, Zobel und Namen, die dem Sivak nichts sagten. Während sie weiterfaselte, pulsierte der Frosch an ihrem Leib, als würde er atmen. Der Sivak sah genauer hin: Seine Beine und sein Kopf bewegten sich. Die Jadeschnitzerei öffnete ihr Maul und biss in Maabs Kleid, bis ein Loch entstanden war, grub sich hindurch und in ihre Haut hinein. Schließlich war sie in Maab verschwunden. Nur die baumelnde Lederschnur blieb zurück. Im Nu war die Wunde, die der Frosch genagt hatte, verheilt, und der Stoff fügte sich wie von selbst wieder zusammen.

»Ich fühle die Magie tief in meinem Bauch«, murmelte sie. »Sie zieht zu meinem Herzen.«

Unter den Händen der alten Frau begann Dhamon sich zu regen.

»Ich fühle die Macht in Raistlins Gabe. Schon jetzt verlässt ein Teil des Drachengifts deinen Freund, zieht weit, weit weg.«

Dhamons Körper lag auf dem Tisch, aber sein Geist war fern vom unterirdischen Labor der Zauberin und fern von dieser Stadt. Er steckte in einem Wald südlich von Palanthas, wo er gegen einen Ritter der Takhisis kämpfte – und siegte. Um ihn herum lagen mehrere Ritter, die er und seine Kameraden erschlagen hatten. Dieser Mann war der letzte verbliebene Feind. Dhamons Herz pochte vor Anstrengung, aber seine Schläge kamen präzise. Die Jahre bei den Schwarzen Rittern und dann unter der Führung des alten Solamniers, der ihm das Leben gerettet hatte, waren nicht ohne Wirkung geblieben. Noch ein paar Hiebe, dann hatte er den Mann schwer verwundet. Gleich darauf kniete er an der Seite des Sterbenden nieder. Dhamon hielt seinem Feind die Hand, um ihm in den letzten Augenblicken seines Lebens Trost zu spenden. Seine Belohnung war eine blutrote Drachenschuppe, die sich der Mann von der Brust riss und auf Dhamons Schenkel klatschte.

Der Schmerz war überwältigend. Zugleich erfüllte ein Drache sein Blickfeld, rot und so mächtig, dass er seinen Körper und Geist in Besitz nahm. Malys ließ ihn eine Zeit lang glauben, er hätte sie besiegt, indem sie in seinem Hinterkopf ausharrte und auf die passende Gelegenheit wartete, wieder zuzuschlagen. Dieser Zeitpunkt war gekommen, als er vor Goldmond trat und die Rote ihm befahl, die berühmte Heilerin zu erschlagen. Das wäre Dhamon beinahe gelungen, aber Rig und Jasper, Feril und andere taten ihr Bestes, um ihn aufzuhalten. Mit Erfolg.

Andere Drachen flatterten durch seinen fiebrigen Verstand. Ein geheimnisvoller Schattendrache, der Dhamon unter einer gewaltigen Klaue festnagelte, und ein Silberdrache. Beide bemühten sich, die Herrschaft der Roten zu brechen. Dhamons Geist wanderte wieder ins Laboratorium, wo er von der Decke aus überblickte, was dort unten geschah. Er sah seinen Körper auf dem Tisch.

Unter seinen Augen machte sich das verrückte alte Weib an

seinem Körper zu schaffen, malte Muster in die Pulver, die sie über sein Bein gestreut hatte. Es war ein eigenartiges Gefühl, ihr zuzuschauen, sich in diesem alten Labor umzusehen und den Sivak zu beobachten. Dhamon fühlte Schmerzen, nicht vom Tun der Alten, sondern von den wechselnden Hitze- und Kältestößen, die ihn durchjagten. Andere Bilder überlagerten Maab: der Ritter der Takhisis, der ihn mit der Drachenschuppe verflucht hatte, Malys und der Schattendrache, der größer und dunkler wurde. Sein Körper wurde schwarz, und die Augen dumpf gelb.

Dhamons Brust schnürte sich zusammen, als ob er in einem Schraubstock steckte. Sein Atem ging stoßweise. Er hörte eine Stimme in den Schmerz eindringen, ein raues Flüstern. Der Sivak.

»Wird er es schaffen? Wird er wieder gesund?«

»Kann ich noch nicht sagen«, erwiderte Maab. »Mein Zauber ist noch nicht fertig. Noch hat er nicht die Magie gebrochen, die ihn verflucht. Sieh hin, ein paar von den kleineren Schuppen sind verschwunden. Wollen wir hoffen, dass meine Schwester und ich erfolgreich sind. Lassen wir den Zauber wirken. Wir haben den Preis für unsere Hilfe festgelegt.«

Die Visionen von dem Schattendrachen und der Roten verblichen. Das Labor wurde dunkel, und Dhamon fühlte, wie sein Geist in den fiebernden Körper zurückgesaugt wurde, der sich nicht bewegen konnte. Alles, was er durch die geschlossenen Lider wahrnahm, war gedämpftes Licht von der leuchtenden Kugel an der Decke. Alles, was er hörte, war das Klopfen seines eigenen Herzens.

Maab saß auf der alten Seemannskiste neben Dhamons Tisch. Sie starrte den Drakonier an, der auf dem Boden hockte und ihren Blick erwiderte. Der Frosch war an seinen Platz an dem Lederriemen zurückgekehrt. Ragh hielt das Schwert vor sich, obwohl der Knauf für seine Hand ein bisschen zu klein war. Er senkte den Blick auf die Klinge, in der sich ein Teil seines Gesichts spiegelte. »Die Naga, alte Frau«, erinnerte er die alte Frau. »Nura Bint-Drax. Was weißt du von ihr? Weißt du, wo ich sie finden kann?«

Minuten verstrichen, ehe Maab das Schweigen brach. »Ich kenne Nura Bint-Drax. Ich habe die Naga vor ein paar Jahren kennen gelernt, als meine Schwester noch nicht darauf bestand, dass ich an ihrer Seite bleibe. Ich fand sie dreist. Zu schade, dass sie morgen kommen soll. Bestimmt kann sie sich immer noch nicht richtig benehmen.«

»Nura Bint-Drax.« Der Sivak ließ nicht locker. »Wo kann ich sie finden, wenn sie zurückkehrt?«

Als Maab nicht antwortete, ging der Sivak auf die Wand zu. Er wählte eine Stelle zwischen zwei Bücherschränken. Maab rutschte von der Kiste und schlurfte hinter ihm her.

»Da sind wir reingekommen. Ich weiß es.«

»Tierchen, du gehst nirgendwohin. Dein Freund, der Mensch –«

»Ja, ich warte ja auf ihn«, lenkte Ragh ein. »Aber spute dich mit deinem Zauber. Ich bin es leid. Ich will, dass er mir hilft, die Naga zu töten. Für einen Menschen ist er erstaunlich gut.«

Er tastete die Wand ab. »Bring den Zauber zu Ende, ja?«

»Er ist fast fertig. Noch ein paar Minuten, dann ist er alle Schuppen los – auch die große. Für Zauberinnen wie mich und meine Schwester war die Drachenmagie doch keine so große Herausforderung.«

»Du kannst ihn rausschicken, wenn alles vorbei ist.« Die Finger des Drakoniers hatten einen Spalt gefunden.

»Ich sagte, du gehst nirgendwohin, Kerlchen.«

Der Sivak drehte sich um. Maab stand nur wenige Fuß von ihm entfernt, eine Hand auf die Hüfte gestützt. Mit der anderen malte sie Zeichen in die Luft. Zwei ihrer Fingernägel leuchteten blassgrün.

»Ich habe einen Preis für die Heilung des Menschen festgelegt – und dieser Preis bist du. Du wirst einen guten Diener abgeben, Tierchen. Besser als die anderen, die in meinem Palast herumrennen. Stark. Klug, deinen Reden zufolge. Der Mensch muss auf sein gut dressiertes Tierchen verzichten. Meine Schwester mag dich – hat sie mir gerade verraten. Wir haben beschlossen, dass du mein Preis für die Heilung von Dhamon sein sollst.«

Der Schimmer breitete sich auf ihre anderen Finger aus. Dann nahm ihre ganze Hand einen kränklichen grünen Schein an, der den Arm hinaufzog und in ihrem Ärmel verschwand.

»Ich werde niemandem mehr als Sklave dienen«, zischte der Sivak.

»Tut mir Leid, Kerlchen. Du gehörst mir. So schlimm wird es gar nicht sein. Du kannst meiner Schwester dicke, fette Ratten fangen.«

Ragh schnellte so plötzlich vor, dass er die alte Zauberin überrumpelte. Mit aller Kraft riss er sein Schwert hoch und im Bogen herum. Es grub sich in ihren Hals, als der grüne Glanz von ihren Fingern aus auf den Sivak zukam. Ragh ging eilig in die Hocke, ohne das Schwert loszulassen. Damit trennte er ihr den Kopf von den Schultern. Ein grüner Dunst blieb direkt über seinem eigenen Kopf hängen. Er kroch darunter hervor.

»Ich hasse Zauberer«, murmelte er, während er an ihrem löchrigen Mantel sein Schwert abwischte. »So sehr, dass ich nicht einmal deine Gestalt annehmen werde, alte Frau. Tote alte Frau. So mächtig warst du also doch nicht. Nur verrückt.«

Der Sivak ging zu der Seemannskiste, öffnete sie und stellte fest, dass sie leer war. Also stopfte er Kopf und Körper hinein und hängte den Jadefrosch an seinen eigenen Hals. Geschwind wischte er das Blut ab, bis ihm der Schild einfiel.

»Liebe Schwester, du kannst ihr ruhig Gesellschaft leisten.«

Er legte den Schild auf den Leichnam, schob die Kiste wieder unter Dhamons Tisch und kehrte an die Wand zurück, gab jedoch Acht, nicht in den grünen Dunst zu geraten. Er suchte den Mechanismus für die Geheimtür.

»Als hätte mir ein Elefant auf den Kopf getreten!«

Ragh fuhr herum. Dhamon hatte sich auf dem Tisch aufgesetzt. Seine Kleider und seine Haut wiesen von Maabs Mixturen Streifen in allen Regenbogenfarben auf. Sein Gesicht war gerötet und glänzte noch vom Fieber. Die Tortur ließ ihn noch hagerer erscheinen. Nachdem er einige Male tief durchgeatmet hatte, schüttelte er den Kopf und warf das wirre Haar zurück.

»Wie geht es dir?«

»Als ob der gleiche Elefant auch auf meiner Brust gesessen hätte. Wenn du mir mein Schwert zurückgeben würdest, ginge es mir besser.«

Vorsichtig schwang er die Beine über den Rand des Tisches, stieß dabei jedoch einige von Maabs Tiegeln um. Als sie lautstark auf dem Steinboden zerschellten, zuckte er zusammen. »Ich höre immer noch besser, als ich sollte«, murmelte er. »Und was die Schuppe angeht …«

Er schloss die Augen und atmete langsam aus. Als er sie wieder aufschlug, sah er sein Bein an. Er wischte das bunte Pulver und den Sand weg, doch es war alles nass und körnig. Es dauerte eine Weile, bis alles weg war.

Eine große Schuppe war noch da. Die vielen kleinen hingegen waren verschwunden.

Dhamon starrte seine Haut an und unterdrückte ein Aufschluchzen. »Ich hätte wissen müssen, dass es kein Gegenmittel gibt«, konstatierte er. »Ich hätte es wissen müssen.«

»Deshalb ist sie verschwunden … mit ihrer Schwester«, teilte der Sivak ihm mit. »Sie hatte Angst, du würdest wütend werden, weil sie dir nicht helfen konnte. Sie sagte, sie hätte Hunger auf ihre Ratten.«

Dhamon tastete sein Bein ab. Wo die kleineren Schuppen gesessen hatten, war es empfindlich. »Immerhin hat sie durchaus etwas bewirkt«, murmelte er. Ihm stockte der Atem, und er legte den Kopf zurück. »Ich hätte wissen sollen, dass es für mich keine Hoffnung gibt. Das alles war umsonst. Ich hätte –«

»Ich hoffe noch immer«, unterbrach ihn der Sivak, »dass wir in dieser Stadt Nura Bint-Drax finden und töten können.«

Dhamon rutschte vom Tisch und ging mit ausgestreckter Hand auf den Sivak zu. »Ich wünsche ihr den Tod ebenso sehr wie du, aber ich werde ihr nicht nachjagen. Erst muss ich Mal finden. Und vorher müssen wir beide hier rauskommen.«

Ragh gab das Schwert nur ungern wieder her. Dhamon steckte es rasch in die Scheide.

»Mal sehen, ob wir den Weg nach oben zur Straße finden. Ich frage mich, wie spät es ist.«

Dhamon blickte sich im Raum um. Er bemerkte einen verblassenden, grünen Dunst und die Lichtkugel an der Decke, die langsam schwächer wurde und die Schatten aus den Ecken vordringen ließ.

Dhamon ging an dem Sivak vorbei zu einer Lücke zwischen den Bücherschränken. Dort untersuchten seine Finger die Steine, bis sie einen fanden, der sich bewegte. Die Wand schwang auf, und er trat in den dahinter liegenden engen Gang. Erst jetzt sah er sich nach Ragh um. »Kommst du?«

22 Windungen und Wendungen

Dhamon starrte den Gang hinunter. Er sah irgendwie anders aus als auf dem Weg ins Labor, nicht gewunden, sondern eckig und stellenweise enger. Auch die Luft roch anders, nicht nach den Frühlingsblumen wie in Gegenwart der Alten, sondern feucht und schwer.

Vielleicht hatten sie das Labor nicht an derselben Stelle verlassen, wo sie es betreten hatten. Er drehte sich um, doch die Wand hinter ihm hatte sich bereits geschlossen. Obwohl er seine Finger über die Steine gleiten ließ, fanden weder er noch der Sivak eine Möglichkeit, diesen Abschnitt wieder zu öffnen.

»Du hättest die Zauberin aufhalten sollen, bis ich aufwache«, rügte er den Sivak.

»Sie wollte nicht auf mich hören«, gab dieser mürrisch zurück.

Dhamon seufzte tief auf und ging den Gang hinunter. Sie passierten eine Fackel nach der anderen. Jede hing in einer anderen Halterung: Die eine stellte einen Elefantenrüssel dar, eine andere einen Gorilla. Manche Kreaturen konnten sie nicht benennen. Sie liefen mehrere hundert Schritte, ohne ein Wort zu sagen.

Dhamon fragte sich, ob wohl jede Halterung mit einer Geheimtür verbunden war, die entweder in Maabs Schatzkammer oder zu Zobels Handlangern führte. In einem früheren Leben hätte er wohl gern alles erforscht, besonders wenn Mal dabei gewesen wäre. Jetzt wollte er nur noch einen Weg nach draußen finden.

»Wir hätten Mal mitnehmen sollen«, sagte er zu dem Sivak.

Dhamons Schätzung nach liefen sie eine halbe Meile, ohne auf einen anderen Gang zu treffen. Auch eine Treppe, die sie in Maabs Turm zurückführen könnte, fanden sie nicht. Dhamon wurde immer wütender über ihre Lage, aber er bemühte sich, seine Wut zu bezähmen – schließlich war es nicht die Schuld des Sivaks, dass sie sich verlaufen hatten oder dass die alte Frau verschwunden war.

»Hier«, bemerkte der Sivak mehrere Minuten später. Er blieb vor einem Fackelhalter stehen, der wie ein kurznasiger Alligator aussah. »Hier strömt durch einen Spalt Luft herein.«

Dhamon starrte die Figur an, dann die Wand auf beiden Seiten. An zwei Steinen entdeckte er Risse, die ihm ohne die unnatürliche Schärfung seiner Sinne nie aufgefallen wären. Wenn er sich konzentrierte, spürte er Luft über seine Haut ziehen. Der Gestank war auch hier lastend, aber anders. Er nahm einen neuen Geruch wahr – Blut und menschlicher Unrat. Das hatten sie auf dem Herweg nicht gerochen.

»Wir können nicht mehr unter ihrem Turm sein«, überlegte Dhamon.

»Nein«, antwortete der Sivak. »Dafür sind wir zu weit gelaufen. Aber in welche Richtung?« Er zuckte mit den breiten Schultern.

»Nach Westen, glaube ich«, gab Dhamon zur Antwort. Er drückte auf die Steine und sah, wie ein schmaler Teil der Wand zur Seite glitt und einen Gang freigab, der teilweise mit stehendem Wasser voll gelaufen war. »Verschwinden wir einfach von hier.«

In diesem Gang hingen keine Fackeln, obwohl Dhamon vermutete, dass es einmal welche gegeben hatte. Schön gearbeitete

Halterungen säumten die Wand, Zwergengesichter verschiedener Nationen. Er zog dem Alligator die Fackel aus dem Maul und hielt neugierig eine Hand an die Flamme. Wie vermutet strahlte sie keine Hitze aus. Dann schob er sich an dem Drakonier vorbei und tastete sich mit einem Fuß vorwärts. Unter dem Wasser lagen Stufen. Er folgte ihnen, bis er den Boden des Gangs erreicht hatte, wo ihm das übel riechende, kalte Wasser bis zur Gürtellinie reichte.

Schweigend liefen sie einige hundert Schritte weiter, ehe sich der Tunnel nach rechts und nach links gabelte. Dhamon schaute sich um. Rechts stand in schwarzer Farbe ein Wort auf der Ziegelwand. »Leiden«, stand dort. Der letzte Strich des »n« war zu einem Pfeil gebogen und verlängert.

»Also dann nach rechts«, sagte Dhamon, ohne zu zögern. Von dort kam der süßliche Verwesungsgeruch. Von der anderen Seite her roch er nur schwere Nässe. Schon bald stieg Dhamon weitere verdeckte Stufen hinauf, die ihn in einen anderen, gewundenen Gang führten, der diesmal halbwegs trocken war. Dummerweise endete er nach weiteren hundert Schritten.

»Wunderbar«, knurrte er. »Wir sind Ratten in einem Labyrinth.« Im ersten Augenblick wollte er umkehren, aber dann besann er sich eines Besseren. Hier stank es deutlicher nach Tod. Dieser Geruch musste irgendwo herrühren. Er gab Ragh die Fackel. Um zwei Ziegel herum waren noch mehr feine Risse zu erkennen. Auf der anderen Seite der Mauer hörte er leise zischelnde Stimmen, als führten zwei Bruten eine hitzige Diskussion. Er zog sein Schwert und drückte gegen die Steine. Die Wand drehte sich, er trat hindurch und stand einer überraschten Brut gegenüber. Ohne Zögern stach Dhamon mit dem Schwert zu und wurde von einem Säureschwall erwischt, der seine Kleider und seine Haut verätzte. Die andere, etwas kleinere Brut wich in den Gang zurück.

»Oh, nein«, warnte Dhamon. »Du wirst weder Hilfe holen noch Alarm schlagen.« Er eilte hinter ihr her. Seine Füße patschten über den feuchten Steinboden, dann stieß er der Brut das

Schwert an der Stelle in den Rücken, wo ihre Flügel zusammenliefen. Das Wesen schrie auf, fuhr herum und ging auf Dhamon los, doch der duckte sich rasch unter ihren ausgefahrenen Klauen weg und schlitzte ihr mit dem Schwert den Bauch auf. Erschauernd zerbarst die Brut mit einem Säureschwall, während Dhamon gerade noch zurücksprang.

Der Sivak schob sich in den nächsten Gang hinter Dhamon und streckte die Fackel vor. Hier hingen auch andere Fackeln. Spuckend und fetttriefend steckten sie in eisernen Halterungen, die in regelmäßigen Abständen an der Wand hingen. Diese Fackeln waren heiß, und man konnte sie auch riechen. Sie beleuchteten einen grausigen Ort. Dhamon war in einen Korridor getreten, der zu Zellen führte, die mit ausgemergelten Gefangenen und verwesenden Leichen voll gestopft waren.

»Bei den Köpfen der Königin der Finsternis – wo sind wir?«, flüsterte Dhamon.

Der Sivak rückte vorsichtig weiter vor. »Solche Verliese gibt es überall in Zobels Sumpf. Manche gehören ihr selbst, andere Menschen, die glauben, dass sie hier eine gewisse Macht besitzen. Sie sind zwar schauerlich, aber eine gute Nachricht für uns: Hier finden wir bestimmt eine Treppe, die nach oben führt.«

Dhamon steckte sein Schwert ein und prüfte die Stäbe der vordersten Zelle, stellte jedoch fest, dass sie selbst für seine beträchtliche Stärke zu massiv waren.

»Wie kannst du daran denken, diese Leute zu befreien? Sieh sie dir doch an!«

Dhamon warf tatsächlich einen genaueren Blick auf sie. In den ersten paar Zellen war keiner, der die nächsten paar Tage überleben würde. Entweder waren sie fast verhungert oder so schlimm verprügelt worden, dass jeder Transport ihr Ende nur beschleunigt hätte. Dennoch versuchte er sich ein letztes Mal an den Gitterstäben.

»Du bist kein Held«, rief ihm der Drakonier ins Gedächtnis. »Was schert es dich?«

Früher war ich einer, dachte Dhamon. Ich war Goldmonds großer Held, und mir waren noch andere Dinge wichtig, nicht nur mein eigenes Wohl. Laut erwiderte er: »Womit soll jemand ein solches Schicksal verdient haben?«

Der Sivak gab keine Antwort.

Dhamon zögerte noch einen Augenblick, denn er überlegte, ob sie nicht durch den Geheimgang zurückgehen und die andere Gabelung ausprobieren sollten, wo er nichts gerochen hatte. Aber eine irgenwie bekannte Stimme hielt ihn auf. Er eilte weiter den Gang hinunter. Wieder zog er sein Schwert.

»Dhamon? Dhamon Grimmwolf?«

»Richtig«, sagte er, als er vor einer anderen Zelle stehen blieb und zwischen den Stäben hindurchspähte. »Warum scheint mein Leben mit dem euren verbunden zu sein?«

Hinter der Tür befanden sich ein Dutzend Gefangene und die gleiche Anzahl Toter. Zu den Gefangenen zählten Rig und Fiona.

»Richtig, Rig. Ich bin's.«

Sie sahen zerschlagen aus, nicht nur rein körperlich. In ihren Augen war der Lebensfunke erloschen. Fionas Haut war weiß wie Pergament. Rig hatte erheblich abgenommen. Seine Kleider umschlotterten ihn.

»Du hast einen Sivak ...!«

»Reden können wir später«, wehrte Dhamon ab, während er dem Sivak sein Schwert gab. Er stählte sich, ergriff die Stäbe der Tür und zog. Trotz seiner Stärke wollten die Stäbe nicht nachgeben. Dann ging er zu den rostigsten Gittern über, wendete seine gesamte Kraft auf, bis die Muskeln sich wölbten und er die Zähne zusammenbiss. Die Adern an seinem Hals wie auch an den Armen traten hervor wie dicke Stränge. Als die Gitter nicht beim ersten Anlauf nachgaben, strengte sich Dhamon noch mehr an. Schließlich wurde er belohnt. Das Metall ächzte.

»Dhamon«, knurrte der Sivak. »Du bist kein Held. Denk an dich selbst.«

»Vielleicht habe ich das in letzter Zeit ein bisschen zu häufig getan.«

»Hör doch«, fuhr Ragh fort. »Hörst du –«

»Ja, ich höre sie. Es kommt noch mehr Brut«, konterte Dhamon.

»Oder Drakonier«, ergänzte der Sivak. »Du solltest dich besser sputen. Befreie sie rasch, oder lass uns weitergehen.«

Dhamon atmete tief durch und zwang die Stäbe erneut auseinander. Die Anstrengung ließ weiße Punkte hinter seinen geschlossenen Lidern tanzen. Schließlich gab das Metall gerade eben ausreichend nach. Sofort schlüpften die Gefangenen auf den Gang. Dhamon drehte sich nach dem Drakonier um, nahm sein Schwert, blickte an den Menschen vorbei und in beide Richtungen den Gang hinunter.

»Schnell«, drängte Dhamon. »Wir bekommen bald Gesellschaft.«

Rig half Fiona heraus. Sie war so schwach, dass er sie stützen musste.

»Danke«, murmelte Rig. »Ich hätte nie erwartet, dass ich mal so froh sein könnte, dich zu sehen. Ich dachte, wir würden hier umkommen.«

»Wir können immer noch umkommen«, hielt der Sivak dagegen. »Seht nur.« Mit einer Klaue wies er den Gang hinunter. Dann drängte er sich an dem Seemann und Fiona vorbei, um sich Schulter an Schulter mit Dhamon aufzubauen.

»Du willst vielleicht ein Held sein«, knurrte Ragh Dhamon zu, »ich will nur die Naga. Das hier will ich nicht.«

Eine besonders große Brut hatte die Gruppe entdeckt und rannte ihnen nun durch den Gang entgegen. Die Schwimmhäute an ihren Füßen patschten über den nassen Steinboden. Dhamon hielt sein Schwert wie eine Lanze, als er der Brut entgegensprang. Diese wurde von ihrem Schwung und ihrer Unerfahrenheit so schnell vorwärts getragen, dass sie nicht mehr rechtzeitig stehen bleiben konnte und sich deshalb selbst aufspießte. Dhamon schnellte wieder zurück, prallte dabei gegen Fiona und Rig, vermied dadurch jedoch die Säurewolke.

»Eigentlich wollte ich dich nie wieder sehen«, teilte die Ritterin Dhamon mit, »aber irgendwie wusste ich, dass du kommen und uns retten würdest.« Sie schenkte ihm ein vorsichtiges Lächeln.

Man hörte ein Wasserfass umkippen und einen zweiten Säureknall, der eine weitere tote Brut meldete. Ragh hatte sich nützlich gemacht.

»Dhamon, wie hast du uns gefunden?«, fragte Rig. »Woher wusstest du, dass wir gefangen waren?« Die übergroßen Kleider des Seemanns hingen in Fetzen. Wahrscheinlich hatten die Klauen der Brut sie zerrissen. Seine Haut war von Säureblasen überzogen. Auf seinem Unterarm prangte eine tiefe Schnittwunde, und um den Hals zog sich eine dicke Narbe, die an ein Seil erinnerte und im Fackelschein rosarot aufglänzte. Fiona wirkte ohne ihren Plattenpanzer schmal und müde. Ihr Gesicht war auf der linken Seite vernarbt. Beide hatten Mühe mit dem Atmen. »Woher wusstest du überhaupt, dass wir hier sind?«, wiederholte der Seemann.

»Ich habe gar nicht nach euch gesucht«, gab Dhamon schließlich zu. »Ich wusste nicht, dass ihr Gefangene wart. Offen gestanden ist es mir auch gleichgültig, wie ihr hierher gekommen seid. Ich habe hier nur etwas … gewollt.« Er winkte sie voran. Seine Augen suchten jede Nische nach einer Treppe ab. Irgendwann kamen sie über einen weiten offenen Platz, wo keine Fackeln hingen, obwohl an den Wänden schöne Halterungen angebracht waren.

»Rig, holst du bitte eine Fackel aus dem Gang?«

Der Seemann gehorchte gern und brachte auch den anderen Befreiten ein paar Fackeln mit. »Wonach hast du denn hier gesucht?«

Ein finsterer Blick hielt den Seemann davon ab, seine Frage zu wiederholen.

»Uns haben Fallensteller erwischt«, erzählte Fiona. »Wir haben ihr Lagerfeuer entdeckt, nachdem wir dich und Maldred bei der Silbermine verlassen hatten. Wir dachten, sie wären nur auf der Jagd nach Tieren.«

»Der vierbeinigen Sorte«, ergänzte Rig.

»Wir waren nicht auf der Hut, deshalb haben sie uns überwältigt. Auf dem Weg hierher haben sie noch andere gefangen genommen. Ich glaube, wir sind jetzt – ich weiß nicht, wie lange, hier. Wochen. Einen Monat oder mehr. Wir haben keine Ahnung, was sie mit uns anstellen wollten. Wenn ihr nicht gekommen wärt …«

»Sieht so aus, als hätten sie euch einfach sterben lassen wollen«, folgerte Ragh, der die beiden und die anderen befreiten Gefangenen betrachtete, welche neben ihnen herstolperten. »Oder euch in Brut verwandelt, sobald euer Wille ausreichend gebrochen gewesen wäre.«

Rig drängte sich zu Dhamon vor. »Hier unten stecken überall Gefangene. Wir beide könnten sie befreien und …«

»Wir beide«, sagte Dhamon gereizt, »können mit heiler Haut von hier verschwinden. Wir können nicht die ganze Stadt befreien, Rig. Ihr seid nur frei, weil ich mich hier unten verirrt habe. Maldred ist irgendwo oben in der Stadt. Ich muss ihn finden, und dann werden wir beide diesen Ort weit hinter uns lassen.«

Der Seemann riss die Augen auf. »All diese Leute, Dhamon!«

»Ich habe Mitleid mit ihnen«, antwortete Dhamon. »Ich fühle mit ihnen. Ich bin nicht so herzlos, dass dies hier mich nicht berühren würde.« Er lief schneller, sodass die anderen hinter ihm nur mit Mühe Schritt halten konnten. »Aber ich werde nicht mein Leben aufs Spiel setzen, um ihres zu retten.«

»Der Drakonier«, bemerkte Rig hundert Schritte weiter. »Was hat der zu bedeuten?«

»Rache«, erwiderte Dhamon. »Ragh will Rache.«

Schweigend liefen sie einen Gang entlang, dann noch einen. Manchmal kamen sie an Zellen mit Gefangenen vorbei, manchmal an Zellen mit verwesenden Leichen oder Skeletten, die von den Ratten abgenagt worden waren. Die Stäbe der einen Zelle waren so verrostet, dass Dhamon sie mit einem kurzen Ruck aufbrechen konnte. Ein halbes Dutzend Männer quoll heraus, die kaum laufen konnten. Sie halfen einander und stützten sich an den Wänden ab, während sie ungläubige Dankesbezeugungen äußerten.

»Was ist mit den Übrigen?«, wollte ein Mann wissen. »In den anderen Zellen?«

»Die holen Fiona und ich später«, versprach Rig. »Wenn wir Waffen, Rüstungen und Ritter von Solamnia mitbringen können.«

Auch an zwei anderen Zellen bestanden die Gitter eher aus Rost als aus Eisen, auch diese brach Dhamon auf, um anschließend wortlos weiterzulaufen.

Die mittlerweile knapp dreißig Freigelassenen waren ein bunt gemischter Haufen. Einige waren offenbar Ritter von Solamnia oder solche aus der Stahllegion, was an ihren verschlissenen Wappenröcken zu erkennen war. Bei anderen ließen die von der Sonne gebräunte Haut und die Schwielen an den Händen darauf schließen, dass es sich um Bauern oder Fischer handelte. Die Altersspanne reichte vom Jüngling bis zum Endfünfziger. Die Jüngsten und Kräftigsten erzählten, dass man ihnen erklärt hätte, sie sollten bald in Brut verwandelt werden. Sie stanken nach Schweiß und Urin. Viele hatten eiternde Wunden, die behandelt werden mussten. Ein paar Männer, deren Zustand verriet, dass sie noch nicht lange hier festsaßen, trugen zusammen einen verletzten Kameraden.

Die gleiche Anzahl Männer mussten sie zurücklassen, weil sie entweder im Sterben lagen, zu schwer verletzt waren, um zu laufen, oder weil Dhamon keine Anstalten machte, an ihren Gittern zu rütteln. Rig versicherte ihnen im Vorübergehen, dass er alles in seiner Macht Stehende tun würde, um später noch so viele wie möglich zu retten.

Es stank entsetzlich, besonders für Dhamons geschärfte Sinne. Er kämpfte gegen einen Brechreiz an.

»Schneller«, sagte er zu niemand Bestimmten. »Schneller, oder bleibt zurück und verfault hier.«

Sie kamen in einen Gang, der in einer Sackgasse endete. Rig wollte den Tross schon umkehren lassen, als Dhamon ihn davon abhielt.

»Hier ist ein Luftzug.«

Dhamon tastete die Ziegel ab. Auf zwei drückte er, und die Wand schwang auf. Er und Ragh schlüpften rasch in den dahinter liegenden Gang, worauf die anderen folgten.

»Wir bekommen wieder Gesellschaft«, teilte Dhamon dem Sivak mit. Sein scharfes Gehör hatte ihn gewarnt. Vor ihnen war das leise Zischeln von Brut zu vernehmen. Es waren nur zwei Gegner, die sich im Nu in Säurepfützen auf dem Boden verwandelt hatten.

Der nächste Tunnel, den sie wählten, war trocken und muffig. Die Decke hing voller Spinnweben, die der Kopf des Sivaks wegschob. Fast eine Stunde lang folgten sie den Windungen und Biegungen dieses Gangs und kamen dabei an zahllosen magischen Fackeln vorbei, die in Skulpturen steckten.

»Ich habe ein wenig die Orientierung verloren«, sagte Dhamon zu dem Sivak, »aber ich glaube, wir gehen nach Norden. Und ...« Jetzt nahm er frische Luft wahr. Sie kam durch einen Spalt in der Wand. Sofort quetschte er sich hindurch und winkte die anderen hinter sich her.

Einige Minuten später betraten sie eine bemooste Höhle. Die wenigen Fackeln der Männer verbreiteten nicht genügend Licht, um alle Wände auszuleuchten, aber das Licht, das einer hochhielt, zeigte eine zweite Spalte, diesmal breiter und mit einer nach oben führenden Treppe. Wortlos ging Dhamon voran, lauschte aufmerksam, was wohl vor ihnen lag, hörte aber nur patschende Füße hinter sich auf der Treppe.

Oben fand er eine einsame Brut vor. Er sprang auf sie zu und schlug sie nieder, ehe sie reagieren konnte. Zwei schnelle Hiebe beendeten ihr Leben. Die Säure spritzte in eine Zelle voller Leichen. Jetzt kamen sie in einen neuen Gang, der bestimmt zwanzig Fuß Durchmesser hatte. Es gingen weitere Zellen davon ab, doch bis auf die eine mit den Leichen waren alle leer.

»Vorwärts.«

Dhamon eilte an den Kerkern vorbei durch eine Tür, die er am anderen Ende entdeckt hatte, lief eine weitere Treppe hoch und blieb nur lange genug stehen, um sich zu vergewissern, dass die anderen ihm folgten. Wieder stand er in einer Sackgasse, aber die Risse in den Ziegeln waren leicht zu finden, nachdem er nun wusste, wonach er Ausschau halten musste. Er horchte, ehe er darauf drückte, hörte aber nichts. Die Wand öffnete sich in einen neuen gewundenen Gang, der kaum drei Fuß breit war. Dhamon hetzte hindurch, nachdem er die anderen aufgefordert hatte, ihm auf den Fersen zu bleiben.

Fast eine Stunde lang marschierten sie durch die Tunnel, bis sie sich in einem Gang befanden, der mit kleinen, glänzend schwarzen Schuppen überzogen war – genau wie die Bäume im Dorf der Brut. Dhamon streckte eine Hand aus, um sie zu berühren. Sie waren geschmeidig, als würden sie zu etwas Lebendigem gehören.

»Beim Mahlstrom«, flüsterte Rig.

Dhamon schritt schneller aus. Der Tunnel stieg an, knickte nach hinten ab, neigte sich steil und führte dann wieder nach oben.

»Eine Treppe«, seufzte er erleichtert auf. Diesmal waren die Stufen aus Holz und schienen in den Nachthimmel zu führen. »Wir sind draußen.«

Das verlieh den Befreiten neue Kraft. Minuten später waren alle nach oben gestiegen und standen in den Ruinen von etwas, das vor Jahrzehnten wohl ein Tempel gewesen war. Die Sterne blinzelten herab.

»Ragh, wo in dieser verdammten Stadt sind wir?«

Der Sivak streckte den Kopf hinter einer bröckelnden Säule hervor und sah sich um. »In der Nähe des Marktes. Vermutlich sind wir immer im Kreis gelaufen.«

»So müde«, flüsterte Fiona Rig zu. »Meine Beine.« Sie lehnte sich an ihn. Die Haare klebten schweißnass an den Wangen.

Dhamon trat auf die Straße. Bei Nacht, wenn die Dunkelheit viel Hässlichkeit verdeckte, sah die Stadt ganz anders aus. Niemand war unterwegs. Der Stand der Sterne verriet, dass Mitternacht längst verstrichen war. In wenigen Stunden würde es dämmern. Er überquerte die Straße und lief auf einem Holzsteig entlang, als er plötzlich etwas Bekanntes entdeckte – den Laden des Zwergs. Der Markt lag nur wenige Häuserblocks davon entfernt, und dort würde er das Gasthaus finden, in dem Maldred schlief.

Er eilte zu Ragh und den anderen zurück, rieb die Hände an seinen Hosen ab und wandte sich an die Gefangenen.

»Ich kann euch nicht vorschreiben, was ihr jetzt tut«, begann er. »Wir befinden uns ungefähr in der Mitte der Stadt. Mein Vorschlag wäre, dass ihr alle verschwindet, den Hügel hochsteigt und weiterlauft, bis ihr aus dem Sumpf heraus seid.«

»Ich kenne den sichersten Weg nach draußen.« Ein graubärtiger Mann mittleren Alters hatte sich zu Wort gemeldet. »Ich war hier Wachmann, bis ich in Ungnade fiel. Im Osten gibt es einen Weg, der nicht bewacht wird.«

Dhamon nickte.

»Dann nehmt den, und nehmt alle anderen mit. Rig, Fiona, ihr geht besser auch. Ihr seid nicht in der Lage, mir zu folgen. Ich muss Maldred suchen, dann werde auch ich verschwinden.«

»Auch wenn du uns nur zufällig gerettet hast, bin ich dir dankbar dafür.« Der Seemann streckte die Hand aus, und Dhamon schlug ein.

Dann entfernte sich der Krieger, gefolgt von dem Sivak. Sie rannten durch die dunkelsten Schatten auf das baufällige Wirtshaus hinter dem Marktplatz zu. Die befreiten Gefangenen nahmen denselben Weg, wenn auch nicht so schnell und auf der anderen Straßenseite. Dhamon sah, dass der Graubart sie anführte.

Als der Marktplatz in Sicht kam, bog der Mann in eine Seitenstraße nach Osten ab. Dhamon hörte über sich Flügel schlagen und sah eine Brut durch die Luft fliegen. Im Sternenlicht erkannte er, dass auch andere Gestalten – Bruten oder Drakonier – über der Stadt patrouillierten.

»Das Wirtshaus«, rief ihm Ragh ins Gedächtnis. Er blieb am Ende des Gehsteigs stehen und deutete hinter die Käfige auf dem Markt. Die untersten Fenster des Gebäudes waren erleuchtet. Auch anderswo brannte noch Licht, aber nicht annähernd so viel, wie Dhamon bei einer Stadt dieser Größe erwartet hätte.

Er hielt auf das Wirtshaus zu, blieb jedoch bei den Käfigen stehen. Er hatte ein ungutes Gefühl.

»Hier stimmt etwas nicht«, flüsterte Dhamon.

»In dieser Stadt«, gab der Sivak leise zurück, »stimmt überhaupt nichts.«

»Nein. Es ist mehr als das.« Dhamon musterte die Käfige. Ein paar der Kreaturen schliefen fest zusammengerollt in ihren engen Kerkern. Einige waren wach. Die goldgefleckten Augen der Rieseneule waren groß und wachsam. Auch die Mantikore waren wach. Der größere blickte in Dhamons Richtung. Zwei Bruten hielten auf dem Markt Wache – auf dieser Seite. Dhamon vermutete jedoch, dass noch mehr da waren.

»Irgendetwas. Vielleicht werden wir beobachtet. Vielleicht ...«

Seine Worte verklangen, als er ein schrilles Geheul hörte. Es kam aus der Richtung, in welche die befreiten Gefangenen verschwunden waren.

Ein Blick zum Himmel zeigte ihm, dass die Bruten und die Drakonier verschwunden waren. Er hörte jedoch noch das Schlagen ihrer Flügel, rennende Füße und verzweifelte Schreie.

»Die Männer, die du befreit hast, wurden bemerkt«, folgerte der Sivak. »Wir sollten uns lieber verstecken, sonst wird man auch uns jagen.«

Dhamon rührte sich nicht. Er beobachtete die Seitenstraße, welche die Versklavten genommen hatten. Dort erhaschte er einen Blick auf einen dürren, spärlich bekleideten Mann, einen der Letzten, die er aus dem Kerker geholt hatte. Direkt davor waren Rig und Fiona. Der Seemann forderte die anderen mit lauten Rufen dazu auf, zusammenzubleiben. Fiona rief ihnen zu, sie sollten sich nach Dingen umsehen, die sie als Waffen nutzen konnten. Obwohl die Sterne und die wenigen erleuchteten Fenster kaum Licht verbreiteten, bemerkte Dhamon die Panik auf ihrem Gesicht.

»Wir müssen uns verstecken«, wiederholte der Sivak lauter. Um seinen Worten Nachdruck zu verleihen, stieß er Dhamon mit einer Klaue an.

Hinter und über den Befreiten schwebte ein Dutzend Bruten und Sivaks.

»Sie werden sie niedermetzeln«, stöhnte Dhamon.

»Ja, und uns auch, wenn wir nicht –«

Dhamon zog sein Schwert. Anstatt auf Rig und Fiona zuzurennen, eilte er zu den Käfigen auf dem Marktplatz, wo er sich den beiden Wächtern stellte, die er zuvor bemerkt hatte. Der Sivak folgte in einigen Schritten Abstand. Er forderte Dhamon auf, wieder zu sich zu kommen.

»Tot nutzt du mir nichts!«, fuhr Ragh ihn an. »Wenn sie dich fangen, kannst du mir nicht gegen Nura Bint-Drax helfen.«

Dhamon legte seine Kraft in einen Seitwärtshieb seiner Klinge, mit der er die vorderste Brut praktisch zweiteilte. Als sein erster Gegner sich in Säure auflöste, ging er zum nächsten über. Diesmal brauchte er zwei Hiebe, ehe die Brut fiel. Keine der beiden Kreaturen war schnell genug gewesen, um Dhamon zu treffen.

Er lief zu den Käfigen, riss das Schwert in die Höhe und schmetterte es auf die Kette, welche die vorderste Tür verschloss. Unter dem Schlag zerbrach das metallene Glied. Dhamon steckte sein Schwert ein, fummelte an der Kette herum und zog dann unter großer Anstrengung die riesige Tür auf. Sofort kam eine wütende Echse auf sechs Beinen herausgetrabt.

Ihr folgten weitere groteske Wesen, die Dhamon befreite. Inzwischen zog er die Käfigtüren lieber mit seiner Muskelkraft auf, anstatt den Verlust seiner eigenen Waffe zu riskieren.

»Was tust du da?«, schrie der Sivak. »Hast du den Verstand verloren?«

»Wachen!«, schrie jemand. »Die Tiere sind frei! Wachen!«

Über ihnen flatterten noch mehr Flügel. Aus allen Richtungen kamen Befehle – Bruten und Menschen, die sich mit dem Drachen und seinen Verbündeten eingelassen hatten. Hinter dem Marktplatz hörte man Füße im Laufschritt heraneilen, vermutlich noch mehr Wachen.

»Was machst du denn, Dhamon?«

»Ich verschaffe ihnen eine Ablenkung, Ragh, damit die Bruten etwas anderes zu tun haben, als sich um ein paar Dutzend Flüchtlinge zu scheren. Vielleicht können ein paar von ihnen dieser Hölle entrinnen, vielleicht Rig und Fiona.«

Daraufhin half der Sivak Dhamon mit den Käfigen, obwohl er die ganze Zeit grollte, das würde ihr Tod sein.

»Mach so weiter«, forderte Dhamon ihn auf. »Du bist stark, zieh die Stangen auseinander. Ich will Mal suchen, damit wir von hier verschwinden können.«

»Nura …«, krächzte der Sivak.

»Nura Bint-Drax ist mir egal. Du kannst gern bleiben, bis sie auftaucht. Ich werde dir nicht gegen sie beistehen, Ragh.«

Dhamon rannte zum Gasthaus und riss die Tür auf. Damit weckte er den Besitzer, der hinter einem fleckigen, kerbenreichen Tisch auf seinem Lehnstuhl eingenickt war.

»Maldred. Ein großer Mann mit dem Namen Maldred hat heute Nachmittag hier ein Zimmer gemietet.« Dhamon musste erst einmal Luft holen.

Der Wirt starrte ihn von oben bis unten an.

Dhamons Haare und Kleider waren völlig verschwitzt, und er war von Säurewunden überzogen. Er stank nach den Gängen in der Tiefe, und sein Gesicht war voller Schmutz.

»Ein Mann mit dem Namen Maldred«, wiederholte Dhamon drängend. »Groß. Welches Zimmer?«

Der Wirt schüttelte den Kopf. »Niemand mit diesem Namen. Hier gibt es niemanden, der so aussieht.«

»Heute angekommen.« Dhamon sprach schneller. Er warf einen Blick auf die Straße. Dort herrschte wachsendes Chaos.

Auch der Wirt hörte den Radau, stieß sich hoch, reckte den Hals und blickte durch die offene Tür nach draußen. »Ich würde es wissen, wenn so ein Mann angereist wäre. Ich war den ganzen Tag da. Bin immer den ganzen Tag da.«

Er humpelte vom Tisch zur Tür, damit er besser sehen konnte.

Dhamon lief zur Treppe und schrie nach oben. »Mal!«, brüllte er so laut, dass oben die Gäste hochschreckten. »Maldred!«

Keine Antwort.

Wütend stürmte er an dem Wirt vorbei zurück auf die Straße. Dort war der Irrsinn ausgebrochen. Brut und Drakonier waren gelandet, um die Tiere davon abzuhalten, ihre Käfige zu verlassen, und die Gefangenen in Schach zu halten, die von der Brut direkt zum Marktplatz getrieben worden waren. Rig und Fiona verteidigten die schwächsten der waffenlosen Männer mit langen Holzbrettern. Ragh entdeckte er nicht, doch das war keine große Überraschung. Bestimmt war der flügellose Drakonier davongeschlüpft, um sich zu verstecken, bis er Nura Bint-Drax gefunden hatte.

Dhamon rannte zu den Käfigen. Ein paar waren noch verschlossen. Sie enthielten das Wesen, das wie eine schauerliche Kreuzung zwischen Adler und Bär aussah, aber auch die riesigen Mantikore. Als Dhamon sich ihrem Käfig näherte, schlug er mit dem Schwert fest auf die Kette. Er betete, dass es nicht brechen würde.

»Ich werde euch befreien!«, rief er. »Ihr könnt davonfliegen. Aber mich nehmt ihr aus dieser Höhle mit, verstanden? Und so viele Menschen, wie ihr tragen könnt.«

»Bitte«, wiederholte der Größere. »Frei.«

»Ihr nehmt uns mit?«

Beide nickten. Nach drei weiteren Schlägen brach ein Kettenglied. Gleich darauf hatte er die Kette entfernt, öffnete die Käfigtür und lotste die Kreaturen heraus.

Sie breiteten die Flügel aus und schlugen damit, was ein fast schmerzhaft lautes, schrilles Heulen erzeugte. Zuerst hielten sich die Bruten die Ohren zu, dann die Entflohenen. Dhamon biss die Zähne zusammen. Das Geräusch war eine wahre Folter.

Nachdem die Mantikore ihrem Käfig entkommen waren, stürzten sie sich ins Getümmel. Sie stützten sich auf die Vordertatzen und teilten mit den langen Schwänzen einen Hagel Hiebe aus. Die Stacheln trafen mehr als einen Drakonier.

»Rig!«, gellte Dhamon, als er seinen alten Kameraden wieder sah. Er winkte heftig, um den Seemann auf sich aufmerksam zu machen. »Schnapp dir Fiona! Jetzt! Wir verschwinden!«

Er blickte sich um, weil er Maldred zu sehen hoffte. Durch die vielen Leiber und Tiere konnte er nichts sehen, und das heulende Geräusch der Mantikorflügel blendete andere Geräusche aus.

»Ich sehe nichts.«

Aber vielleicht von einem höheren Ort aus.

Schon stand er neben dem größeren Mantikor, griff in dessen Haut und zog sich hoch, wobei er aufpasste, sich nicht auf dem Stachelkamm auf dessen Rücken aufzuspießen. Er stellte sich auf die Schulterblätter des Wesens und suchte das Durcheinander aus Kreaturen und Menschen ab.

Fast die Hälfte der Befreiten war der Brut und den Drakoniern zum Opfer gefallen. Rig und Fiona kämpften sich gerade zu den Mantikoren durch und brachten einen Teil der Überlebenden mit.

Zwei Bozak-Drakonier rangen mit der sechsbeinigen Echse, die ihre Zunge wie ein Lasso um den Leib einer Brut geschlungen hatte. In den Fenstern gingen die Lichter an. Dhamon sah Gestalten dahinter, aber keine hatte so breite Schultern wie Maldred.

»Hat man ihn gefangen genommen? Oder getötet, weil er Nura Bint-Drax gesucht hat?« Dhamon sprach seine Frage unwillkürlich laut aus.

»Wahrscheinlich«, antwortete eine Brut, die nun den Rücken des anderen Mantikors erkletterte. An der Stimme erkannte Dhamon den Sivak. Ragh hatte anscheinend eine schwarze Brut getötet und deren Gestalt angenommen.

»Deine Hand, Dhamon!« Der Krieger hörte die Worte in all dem Lärm kaum. Es war Rig, der einen ausgezehrten jungen Mann hochschob. Dhamon griff nach den Handgelenken des Jünglings, zog ihn hoch, setzte ihn zwischen zwei Rückenstacheln des Mantikors und forderte ihn auf, sich festzuhalten.

»Jetzt du!«, schrie Dhamon dem Seemann zu. »Es kommen mehr Wachen. Menschen und andere. Wir müssen von hier verschwinden.«

»Erst Fiona!« Rig fasste sie um die Taille, worauf sie die blutige Planke losließ, die sie geschwungen hatte. »Nimm sie!«

Dhamon beugte sich vor, fasste unter ihre Achseln und zog sie hoch. Sie war sehr leicht und ihre Haut klamm. Er setzte sie direkt hinter sich und winkte Rig zu dem anderen Mantikor hinüber. »Das ist Ragh«, rief er ihm zu. »Der Sivak.«

Der Seemann schüttelte den Kopf, drängte aber zwei Männer vor sich her zu dem anderen Mantikor. Dem ersten half er mit Raghs Hilfe nach oben, als die zweite Woge von Zobels Untertanen eintraf. Es waren Bruten und Menschen, Letztere mit Schwertern, Speeren und Dolchen. Sie gingen auf alles los, was zu fliehen versuchte, besonders die Entflohenen und die bizarren Wesen.

»Schnell!«, schrie Dhamon. Er setzte sich vor Fiona zwischen zwei Stacheln und klammerte sich an die Haut des Mantikors. »Rig, mach schon! Maldred! Maallldred!«

Der Seemann schob einen zweiten Mann auf den anderen Mantikor, der jetzt schneller mit den Flügeln schlug. Die Wucht des Windes warf den Seemann fast um. Er hielt sich fest und kletterte hinauf. Als er schon beinahe auf dem Rücken angelangt war, traf ihn ein Speer.

Durch das Spektakel hindurch hörte Dhamon den Seemann aufschreien. Er sah, wie Rig von einem zweiten Speer durchbohrt wurde und wie eine schlaffe Puppe zu Boden fiel. Aus seinem Mund lief Blut. Er hatte sich beim Sturz den Hals gebrochen.

»Rig!«

Ungläubig starrte Fiona hinüber. »Dhamon?«

»Rig!« Dhamon schrie noch einmal, aber der Seemann rührte sich nicht. Dhamon wusste, dass er sich nicht mehr bewegen würde. Er schluckte und grub dem Mantikor die Knie in den Rücken.

»Fliegt!«, brüllte er. »Bringt uns weg von hier!«

Die Tiere gehorchten augenblicklich. Jedes von ihnen trug drei Reiter. Fiona wollte noch abspringen. Vergeblich streckte sie die Arme nach Rig aus. Dhamon musste sich umdrehen und sie festhalten.

»Rig«, sagte sie mit aschfahlem Gesicht. Tränen traten ihr in die Augen. »Rig ist da unten. Ich muss zu Rig.«

Dhamon konnte sie vor sich ziehen, wo er sie festhielt, obwohl sie sich gegen ihn wehrte.

»Ich muss zu ihm«, schluchzte sie. »Ich liebe ihn, Dhamon. Ich muss ihm noch sagen, dass ich ihn liebe.« Sie vergrub den Kopf an Dhamons Brust, während der Mantikor höher stieg. »Wir wollten heiraten.«

»Er ist tot, Fiona.« Dhamon fühlte, dass auch seine Augen voller Tränen standen. »Rig ist tot.« Ein letztes Mal blinzelte er über die Flanke des Mantikors und sah den Seemann am Boden liegen. Die übrigen Gefangenen waren von Brut umstellt. Schon drängte man die bizarren Kreaturen des Tierparks in ihre Käfige zurück. Jetzt, da die Lage etwas sicherer erschien, kamen auch neugierige Bürger auf die Straße.

Das kleine Mädchen hinter dem Türmchen auf einem nahen Dach bemerkte Dhamon nicht. Es war nicht älter als fünf oder sechs Jahre. Kupferrote Haare flatterten im Wind um seine Schultern.

Auch eine andere vertraute Gestalt sah Dhamon nicht. Sie trat nur wenige Schritte von dem Ort, wo der Kampf begonnen hatte, aus einem finsteren Eingang. Maldred hatte alles von Anfang an beobachtet: wie Dhamon die Befreiten nach oben geführt hatte, wie er ihnen geholfen hatte, indem er auf dem Marktplatz zur Ablenkung ein Chaos entfesselte, wie er die Solamnierin auf den Mantikor gezogen hatte. Wie Rig gestorben war. Und wie Dhamon jetzt davonflog.

Er hatte alles beobachtet und sich nicht eingemischt. Nichts getan.

Jetzt ballte er die Fäuste, ging zurück und trat in den nachtschwarzen Raum hinter der Schwelle.

Über ihm versuchte ein Dutzend Bruten, den Mantikoren zu folgen, aber die großen Wesen waren zu schnell. Rasch ließen sie die vom Sumpf eroberte Stadt hinter sich. Dhamon hielt Fiona im rechten Arm, griff mit der linken Hand nach vorn und packte eine Hand voll Mähne. Daran zog er, um den Mantikor auf sich aufmerksam zu machen.

»Wir müssen landen«, schrie er in den Wind. »Ich muss mich um diese Menschen kümmern.« Er bemühte sich, eine Lichtung zu finden, die weit genug von der Stadt entfernt war.

23 Verrat

Dhamon brauchte beinahe eine Stunde, bis er alle Wunden der drei Männer verbunden hatte, die sie mitgebracht hatten. Er benutzte dazu, was er von ihren Kleidern und seiner eigenen Tunika entbehren konnte. Selbst Ragh half ihm. Sie würden überleben, obwohl sie Ruhe und Nahrung brauchten. Dhamon schwor, dafür zu sorgen, dass die Mantikore sie an einem sicheren Ort außerhalb des Sumpfes absetzen würden. Nachdem das erledigt war, wandte er sich der Solamnierin zu.

Fionas Augen waren ausdruckslos. »Rig«, begann Dhamon, »das mit Rig tut mir Leid. Dass er tot ist. Ich bin nicht immer mit ihm klargekommen, aber er war ein guter Mann, Fiona, und –«

»Rig?« Sie sah auf und bemerkte seinen traurigen Blick, der von den Sternen beleuchtet wurde, die so spärlich von dem heller werdenden Himmel herunterblinkten. »Rig sehen wir bald wieder, Dhamon. Nächsten Monat werden wir heiraten. Du musst zur Hochzeit kommen. Es wird ein großes Fest. Ich bin sicher, Rig hätte dich gern dabei.«

Dhamon starrte ihr tiefer in die Augen und entdeckte den Wahnsinn darin.

»Rig ist tot«, sagte er geduldig.

Sie lachte beängstigend. »Sei nicht albern. Rig wartet auf mich, Dhamon. In Neuhafen. Dort will er Kapitän einer Fähre werden. Wir werden an der Klippe wohnen, wo man einen schönen Blick aufs Meer hat. Die Hochzeit feiern wir bestimmt am Strand. Das wird Rig gefallen. Du wirst schon sehen, wie schön das alles für uns wird.«

Dhamon führte sie zu dem größeren Mantikor und half ihr hinauf. Nachdem Ragh den anderen Mantikor bestiegen hatte, schob Dhamon die drei Männer hinterher – nach ihren Namen hatte er nicht einmal gefragt. Anschließend umrundete er die Wesen und starrte in ihre so überaus menschenähnlichen Augen.

»Ich habe noch eine Bitte an euch«, begann er. »Einen weiteren Ort, an den ihr uns bringen sollt. Danach seid ihr endgültig frei. Obwohl ihr natürlich auch jetzt ablehnen könnt.«

Der Kleinere senkte den Kopf, damit er Dhamon besser betrachten konnte.

»Wohin?«, fragte er nur.

»Diese Männer müssen auf die Schallmeerinsel. Dort gibt es eine Gemeinschaft von Mystikern, die sie nicht abweisen werden.«

Dhamon kletterte hinter Fiona auf den größeren Mantikor.

»Im Südlichen Ergod gibt es eine solamnische Festung«, sagte er, während er nach der Mähne des Tiers griff. »Das ist weit von hier, aber Fiona kommt von dort. Ich möchte sie dorthin bringen. Die anderen Ritter werden ihr beistehen, sich um sie kümmern. Von dort aus können auch andere Leute verständigt werden. Über Rigs Tod. Palin Majere sollte es erfahren, ein paar andere auch. Wollt ihr das tun?«

Fast gleichzeitig erhoben die großen Kreaturen ihre Flügel und erzeugten wieder jenes schmerzhaft heulende Geräusch. Einträchtig hoben sie von der Lichtung ab und flogen nach Westen.

Ich werde zurückkommen, schwor sich Dhamon. Ich habe Maldred in dieser verfluchten Stadt zurückgelassen. Meinen engsten und treusten Freund. Ich werde ihn suchen.

Unweit der Stadt lag im Osten eine gewaltige Höhle. Die Dunkelheit darin war eine fast greifbare Decke, die das Wesen im Inneren behaglich umhüllte. Nur sein Atem verriet seine Gegenwart. Dieser Atem ging keuchend und ungleichmäßig und wurde von den Steinwänden zurückgeworfen. Die Brise zerzauste die kupfernen Locken des Kindes, das gleich am Eingang stand.

Nura Bint-Drax sah aus wie ein engelhaftes Mädchen von fünf oder sechs Jahren in einem durchsichtigen Kleidchen, das schimmerte, als bestünde es aus Magie.

»Meister?«, sagte sie beim Vortreten mit ihrer kindlichen Stimme. Diese Höhle kannte sie auswendig. Beim Gehen verwandelte sie sich in eine junge Frau aus Ergod mit kurz geschorenem Haar. Jetzt trug sie die schwarze Ledertunika, die einst Dhamon Grimmwolf gehört hatte. »Meister.«

Zwei dumpfgelbe Kreise tauchten aus der Schwärze auf. Sie spendeten gerade genug Licht, um das lange Maul des Wesens und die dunkelhäutige Frau zu beleuchten, die neben ihm zwergengleich erschien. Die Augen des Wesens waren größer als Wagenräder und von düsteren, katzenartigen Schlitzen durchzogen. Der dicke Film darauf war ein Hinweis auf das Alter dieses Wesens.

»Ich habe Dhamon Grimmwolfs Prüfung abgeschlossen«, verkündete sie stolz mit der Stimme der Verführerin. »Er hat alle Proben überlebt, auch meine Truppen hier in der Stadt. Er ist derjenige. Wie ich deine Auserwählte bin. Dein Liebling.«

»Eine Auserwählte«, korrigierte das Wesen mit unendlich lang gezogenen Worten, die so laut waren, dass der Boden bei jeder Silbe bebte. »Der andere ist kurz vor dir eingetroffen.«

Ein sonnengebräunter Mensch löste sich von der Höhlenwand und kam so nahe, dass das Licht aus den Augen des Wesens ihn erreichen konnte.

»Maldred«, zischte Nura Bint-Drax.

Der Ogerzauberer in Menschengestalt nickte ihr zu, wandte sich dann aber zu dem Meister um.

»Drache«, sagte Maldred. »Auch ich habe Dhamon Grimmwolf geprüft. Ich stimme zu: Er ist derjenige.«

»Er ist derjenige.« Die getragenen Worte ließen den Boden erzittern. »Aber wird er kooperieren?«, fragte sich der Drache. Insgeheim stellte er vergnügt fest, dass Nura und Maldred einander giftige Blicke zuwarfen. Dick und süß lag der Hass zwischen ihnen in der Luft. »Wird er tun, was ich fordere?«

Nura klappte den Mund auf, aber Maldred redete zuerst. »Oh, das wird er«, versicherte er glattzüngig. »Ich kann ihn dazu bringen, deinen Plan zu befolgen. Ich habe ihn bisher wunderbar manipuliert. Er vertraut mir blind, denn er hält mich für seinen besten Freund und Partner. Bald kommt er zurück, um mich zu suchen. Das fordert schon das, was von seiner Ehre noch übrig ist.«

Zufrieden schloss der Drache die Augen, womit er die Höhle in völlige Finsternis tauchte. Maldred und Nura Bint-Drax warteten, bis der Klang seines Schnarchens eine Woge leichter Erschütterungen durch den Boden laufen ließ. Dann verließen sie die Höhle und zogen hinaus in den Sumpf.